Zu diesem Buch

»Kurz vor ihrem Tod ließ die greise Selma Lagerlöf einen jungen Mann auf ihren Landsitz kommen und bat ihn, Bücher aufzuschlitzen. Es störte sie der Gedanke, daß die vielen Bücher, die ihr mit herzlichen Widmungen oder zum Zwecke der Rezension übersandt worden waren, nach ihrem Tode als ungelesen erkannt werden sollten. Verbürgt ist die Geschichte nicht, Göran Tunström hat sie seinem Roman ›Solveigs Vermächtnis‹ mitgegeben. Wie der ›Tante Selma‹ geht es manchem Rezensenten. Und dann kommt ein Buch daher... der Rezensent beginnt und wird von den Füßen gerissen. Diese Poesie! (Tunström begann als Lyriker.) Diese unverbrauchten Bilder! Eine Familiengeschichte aus der ersten Hälfte unseres Jahrhunderts. Im schwedischen Värmland liegt das Städtchen Sunne. Eines Tages brennt der Pfarrer mit der Kirchenkasse durch, nach Amerika. Seine Kinder kehren später zurück, darunter die in Kansas geborene Solveig, die den Bauern Aron Nordensson heiratet und etwas so Unerhörtes in die Ehe einbringt wie das Küssen bei Tageslicht auf Feldern und Waldwegen... Tunström erzählt das Leben der Nordenssons nach dem Tod der Frau, das Aufwachsen der Kinder, die verstörte Einsamkeit des Mannes... Es geschieht nichts sonderlich Aufregendes, selbst die Weltgeschichte, die zwischen 1914 und 1950 wahrlich Katastrophales zu bieten hatte, zieht nur als blasser Schatten am Horizont vorüber. Dennoch liest man mit wachsender Spannung, und das kommt von weiter nichts als einer hinreißenden Sprache« (Arno Surminski in »Die Welt«).

»›Solveigs Vermächnis‹ ist Tunströms erster Roman, der ins Deutsche übersetzt wurde, und sein erster großer Erfolg in Schweden. Dabei schreibt der Autor seit mehr als dreißig Jahren Gedichte und Prosa – immer abwechselnd. Es muß wohl die Schule des lyrischen Sprechens sein, an der Tunström diesen besonderen Ton der Innerlichkeit ausgebildet hat, der seine Romanfiguren so nahe rückt. Und darum so unwiderstehlich macht« (Süddeutsche Zeitung).

Göran Tunström, geboren 1937 in Karlstad, wuchs in Sunne, einem kleinen Ort im westlichen Schweden, auf. 1958 veröffentlichte er erstmals eine Sammlung Gedichte, 1961 seinen ersten Roman. Für »Solveigs Vermächtnis« erhielt er mehrere schwedische Auszeichnungen und wurde 1987 mit dem Selma-Lagerlöf-Preis geehrt.

Göran Tunström

Solveigs Vermächtnis

Roman

Aus dem Schwedischen
von Hans-Joachim Maass

rororo
Rowohlt

Veröffentlicht im Rowohlt Taschenbuch Verlag GmbH,
Reinbek bei Hamburg, Februar 1991
Die Originalausgabe erschien 1983
im Albert Bonniers Förlag AB Stockholm,
unter dem Titel »Juloratoriet«

Umschlaggestaltung Britta Lembke (Foto: Fritz Kühn aus dem Buch
»Komposition in Schwarz und Weiß«, Bruckmann Verlag, München 1959)
Gesamtherstellung Clausen & Bosse, Leck
Printed in Germany
1080-ISBN 3 499 12833 0

I

Vom Hotel aus rief ich als erstes zu Hause an, um zu sagen, daß ich angekommen war. Die kindliche Stimme meines Sohns klang brüchig, Dunkelheit durchdrang sie. »Hast du einen Fernseher auf dem Zimmer, Papa?« – »Nein, das habe ich nicht«, sagte ich und betrachtete den Schnee, der von meinen Schuhen tropfte, »und wenn, ich hätte auch gar keine Zeit fernzusehen.« – »Gibt's denn da ein Kino?« Er hatte so seine Zweifel, was das platte Land betraf. »Als ich klein war, gab es noch eins.« – »Daß du Lust hast, an so einen Ort zu fahren.« – »Es ging nicht anders«, sagte ich und versprach, eine Runde bis zur Hauptstraße zu machen. Er liebte die Werbeslogans auf den Plakatflächen: »Wenn dir dieser Film keine Todesangst einjagt, bist du schon tot.« – »*In space no one will hear you scream. And if someone could it would even be worse.*« Der Film an diesem Abend hieß »Der Nebel«, und seine Botschaft lautete: »*What you can't see won't hurt you. It will kill you.*«
Vor Österbergs Uhren- und Optikladen blieb ich lange stehen: Gebettet auf Weihnachtsglitzer und künstlichen Schnee, zwischen Wichtelmännern und Kobolden, die ich aus meiner Kindheit wiederzuerkennen glaubte, war da ein wahres Wirrwarr von Uhren ausgebreitet: Wecker, Armbanduhren, hübsche kleine Wanduhren, eine altmodische Großmutteruhr, Taschenuhren und so winzige Damenuhren, daß es unmöglich war, die Zeit von ihnen abzulesen. Ich zählte siebenundzwanzig verschiedene Zeitmesser, und keiner von ihnen stand still.
Alle zeigten sie eine unterschiedliche Zeit an. Eine Uhr zeigte Viertel nach zwei, eine zwanzig nach vier, eine dritte kurz vor Mitternacht oder kurz vor zwölf Uhr mittags. Unverdrossen tickten sie weiter und weiter, jede in ihrer Zeit,

unbekümmert um die anderen. Keine ging falsch und keine ging richtig, es gab kein Vor und kein Nach. Jede war ihrer eigenen Mechanik zugewandt.
Vor dem Schaufenster war es das gleiche. Im dichten Schneetreiben glitten und rutschten die Menschen aufeinander zu, und keiner war so recht gegenwärtig. Einer erwachte aus seinen Alpträumen, und ein anderer versank in der Erinnerung an einen Sommertag.
Der Schnee zwang mich, die Augen zu schließen. Ich zog den Mantelkragen enger, schob ruhig einen Aufschlag unter den anderen und befand mich im verwirrenden Labyrinth meiner eigenen Zeit, während ich auf dieser Straße weiterging, in der ich einmal so vielen Dingen Namen gegeben hatte. Ich machte meine Erwachsenenschritte und war trotzdem mit einem anderen Teil meines Selbst drei Jahre alt. Die Hand, die sich um den Griff der Aktentasche schloß, hielt gleichzeitig die Hand meiner Mutter, zeigte auf eine Eiswaffel, befreite sich aus einer Prügelei in Griechenland, folgte der Anmut einer Partitur. Jede Handlung in der Vergangenheit zeugte tausend andere Möglichkeiten, lief wie ein Rinnsal weiter auf die Möglichkeiten der Zukunft zu. Und sie setzen ihren Weg fort, werden in der Wildnis des Bewußtseins immer zahlreicher, zu Schatten, die einen jagen und selbst gejagt werden. Es ist nie ganz still.
Ich überquerte den Marktplatz und ging über die Brücke – das Wasser immer gleich erschreckend schwarz in dem schmalen Sund: wie viele Träume von Stürzen hatten hier gespielt! –, kam an dem verdunkelten Haus vorbei, in dem ich einmal gewohnt hatte, und schlitterte die Allee zur Kirche hinauf. Die Lärchen und Eiben ragten weiß und feierlich auf, wollten ihre Märchen erzählen. Die Kirche war schon erleuchtet, aber ich blieb im Schnee stehen und sah auf die Lichter der kleinen Stadt, sah mich unter den Bäumen mit den Skiern hinfallen, sah, wie Schnee zwischen Strümpfe und lange Unterhosen eindrang. Dort unten lag der Balkon. Da war das Hotel. So viele Jahre waren vergangen, und den-

noch: der gleiche Augenblick, das gleiche Leben. Die gleiche Notwendigkeit.
Der schöpferische Tod...

Als ich mich umdrehte, um zu den Gräbern zu gehen, stand Egil Esping mit der Schneeschaufel in der Hand hinter mir und betrachtete mich. Er trug einen schwarzen Mantel und dunkle Hosen. Er war barhäuptig, und das speckige Haar war zurückgekämmt wie immer.
»Aber da bist du ja, Victor. Du kommst zurück. Habe ich schon in der Zeitung gelesen.«
»Ja.«
»Du bist ganz schön herumgekommen. Hab dich mal im Fernsehen gesehen. Nicht alle Leute sind gleich. Es ist lange her, daß wir zusammengearbeitet haben.«
Ich schluckte. Ich fühlte mich wie ein Verräter.
»Das ist wohl mindestens dreißig Jahre her.«
»Einunddreißig«, sagte Egil Esping. »Du hast im August aufgehört. Ich bin ja zufällig zur gleichen Zeit hergekommen wie du. Aber ich bin hiergeblieben. Willst du etwas Kaffee?«
»Ich weiß nicht recht.«
»Du hast noch Zeit. Ganz schön anstrengend, so viele Leute zu dirigieren, was? Aber das liegt bei euch in der Familie. Es war doch dein Vater, der damit anfing? Er war doch dein Vater?«
»Mmh.«
»Laß mich noch ein bißchen Schnee schaufeln. Es sind noch zwanzig Minuten, bis ihr anfangt. Nicht nötig, daß die Leute in der Kirche alles naß machen.«
Es war ein düsterer Sommer gewesen, in dem wir die Gräber pflegten, die Hecken schnitten, die Fußwege harkten und in einem Schuppen saßen, den sie mittlerweile abgerissen hatten, und über die Toten tratschten, die in einem steten Strom ins Leichenhaus gebracht wurden. Es war der Sommer vor unserem Umzug gewesen. Esping ging vor zu dem

neuen Gemeindehaus und führte mich durch eine Tür in den Keller.
»In dem alten Schuppen war's schöner, nicht wahr? Hier sind die Fenster so hoch, daß man sich auf einen Stuhl stellen muß, um rauszugucken. Zu sehen gibt's aber sowieso nichts. Immer dieselben Leute. Es sei denn, du kommst, natürlich. Hast du gesehen, was für eine schöne Kaffeemaschine wir haben? Sie ist immer in Betrieb.«
Egil Esping ließ sich auf einen Stuhl nieder, knöpfte den Mantel auf, stützte die Ellbogen auf die Knie und zündete sich eine Zigarette an. Seine Augen waren müde, die Finger nervös, ununterbrochen schnippte er Asche auf den Fußboden. Er druckste lange mit etwas Wichtigem herum.
»Du ... Wie ist das, wenn du auftreten mußt?«
»Was meinst du?«
»Ja, im Fernsehen. Nimmst du was? Punsch oder so was?«
»Ob ich trinke, meinst du ...? Nein.«
»Nicht mal Punsch!« Darüber grübelte er lange nach, dann zuckte er befreit die Achseln. »Na ja, einer wie ich würde nie auftreten können. Aber das muß doch sehr anstrengend sein. Die vielen Kameras und so. Auch wenn sie was Nacktes zeigen, was?«
»Das ist es sicher. Und hier, was passiert hier sonst so?«
»Ein Lohnempfänger hat nichts zu erzählen, weißt du. Da stehen also 'ne Menge Leute herum und schauen zu? Wenn es was Nacktes gibt?«
»Sicher. Bist du jetzt zum Friedhofschef avanciert?«
»Nicht mal das. Aber der Chef ist verreist. Da muß ich einspringen. Nimm doch auch eine Zigarette. Oder rauchst du vielleicht nicht?«
»Doch, leider.«
Zu unseren Füßen schmolz der Schnee. Er sah zu den Schuhen hinunter, und dann ging sein Blick durch sie hindurch.
»Früher war alles besser. Jetzt wird man so beobachtet. Frü-

her, da war ich in Nullkommanichts mit dem Rad unten. Niemand merkte, wenn ich zum System* runterfuhr und mir ein bißchen was zu trinken kaufte. Davon kann heute keine Rede mehr sein. So seit fünf, sechs Jahren klappt das nicht mehr. Bei der Arbeit, meine ich.«

»Bist du verheiratet?«

»Nein, daraus ist nichts geworden. Aber ich habe ein Kind unten in der Stadt. Ist jetzt sechs Jahre alt. Ein Junge.«

Wie aus einem seiner Gräber sah er zu mir auf.

»Zuviel Gesaufe, weißt du. Das duldete sie nicht. Erinnerst du dich noch an Bertil. Er ist tot.«

»Was du nicht sagst. Er war aber doch auch schon alt.«

»Es war Schrot. Direkt in die Schnauze. Er liegt dahinten auf dem neuen Teil, gleich neben der Mauer. Wenn du Lust hast, ihn dir anzusehen ... wenn man das so sagen kann.«

»Hat er sich erschossen?«

»Seine Alte ist ihm weggelaufen. Und dann das Trinken. Allein ab in den Wald. Am Montag drauf tauchte er hier dann nicht auf, und du weißt, daß er in zwanzig Jahren nicht einen einzigen Tag gefehlt hat. Nicht einen Tag, wie blau er auch war. Wir riefen also an: niemand nahm ab. Nachmittags sind wir hingefahren. Es hatte ihm den halben Kopf weggerissen.«

»Ich weiß noch, daß er davon träumte, einmal einen Tag zu Hause zu bleiben und dem Regen zu lauschen, wie er aufs Scheunendach trommelt. Mit einem Bier im Heu zu liegen.«

»Nein, nein, das war Gustav.«

»Ach ja.«

»Der ist auch tot. Nimm doch eine Zigarette!«

Egil Esping wollte es immer allen recht machen. Keinem lästig werden.

Als er sechs Jahre alt war, war seine Mutter mit ihm zur

* Systembolaget = Schwedische Monopolhandelsgesellschaft für Alkoholika / der Übers.

Brücke hinuntergegangen und hatte gesagt, sie würde sich zusammen mit ihm ertränken, da er ihr Leben zerstört und ihr vor der Familie Schande gemacht habe.

»Ich hab noch mehr. Ohne Zigaretten kann ich nicht sein. So, du willst also Bach spielen. Dein Alter ist so einfach verschwunden ...?«

»Mmh.«

»Ich geh auch immer hin und setz mich rein, wenn sie spielen. Bist du ... religiös?«

»Ich weiß nicht.«

»Aber es ist schön, wenn er aus der Bibel liest, der Pastor.«

Er blickte wieder auf.

»Das brauchst du keinem zu sagen, daß ich das finde. Ich meine, von den Predigten begreife ich nicht sehr viel, aber ... man wird sozusagen ruhig. Gewissermaßen. Du weißt schon. Ich hab ein Buch gelesen. Über Seelenwanderung. Aber daran glaubst du vielleicht nicht ... an so was.«

»Nein.«

»Tja, ist wohl auch nichts Besonderes.«

Er stellte sich mit dem Rücken zum Zimmer und blickte zum Fenster hoch. Draußen ließen die Laternen den Schnee wie Goldstaub glänzen.

»Ganz schön mühselig mit den Gräbern, wenn es so schneit. Wie gestern, das war diese Eva Bergkvist. Die hast du doch gekannt?«

»Ich glaube«, sagte ich vage, denn es gab kaum Gesichter, die mir wirklich deutlich vor Augen standen, aber ich war froh, daß er glaubte, ich könnte mit ihm die Bilder seiner Abgeschiedenheit teilen.

»Natürlich hast du das. Sie hatte Krebs. Im Krankenhaus fing sie an zu weinen, als man sie nach ihren Verwandten fragte. ›Nein‹, sagte sie. – ›Aber irgendein Bekannter? Eine Freundin?‹ – ›Nein.‹ Und da begriffen die Leute dort, wie einsam sie war und wie dieser Brustkrebs zum Besten wur-

de, was ihr je zugestoßen war. Das sagte sie jedenfalls, als sie von der Strahlenbehandlung beurlaubt wurde. Sie hatte ein Geschwür wie eine Tomate. Dann kam sie nach Karlstad in ein Patientenhotel. Dort gab es Butterbrote mit Leberpastete und einer Gurke, die in der Mitte durchgeschnitten war, ich meine längs, verstehst du. Bei der Beerdigung war ich fast der einzige, ich und der Pastor. So wird's wohl sein, wenn man selbst... daß niemand... nicht mal der Junge.«
Ich machte eine Runde zu den Gräbern. Der Wind heulte, und der Schnee lag in hohen Verwehungen an den Fußwegen und bedeckte die Grabsteine. Es war unmöglich, irgendwelche Namen zu finden, aber: *How fit a place for contemplation is the dead of night among the dwellings of the dead...*

»Johann Sebastian Bach errichtete aus schwingender Luft den weltumfassenden unsichtbaren Gottesstaat und ging bei Lebzeiten in ihn ein wie der chinesische Maler der Legende in sein Bild«, schreibt Oskar Loerke.
Das war also Bach. Aber was waren das für Menschen, welche die Kraft hatten, »die Kategorien des Jubels« am Leben zu erhalten? Wer pflegt die Sprache so, daß sie immer noch zugänglich ist, Jahr um Jahr?
Was in mir hatte diese Kraft besessen? Welche Augenblicke sind es, die unser Leben formen, welche Ansichten werden von den ersten blassen Strahlen unseres Bewußtseins beleuchtet und geben uns eine Richtung?
Die Kirchentür ließ sich nur schwer öffnen, und ich stand eine Weile zögernd draußen im Schnee, bevor ich sie aufschob und die lichterfüllte Grotte betrat.
»Willkommen«, sagte ich zum Orchester und zum Chor, der vorn beim Altar saß, und ließ Mantel und Schal auf den Boden gleiten. »Ich heiße Victor Udde, und ihr könnt euch gratulieren, daß ihr mich als Dirigenten bekommen habt. Wer sonst sollte an so ein wahnsinniges Unternehmen glau-

ben, in dieser Zeit Jubelchöre zu leiten. Dies ist eine Tradition, die...« (Aber das ging sie ja nichts an, das war meine Geschichte...) »... ein paar Jahre auf dem Buckel hat. Wie ihr wißt, ist es nicht leicht, an einem so kleinen Ort Musiker zusammenzukratzen. Trotzdem...«

In meinem Rückenmark begann es zu singen, es war immer das gleiche. Tief in meinem Bewußtsein wurden Türen aufgestoßen, Gesichter schauten herein... »Aber wo sind die Trompeten? Wo ist Dietrich Fischer-Dieskau? Wo haben wir die Wiener Sängerknaben? Wo ist van Kesteren? Wenn er es macht, kriegt der Evangelist nämlich viel Schwung. Versteht ihr überhaupt etwas von Musik? Lohnt es sich, für euch die Lektüre guter Bücher zu opfern, die Ambitionen, Ikonenmalerei oder Bhagavadgita zu studieren? Gehen wir mal davon aus. Laßt uns das Mysterium der Geburt preisen. Jauchzet, frohlocket! Auf, preiset die Tage! Trompeten und Pauken, wo seid ihr?«

Die Tore waren geöffnet. Ich hörte, wie meine Stimme leiser wurde, um eine Spur: »Solche Werke, müßt ihr wissen, wurden für jeden Sonntag geschaffen. Montags und dienstags wurden die einzelnen Stimmen aufgeschrieben. Die ganze Familie Bach arbeitete daran, Johann Sebastians Handschrift läßt sich nicht von der seiner Frau unterscheiden, Ehre ihrem Andenken, am Mittwoch und am Donnerstag wurden Kopien angefertigt, am Freitag und am Sonnabend wurde geübt, damit war das Rennen gelaufen, und man konnte in Ruhe seinen Kaffee trinken. Fünf, sechs komplette Jahrgänge gibt es, aber denkt daran, es gab eine Menge Formeln, die ihnen damals halfen: Es gab eine Emblematik. Der schöpferische Prozeß, auf den wir heutzutage so großen Wert legen, gab dem Ganzen nur die Farbe. Der Affekt, den es hervorzurufen galt, ergab sich mehr oder weniger aus den Emblemen. Diese Formeln sind Allgemeingut. Wie ein Möbelstück. Ein Stuhl. Ein Stuhl muß bestimmte Eigenschaften haben: Beine, eine Rückenlehne, eine Sitzfläche. Aber schließlich haben wir Stühle, gemalt

von van Gogh, von Picasso – Stühle, die man nicht vergißt!
Ihr müßt auch immer daran denken, daß er nie mit einem wirklich guten Dichter zusammenarbeiten durfte. Die Texte stammen zum größten Teil vom Oberpostmeister von Leipzig, Heinrici, den man Picander nannte. Übrigens nichts gegen Postmeister, mein Nachbar in Ingesund ist auch bei der Post, und einen besseren Hagebuttenwein muß man schon suchen. Dann haben wir die Texte, die direkt auf Bibelzitaten beruhen, die Bach selbst zusammenstellte. Evangelienteile werden von Chorälen umgürtet, die in unserem Sinn heutig sind, da nämlich das ganze Spektakel, wenn ihr verzeiht, von außen betrachtet wird. Vergleicht das mit einer Oper, in der die Handlung vorantreibt und dann plötzlich innehält. Jede Bewegung hört auf, und die Gedanken irgendeines Protagonisten nehmen die Form von Arien oder auch Evangelien an. Oder wie in der Dreigroschenoper, wenn die Seeräuber-Jenny im Bordell singt: Alles wird still. Wieviel *Zeit* das kostet. Aber diese Zeit darf und muß sein.
Oder denkt an die Marx Brothers, meine liebe Gemeinde. Eine rasende Handlung, Verfolgungsjagden, Liebe. Dann plötzlich treten sie aus dem Rahmen heraus, steigen auf einer Arie aus Witzen und Gags empor. Das ist wunderschön. Denn das ist das Privileg des Menschen: Zeit und Raum zu verlassen, sich zu entziehen. Da sind viele Studien, meine Damen und Herren, ist viel Meditation und ein wenig Theologie hinter dieser Stirn«, sagte ich und zeigte auf meine Schläfe. Der Chor lächelte.
»In Ordnung. Dies ist also Gebrauchsmusik für Weihnachten 1734. Johann Sebastian bedient sich der Parodie: weltliche Musik zu sakralen Texten. Hatte er wenig Zeit? Oder war man damals noch so klug, daß man zwischen weltlicher und geistlicher Liebe nicht unterschied? Die Frage verdient, bedacht zu werden. Eros, Agape. Gibt es ein Glas Wasser? Wie empfanden es die Zuhörer, als sie die Musik aus der

Alltäglichkeit der Welt hörten? Das erste Stück, ›Jauchzet, frohlocket! Auf, preiset die Tage‹, heißt eigentlich: ›Tönet, ihr Pauken...‹, ein weltlicher Text, der verteufelt gut, Verzeihung, in seinen weltlichen Zusammenhang paßt, eine höchst gewöhnliche Geschichte, dargeboten in einem Saal bei Hofe, in einem Schloß, mit einer Gruppe schlechtbezahlter Studenten. Lakaienmusik also. Die feinen Damen und Herren sollten ein Weilchen dasitzen und reden, ein Glas trinken und sich teilhaftig fühlen. Hört jetzt zu!«
Aus der Tasche kramte ich einen kleinen Kassettenrecorder hervor.
»Jauchzet, frohlocket... die Trompeten...«
Ich hielt dem Chor den Recorder entgegen, wiegte mich im Takt, begann, Concentus Musicus zu dirigieren, wollte Harnoncourt verdrängen und sah den Chor an, während ich in den roten Schlingen meines Schals herumtrampelte:
»Der Chor... dienet dem Höchsten... ein fallendes Thema, weich, der gleiche Affekt im Weltlichen. Schweitzer, also Albert, sagt jedoch um die Zeit der Jahrhundertwende, daß diese Chöre besser zum religiösen Zweck paßten, während die Arien... Schh! Typischer Affekt, das Thema kommt... Beachtet die Rangordnung der Instrumente, Pauken, Trompeten, Jubel! Jubel, meine Freunde, pam, pam, pam. Jetzt sind wir dran, eins, zwei...:

Jauchzet, frohlocket! Auf, preiset die Tage,
Rühmet, was heute der Höchste getan!«

II

An einem Junitag Anfang der dreißiger Jahre steht Solveig Nordensson draußen auf dem kiesbedeckten Hof ihres värmländischen Bauernhofs, die Beine links und rechts neben den Pedalen des neuen Fahrrads, das sie von Aron bekommen hat. Sie fühlt sich wie frischgeliebt und warm vor Freude und hat die Hände auf die blitzende Lenkstange gelegt. Gleich will sie sich auf den Weg nach Sunne machen, um mit Kantor Jancke über das Konzert im Herbst zu sprechen, das nun endlich, nach zehnjähriger Vorbereitung, stattfinden soll.

Sie sagt zu Sidner: »Ich habe wohl vergessen, das Grammophon abzustellen.«

Dann zerzaust sie ihm das Haar, streicht Eva-Liisa über die Wange und blickt hinaus über den See und die langen Nachmittagsschatten, die auf den Feldern liegen.

»Ich mache es aus, Mama«, antwortet Sidner, aber, wie er später noch viele Male hinzufügen soll, »daraus wurde nie etwas.« Sie lauschen alle drei ein Weilchen durch das geöffnete Fenster ins Zimmer, wo der Tonarm seine Jubelgesänge tanzt:

»Lasset das Zagen, verbannet die Klage,
Stimmet voll Jauchzen und Fröhlichkeit an!
Dienet dem Höchsten mit herrlichen Chören,
Laßt uns den Namen des Herrschers verehren!«

Sie verstummen wie schon früher so viele Male, horchen in sich hinein, von Bachs Weihnachtsmusik umworben.

»Aber erst mußt du mich anschieben, Sidner.«

Und er legt die Hände auf den Gepäckträger, drückt die nackten Füße in den Kies und gibt ihr einen Stoß. Solveig setzt sich auf den Sattel, und es geht bergab, es singt in den Speichen, Sand und Steinchen spritzen hoch, und sie zieht von Bäumen und Grabenrändern den ganzen Sommer in die Lungen, atmet die Düfte von Wiesenkönigin, Labkraut und Gänseblümchen ein, und Sidner überquert den Hof, stellt sich an den Rand des steilen Abhangs direkt über der Wegbiegung und ruft: »Hej...«, und sieht die Kühe, sieht den Vater, sieht, wie Solveig mit den Füßen bremst, sieht die Kette abspringen, sieht, daß sie nicht ausweichen kann, sieht, wie die vordersten Kühe sich vor diesem heranrasenden Pfeil zur Seite stürzen, sieht, wie die, die hinterhertrotten, es nicht mehr schaffen, sieht, daß Solveig direkt in die Schlucht aus Fleisch und Hörnern und Klauen hineinfährt, sieht sie fallen und liegenbleiben, während es über ihr tritt und tritt, noch lange nachdem es sie nicht mehr gibt. – »Man erlebt«, so notiert Sidner in seinem Heft *Über Zärtlichkeiten*, »Augenblicke, die nie zu Ende gehen.«

Über »Die Gegenwart« schreibt Sidner, daß »sie die Zeit ist, die man *hören* kann, die grollend in die Passagen unserer Sinne eindringt, um von dort in das nicht mehr körperliche weit verzweigte Kanalsystem hineinzufallen, das der Bewässerung unserer Ernten dient«. Es ist ganz offenkundig, daß er auch hier auf diesen Tag im Juni hinweist, als er zwölf Jahre ist und da oben auf dem Abhang steht und sich umdreht und vor dem Dunkel der offenen Scheunentore Eva-Liisas rote Zöpfe sieht. Sie fliegen hoch, als sie den Weg hinunterläuft, um Solveig einzuholen, ihre Arme ragen in die Luft, der Rock weht um die heruntergekrempelten Strümpfe, sie ruft: »Warte auf mich, Mama.«

Daß Sidner ruft, hört sie nicht. Er bleibt stehen.

»Noch lange, nachdem man angefangen hat zu laufen, kann man auf demselben Punkt stehenbleiben. Dort stehend, kann man dann plötzlich merken, daß man in Neuseeland angekommen ist«, notiert er.

Aber ein Teil seines Selbst holt Eva-Liisa kurz vor der Wegbiegung ein, unterhalb der schon leergepflückten Stelle mit den wilden Erdbeeren, wo sich Feldthymian und Wegerich ausbreiten. Er wirft sich auf sie, und beide fallen sie auf den trockenen, lehmigen Weg. Ihr breites Gesicht wendet sich seinem zu, die Zahnlücke starrt ihn an, ihre Augen starren, die Nase tut es, sie versucht, sich freizukämpfen. Er beißt sie in die Wange, Blut kommt, sie liegt still unter ihm, der Körper erschlafft, Wärme entströmt ihm, sie blicken einander direkt in die Gedankenquellen, die Erde wölbt sich rund. Was soll jetzt geschehen? Was soll er tun? Wie sieht die nächste Welt aus?

»Was soll das? Bist du verrückt geworden, Sidner?«

»Mama«, flüstert er, aber die Stille hält an. Er rollt von ihrem Bauch herunter, spürt Nässe in den Hosen, schließt die Augen. Wie sollte die Welt noch einmal von neuem beginnen? Welche Namen sollten ihnen füreinander einfallen? Wenn man ihn nur nicht Sidner genannt hätte, könnte ihm jetzt egal sein, was passiert ist. Er könnte ein Besucher sein und von dem Schrecklichen hören, was da oben auf dem Hof unter dem Wald geschehen ist.

Er will seinen Namen nicht wissen, aber Eva-Liisa richtet sich auf, die weißen Unterhosen starren ihn an: »Sidner, was ist in dich gefahren?«

Frage nicht, versucht er zu schreien, aber seine Stimme vergurgelt in einem schwarzen Loch.

Wenn er doch Eltern gehabt hätte, die ihm keinen Namen hätten geben wollen. Reisbrei heißen zu dürfen oder Zaunpfahl, Sonntagmorgen, was auch immer.

»Ich will hinter Mama herlaufen.«

»Nein!« brüllt er ihr in die Ohren.

»Du bist gemein, Sidner.«

Sidner hat viele Male davon geträumt, steile Abhänge hinunterzufallen, zu ertrinken, aber als er dann aufgewacht und ins Bett der Eltern gekrochen war, hatte er lernen müssen, daß man Träume nur abwarten muß. »Auch den längsten Traum der Welt abwarten, Jahr um Jahr? Warten, bis

man alt ist und endlich richtig wach werden darf, bis in den Tod? Wird mein Leben so aussehen?«
Und die Kinder erheben sich, und er sagt ganz *bleich* zu ihr, daß sie nicht runtergehen darf und sie hier warten werden. Eva-Liisa trocknet sich die Wange, die Hand ist voller Blut. »Gemeiner Kerl, ich werd's Mama erzählen.« Sie verstummt. Als sähe sie jetzt erst Sidners Augen.
Daß sie *neu* sind, als er die Hand ausstreckt, die dreckigen Finger, und das Blut berührt: »Verzeih...« Und genauso bleich antwortet sie: »Warum hast du das getan?«
»Einmal«, sagt Sidner und spürt, wie die Worte von der Welt abweichen, »einmal soll es offenbart werden.«
Sie entdecken Aron. Zwischen dem laufenden, springenden Vieh kommt er näher. In den Armen trägt er ein blutiges Bündel, und das ist nicht dazu da, angesehen zu werden. Und seine Rufe sind nicht zum Zuhören: »Ich kann die Küüühe nicht einfangen. Oh, ich kann die Küüüüühe nicht einfangen.«
An ihnen vorbei und hinauf zu den Dingen, die sich entkleiden. Das Haus entkleidet sich, die Tannen am Waldrand, der Hauklotz vor der Scheune, die Axt, die in seine Mitte hineingetrieben ist, ja, das Gras entkleidet sich und wendet sich dem Weg zu, sie nähern sich allesamt, um ihn zu empfangen, wenn er fällt.

Aron wandert auf der Außenseite des Schlafs auf und ab. Hier sind die weißen und dunkelvioletten Blüten der Feldbohnen, die jetzt, gegen vier Uhr morgens, vom Tau benetzt sind. Sie stehen in langen Reihen neben dem Haus, zum Abhang hin. Die Mohrrüben sind hellgrün, noch zart, er spaziert dort herum und betrachtet die Spuren der Rehe. Er war mal einer gewesen, der jetzt Netze aufgespannt hätte. Einmal war er einer, der eifrige Finger hatte.

Über die Haferfelder geht er, über die Weiden. Bleibt stehen, um sich etwas anzusehen, das sich erst allmählich als Stein, als Kuhfladen, als ein vertrockneter Ast entpuppt. Ganz sacht, wenn überhaupt, entgleiten den Dingen die Eigenschaften, nehmen Form an, legen sich zurecht, werden eins mit ihren Namen. Aber es gibt, meist, kurz vorher einen weißen Augenblick, der Minuten dauern kann, in dem der Stein sich weigert, Stein zu werden, in dem die Hand sich weigert, Hand zu werden, in dem man nicht einmal sterben kann, da man nicht lebt.
Kehrt zum Hof zurück, als die Sonne die unterste Fensterreihe erreicht und sie kupfern färbt, die Katze sitzt dahinter und bekommt einen Spritzer Strahlen in ihren schwarzen Pelz. Steht wieder mit einem Fuß im Küchengarten – Solveigs heiliger Boden. Im Frühjahr hat Aron ihr geholfen, ihn umzugraben, verschwand dann aber auf die offenen Felder und ließ sie auf den Knien zurück, barfuß in der Frühlingserde, in der Samenerde, weil er so sonderbar vor diesem Aussäen zurückscheute. Die Samen waren zu klein. Aber im Herbst kam er immer wieder, um Strünke auszureißen, Kraut zu schneiden und in Sand zu packen, zum Erdkeller zu tragen.
Steht jetzt da und betrachtet das Andenken an sie: Vornübergebeugt kroch sie die Reihen entlang, die weichen Brüste füllten die Bluse, sie strich sich das Haar aus der Stirn, an der ein Streifen Erde zurückblieb. Sie war das Schönste, das er gekannt hatte, alles mußte sich mit ihr messen. Es lohnte sich, sie im Schlaf zu betrachten, frühmorgens, bei der harten Arbeit. In all ihren Bewegungen sammelte sich so viel Licht, daß es auch für ihn reichte. Fand immer ein Lächeln, auch dort, wo er am wenigsten eines vermutete.
Denn in der Gegend wird nur wenig gelächelt. Die Bauern gehören nicht zu den Lachenden, Lachen ist ein Verrat. Er bückt sich und versucht, sie zur Seite zu schieben, nimmt einen Anlauf, das Unkraut zu jäten, das schon hoch unter Feldbohnen, Zuckererbsen und der Roten Bete steht.

Aber als ob ihm jemand die Hand wegführt. Hier darfst du nicht jäten, Aron! Dies ist Solveigs Boden! Das Unkraut wartet auf sie. Wenn er es beseitigt, wird sie nicht wiederkommen.
Das Lächeln fächelt an ihm vorbei.
Um ein Haar hätte er ihr diese Möglichkeit genommen.
Er steht auf und blinzelt in die Sonne. Das Lächeln streicht ihm über die Lippen, als er über das Land hinwegblickt: Darauf wird sie nie verzichten können!
Was ist der Tod gegen diese leuchtende Liebe in den Bäumen, auf der Erde und im Nebel, der sich dort unten auf dem See lichtet.
Alles ist, wie es sein soll: Letztes Jahr hat er die Scheune mit roter Falun-Farbe gestrichen, die Heureiter sind neu, stehen gegen die große Birke gelehnt, das Gras ist hoch und der Klee feucht. Vor dem Küchenfenster wiegen sich die Rudbeckien im Wind, und kleine Bartnelken blicken bewundernd zu ihnen auf. Die Katze sitzt im Fenster, ihre blauschwarzen Ohren bewegen sich beim Laut einer surrenden Fliege.
O nein, darauf verzichtet man nicht.
Man braucht nur zu warten.
Aron zwängt sich durch die Johannisbeersträucher und holt die Leiter von der Rückseite des Hauses. Keines der Kinder ist durch die Tür geschlüpft, um draußen Pipi zu machen, er will sehen, wie sie schlafen.
Aber sie sitzen nackt in den Betten, in derselben Welt wie er, und er hat ihnen nichts zu geben.
Kann nicht angeflogen kommen und ihre weitaufgerissenen Sinne erreichen.
Lehnt sich hinein und erschreckt sie, weil er soviel Dunkelheit mitbringt.
Das Schwarze in Sidners Augen: Er sitzt mit gekreuzten Beinen auf dem Laken und kämpft sich durch Brandungen.
»Ich wollte nur«, sagt Aron und stochert mit dem Finger im

Fensterkitt herum, ein Stück fällt und prallt gegen die Leiter. Seine Hand kann nichts mehr.
»Ich habe Hunger, Papa«, sagt Eva-Liisa.
Ihr wird es leichter fallen. Ihre Erinnerungen werden von der Seele verdunsten. Aber Sidner?
»Schlaft noch ein bißchen weiter, es ist noch früh.«
»Aber du, warum schläfst du denn nicht?«
Das Geben war Solveigs Sache. Die Sprache gehörte ihr, und was blieb ihm? Nichts. Er lieh sich immer nur alles aus. Er stand am Rand, konnte manchmal in ihren Lichtkreis treten und teilhaben an der Welt. Aber jetzt... Was war noch übrig?
Er stolpert die Leiter hinunter und läuft auf die Felder hinaus, weiter auf dem Holzfällerweg durch den Wald, und während er läuft, verwandelt sich Juni in Juli. Es wird August und September, Regen fällt, der Acker wird lehmig, und das Getreide fällt. Wasserkranke Radspuren, in der Scheune muhen die Kühe mit prallen Eutern. Aron läßt sich auf einen Stein sinken. Niemand ist gekommen, um das Unkraut zu jäten. Niemand ist zu ihm ins Bett gekrochen. Solveig ist noch zu sehr mit ihrem Tod beschäftigt, es muß viel zu erledigen geben.

Schon im Oktober jenes Jahres gab Aron auf, obwohl ihm die Nachbarn sowohl mit den Tieren wie mit der Ernte geholfen hatten. Er ließ Haus und Tiere versteigern. Er wußte, daß ihm nichts anderes übrigblieb.
Als er am letzten Tag die Möbel und den Hausrat, den er retten wollte, hinaustrug, stand Solveig vor dem Schlafzimmerspiegel und versperrte ihm den Weg. Sie knotete im Nacken einen Schal, hatte eine Haarnadel im Mund und lächelte ihn an.
»Ich will mich nur zurechtmachen«, sagte sie, und ihre Blikke begegneten sich im Spiegel. »Es dauert nicht lange.«
Aron nickte und ging auf sie zu, bis er die Hände ins Spiegelglas stieß, das in tausend Scherben zersprang. Sidner

stand schweigend hinter ihm und sah auf die Splitterseen hinab.
»Hol die Schaufel, Sidner.«
»Die ist schon auf dem Umzugswagen.«
»Tu endlich, was ich sage«, schrie Aron, und es war das erste Mal, daß er gegen eines seiner Kinder die Stimme erhob.
Und während Sidner draußen in ihren Habseligkeiten auf dem Wagen herumwühlte, versuchte Aron, die Scherben aufzusammeln, damit Solveig heil blieb. Er lag auf dem Fußboden und sah sie in den Spiegelstücken glitzern. Ihr Schal war violett, er flatterte plötzlich, und Aron wußte, daß ihre Augen und ihr Arm sich in einer anderen Scherbe befinden mußten, es würde lange dauern.
»Solveig, wo bist du?«
Und als sie gerade tief aus einer Glasscherbe, die er gegen das Licht hielt, zu einer Antwort ansetzte, stürzte Sidner mit Schaufel und Kehrbesen ins Zimmer. Er bremste sich.
»Was ist, Papa?«
»Wir wollen doch von hier wegziehen.« Aron kroch, die Hände voller Scherben, über die Dielen. Nahe der Wand kauerte er sich zusammen, umschloß die Scherben so fest, daß ihm das Blut aus den Fingern spritzte.
»Kannst du mir das je verzeihen?«
»Es ist nicht deine Schuld, Papa.«
»Doch«, sagte Aron. »Setz dich neben mich. Ich... kann nicht mehr... kann nichts mehr ausrichten.«
Sie weinten das leere Zimmer voll, Seite an Seite, den Rücken an die Tapete gelehnt, an der sich häßliche, bleiche Vierecke abzeichneten, wo einmal Bilder und Fotografien gehangen hatten. Risse kamen zum Vorschein und Staubflocken, eine Sicherheitsnadel ragte blank aus einer Dielenspalte, die Herbstfliegen spazierten über die Fensterscheibe, zeichneten sich dunkel vor dem regenschweren Himmel ab, und draußen wieherte das Pferd, das ihr Leben von hier wegführen und in die kleine Stadt bringen sollte.

»Soll ich das Grammophon holen?«
Kurze Zeit später stand es auf der Packkiste mit der Bettwäsche.

> »Ich folge dir gleichfalls mit freudigen Schritten
> Und lasse dich nicht
> Mein Leben, Mein Licht
> Befördre den Lauf
> Und hör nicht auf
> Selbst an mir zu ziehen
> zu schieben, zu bitten«

»Das Weihnachtsoratorium habe ich nicht gefunden«, sagte Sidner. »Aber das hier tut es wohl auch. In zwei Monaten hätte Mama singen sollen.«
»Das wird sie auch«, sagte Aron. »Ich meine...«
»Halt mich fest, Papa.«
»Wo ist Eva-Liisa, ich will, daß auch sie... Geh und hol sie.«
»Ich kann nicht.«
Er stand aber doch auf, öffnete das Fenster und rief hinaus. Eva-Liisa saß hoch oben auf dem Wagen in einem Sessel und aß Apfelringe aus dem großen Waschkessel, Apfelringe, die sie den ganzen Herbst über geschnitten, an Schnüren aufgehängt und in der Wäschekammer getrocknet hatten, bis es duftete wie im Paradies, und wohin Sidner sich oft allein gestohlen hatte, nicht um bereits von dem zu nehmen, was sie über den Winter bringen sollte, sondern um den Duft früherer Herbste zu spüren, vergangener Gespräche am Küchentisch. Über die Musik. Über Amerika. Über die Feuerfliegen auf der Veranda in Kansas, wo Solveig aufgewachsen war.
»Ich habe keine Lust, reinzukommen«, lachte Eva-Liisa, ohne sich Sidner zuzuwenden, der hastig das Fenster schloß.
»Sie hat schon...«
»Ja. Sie hat vergessen. Sie wird vergessen, aber du und

ich...« Aron sprach in einem Ton, als wolle er das Vergessen beschwören, sich alles genau einprägen.
Deutlichkeiten im Chaos. Etwas, woran man sich festhalten kann. Etwas, was man immer und immer wieder mit der Zunge, mit der Hand, mit den Augen prüfen kann: »Als wir am letzten Tag dort saßen, du und ich, Papa, und du sagtest...« Aber gleichzeitig war klar: Es würde nie helfen. Gerade jetzt löste sich das Haus von ihnen. Jetzt lösten sich Arons Tätigkeiten von seinen Händen, von nun an war alles neu, unbekannt, ohne Namen. Von hier bis in den Tod.

Als sie auf den Hof kamen, fiel schwerer Regen. Ein Nachbar war dabei, das Umzugsgut mit einer Persenning zuzudecken, und sie konnten Eva-Liisas Augen aus der Dunkelheit hervorspähen sehen.
»Ich hab hier eine prima Höhle.«
Sidner trug das Grammophon. Es fand unter dem schon festgezurrten Überzug keinen Platz mehr, so stellte er es ganz oben auf die Ladung, der Schalltrichter suchte den Weltraum.
Aron stand auf der Treppe. Der Nachbar kam und streckte ihm die Hand hin.
»Ich weiß, wie man sich fühlt«, sagte er.
»Vielen Dank für alle deine Hilfe. Jetzt und im Sommer.«
»Ich habe nicht viel ausrichten können. Gegen das Schwerste.«
»Ich weiß, aber ohne dich...«
»Ich hoffe, es wird dir nichts ausmachen, mal wieder herzukommen und guten Tag zu sagen. Du weißt, daß du und Solveig, ihr habt...« Auch der Nachbar wandte sich ab, trocknete sich mit dem Handrücken die Tränen, und Aron sah sie wieder vor sich: groß, gewaltig, wuchs sie über die Landschaft hinaus, dort hinten auf seiner alten Weide, bei den Heureitern.
»Du weißt, was ich meine.«
Solveig war in so vielen Dingen anders gewesen. Der Nach-

bar warf Aron durch sein Schneuzen ein bleiches Lächeln zu, damit sie beide daran dachten: an das Küssen bei Tageslicht. Denn darin war Solveig der Pionier gewesen. Diese Sitte war erst in die Gegend gekommen, als Solveig ihn eines Tages mitten am blanken Vormittag umarmt und geküßt hatte und der Nachbar, der in der Nähe stand, sie erstaunt beobachtet hatte. Aron hatte sich verlegen aus Solveigs Armen gelöst, sich den Mund gewischt und gesagt: »Das kommt aus Amerika.« Diese Worte hatten sich im Dorf wie ein Lauffeuer verbreitet, und drangen bald jedem Bauern aus dem Mund, wenn er um zwölf Uhr mittags die Arme voll Frau haben wollte, Worte, die die Körper erhitzten: »Jetzt kannst du mal was aus Amerika probieren.«
Die Frauen hatten sich anfänglich losgerissen, hatten geschnaubt und gemeint, das sei vielleicht in Amerika so Sitte, aber hier nicht, doch das Gift hatte sich verbreitet, und niemand war mehr der Meinung, daß es die Arbeitslust herabsetzte oder zerstörte, es kam sogar vor, daß man schon um die Mittagszeit eine Wildrose an den Blusen der Frauen sah.
»Und all die Musik aus eurem Haus! Es wird hier jetzt still werden. Dieser Regen ist ja furchtbar, ihr solltet nicht warten, bis...«
»Es wird irgendwann auch wohl wieder aufhören«, sagte Aron.
Er kletterte die Treppe hinunter, ging zu Basso und strich ihm die Regentropfen vom Rücken. Das Pferd wollte er behalten. Er würde es in der Stadt vielleicht brauchen können. Es begann sich sacht zu bewegen, schritt vorsichtig den Berg hinunter, um die Wegbiegung herum, an dem Augenblick vorbei, an dem alle mit gebeugten Häuptern gingen. Aron war zusammengeklappt wie ein Regenschirm, nichts schützte ihn vor den Blicken der Welt. Die Zügel hingen ihm schlaff in den Händen. Sidner ging an seiner Seite und suchte seinen Arm.
Der Nachbar hob die Hand.

Machte kehrt und ging auf den Wald zu.
Der Weg schlängelte sich zum See hinunter, passierte das kleine Sägewerk, den Kaufmannsladen und kreuzte die Feldwege zwischen den Bauernhöfen. Hier und da waren hinter den Fensterscheiben Gesichter zu erkennen, man versteckte sich, das war zu schwer mitanzusehen, darüber konnte man nicht sprechen. Und die Kinder!
Die Bäume trugen fast kein Laub mehr. Jenseits des Dorfes erstreckte sich hoch und dunkel der Wald. Krähen flatterten über sie hinweg, Basso trabte langsam dahin, die Räder quietschten, und das Geräusch von Eva-Liisas Kauen unter der Persenning grub sich in sie hinein. Aron dachte daran, wie oft er auf diesem Weg aus der Stadt nach Hause gekommen und wie stark seine Sehnsucht jedesmal gewesen war, wie pochend seine Ungeduld.
Es war immer wie eine Heimkehr in die Wohnstatt der Wörter gewesen. Bevor er Solveig kennengelernt hatte, waren die Dinge für Aron verschlossen gewesen, die Welt hatte ihn nicht gewollt. Doch so können Menschen zueinanderfinden, so war es für sie gewesen. Er durfte miterleben, wie sie die Dinge eines nach dem anderen aufbrach, so daß sie reich wurden und vor Bedeutungen schimmerten. Er war in die Welt der Wörter eingezogen.
Jetzt war er wieder draußen im Schweigen.
Das Fahrrad unter den Mehlsäcken versteckt, war er zu Hause angekommen. Es war schwarzglänzend mit gelben Mustern. Er hatte es in Asplunds Sportgeschäft gesehen, und Asplund selbst hatte gesagt, es sei zwar das teuerste, aber das habe sie schon verdient, die Solveig. Am Morgen ihres Geburtstags hatte er es in den wuchernden wilden Wein auf der Veranda gestellt. Um fünf Uhr früh, als die Sonne aufging, führte er sie im Nachthemd hinaus, die Kinder kamen hinterher, sie wußten Bescheid und wechselten Blicke. Er stand schräg hinter ihr, und sie drehte sich um und überschüttete ihn und die Kinder mit all dem, wovon sie so viel besaß, mit Zärtlichkeit und Küssen.

Im Wald fiel noch das eine oder andere Blatt zu Boden. Ein Hase rannte über den Weg, Sidner war auf den Umzugswagen geklettert und saß da oben mit dem Grammophon und einem Stapel Schellackplatten im Arm. Der Weg führte mehrere Kilometer weit geradeaus, und es gab nichts zu sehen, nichts, worüber man sich hätte freuen können. Am Montag würde er in eine neue Schule gehen und neue Klassenkameraden bekommen, er hatte Angst. Angst, nicht mit ihnen sprechen zu können, Angst, er könnte mitten im Unterricht zu weinen anfangen. Hier draußen im Dorf hatten die Kinder ihn in Ruhe gelassen, jetzt würde es wieder so viel zu erklären geben, zu wiederholen und ins Gedächtnis zurückzurufen. Er blinzelte neidisch zu Eva-Liisa hinunter, die in ihrem Sessel unter der Persenning eingeschlafen war. Vergessen zu können! Er wußte genau, daß sie es bereits tat! Würde Solveig bald *überhaupt* nicht mehr bei ihr sein?

Was war mit diesen sieben Jahren?

Mit dem Hof, auf dem sie gelebt hatten?

Würde es ihn nicht mehr geben? Würde es die ersten Jahre nicht mehr geben? Streicht man das alles einfach aus... gerade so!?

Der erste und einzige Mensch, dem sie auf dem Weg nach Sunne begegneten, war eine kleine alte Frau, die ihnen wie ein Schwan mit watschelndem Gang von weitem entgegenkam. Als sie den Umzugswagen bemerkte, wich sie in den Graben aus, und hinter ihrem Strauß aus Heidekraut machte sie sich zu Tanne und Stein, zu Gras und Blaubeerreisig.

»Die erste Taube«, sagte Aron, als sie an der Alten vorbei waren. »Die Abgesandte unseres neuen Lebens.«

»Wer war das?«

»Ich glaube, sie heißt Angela... Mortens. Sie ist sicher zu irgendeiner Beerdigung oder Hochzeit unterwegs und hat sich verlaufen. Das tut sie meistens.«

Sidner drehte sich um und sah die Alte wieder aus dem Gra-

ben herausklettern. Augenblicklich stand sie völlig still, hielt sich einen Strauß vors Gesicht und sah ihnen mit einem Eiswasserlächeln zwischen den schmalen Lippen nach.
Gegen Abend nähern sie sich Sunne. Dort hat Aron eine Wohnung und eine Stellung gefunden.
Dort sollen sie noch einmal von vorn anfangen.
Und Sidner ist zwölf Jahre alt, und bald werden das Grammophon und die Kiste mit den Platten von der Ladefläche rutschen, weil das Pferd vor einem Auto scheut. Die Erde wird mit Schellacksplittern bedeckt sein. Doch zunächst ein Zitat aus Sidners Aufsatz *Über Zärtlichkeiten*: »Nichts ist von Dauer, nur der verklingende Ton, den die Folge der Alltage ständig sucht, aber nie ganz zu vernichten vermag.«
Jetzt fallen die Platten zu Boden.

Sleipner Brink, eines der ersten Opfer des Rundfunks, kniete mit aufgesetzten Kopfhörern vor dem Sofa und lauschte in den Teufelsapparat hinein, den er zärtlich auf ein geblümtes Sitzkissen gestellt hatte.
Seine Frau schrie und weinte. Der Rundfunk ging ihr auf die Nerven. Seit dem Tag, an dem ihnen Schwager Torin den Apparat geschenkt hatte, war ihre Welt im Verfall begriffen. Wie wenig ihr die Vorderseite ihres Mannes auch gefiel, ewig den Rücken und die schmutzigen Fußsohlen ansehen zu müssen, das war noch schlimmer.
»Du hast vergessen, Rosas Stall auszumisten«, schrie sie, »jetzt muß ich es schon den dritten Tag selber machen. Und Holz gehackt hast du auch nicht.«
Aber Sleipner hatte nur Ohren für die Sirenenklänge des Radios: »Das Assyrische war von 2000 bis etwa 700 vor Christus die Diplomatensprache des gesamten Vorderen

Orients. Ein ausgezeichnetes Beispiel für die Bedeutung des Assyrischen in bezug auf die interasiatische Kommunikation finden wir in einer Sammlung von Dokumenten und Briefen an den ägyptischen König Amenophis den Vierten, die man in dem Dorf Tell el Amarna in Ägypten gefunden hat und die aus dem Jahr 1400 vor Christus stammen. Alle diese mehr oder weniger offiziellen Dokumente sind zum größten Teil auf assyrisch und in Keilschrift abgefaßt...« Ein Rauschen übertönte den Vortragenden. »... wie sich das tägliche Leben im Tal des Euphrat im zweiten Jahrtausend vor Christus gestaltete, und im Jahre 1901 entdeckte man die große Gesetzessammlung, die König Hammurabi – der Amraphal der Bibel – 2000 vor Christus erließ. Im Verlauf des siebten und des achten Jahrhunderts wurde das Assyrische von der zweiten großen semitischen Sprache verdrängt...« Sleipner würde nie erfahren, welches diese Sprache war, und das verbitterte ihm seine Tage. Victoria hatte ihm einen so harten Schlag auf den Rücken versetzt, daß er kopfüber aufs Sofa gefallen war.

»Dein Schwager kommt bald. Du hast doch versprochen, ihm zu helfen.«

»Verflucht, sind sie schon da?«

»Jedenfalls bald.«

»Aber doch noch nicht *jetzt*. Du hättest wenigstens warten können, bis diese verdammte Oper angefangen hat.«

»Ich lese keine Radioprogramme«, schrie Victoria.

»Du kannst ja auch kaum lesen«, entgegnete er, wurde dann aber mit einem Mal weicher: »Richtig, Aron und die Kinder sind auf dem Weg hierher. Das hättest du auch eher sagen können.«

Victoria schnaubte und trat ans Fenster. Sleipner verschloß die Kopfhörer und den Apparat in einer Truhe, steckte den Schlüssel ein, setzte sich an den Küchentisch und blickte zwischen den Bäumen auf die Steinmetzwerkstatt hinaus, wo sein Bruder Torin an einem Grabstein arbeitete.

Victoria beugte sich über ihn. »Hat er was gesagt?«

»Wovon denn?«
»Von dem Gör... von dem Zetterberg-Mädchen, natürlich. Ob er der Vater ist?«
»Das geht uns nichts an. Torin kümmert sich auch nicht um unsere Angelegenheiten.«
Sleipner zog die Küchengardine zur Seite und studierte den gewaltigen Kopf seines Bruders mit dem leuchtend roten Haar und den blassen Augenbrauen, die wie Sommermorgenroggen waren. Sein Rücken war schwer, die Oberarme kräftig, er war ein geschickter Steinmetz, und niemand hätte etwas anderes sagen können.
»Aber er muß doch wissen, ob er es ist?«
»Wenn es dich so interessiert, mußt du ihn schon selbst fragen.«
»Ich bin nicht sein Bruder. Hat er was von Heiraten gesagt?«
»Nein.«
»Darauf würden sich die Zetterbergs auch nie einlassen. Torin ist denen nicht fein genug.«
»Der Meinung bist du doch auch.«
»Ich habe nie gesagt, daß er kein netter Mann ist.«
»Aber dumm, hast du gesagt. Und Torin ist nicht dumm. Glaubst du, ein Idiot könnte einen Flugschein bekommen? Er war nicht älter als achtzehn, als er ihn bekam. Der Jüngste von allen. Glaubst du, man hätte ihm sonst die Flugzeuge oben bei Broby anvertraut?«
»Er könnte sich wenigstens etwas besser anziehen. *Ich* würde es jedenfalls nicht wagen, mit ihm zu fliegen.«
»Kein Mensch würde ein so hysterisches Frauenzimmer wie dich in ein Flugzeug lassen.«
»Es würde mir nie einfallen, in die Luft zu wollen.«
»Glaubst du, ein Idiot könnte ein solches Rundfunkgerät bauen, mit dem man ganz Europa reinkriegt. *The whole of Europe? You bastard*«, knurrte Sleipner und ließ sich über dem Küchentisch zusammensinken, so daß er mit einem Auge das Radioprogramm des Abends erhaschen konnte.

Victoria war glücklich, sich mit ihrem Mann unterhalten zu können, und so wollte sie die Gelegenheit nicht verstreichen lassen.

»Aber mit so losen Frauenzimmern zu gehen. Ihr seid immerhin Pastorenkinder.«

»Wir wissen nichts von der Hemmungslosigkeit der Zetterbergerin, und auch Pastorenkinder sind nicht immer gleich. *My father was not a real priest.*«

»Sprich schwedisch mit mir, damit ich dich verstehe.«

»Mein Vater war Barbesitzer in Kansas. Das habe ich schon tausendmal gesagt.«

»Aber davor? Meine Eltern konnten sich noch an ihn erinnern.«

»Ich glaube, ich muß mich rasieren, bevor sie kommen.«

»Übernimm dich nicht.«

»Es ist Sonnabend.«

»Als ob dir das was ausmacht. Daß Solveig und du und er...«

»Zieh sie jetzt nicht mit hinein, *I warn you.*«

Sidner schreibt in seinem ersten schwarzen, in Wachstuch gebundenen Buch: »Onkel Sleipner und Tante Victoria haben sich im Streitwald verlaufen. Dort ist wenig Platz zwischen den Bäumen, und sie stoßen ständig zusammen. Ich kann mir nicht vorstellen, wie sie sich küssen oder streicheln. Ihre Ehe ist so ganz anders als die meiner Eltern. Trotzdem stammt Onkel Sleipner wie Mama aus Kansas, wo ihr zufolge eine *herzlichere* Atmosphäre herrschte, aus welchem Grund auch er hätte lernen sollen, seine tiefsten Gefühle zu zeigen, die das Tageslicht ja nicht zu scheuen brauchen. Vielleicht ist es jedoch so, daß Tante Victoria so sehr *die Macht übernommen* hat, daß ihre Gefühlsäußerungen nur in der Dunkelheit gedeihen, was in diesem Land Schweden das Normale sein dürfte. (Mit bestimmten Ausnahmen um die Mittsommerzeit, da der Mangel an Dunkelheit sie sozusagen ans Licht *zwingt.*) Ja, vermutlich ist es so, daß die

Beispiele von Küssen bei Tageslicht, die ich selbst gesehen habe, erst in Gebrauch kamen, als Mama mich bereits auf die Welt gebracht hatte, und daß man sich zuvor an die Dunkelheit hielt, was sich für einen Südländer grausam anhören muß. (Dieser Frage nachgehen!!!) Man darf aber auch nicht die langen Winter vergessen, die ja zu siebzig, achtzig Prozent aus *reiner* Dunkelheit bestehen.«

Aron, der Antialkoholiker ist, hat eine Stellung als Kellermeister und Kellner bei Patron Björk im Hotel Sunne bekommen. Freies Logis gehört dazu: zwei Zimmer und Küche über dem Hotel mit einem Ausgang zur Rückseite des Hauses (wenn man nicht durch die Küche hinein- und auf dem Umweg durch den Korridor hinausgehen will). Von den Fenstern oben im Zwischenzimmer kann man die halbe Stadt überblicken, und von dort ist auch der Schnapskeller zu sehen, ein niedriges, aber massives Haus aus Granitblöcken mit einer schweren Tür, die sich ohne doppelte Schlüssel nicht öffnen läßt. Als sie auf dem blanknassen Pflaster nach Sunne hereinrumpeln, werden sie von Sleipner und Torin erwartet. Erst einmal steigen sie mit leeren Händen die Treppen hinauf, und die Brüder bitten Aron, vorauszugehen, während sie hinter ihm auf der Schwelle stehenbleiben, und Sleipner bemerkt, daß sich Victoria schon mit einer Geranie hereingeschlichen hat, zum Zeichen, daß die Welt bereit ist, Aron und seine Kinder zu empfangen. Sie atmen den reinen Geruch von Firnis und Malerfarbe ein, es ist hell und sauber. »*Fine, fine*«, seufzt Torin und legt Aron seine schwere Hand auf die Schulter.
Aber Aron geht hinunter. »Ich will mal anfangen, ein paar Sachen hochzubringen«, murmelt er, denn ihm ist, als sei es ihm nicht erlaubt, etwas Gutes über die Wohnung zu sagen, als würde er Solveig damit im Stich lassen. Aber das hat er ja schon, weil er nicht auf dem Hof auf sie gewartet hat. Dann steht er da mit dem Küchentisch, und Sleipner streckt ihm die Hand entgegen.

»Wo willst du ihn hinhaben?«
»Das ist egal«, meint er und eilt schon wieder hinaus, um nicht die Initiative ergreifen zu müssen. Er macht sich zu einem Dienenden. Er macht sich zum Träger fremder Dinge, von Koffern, Silberbestecken, Kommodenschubladen. Gleich hinter der Tür stellt er sie ab, hebt den Blick nicht, drängt eilig hinaus, als Sleipner versucht, ihn aufzuhalten. Er will nichts damit zu tun haben. Es ist doch nur ein Provisorium. Und außerdem ist ja Sidner dabei. Der soll auch hier wohnen. Sidner kommt langsam mit den zerbrochenen Schallplatten unter dem Arm die Treppe hinauf, preßt sie an sich, will mit stummen Augen an Aron vorbei. Doch am Ende bleiben sie nebeneinander auf der Schwelle stehen, und Sidner macht Aron die Freude zu fragen, wo sie denn schlafen sollen.
Die Auswahl ist nicht groß. Aron bekommt sein Bett in die Küche, das will er so und weist vage auf die Arbeit hin, falls er nachts mal raus müsse... Sidner bekommt das hintere Zimmer und Eva-Liisa das in der Mitte, Eva-Liisa, die fast die ganze Fahrt über geschlafen hat, schläft immer noch, als er sie hinaufträgt und unter einer nackten, baumelnden Lampe mitten auf dem glänzenden Fußboden in ihr Bett legt.
Er sieht sich, wie er sie trägt, und als er sie hinlegt, durchfährt es ihn: »Wie lange werde ich noch die Kraft haben, den Kindern einen Halt zu geben?«
Diese Frage wird ihm von nun an jeden Tag durch den Kopf wirbeln. Wo er nun niemand mehr *ist*, kein schlechter Bauer mehr, der Kühe und Felder im Stich läßt. Ein Nichts ohne Sprache, ohne Eigenschaften: »Wie lange werde ich noch die Kraft haben, diesen Kindern einen Mittelpunkt zu geben? Es wagen, morgens aufzuwachen und mich ihrer Bedürfnisse anzunehmen? Und meiner eigenen. Wo werde ich mich wiederfinden?«
Sleipner und Torin beobachten seine Bewegungen mit halb abgewandten Gesichtern, und als schließlich Tisch und

Stühle stehen, wo sie sollen, sitzen sie einander gegenüber, und Torins große Hand tastet über die Tischplatte.

»Sie war wirklich die Beste, *brother!* Papa sagte: ›*Take care of her.*‹ *Just before he died.*«

»Sprich schwedisch«, tippt ihm Sleipner auf die Schulter, aber Torin hört nicht.

»I remember when she sang on the veranda among the fireflies . . .«

»Feuerfliegen«, übersetzt Sleipner. »Als sie auf der Veranda sang.«

»Such a voice!«

»Was für eine Stimme!«

»And how beautiful she was. My little sister.«

»Meine kleine Schwester, wie schön sie war.«

»Ich verstehe ihn schon«, sagt Aron. »Ich habe ein bißchen Englisch gelernt . . . *sie* hat es mir beigebracht.«

»And that hair!«

»Oh, das Haar.«

»Ich verstehe«, sagt Aron. »Das Haar.«

»What did you say?« fragt Torin und hebt den Kopf zu Aron. *»You remember her hair too?«*

»Erinnerst du dich auch an das Haar?«

»Natürlich erinnere ich mich an ihr Haar.«

»Good. Wasn't it lovely? Not my red hair. Not at all, brother.«

»Nicht mein Haar, überhaupt nicht«, fährt Sleipner fort, und mit einemmal sind sie wieder auf ihrer Beerdigung. Hundert Menschen, ein Sommertag, der betäubende Duft von Blumen, die Süße, die Tränen. Der Kirchenchor verstummt plötzlich mitten im Gesang, Kantor Janckes Hände erstarren in der Luft und haben keine Kraft mehr: »Weil du es warst, Solveig . . . die diesem Chor das Leben schenkte, die unsere Arbeit gebar und nährte. Die uns Abend für Abend begeisterte. Du warst es, Solveig, gib uns Kraft . . . weiterzumachen.«

Eva-Liisa wird wach und fällt in die Wirklichkeit zurück. Sie rennt durch die Zimmer.
»Wo bin ich? Papa?«
»Wir werden hier wohnen.«
»Ich will nicht. Ich will nach Hause.«
»Das hier ist jetzt unser Zuhause.«
Jemand sagt es. Jemand stellt fest, so sei es. Jemand versucht, seiner Äußerung den Stachel zu nehmen: »Jedenfalls eine Weile.« Merkt, daß der Stachel festsitzt. Zerrt und zerrt: »Es wird alles gut werden, wirst schon sehen.«
»Ich will nach Hause.«
Und dabei bleibt es. Der Stachel wird in allen Antworten immer wieder fühlbar sein. Und Aron sinkt mit Eva-Liisa auf dem Schoß am Tisch nieder, streicht ihr unbeholfen übers Haar, und er hört, wie es aus ihm herausbricht: »Ich bin erst fünfunddreißig!«
»Such is life.« Torin schlurft in der Küche auf und ab. *»Such is life, brother.«*
»Ach was, Torin.« Sleipner schüttelt die Schwermut des Bruders ab und hebt die Gardine. »Es wird sich ändern. Hier im Hotel wirst du viele seltsame Menschen kennenlernen, Aron. Franzosen und Amerikaner, auf jeden Fall Engländer. Wenn du Schwierigkeiten mit der Sprache hast, sag nur Bescheid. Patron Björk hält hier Hof, manchmal ist, offen gestanden, die Hölle los. Der Donnerstags-Club. Du wirst noch was erleben.«
»Jetzt gehen wir zu Beryl Pingel und holen uns etwas zu essen.«

Viele Jahre später behauptet Sidner, ohne die Bäckerin Beryl Pingel hätte er nie angefangen, seine Gedanken *Über Zärtlichkeiten* aufzuschreiben, was eine Übertreibung sein kann, wie so vieles bei Sidner im eigentlichen Sinne des

Wortes eine Übertreibung war. Aber gerade um diese Zeit bedeutete Beryl ihm viel, was nach dem Umzug in die Stadt an und für sich alle Menschen taten, da er sich einer neuen Welt gegenübersah.

»Soll ich sie beschreiben oder den Eindruck, den sie machte, muß ich sie in einem Sommertag unterbringen, in einer Wolke aus Weizenmehl, die Tür zu den Lupinen hin geöffnet. Ein blasses Morgenlicht, als ich hereinkam, und nachdem ich ihr mit den Bienenkörben geholfen hatte, wurde ich fast geblendet von der Sonne. Oft stand sie in der Backstube, aber genausooft bügelte sie Torins Hemdkragen, die er anlegte, wenn er ausging und Bestellungen für Grabsteine entgegennahm. Die offene Tür war bei solchen Gelegenheiten von ihrem Lachen erfüllt, und ich fragte mich oft, wo sie das Lachen wohl hernehmen mochte. Nichts entsteht aus dem Nichts. Alles hat eine Ursache. Der Weizenteig und die Hemdkragen, nicht zuletzt die Hemdkragen konnten der Anlaß sein. Falls nicht im Lachen selbst der Urgrund aller Dinge liegt. Oh, wunderbarer Gedanke! Das war es, was ich mir zu untersuchen vorgenommen hatte, und Konsul Jonsson, der die Bibliothek leitete, bekam so seinen größten Kunden. Es war ein schwindelerregendes Gefühl, eine so große Bibliothek zu betreten. Ich begann mit den Vorsokratikern Heraklit, Parmenides und Zenon. Keiner von ihnen behauptete etwas so Dummes, und ich weiß bis auf den heutigen Tag nicht mehr als früher. Und doch ist es ein schöner Gedanke, Heraklit hätte in der Küche gesessen und Beryl Pingel seine Hemdkragen bügeln lassen, während er ihren Weizenkuchen probierte und immer wieder in ihr Lachen eintauchte.«

An diesem Oktoberabend war Sidner jedoch still, er trabte durch das fallende Laub und die Werkstatt zu Beryl Pingels Garten.

In der Dunkelheit ergriff Torin Arons Arm.

»Auf Beryl kannst du dich immer verlassen«, sagte er. »Bei allem, worauf sich Frauenzimmer verstehen, *you know,*

und bei den Kindern. Es gibt so vieles, was wir nicht verstehen.«
»Ja, es ist gut, daß es sie gibt«, brummelte Sleipner und stieg über die Schwelle aus Weizenmehl.
Beryl Pingel saß erwartungsvoll an ihrem Backtisch. Kräftige Arme, großer Busen, blaßgelbes Haar um die Stirn. Eva-Liisa wurde als erste vorgeschoben.
»Sieh einer an, Gott segne dich, du bist also Eva-Liisa. Und Sidner, komm rein, damit ich dich anfassen kann.«
Sie zog beide Kinder heftig direkt in ihr Wärmezentrum, Sidner stolperte und ließ den Stapel zerbrochener Schallplatten auf Beryls Knie fallen. Sie nahm ein dreieckiges Stück in die Hand, auf dem das Etikett noch zu lesen war.
»Glaubst du nicht, daß man die noch reparieren kann?«
Sidner schüttelte den Kopf.

Sidners Lehrer hieß Stålberg. Er war ein guter Lehrer. Er pflegte jedes Halbjahr damit abzuschließen, daß er im Klassenzimmer auf seinem *still* stehenden Fahrrad balancierend Geige spielte: »Es wird mit jedem Tag besser«, »Das tragische Lied von Leutnant Sparre und Elvira Madigan« sowie als Abschluß, zu Weihnachten, »Stille Nacht, Heilige Nacht«, oder, im Sommer, »Die Blütenzeit jetzt kommt, mit Lust und Schönheit groß«.
Sidner verwirrte ihn. Er hatte den ersten Aufsatz des Jungen gelesen, »Eine Weihnachtserinnerung«, und vorher nichts anderes als die für sein Alter typischen unbeholfenen Versuche erwartet, daß der Schnee falle und der Weihnachtsbaum leuchte. Aber Sidner schrieb folgendes: »Der größte aller Komponisten, Johann Sebastian Bach, war müde. Er wanderte an dem dunklen Dezemberabend nach Hause, wo ihn seine Kinder mit ihrem Lärm und Geschrei ungeduldig erwarteten. Vor lauter Arbeit hatte er vergessen,

candies zu kaufen. Ihn fror. In der Kirche war es den ganzen Nachmittag über kalt gewesen, die Chormitglieder waren mürrisch und heiser. Womit konnte er sie nur aufmuntern? Das war die Frage, die ihm in seinem schönen Kopf herumging. Während er langsam durch den Schneematsch über die schmutzige Straße dahinschritt, kam ihm eine Idee. Mit Gesang, sagte er sich, werde ich sie aufmuntern. Es wird ihnen guttun, meinen armen Freunden. Und als er sich dem Haus näherte, in dem er mit seiner ganzen Familie wohnte, und dort drinnen die Lichter brennen sah, stieg plötzlich eine wunderbare Melodie in ihm auf. Die Idee hatte Gestalt angenommen! Kaum hatte er den Mantel ausgezogen und seine Kinder umarmt, als er mit eiligen Schritten in seine Arbeitskammer stürzte. Dort begann er, das Weihnachtsoratorium zu schreiben. Es wurden frohe Tage für die Familie, als sich kurz vor Weihnachten 1734 alle um das Klavier versammelten. Das Schönste war geschaffen.«

Magister Stålberg war darüber informiert, daß Sidner behutsam behandelt werden mußte. Wie es hieß, sollte man mit seiner Geistesabwesenheit, seinen starrenden Blicken und seinem aufgerissenen Mund Geduld haben. Der Junge sei begabt und werde sich bald von seinem Schock erholen. Magister Stålberg verstand das, wurde aber trotzdem manchmal von Ungeduld gepackt, wenn er wieder einmal merkte, wie sehr »der Junge in seiner eigenen Welt lebt«, wie er es seinen Kollegen gegenüber ausdrückte. »Seht«, sagte er und zeigte aus dem Fenster, »da steht er ganz allein. Keiner spielt mit ihm.« Die Kollegenblicke folgten seinem zeigenden Finger zum Holzschuppen. Mit dem Rücken zur Wand stand Sidner völlig bewegungslos da, den rechten Arm an die Seite gepreßt, und der Lehrer wußte, was er da festhielt: einen Stapel zerbrochener Schallplatten, die er um keinen Preis hergeben wollte. Der Schnee fiel ihm in schweren Flocken auf Schultern und Mütze. Die spielenden Kinder wichen in weitem Bogen vor ihm aus, warfen scheue Blicke in seine Richtung.

Im Unterricht, als die Aufsätze zurückgegeben wurden, war Magister Stålberg unschlüssig.
»Sidner«, sagte er, nachdem er die elenden Schreibübungen der anderen besprochen hatte, »Sidner, du hast hier ...«
Und Sidner flog aus der Bank hoch, stand vollkommen still und schien durch den Lehrer hindurchzusehen. In seinem Gesicht bewegte sich kein Muskel.
»Du hast hier einen etwas merkwürdigen Aufsatz geschrieben. Deine Sprache ist sehr schön, aber ist das eine Weihnachtserinnerung? Das hast du doch gar nicht miterlebt?«
»Da steht kein Wort davon, daß man es selbst erlebt haben muß.«
Magister Stålberg schluckte.
»Nein, natürlich, da hast du recht. Man geht aber sozusagen davon aus, daß es so sein soll.« Aber warum eigentlich? dachte er, der Junge hat wirklich recht. »Dann sind da noch einige eigentümliche Wörter, beispielsweise *candies*. Was ist das?«
»Das sind eine Art Süßigkeiten, Herr Lehrer.«
»Und warum schreibst du das denn nicht?«
»Ich finde nicht, daß man schreiben sollte: Er hatte vergessen, eine Art Süßigkeiten zu kaufen. *Candies* gibt es in Amerika.«
»Wenn ich mich recht erinnere, hat Bach aber in Deutschland gelebt. Man soll nicht auffallen wollen, Sidner.«
»Verzeihung, Herr Lehrer.« Sidners Augen füllten sich mit Tränen. »So habe ich es nicht gemeint, Herr Lehrer.«
»Setz dich, Junge. Ich verstehe schon.«
Das nächste Thema, einige Monate später, war: »Was man in Wald und Feld lernen kann.«
»Wenn man in Wald und Feld wandert, kann man viel lernen. In einem Buch, das ich an einem Nachmittag oben beim Gråmyren las, in der Gegend, in der ich bis zum letzten Sommer gewohnt habe, stand, daß Johann Sebastian Bach 1689 in der deutschen Stadt Eisenach geboren wurde

und daß er zweimal verheiratet war, weil seine erste Frau an einer schweren Erkältung gestorben war. Er hatte viele Kinder...«

»Sidner!«

Sidner steht schon. Die Klassenkameraden sehen ihn an. Es wird immer still, wenn Sidner aufsteht. Es riecht nach nasser Wolle und Heizofen, dichter Nebel liegt auf dem Fenster, das Husten und Rotzen nimmt zu. Stålberg zögert und sieht in das Buch mit der langen, eckigen Handschrift, in dem jedes Wort richtig buchstabiert ist, in dem es keine Rechtschreibfehler gibt, kein falsch gesetztes Komma. Es dauert eine Weile, bis er seine Autorität als Lehrer einzusetzen wagt, und er weiß in der Sekunde, bevor er es tut, daß er es lieber hätte lassen sollen.

»Sidner, du hast das Thema verfehlt. So war es nicht gemeint.«

»Herr Lehrer, da stand... Ich meine, ich habe das in Wald und Feld gelernt.«

»Du kannst dich setzen!«

»Sind Sie böse, Herr Lehrer?«

Stålberg schüttelt den Kopf.

Der Junge entgleitet auf dem Meer seiner Geistesabwesenheit. So sieht es jedenfalls aus. Es ist nur so, daß Stålberg ihn nie bei einer Nachlässigkeit oder einer Unaufmerksamkeit hat erwischen können.

Stålberg hatte Solveig selbst kennengelernt, da er Mitglied des Kirchenchors war. Er war einer von denen, die im Oratorium hätten singen sollen. Er wußte, daß die Idee dazu von Solveig Nordensson gestammt hatte, und er erinnerte sich auch daran, wie groß und still es an dem Tag geworden war, an dem sie ihre Idee in die Debatte geworfen hatte. Er erinnerte sich, wie Kantor Jancke zusammengezuckt war und sie lange angestarrt hatte, nach einer ungewöhnlich miserablen Probe einiger sehr einfacher Frühlingslieder für das Walpurgisnachtkonzert auf der Kirchentreppe. Jancke hatte sich auf der Orgelempore aufgerichtet und so geprustet, daß

der Speichel über die Balustrade spritzte, hinunter auf das rot schreiende Porträt Haqvin Spegels.
»Das Weihnachtsoratorium! Von Bach? Wir?«
Jancke war ein großer Musiker, er war aus der Gegend von Stockholm mit größeren Visionen nach Sunne gekommen, als der Chor sie verwirklichen konnte. In jener Nacht, als Solveig ihren Vorschlag gemacht hatte, konnte er nicht schlafen, sondern nahm sein kleinstes Kind auf die Schultern und wanderte auf dem Friedhof auf und ab, bis der Morgen anbrach. Seine Füße waren völlig durchnäßt, und erst da merkte er, daß er in Hausschuhen auf den vom Frühlingsregen aufgeweichten Kieswegen herumspaziert war, ohne Mantel und ohne Kopfbedeckung. Aber all das war sein Problem, schlimmer stand es jedoch um die Tochter, die sich im Nachthemd eine schwere Erkältung zugezogen hatte, welche die Familie bis zum Mittsommer jenes Jahres in Unruhe hielt.
Kantor Jancke hatte die Müdigkeit seines Lebens erkannt. Er war jetzt dreiundvierzig Jahre alt, und so recht nichts hatte sich so entwickelt, wie er es sich einmal gedacht hatte. In der Woche darauf sagte er den Chormitgliedern: »Als ich jung war, träumte ich davon, ein großer Musiker zu werden. Ich nährte kindliche Hoffnungen, Dirigent zu werden, in Europa herumzureisen und Chöre und Orchester dazu zu bringen, nach meinem Taktstock zu tanzen. Doch es kam anders. Ich bin jetzt hier in Sunne. Ihr seid ein schlechter Chor, aber das ist nicht eure Schuld, sondern die Schuld der Gesellschaft. Den meisten Menschen bedeutet Musik nichts, und ich bin froh, daß überhaupt jemand herkommt. Mit einer Ausnahme, deiner nämlich, Solveig, sind wir alle Mittelmaß, weil wir mittelmäßige Ziele haben. Aber ich bin zu einem Entschluß gekommen. Wer auf meiner Seite steht, wird hart schuften müssen. Doch ich verspreche euch eins: In zehn Jahren werden wir hier in der Kirche von Sunne Bachs Weihnachtsoratorium aufführen. Das wird mein Lebenswerk werden. Es ist vielleicht nicht das, wovon ich

früher geträumt habe, aber unter den Voraussetzungen, die wir haben, muß es genügen. Zehn Jahre sind eine lange Zeit, eure Kinder werden erwachsen sein, einige von euch werden die Lust verlieren. Und doch, laßt uns, ein paarmal pro Woche, Stück für Stück, Takt für Takt, an dem musikalischen Kosmos arbeiten, den Bach geschaffen hat. Ich werde versuchen, Musiker zu bekommen, aus Tanzsälen und Blasorchestern, ich werde Kinder ausbilden, wir werden es *tun*. Seid ihr dabei?«

Seit dem Tag waren zehn Jahre vergangen. Die Musik wuchs um sie herum. Schwebte wie eine Wolke aus Flügeln um den Schornsteinfeger, den Malermeister, den Tenor, um den Kinderchor und die Orchestermitglieder. Immer wieder wurden Menschen mit neuen Talenten aus ihren Häuschen geholt.

Und jetzt?

Nach Solveigs Tod?

Jancke hatte bei Solveigs Beerdigung die Hände gehoben, der Chor hatte zu singen begonnen, aber nach zwei, drei Takten, gerade an dem Punkt, an dem sich Solveigs Stimme hätte lösen, zu den höchsten Höhen emporschwingen und wie eine Taube über den honigduftenden Schatten der Friedhofslinden hätte spielen sollen, genau in diesem Moment waren sie mit einemmal verstummt, ein Chor, ein Orchester, ein Dirigent, die gesamte in einem gemeinsamen Ziel vereinte kleine Stadt, und niemand hatte während des ganzen Herbstes die Kraft aufgebracht, das einmal Begonnene weiterzuführen.

Sidners letzter Aufsatz für Magister Stålberg trug den Titel »Ein Frühlingstag«. Sidner mußte ihn seinen Klassenkameraden vorlesen, während Magister Stålberg mit hinter dem Rücken wippendem Zeigestock dastand.

»Eines schönen Frühlingstages nahm Johann Sebastian Bach seine Familie mit aufs Land. Die Vögel zwitscherten in den Bäumen, die Bäche perlten. Alle Wege waren schmutzig, aber schließlich fanden sie einen Platz, an dem sie sich setzen und ihr Brot essen und ihren Wein trinken konnten.« Die Klasse bewegte sich nervös. »Sie lagerten direkt neben einem Flüßchen, und der Kleinste, der Johann Philipp Emanuel hieß, durfte bei seiner Mutter auf dem Schoß sitzen. Die älteren Brüder hatten Flöten mitgebracht. Gemeinsam spielten sie die Melodie-Stimme aus Papas viertem Brandenburgischen Konzert. Es klang sehr schön. Die Sonne brannte heiß, und nach einiger Zeit zogen sich Mama und Papa alle Kleider aus und saßen völlig nackt da und ließen ihre Körper von der Sonne bescheinen.« Die Klasse hielt sich gleichsam eine kollektive Hand vor den Mund und kicherte. Sidner lächelte unsicher. »Darauf legten sie sich auf der Erde dicht nebeneinander...«

»Jetzt reicht es, Sidner!« Der Lehrer schrie. Die Klasse hielt die Luft an. Sidner riß den Mund auf. Er war erstaunt. Er blickte von einem zum anderen und drückte den Rücken gegen die schwarze Tafel.

»Gib das Buch her«, fauchte der Lehrer.

Sidner reichte es ihm ohne ein Wort.

»So verfährt man mit solchem Geschmiere.« Und Magister Stålberg, der zu Hause einen schlechten Tag gehabt hatte, riß es in Stücke und warf es in den Ofen.

Auch im Lehrerzimmer war es still, als Stålberg ausgewählte Teile des Aufsatzes wiedergab. Einer der älteren Kollegen murmelte, man solle den Jungen von der Schule entfernen, während die schweigende Mehrheit wohl der Ansicht war, der Junge sei wahrscheinlich seiner Sinne nicht richtig mächtig, und auch wenn unzüchtiges Geschreibsel wie dieses eigentlich bestraft werden mußte, so hatten sie sich doch gelobt, Geduld zu üben. Und jeder von ihnen verlor sich in Gedanken: War es zu Hause bei Solveig und Aron wirklich so zugegangen?

Sidner selbst hatte alles mißverstanden. Er schrieb den Zorn des Lehrers der Tatsache zu, daß er noch einmal über das Lebensschicksal der Familie Bach geschrieben hatte, aber er hatte nicht anders gekonnt. Nur dort entzündete sich seine

Sprache. Dort lagen Ursprung und Freude seiner Phantasie. Dort gab es viele Worte und Erzählungen, auch wenn er nicht mehr wußte, ob Solveig das tatsächlich alles erzählt hatte oder ob er es sich nur wünschte, denn in seinem Kopf formten sich endlose Geschichten über diese Familie, aus deren Mitte *die große Musik* perlte.
Seit jenem Tag hatte er nicht mehr die Kraft zu schreiben. Die Seiten blieben leer.

Aber lesen konnte er noch.
Ein dickes Buch zu öffnen und sich hineinzuversenken! Ein Dschungel auf der einen Seite, ein reißender Strom auf der nächsten. Niemand kann einen auf dem schmalen Felsabsatz zwischen Punkt und großem Anfangsbuchstaben erreichen. Er kann wie eine Kellerassel zwischen Papier und Wort schlüpfen, still dort liegen, mitunter daraus hervorlugen. Er kann die Worte am Rücken kitzeln, so daß sie allein für ihn hörbar lachen. Er kann im Wald der Worte herumgehen, in dem das Licht so schön spielt, und hinter jeder Biegung im Text etwas Neues entdecken: Worte wie Gewölbebogen, wie Baumkronen, wie Körper und Flammen. Fremde Tiere, die er noch nie gesehen hat, bewegen sich dort. Machen Laute, die er noch nie gehört hat. Es gibt geheime Städte, Dörfer, seltsame Boote und Menschen, die sich auf unterschiedlichste Weise unterhalten. Da gibt es Erwachsene, und da gibt es schon tote Menschen, und alle bringen sie ihm etwas bei, was er vielleicht noch gar nicht wissen sollte. Es gibt vieles, was er nicht versteht, und das freut ihn am meisten, weil dann eine Welt vor ihm liegt, die er erst noch erreichen muß. Das Unbegreifliche ist das Beste, oder, wie er eines Tages schreiben wird: »Ich weiß nicht, darum muß ich weiter.«
Spielen kann er auch noch. Einen kleinen Schritt zur Seite tun und sich in die Zeit der Musik hineinversetzen.
Als er noch oben am Waldrand wohnte, schickte man ihn immer zum Einkaufen hinunter zum Laden. Willig machte

er sich mit seiner Einkaufsliste auf den Weg. Nach einem Stück des Weges entdeckte er ein paar Ameisen, die seinen Pfad kreuzten. Sie waren ungewöhnlich groß, ihre Rücken glänzten schwarzbraun in der Sonne. Sidner bückte sich und landete genau *unter* der Zeit. Als man ihn so fand, kriechend, das Gesicht an die Erde gepreßt, als man ihn in den Rücken stieß, nachdem man ihn lange angesprochen hatte, ohne Antwort zu bekommen, erhob er sich, zeigte kein Erstaunen und sagte: »Ja, ich wollte nur... Ich werde jetzt gehen.« Das war sein Recht als Kind, denn Kinder würden ohne die Gabe, aus dem engen Gefängnis des Körpers zu verschwinden, nicht zurechtkommen. Wachsen heißt, auf diese Gabe zu verzichten.

Die Tore rosten zu.

Das Tor der Musik aber rostete nicht zu. Auf den geheimen Pfaden der Klaviertasten nestelte er sich durch den Dschungel aus Forderungen und Entsagungen. Mit gebeugtem Kopf, mit halb geschlossenen Augen erreichte er den Bergkamm, auf dem die Straßen frei waren. Dann warf er das Gesicht zurück, öffnete den Blick und lächelte. Er hatte es geschafft.

Unerreichbar und einsam draußen in der Musik.

Wie auf einer großen, glitzernden Eisfläche, auf die die Sonne Tropfen aus Gold fallen läßt.

Um diese Eisfläche herum konnten die Telefone ruhig läuten.

Und das würden sie auch tun.

Es sind vertrauenswürdige Kutscher, die mit Pferd und Wagen vor dem wohlverschlossenen Schnapskeller des Hotels Sunne vorfahren und die Hundert-Liter-Fässer anliefern. Kellner Aron Nordensson empfängt sie an der geöffneten Tür, sein Sohn Sidner hilft dabei, die Fässer in den großen Vorratsraum zu rollen. Die Kutscher übergeben dann eine Kiste mit verschiedenen Umschlägen: Darin liegen die Etiketten für Branntwein, Sherry, Champagner, Liköre, schöne Etiketten in schimmernden Farben und mit französischen und deutschen Worten. Leere saubere Flaschen mit schmalen, mit breiten, runden, länglichen, viereckigen Schultern stehen auf den Regalen.

Aron quittiert die Lieferung und folgt den Männern hinauf in die Hotelküche, wo sie etwas zu essen bekommen, aber zu Sidner sagt er: »Du bleibst hier und paßt auf.«

Er schließt die Tür hinter sich, und Sidner läßt sich zwischen den Fässern auf einem Hocker nieder. Über ihm leuchtet nackt die Glühlampe, die Schritte im Kies ersterben, er sitzt still, die eine Hand geschlossen, den Mund halb geöffnet, den Kopf ein wenig zurückgeneigt.

Eine Stunde kann er so sitzen, einen Tag. Er braucht sich nicht zu bewegen. Er tut es aber, wenn Aron es will. Er tut es, wenn der Lehrer es ihm sagt. Dann steht er sofort auf und gibt Antwort auf das, was er schon weiß. Jemand hat gesagt, so daß er es hören konnte, seine Lampe des Verstandes sei dabei zu verlöschen.

Aber so ist es nicht.

Nachdem die Kutscher ihr Essen bekommen haben, kehrt Aron zurück, und sie füllen gemeinsam die Flaschen ab, kleben Etiketten darauf, versiegeln sie, umwickeln die Korken mit Stanniol und stellen sie in schöne Reihen. Fünfhundert Flaschen Branntwein, zweihundert Sherry und vieles mehr. Sie arbeiten stumm, lauschen den Schritten, die vor dem Fenster vorbeigehen. Viele halten sich abends gern noch ein Weilchen dort draußen auf, wenn die Arbeit in der Fabrik hinten bei Torvnäs vorbei ist. Fünfzig, sechzig Arbeiter kommen auf ihrem Heimweg hier vorbei, werfen sich ein letztes Wort zu und vielleicht auch ein Auge durch das kleine, vergitterte Fenster, um einen Blick auf die Herrlichkeit zu erhaschen, oder gar in der Hoffnung, das Wunder werde sich ereignen! Eines Tages wird die Tür aufgehen, es wird still sein, kein Wächter wird an seinem Platz sein, und nacheinander werden sie in den prächtig erleuchteten Keller hineinspazieren und eine Flasche nach der anderen in den Arm nehmen können.

»Denk daran, Sidner, laß dich von niemandem hereinlegen, weder mit Geld noch mit anderem, niemand darf hier auch nur hereinschauen. Es sind gefährliche Sachen, mit denen wir hantieren.«

»Ja, Papa.«

»Hat schon jemand den Versuch gemacht?«

»Ja, ein Mann hat mir einmal eine große Münze versprochen. Er stand da draußen vor dem Fenster und zeigte sie mir, pochte an die Tür, denn er hatte wohl gesehen, daß du gegangen warst und mich allein gelassen hattest. Das war die größte Münze, die ich je gesehen habe, es tat weh, sie anzuschauen, sie glänzte wie eine Sonne, aber ich hab einfach weggeguckt.«

»Wie groß war die Münze?«

Sidner formte sie mit den Händen.

»So groß sind nur die Medaillen, mit denen Pferde prämiiert werden. Die sind nicht viel wert.« Aron schnitt mit der großen Schere ein Stück Stanniol ab.

»Es ist ein Elend mit dem Schnaps.«

»Aber alle sagen, daß man ohne Schnaps keine Geschäfte machen kann.«

»Geschäfte sind vielleicht auch ein Elend.«

Und die Tage vergehen. Es gibt keine Musik zwischen ihnen. Doch es dürstet sie beide sehr danach.

»Ich glaube, es ist jetzt Zeit für dich, Eva-Liisa oben bei Beryl abzuholen, Sidner.«

»Ja, Papa. Ich frage mich, ob sie nicht die Masern bekommen hat. Sie hatte heute morgen so viele rote Punkte.«

»Dann darfst du nicht zur Schule gehen und mußt auf sie aufpassen.« Worte, die zwischen ihnen hin- und herkriechen. Den Winter hindurch tasten sich die Worte zu dem Zaun vor, den beide in sich haben. Immer wieder versuchen sie, zu einem Lächeln vorzudringen, zu einem plötzlich knallenden Flügelschlag, zu einem Flug hoch in die Luft. Aber es geht nicht. Sie sind beide zu sehr mit den starken Bildern der Erinnerung beschäftigt. Wenn Aron etwa seine Hände betrachtet, die groben Hände, die Solveig eines Tages auf die Klaviertasten gelegt hatte – »Sieh mal, hier ist die Tonleiter, Aron. Pam-pam-pam!« – sieht er, wie sie sich auf dem schwarzweißen Feld bewegen, unbeholfen landen sie genau zwischen zwei Tönen.

»Es geht nicht.«

»Es geht, Aron, es ist sehr schön.«

»Aber es gehört sich doch nicht, daß ein Bauer wie ich...«

»Tam-tam-tam.«

Frühjahr und Herbst.

»Dieses Menuett jetzt, es ist ganz einfach, und höre nur, wie schön es klingt!« Sommer und Winter. Und das Klavier, dieses beinahe feindselige Möbelstück, es wird auch seines, eines Tages kann er sagen: »Unser Klavier.« Wie er diese Worte probierte, als er in der Scheune ausmistete. Ob wir das Klavier ins große Zimmer stellen? Seine Hände. Ihre Hände. Blitze, kleiner Stern am Himmel, ich frage mich, wo du bist.

»Sidner, sing du jetzt auch.«

Und es ist Aron, der es eines Tages sagt, er ist derjenige, der die Initiative ergreift, der die Musik erreichen will, er ist es, der einen Wunsch äußert.

»In die Ferne schwebt mein Blick, nur im Himmel liegt das Glück, du auch, Eva-Liisa, in die Ferne schweift mein Blick.«

»Hör mal, was deine Hände können, Aron.«

Und er konnte sie in die Höhe heben, wenn er an einem frühen kalten Morgen die Schubkarre in die Mistgrube leerte, wenn er mit dem Morgenstern allein war, und gleichsam auf sie *achten.* Sie gehören mir. Nur im Himmel liegt das Glück!

Aber seine Hände jetzt!
Aron fühlte sich minderwertig. Seine Hände waren minderwertig, wenn er im dunklen Anzug und weißen Hemd den feinen Holzgroßhändlern aus Europa die Tür öffnete, die im Hotel abstiegen, um über Holzpreise zu verhandeln. Die ängstlichen Blicke, die er sich im Spiegel zuwarf, nachdem er sich für die abendlichen Festlichkeiten angezogen hatte, bei denen er der Schatten zwischen Küche und Halle sein sollte. Patron Björk tritt eines Tages ins Zimmer, als er vor dem Spiegel steht und die Fliege zurechtrückt:
»Sehr schön, Aron, das geht ausgezeichnet. Du bist richtig elegant.«
Geprüft und für gut befunden.
»Unter uns, Aron, ich finde, daß wir das Sie ablegen können. Das heißt, wenn kein anderer es hört.«
»Danke, Patron.«
»Oh, das ist nichts, du kannst mich Johan nennen. Wir sind ja immerhin beide aus Värmland. Nimm für die Kinder etwas Gutes aus der Küche mit.«
Und Patron Björk beäugt die nächsten Dinge in seiner Nähe, die frischgekauften Möbel, streicht mit dem Finger über den Goldrahmen des Spiegels, rückt die Topfpalme zurecht, so daß sich das große Federmuster nach außen kehrt, geht zwei Schritte zurück und neigt den Kopf zur Seite.
»Wie heißt sie noch, deine Tochter? Süßes Mädchen.«
»Eva-Liisa.«
»Genau, ja.« Er dreht die Palme noch mehr nach rechts, zupft an der Gardine, drückt das Gesicht ans Fenster.
»Es schneit schon recht kräftig. Hoffentlich kommen die Gäste nicht zu spät.«
»Hoffen wir's, Johan.«
Überrascht fährt der Patron herum, holt tief Luft, erinnert sich.
»Schön, Aron, daß du mitspielst.«
Er steckt sich die Daumen in die Weste.
»Du wirst schon sehen, alles wird sich richten.«

Und als die Köksch mit einem Tellerhaufen aus der Küche kommt und das Geklapper bis hier draußen zu hören ist, sagt er: »Es sollte dir doch nicht schwerfallen, dir eine...«
Aron dreht sich auf dem Absatz um, will auf die Treppe hinauseilen.
»Entschuldige, Aron, ich wollte nicht... Ich dachte gerade nach.«
»Ich muß jetzt den Wein hochtragen, Patron.«
Zum erstenmal spürt er, wie er von oben angeredet wird, daß sich die Macht wie ein Netz über ihn legt. Das tut weh, und Aron weiß noch, daß sein Vater, der Kachelofensetzer Nordensson, der alles, was er verdiente, an die Bedürftigen verschenkte und der sich in seiner Jugend der Politik gewidmet hatte, das gewesen war, was man einen Freidenker nennt. Er hatte hart dafür gearbeitet, daß die Stadt ans Telefonnetz angeschlossen wurde, er war es gewesen, der sich für dieses Ziel am hartnäckigsten von allen eingesetzt hatte, aber als es so weit war, daß man eine Delegation zu Verhandlungen nach Stockholm schicken sollte, hatte man ihn abgewiesen, weil er hinkte.
»Dann, Aron, ist man in den Augen dieser Leute kein vollwertiger Mensch.«
Er hatte sich all seiner Pflichten entledigt und damit in der Gemeinde für Zugluft gesorgt, denn er war auf mancherlei Gebiet unentbehrlich und wußte gut Bescheid. So kam es zu Abbitten und Entschuldigungen, denn irgendwelche Neigungen in die sozialistische Richtung besaß er nicht. Aber Nordensson hatte genug. Er zog um, kaufte sich einen Hof und bekam zu hören, er sei übertrieben empfindlich.
Und jetzt steht der Patron da, dem Modernen ein paar Jahre näher, und will besänftigen, ruft die Treppe hinunter: »Da ist noch etwas, Aron. Ich habe mir ein Grammophon gekauft und wüßte gern... kennst du... deine Frau, die war doch aus Amerika. Verstehst du etwas von diesem *Jazz?*«
Aron lausche der Stille, während ihm die Schneeflocken auf die Augenlider fallen.

Der Patron kommt ihm nach. »Ein bißchen *shocking*, wie man so sagt?«
»Ja, Johan.«

Solveig hatte sich nicht direkt für Jazz interessiert, aber gern einige der Melodien nachgespielt, die sie im Radio gehört hatten, hatte Texte übersetzt und mitgesummt. Aron war seinem Auftrag also durchaus gewachsen, als er Grandins Grammophon- und Elektrizitätsgeschäft betrat. Es war nur so, daß ihm die Hände im Weg waren, als er in dem Plattenstapel wühlte. Das war keine *Arbeit*. Seine Körperkraft war nicht dazu da, Platten auszuwählen.
»Ich möchte gern etwas, das *shocking* ist. Für Björk vom Hotel.«
Das Gesicht der Verkäuferin hellte sich auf. Während Aron Namen heraussuchte, die er schon gehört hatte – Jimmy Lunceford Hot Sextet, Paul Whiteman Light Symphony Orchestra, Duke Ellington, Louis Armstrong – begann der Tonarm zu tanzen:

»*Thought if I want to be up-to-date*
I had to shimmy like my Sister Kate
Although I tried t'was all in vain
But Sister Kate could not be blamed«

Während sich Sidner nach der Schule in seinen Büchern vergrub oder am Klavier saß oder sich durch die Stücke hindurcharbeitete, die ihm Kantor Jancke gegeben hatte, stahl sich Eva-Liisa mit einem schuldbewußten Lächeln vom Ort der Trauer davon, auch wenn einer ihrer Zöpfe dabei in der Tür hängenzubleiben drohte. Draußen auf dem Hof wurde sie von den *Friends* aufgesogen, die hinter dem Schnapskeller oder bei Torin in der Werkstatt warteten. Bei Torin waren immer Kinder, denn er war ein Meister darin, Tiere aus Lehm zu modellieren: Schwäne, Elefanten, Pferde wuchsen aus seinen Händen hervor, Tiere mit so bittenden Augen und einem so jämmerlichen Ausdruck, daß es eine Gnade war, sie zu besitzen. Eva-Liisas *Friends* warteten in Apfelbäumen, hinter Hecken und auf dem Hang des Bahndamms unter Wurmkraut und Lupinen. An Sommerabenden konnten Aron und Sidner hören, wie das Lachen mal lauter, mal leiser wurde, sie sahen, wie sich nackte Beine bewegten, hörten vertrautes Flüstern draußen auf der Treppe, wo sie saßen und in geheimnisvollen Mädchenwörterbüchern blätterten. Vor den Fenstern stiegen rote Bälle auf, Arme reckten sich und teilten den Himmel in verschiedenfarbige Felder.

Eva-Liisa flüchtete auf offene Flächen – die Straßen, das verbotene Sägewerk, die Strände.

Als Sidner die Friedhofsmauer entlangging, raschelte es oben in der Krone des Ahorns:

»*Ho, ho. I am a bird.*«

Ihre Zahnlücke stand weit offen.

»*I live here with my friends.*«

Sidner versuchte, dieses einzige Lächeln zu erwidern, das es in seiner Welt gab.

»*We are building* eine Höhle. *Are you a bird?*«

»*No, I am not a bird.*«

»*Goodbye, Mr. Notbird!*«

Die Hände auf dem Rücken ging er die Straße hinunter. Üppige Weizenfelder, singende Lerchen, ein leichter Wind in den Telefondrähten, an einer Stelle nahe der Landstraße sah er, wie das Getreide sich beugte.

»*Good morning, Mr. Notbird.*«

Das Gekicher ließ ihn zusammenfahren, und er blieb stehen und suchte nach den Worten des Spiels, aber sie waren ferner als die Östanås-Berge, und er hörte, wie jämmerlich es klang, als er sagte: »Ihr dürft nicht da drinnen sein und alles zerstören.«

Das war es, was ihm entfuhr, obwohl er sich am liebsten zu dem Haufen von *Friends* begeben hätte, die dort drinnen mit ihren schlanken Körpern kauerten. Er wollte hinauswaten und von Tausenden kleiner Schlingarme hinuntergezogen werden, aber er wagte es nicht einmal, die Zehen in dieses Meer zu tauchen, sondern blieb am Strand stehen und versuchte, pfiffig auszusehen.
»Rebhühner«, sagte er, »ihr seid wie Rebhühner!« Schickte den Worten ein schwaches Lächeln hinterher, aber es segelte zu spät hinaus, und er bekam zur Antwort:
»*We are no* Rebhühner, *we are* Pephühner!«
Gekicher und Geraschel!
Es verwunderte ihn sehr, daß Eva-Liisa sich aus der Dunkelheit heraushalten konnte. Es sollte noch eine Weile dauern, bis er begriff, daß sie eine gigantische Aufgabe auf sich genommen hatte: Sie hielt sich draußen im Licht, um ihm zu zeigen, daß es noch da war. Wie ein sprühender Komet fuhren sie und ihre *friends* in Kreisen ums Hotel herum, Funken stoben und zerplatzten überall, sie suchten ihn, wo er einsam unter den Apfelbäumen stand, suchten ihn noch, als schon der zweite Herbst kam. Es waren unschuldige Grausamkeiten, die ihn in die Dunkelheit hinausjagten. Etwa ein kleiner Brief auf dem Küchentisch:

*Dear Mr. Notbird, I am going ins Saga-
Kino tonight with my Friends. Are you
going there with your Notfriends?
A bird*

Manchmal trieb ihn ein Blick oder ein Wort in die Flucht. Denn alles, was gesagt wurde, besaß eine so starke *Strahlung,* und die Strahlung war auf ihn gerichtet. Daher die Dunkelheit der Apfelgärten, daher die Stille, die katatonische.

Darum deklamierte er eines Abends in Windjacke und Mütze gegen den Wind:

»Als ich auf halbem Weg stand unsers Lebens,
Fand ich mich einst in einem dunklen Walde,
Weil ich vom rechten Weg verirrt mich hatte;

Gar hart zu sagen ist's, wie er gewesen,
Der wilde Wald, so rauh und dicht verwachsen,
Daß beim Gedanken sich die Furcht erneuet.«

Er blickte auf Fabrikant Jolins Garten, und es war vollkommen dunkel:

»So herb, daß herber kaum der Tod mir schiene:
Doch eh' vom Heil, das drin mir ward, ich handle,
Meld' ich erst andres, was ich dort gewahrte.

Wie ich hineinkam, weiß ich nicht zu sagen,
So schlafbefangen war ich zu der Stunde,
Als von dem rechten Weg ich abgewichen.«

Ganz in der Nähe ertönte eine jämmerliche und gleichzeitig wütende Stimme: »Hilf mir. Hilf mir doch, zum Teufel.«
Er starrte in ein Paar wilde Augen.
»Du hast mich vielleicht erschreckt... Was machst du auf dem Zaun?«
»Ich hänge hier«, sagten die Augen. »Hier, neben Selmas rechtem Schuh, hilf mir doch.«
»Du hast mir so einen Schrecken eingejagt.«
Er trat näher und untersuchte die Erscheinung.
»Der Fuß ist hängengeblieben.«
»Weiß ich doch, dreh ihn rum, dann kommt er los. Ja, so. Danke...«
Ein Junge in seinem Alter, wenngleich kleiner, fiel auf Sidners Seite des Zauns herunter.

»Scheiße, ich dachte schon, mein letztes Stündlein wäre gekommen ... Nimm die Äpfel hier, wir müssen uns beeilen, falls sie kommt ...«

Er stand auf und ging auf Sidner zu.

»Ich dachte schon, sie wäre hinter mir her, die alte Jolin, aber es war wohl nur ein Fuchs. Was hast du da gelesen?«

»Nichts.«

»Hast du das selbst geschrieben?«

»Nein, das war ... Dante.«

»Hat sich jedenfalls gut *angehört.*«

»Findest du? Ich dachte, hier draußen würde mich niemand bemerken.«

»Hätt's selbst nicht besser machen können ...«

»Stiehlst du Äpfel?«

»Und Pflaumen. Nimm dir eine ... Am besten hauen wir jetzt ab, sonst kommt sie doch noch, die Alte. Gehen wir zum Holzschuppen unten am See.«

Sidners Freund hieß Splendid, benannt nach dem Hotel Splendid in Karlstad. Dort hatten seine zukünftigen Eltern ihn in ihrer ersten gemeinsamen Hotelnacht gezeugt. Es war ein elegantes Haus mit Fahrstuhl, was die Mutter nie zu erzählen versäumte. Sie waren aus Versehen dort gelandet, da die Schwester, die sie auf der Hochzeitsreise besuchen wollten, sich das Bein gebrochen hatte und nun im Krankenhaus lag, ohne sich der Umwelt mitteilen zu können. Der Pastor, der zehn Monate später in Aktion treten sollte, sagte: »Ich kann ein Kind nicht auf den Namen Splendid taufen.«

»Spendid oder nichts«, entgegneten die Eltern, und angesichts dieser Alternative zog er es also vor, sich zu fügen, und Splendid, der sich während des gesamten Akts still verhalten hatte, wie es einem unter so kostspieligen Umständen gezeugten Kind auch ansteht, hatte nie gegen seinen Namen protestiert. In erstaunlich kurzer Zeit war er dem Taufkleid entstiegen und hatte sich eine Mütze aufgesetzt, um zum größten Apfelklauer der Stadt zu werden, und als solchem war Sidner ihm jetzt begegnet, an diesem Septemberabend mit den lauen Winden. Splendid hatte den Abend gut genutzt und Jolins Birnen-, Apfel- und Pflaumenbäume methodisch geplündert, bis er die Schritte der Fabrikantin im Gras zu hören gemeint hatte, direkt in den Zaun geflogen und dort unweigerlich steckengeblieben war. Er vertrieb sich die Zeit damit, Jolin zu hassen, der ihn einmal und gewiß mit Recht, beschuldigt hatte, in seinem Eichenkahn gespielt und dabei den einen Riemen verloren zu haben, der dann mit südlichen Winden rasch aus der Welt des Sichtbaren entführt worden war.

Sidner war voller Verblüffung über die Ordnung in dem ihm bislang unbekannten Holzschuppen. Die Früchte lagen in geraden Reihen auf Regalen, blank und glänzend auf Seiten des Lokalblatts *Fryksdalsbygden*, die Stiele alle in eine Richtung deutend. Der neue Vorrat war jedoch so groß, daß Splendid sieben mußte, und die ausgesiebten Früchte flogen durch eine Luke in der Wand.

»Wie schön du es hier hast. Und soviel Obst!«

»Ja, es wird ein bißchen viel.«

»Warum hörst du dann nicht auf zu stehlen?«

»Ich finde nicht, daß die Oberklasse so viel Obst essen soll. Nimm dir doch eine Pflaume.«

»Danke«, sagte Sidner, und Splendid sah seine Verlorenheit. »Du kannst die Kerne ruhig auf den Boden spucken. Wie heißt du?«

»Sidner.«

Splendid ging um ihn herum und musterte ihn sorgfältig, dann nickte er.

»Aha. Du bist der, der oben im Hotel wohnt. Deine Mutter wurde von diesen Kühen totgetrampelt...«

»Ja, als sie zum Weihnachtsoratorium wollte.«

»Und dein Alter arbeitet unten im Schnapskeller für diesen Björk. Ich heiße Splendid. Mein Alter war Kanonenkönig.«

»Kanonenkönig, oh!«

»Aber er hat keine Beine. Er ist mal gestürzt.«
»Gar keine Beine?«
»Nur ein paar kleine Stümpfe. Er sitzt auf einem Wagen auf dem Fußboden. Du kannst mit zu mir nach Hause kommen, wenn du ihn sehen willst. Hast du die Zeitung von heute schon gelesen?«
Sidner zog die Augenbrauen hoch, schüttelte den Kopf.
»Setz dich doch so lange.«
Splendid setzte sich auf den Fußboden, auf einen frisch gesäuberten Flickenteppich in gelben und roten Farben, der in der Ecke zwischen den Holzstapeln zurechtgelegt war. Er las und überlegte, nickte und summte vor sich hin wie ein alter Mann, dann und wann kam ein Satz, den er laut las, als schmecke er ihn. »Sunne schlägt Munksfors mit 5:2. Torschützen: Bentsson und Lamming.« Er sah zu Sidner hoch, der es noch nicht geschafft hatte, sich zu setzen, und sich vorkam, als wäre er zu Besuch bei einem türkischen Sultan.
»Lamming, das ist mein Onkel. Er kann einhundertsechsundfünfzigmal tricksen. Wie oft trickst du? Ich schaffe fünfzehnmal. Und du?«
Sidner schluckte.
»Wie oft? Zehnmal. Fünf?«
Sidner blickte auf die Sägespäne auf dem Fußboden hinunter.
»Kannst du nicht sprechen?«
»Doch.«
»Ja, wie oft kannst du denn tricksen?«
»Ich weiß es nicht. Ich weiß nicht, was das bedeutet.«
»Tricksen! Was ist das denn? Aber was tust du denn? An den Tagen, an denen du nicht in der Schule bist?«
»Nichts.«
Splendid blickte ihn zärtlich an und zeigte auf das Obstregal.
»Nimm dir noch ein paar Pflaumen. So viele du willst. Ach so, gar nichts?«

»Ich spiele ein bißchen Klavier. Lese.«
»Wie lange ist es her, daß sie totgetrampelt wurde, deine Mutter?«
»Vierhundertsechsundachtzig Tage.«
»Ich verstehe. Und ihr füllt im Hotel also Schnaps ab. Hast du ihn mal probiert?«
Sidner schüttelte den Kopf.
»Ein bißchen? Auf dem Finger?«
»Papa ist Antialkoholiker. Darum hat er den Job bekommen.«
Splendid verstand.
»Der Björk würde natürlich rasend werden, wenn du dir einen genehmigen würdest. Dann fängt er an zu toben. Aber er ist ja reich. Der Reichste in ganz Sunne. Meine Mutter sagt, daß er dauernd Omelette ißt. Ohne Milch drin. Und mit Zwiebeln drauf.« Splendid seufzte schwer: »Aber so kommt es wohl immer. Jolins sind auch reich. Hast du gesehen, was für Schuhe er anhat? Vorn lauter Löcher, weiß und braun sind sie. Ich werde mir auch so welche kaufen, wenn ich groß bin.«
Dann steht Splendid auf.
»Tja, mein Lieber!«
Als hätte er den Erkenntnissen über das Leben eine neue hinzugefügt.
»Wir sehen uns morgen.«
Sie besuchen verschiedene Schulen, aber am nächsten Tag steht Splendid vor dem Tor und wartet auf Sidner. Bei Tageslicht sieht Sidner ihn deutlich: Er ist klein, einen ganzen Kopf kleiner als er selbst, schmal und zart, und sein schwarzes Haar hängt ihm von der Mütze in die Stirn.
»Ich hab mir gedacht, daß wir zu Propst Wärme gehen.«
»Warum das denn?«
»Nur um zu sehen, ob er zu Hause ist.«
Sie wandern durch die Stadt, aber sie kommen nur langsam voran, denn Splendid läuft in Treppenhäuser, geht auf Hinterhöfe und wühlt in den Mülltonnen, er klettert in Bäu-

men, zeigt Sidner eine Höhle, in der sie die Schulbücher bis zum nächsten Tag liegenlassen können, um sie nicht schleppen zu müssen. Als sie sich dem Kirchweg nähern, sagt Splendid: »Dein Großvater, das war der, der vor langer Zeit hier Propst war. Und der alles Geld aus der Kirchenkasse mitgehen ließ. Und nach Amerika abhaute.«
»Ja«, sagte Sidner.
»Und der einen Sarg herschickte, in dem nur Steine waren, damit sie glaubten, er sei tot.«
»Ich weiß nicht, ob es so war.«
»Na ja, mir ist es egal«, sagte Splendid. »Ich fand es jedenfalls gut. Verdammt gut gemacht. Und dann hatte er ein *Gambling house* in den Staaten, nicht wahr?«
»Großvater war Pomologe.«
»Was ist das denn?«
»Er hat alle möglichen Arten von Äpfeln angebaut.«
»Ja, das weiß ich. Deswegen wollen wir auch zu Wärme. Er hat so gute Äpfel.«
»Die Bäume hat Großvater mal gepflanzt.«
»Hast du ihn noch gekannt?«
»Nein, er war schon lange tot. Darum sind Mama, Onkel Torin und Onkel Sleipner hierher zurückgekommen. Mama war noch nicht sehr alt, als er starb. Er hatte in seinem Testament geschrieben, daß ihm hier ein Haus gehöre.«
»Jedenfalls gut gemacht. Zieh dir jetzt die Schuhe aus!«
»Warum das denn?«
»Tu, was ich sage. Steck sie dir ins Hemd, damit man sie nicht sieht.« Barfuß gehen sie am Magazin vorbei zum Pfarrhof hinunter. Der Propst steht mit den Händen auf dem Rücken auf der Veranda und blickt über den Garten hinaus.
»Hab ich's doch gewußt, es ist drei Uhr. Dann steht er immer da. Zeig jetzt nicht die Schuhe. Guten Tag, Herr Propst!«
»Guten Tag, Jungs. Aha, ihr macht einen Spaziergang. Ist es nicht zu kalt, um barfuß zu laufen?«

»Doch«, seufzt Splendid. Er blickt sehnsüchtig auf die Haferpflaumenbüsche und die Bäume, die sich unter vollreifen Früchten biegen.
»Wartet, ich geb euch ein paar richtig gute Äpfel.«
Propst Wärme ist groß und dick, sein weißes Haar flattert, als er den Fußweg im Garten überquert und dabei »O Haupt voll Blut und Wunden« summt. Mit den Händen auf dem Rücken betrachtet er einen schweren Ast. Voll Schmerz und voller Hohn. Er stellt sich auf die Zehenspitzen, reicht aber nicht heran. »O Haupt, zum Spott gebunden.« Er macht einen kleinen Satz und bekommt den Ast zu fassen. Ein Schauer von Äpfeln fällt auf ihn herab. »Mit einer Dornenkron.«
»Nehmt euch, Jungs. Nehmt auch euren Eltern welche mit.«
Hinterher sitzen sie auf dem Kirchplatz und zwängen sich in die Schuhe. Sie sitzen unter dem nackten Holunderstrauch, wo das Urgestein hervortritt.
Splendid strahlt.
»Du siehst, ich hatte recht. Wenn man Schuhe an den Füßen hat, kriegt man nichts. Er gibt nur denen, die ohne sind. Er mag die, die arm sind. Du kannst meine Äpfel haben, wenn du willst.«
»Ich weiß nicht, ob ich es schaffe, noch welche zu essen.«
»Nein, ich auch nicht. Um diese Zeit hat man's allmählich über. Und außerdem muß man dauernd aufs Scheißhaus.«
»Aber warum nimmst du dann so viele?«
»Weil ich finde, daß sie... so gut aussehen... Richtig schön. Daß man an sie denken kann.«
Hier beginnt die Freundschaft richtig.
»Ja, sie sind schön.«
»Hab ich mir schon gedacht, daß du das auch findest.«

Unter der Devise »Irgendwas lernt man immer« treiben sich Splendid und sein Knappe Sidner in der Stadt herum, und Stück für Stück öffnet Splendid ihm die Welt.
Sie besuchen Torvnäsvägen mit den kleinen Fabriken. Die Rasierklingenfabrik, Tidans Wollfabrik, die Ziegelei. Splendid ist überall zu Hause, auf der Bahnstation, bei der Landwirtschaftsgenossenschaft und in der Meierei, überall ist er willkommen, und er beginnt immer mit den gleichen Worten: »Das hier ist Sidner, er wohnt im Hotel, sein Vater ist Kellermeister bei diesem Björk, ist aber Antialkoholiker.«
Den Rest der Vorstellung läßt er aus, alle wissen es schon, es gibt kein peinliches Schweigen, aber trotzdem wird es noch viele Jahre dauern, bevor Sidner weiß, daß es der Welt gelungen ist, die dünne Haut seiner Nerven zu durchdringen. Einsichten brauchen Zeit zum Reifen. Und eines Tages darf er mit zu Splendid nach Hause, und dieser sagt schon in der Türöffnung: »Hier ist er.«
Als würde er erwartet. Und als *wäre* er jemand.
Splendid ist arm. Er wohnt in einem kleinen Häuschen oben beim Totthagen neben dem Krankenhaus. Es ist ein kleines weißes Haus am Waldrand. Hühner rennen durch die halboffene Tür herein und hinaus. Zwischen den Bäumen stehen Kaninchenställe. Splendids Mutter, die verhärmt aussieht und grauer, als Solveig je war, steht am Hauklotz und köpft mit einer kurzschäftigen Axt einen Hahn. Der Hahn rennt kopflos noch einige Runden, bevor er zu ihren Füßen zusammensinkt. In der Stille fallen Federn zur Erde.
Still steht Splendid in seiner Küche und läßt Sidner an seinem Vater teilhaben.
Als hätte hier alles Grund und Erklärung.
Und Sidner blickt auf dieses kleine Bündel von Vater, das an einem einen halben Meter hohen Tisch am Fenster sitzt und Holzlöffel schnitzt. Die Beine sind irgendwo über den Knien abgeschnitten. Die eine Hälfte seines Gesichts ist eingedrückt, ein Teil der Schläfe ist weg. Aber die Augen sind

noch da, und die Hände. Er trägt eine Brille, die ihm halb auf der Nase hängt, die ebenfalls eingedrückt oder gebrochen ist. Er dreht die Räder des Wagens und lacht Sidner zahnlos an.

Eine Puppenwelt: Ein niedriges, kurzes Bett steht an der Wand, daneben ein Regal voller Werkzeuge, auf dem Fußboden ein gewaltiges Radio, ferner ein Spucknapf mit Wacholderreisig, der Bettüberwurf ist aus reinstem Samt in einer dunkelroten Farbe.

Sidner darf sich Zeit lassen, alle Eindrücke zu verdauen. Splendid treibt ihn nicht an, er steht beim Wasserhahn und trinkt, dann reicht er Sidner die Kelle.

»Es ist kalt und gut!«

Auf der Kommode stehen Fotografien eines jungen Mannes in enganliegenden gestreiften Trikots. Er hat einen Bowler auf dem Kopf, einen Spazierstock in der Hand. Einen langen, gewachsten Schnurrbart. Und neben sich einen Pudel in Jacke und Schlips, auf den Hinterbeinen. Da steht er vor dem Eiffelturm, da vor einem Palast, und da lehnt er sich gegen ein Brückengeländer, unter dem Schwäne schwimmen. Und die Trommeln steigern sich in immer schnelleren Wirbeln, Sidner steht atemlos da, die Lautsprecher plärren in die Küche, die ein Vergnügungspark ist, die Welt.

»Meine Damen und Herren! Die Sensation, die Attraktion, die lebende Kanonenkugel Fonzo.«

Blitz und Donner, Sidner hält zusammen mit Hunderten, Tausenden von gaffenden, nach oben gewandten Gesichtern den Atem an.

»Und ich flog, wie ich es mir immer erträumt hatte, in einem weiten Bogen über den Rasen zu Hause in Småland, flog höher und höher, meine Eltern standen dort unten und schrien: ›Kleiner Alfons, paß auf, daß du dir nicht das Genick brichst‹, und ich flog, und unser Nachbar, der Staatsanwalt, schrie: ›Alfons, paß auf unsere schwedische Fahne auf‹, und unser Nachbar der Propst, der alte Humanist, rief: ›Alfons, paß auf, damit du nicht zu hoch fliegst, wie Ikarus‹,

ich sehe seinen weißen Schnurrbart noch vor mir, und ich schämte mich wegen des Flaums, aus dem allmählich mein gewachster Knebelbart wurde.«
Wieder die Lautsprecher, in vielen Sprachen, unter wechselndem Licht über der Küche, Paris, Wien: »Und jetzt, meine Damen und Herren, die schöne Miss Lola und Fonzo, der Kanonenkönig, der den Kontinent besiegt hat.«
»Und ich flog über den glitzernden Sund auf Kopenhagen zu, wo der Hafen voller Schiffe und Flaggen war, flog über die Eisenbahn, die nach Süden ratterte. Nach Kiel. Nach Hamburg. Und die Zeppeline flogen wie fette Zigarren neben mir, die Piloten guckten hinaus und winkten mir zu, aber ich ließ sie hinter mir. Es war ein Duft von Sägespänen und Pferden und der Wärme des Zeltes, wenn der Zirkus wieder menschenleer ist. Miss Lola aus Markaryd war die rote Blume der Plakate. Ich war die blaue, als ihr Mann, der sich unter Trommelwirbeln abfeuerte, in einem Augenblick, von Freude gemalt. Und wir kamen nach Rom, und dort schwang ich meinen Stock über den Papst, hoch über der Kuppel des Petersdoms, ein Harlekin in Trikots, mit Bowlerhut und eine fette Zigarre rauchend. Über Buda fuhr ich hinweg, über Pest, und Prinz Ferdinand war da mit seinem eleganten Mantel. Wir kamen nach Paris! *›Oh, Bonjour, Paris‹*, schrie ich. *›Bonjour, Fonzo‹*, erwiderte Paris, und auf den Champs Elysées stand Isadora Duncan und tanzte für mich einen Tanz, der den Verkehr stocken ließ, und Chauffeure in Ledermützen stiegen aus und teilten ihre Blicke zwischen Isadora und mir. Und Jean Jaurès war da.
Und Miss Lola und ich flogen immer höher, den Sternen entgegen, einander umarmend schwebten wir um den Planeten Mars herum und um die Venus, die heiße. Weit weg waren die Musette-Akkordeons, die Tarantellas verblaßten, Mund an Mund vor den Leuchtfeuern der Sterne, wie Fische in einem verlassenen Aquarium.«
»Meine Damen und Herren, die Sensation, die Attrak...«

Eine Kanonensalve donnerte durch die Küche.
»Dann, während wir flogen, entfernte man auf der Erde das Sicherheitsnetz. Als Prinz Ferdinand den Mantel auszog, hatte ihn die Kugel schon durchschlagen, als sich Jean Jaurès den Hut aufsetzte, wurde er von der Kugel seines Mörders durchbohrt. Und das Gras, auf dem das Picknick-Volk in den Parks Europas auf uns wartete, war verschwitzt, und die Blicke der Leute waren gesenkt.
Und wir fielen. Kein Mondstrahl, um sich daran festzuhalten, denn die Kanonen hatten ihnen die Haltepunkte weggeschossen, kein Stern, auf dem wir hätten landen können, denn sie waren von Raketenspitzen ausgelöscht worden, und ich, der ich gelacht und mit meinem Spazierstock gewinkt hatte, ich, die letzte menschliche Kanonenkugel, eine vergessene Kunstform, fiel Mund an Mund mit Miss Lola aus Markaryd auf die verbrannte Erde hinunter. Und jetzt habe ich den Boden erreicht. Von hier kann nichts mehr fallen.«
In der Küche wurde es still. Eine Hühnerfeder fächelte auf der Schwelle, glitt mit dem sanften Zugwind des Herbstes herein, näherte sich Splendids Vater. Er bekam sie in die Hand, sah sie an und pinselte sich damit die helle Wange.
»So war das damals. Jetzt ist es so.«
»Aber eigentlich, Papa?«
»Eigentlich war es mühselig.«
»Ja, aber... als du abgestürzt bist, Papa? Und warum hast du das getan?«
Sie saßen auf dem Fußboden, und Alfons Nilsson sah zur Tür.
»Deiner Mama gefällt es nicht, daß ich das erzähle.«
»Sie ist doch noch nicht da.«
»Und ich weiß nicht, ob so kleine Jungen...«
»Ach was, Papa. Sidner *braucht* so was. Das habe ich dir doch gesagt. Er muß lernen, wie die Welt ist! Sonst wird er nur ein Träumer.«
Alfons Nilsson stemmte die Knöchel gegen den Fußboden

und gab dem Wagen einen Schubs zur Tür, beugte den Oberkörper über die Schwelle und sah um die Ecke.
»Es war so, Jungs«, flüsterte er und lächelte. »Ich hab mich in sie verliebt, diese Miss Lola. Ja, eigentlich hieß sie Greta Svensson. Aber sie war mit dem verheiratet, der die Kanone bediente. Und eines Tages entdeckte er uns, als wir ...«
»Als ihr *zusammenwart?*«
»Genau. Am nächsten Spektakeltag richtete er die Kanone falsch aus, zehn Meter außerhalb des Sicherheitsnetzes. Als ich drei Monate später im Krankenhaus aufwachte, war der gesamte Zirkus mit dem Kanonier und Greta und allen meinen Freunden mit der Titanic davongedampft.«
Splendid untersuchte Sidners Gesichtsausdruck.
»In dem Krankenhaus war Mama Krankenschwester.«
»Das war sie«, lachte Alfons Nilsson zufrieden.

Hinterher liegen sie auf dem Grasbauch des Herbstes und spucken auf Ameisen. Über ihnen glühen die Vogelbeeren, die Luft ist rein und hoch und trotzdem nicht kalt. Sie versuchen, die Ameisen mit ihrem Speichel zu treffen, und begraben sie in weißem Schaum. Ein Weilchen zappeln sie noch, dann werden ihre Bewegungen langsamer, bis sie zusammensinken. Dann ist es Zeit, sie zu befreien, damit man sehen kann, daß wieder Leben in sie kommt.
»Ganz schön unheimlich die Kraft, die sie haben. Wenn man bedenkt, wie klein sie sind.«
»Was dein Vater erzählen konnte!«
»Ich glaub, das liegt daran, daß sie nicht denken. Manchmal wünschte ich mir, einer zu sein, der einfach weitermacht, ohne nachzudenken. Du!! Wir glauben vielleicht nur, daß wir denken. Aber dann ist da jemand, der auf uns spuckt, und wir liegen mitten in der Spucke und zappeln. Und dann ist da jemand, der uns rausnimmt und auf ein trockenes Blatt legt, und nach einer Weile wachen wir auf und sagen: ›Das wär beinahe ins Auge gegangen, Oskar.‹ Und dann macht man ein Weilchen weiter.«

»War das alles wahr, was er erzählt hat?«
»Glaubst du, mein Alter lügt?«
»Nein.«
»Obwohl er übertreibt. Aber das darf er von mir aus gern. Ist wohl nicht so lustig ohne Beine. Manchmal nehm ich ihn mit in den Wald. Er mag Vögel so gern. Wir haben immer Kaffee dabei und sitzen ganz still da. Was willst du werden, wenn du groß bist?«
»So lange lebe ich wohl nicht«, sagt Sidner.
Splendid rollt sich auf den Rücken.
»Ich werde wahrscheinlich in Papas Fußstapfen treten.«
»Und wenn du abstürzt wie er.«
»Das ist es sicher wert. Aber merkwürdig. Wenn man daran denkt, daß er vielleicht zwanzig Sekunden in der Woche geflogen ist. Das heißt, wenn er genug Engagements hatte. Zwanzig Sekunden, statt tagaus, tagein in einer Fabrik zu stehen. Aber mein Alter hat gesagt, daß es wichtig ist, daß jemand solche Sachen macht. Um zu zeigen, daß das Leben nicht so einfach ist. Daß es Leute gibt, die anders sind. Damit die Leute denken: Gott, was gibt es für Dummköpfe. Unglaublich! Er bildet sich zwar nicht ein, daß sie dasitzen und grübeln, wie er das wohl angestellt hat. Aber daß sie einmal in ihrem Leben einen fliegenden Mann sehen, daß es zu einem Bild wird. ›Vor Kindern trete ich am liebsten auf‹, sagt er, ›die vergrößern alles und haben das für den Rest ihres Lebens vor Augen: Sie haben mal einen gesehen, der *flog*. Man fühlt sich wie ein Gedicht‹, sagt mein Alter. ›Wenigstens wie eine Zeile aus einem Gedicht, und es ist wichtig, daß jemand weitermacht und so eine Zeile ist. Daß wir nicht aufgeben. Genau wie die Pastoren oder die, die Musik machen‹, sagt mein Alter. Ich finde, du solltest Schlosser werden, wenn du groß bist. Das heißt, wenn du dann noch lebst.«
»Schlosser, warum das denn? Schlüssel machen?«
»Es ist nicht nur das. Um Leuten die Türen aufzumachen, die sich ausgesperrt haben. Das tun unheimlich viele. Sie

vergessen, wohin sie die Schlüssel gelegt haben, oder wenn sie arm sind, haben sie vielleicht Löcher in den Taschen. Ich hab schon viele Schlüssel gefunden, manchmal mehrere am selben Tag.«

»Und sie haben keine Reserveschlüssel?«

»Daran denkt ein armer Mensch wohl nicht.«

»Warum willst du denn, daß ich Schlosser werde?«

»Was heißt wollen. Aber du bist so schüchtern. Du würdest zu vielen Menschen ins Haus kommen. Sehen, wie sie wohnen. Verschiedene Häuser, verschiedene Wohnungen. Das wäre gut für dich.«

»Ich bin doch nicht schüchtern.«

»Natürlich bist du das. Du sprichst ja kaum.«

»Was, ich?«

»Jedenfalls mit mir. Ich werd schon einige Zeit brauchen, es dir beizubringen. Man muß dir jedes Wort aus der Nase ziehen.«

»Vielleicht.«

»Du mußt mit Menschen zusammenkommen. Und viele Leichen kriegst du zu sehen. Da war einmal ein versoffener Finne, der hinten im Wald wohnte. Und eines Tages kamen beim Beerenpflücken ein paar vorbei, und sie fanden, daß es ziemlich roch. Sie klopften an, und niemand machte auf. Da holten sie die Polizei und Hermansson, den Schlosser, du weißt schon.«

»Nein, weiß ich nicht.«

»Da hast du's. Man muß sie alle kennenlernen, wenn man zurechtkommen will.«

»Und was war dann?«

»Pfui Spinne! Du hättest es nicht geschafft.«

»Ja, aber was war dann?«

»Selbst schuld, wenn du's hören willst.«

»Mmh.«

»Die Fliegen waren so groß wie Hummeln, kann ich dir sagen. Und behaart. Dreißig, vierzig Stück. Die Sonne schien ins Zimmer, so daß sie ganz grün und blau waren. Und so

behaart. Der versoffene Finne saß in einem Stuhl. In der einen Gesichtshälfte war er schon ganz schimmelig. ›Wie Moos‹, hat Hermansson gesagt.«
»Hast du mit ihm gesprochen?«
»Nein, er hat es meinem Alten erzählt, und mein Alter meiner Mutter, und ich hab's durch die Wand gehört. Und mein Alter sagte: ›Wenn er schon als Toter vierzehn Tage so dagesessen hat, wie lange ist er dann bei Lebzeiten einsam gewesen.‹ Hat mein Alter gesagt.«
»Wie kommt er eigentlich ins Bett?«
»Wir heben ihn hoch. Er wiegt fast nichts. Und auf diesem Finnen krochen Würmer herum. Weiße.«
»So was kriegt man zu sehen?«
»Ja, wenn man Schlosser ist.«
Und Splendid möchte Sidner noch mehr inspirieren:
»Ein andermal war da einer, der wollte fliegen. Er lag vor seinem Haus draußen beim Küsterhof, und der halbe Körper war Mus. An den Füßen hatte er Flügel befestigt. Aus Papier.«
»Wie Apollo?«
»Nun, das weiß ich nicht. Er hieß jedenfalls Erik. Vielleicht waren die Flügel auch aus Pappe. Glaubst du, er dachte, er könnte fliegen?«
»Dein Papa hat's doch auch getan. Manchmal *muß* man glauben, daß man's kann.«
»Oder er wußte, daß er sterben würde, und da wollte er so sterben, daß wir darüber reden. Daß wir sagen: ›Der, der Flügel an den Füßen hatte.‹«

Sie wurden durch das Geräusch von Pferd und Wagen unterbrochen. Es kam in gemächlichem Schritt vom Stapelsbacken.
»Aber ist das nicht Selma, die da kommt.«
»Selma Lagerlöf?«
»Ja.«
»Kennst du die auch?«

»Nein, kennen ist zuviel gesagt.« Aber Splendid erhob sich aus dem Gras und sprang auf die Straße, und als der Wagen bei ihnen angekommen war, nahm er die Mütze ab und grüßte und ergriff die Zügel des Pferdes.
»Guten Tag, Tante Selma!«
»Aber das bist ja du, Splendid!«
Sidner sieht die berühmte Dame oben auf dem Wagen. Sie sieht genauso aus wie auf den Bildern. Das weiße Haar unter einem schwarzen, breitkrempigen Hut, schwarzer Mantel, und die Hände in einen Muff gesteckt.
»Bist du unterwegs zu Fannys Namenstag, Tante Selma?«
»Ja, tatsächlich. Woher weißt du denn, daß sie Namenstag hat?«
»Ich lese doch Zeitung.«
Der Staub legt sich um die Hufe des Pferdes, und auch Sidner tritt näher heran, hält die Mütze in der Hand und verbeugt sich.
»Und wer ist dieser junge Mann?«
»Das ist doch Sidner, von dem ich draußen das letzte Mal erzählt habe, der Sidner, der.«
»Oh, du bist das! Warst du einer von denen, die Fanny mit Kaffee in ihrem Bett geweckt haben, Splendid?«
»Nein, ich war draußen Barsche angeln, da hatte ich keine Zeit.«
»Du bist vielleicht aktiv. Daß du die Kraft hast. Bei mir sieht's anders aus. Jetzt muß ich weiter. Kommt doch irgendwann mal vorbei. Beide«, sagt sie. Sidner wird plötzlich auf Splendid eifersüchtig, der überall, an allen Orten zu sein scheint, fast gleichzeitig. Später schreibt er: »Es gibt Menschen, deren Wesen mehrfältig ist. Sie schaffen es, ihre Existenz und ihre Gegenwart zu verdoppeln, ja zu verzehnfachen. Sie offenbaren sich denen, die es schwer haben, denen, die niemanden haben, mit dem sie ihre Trauer oder ihre Freude teilen könnten. Sie gehen mit langen Fühlern durchs Leben.«

Mit seinen Blicken folgt er dem Pferd, bis es verschwunden ist. Er steht still und fragt tonlos: »Was hast du von mir erzählt?«

»Ach, nichts.«

»Warum hast du nicht mal erzählt, daß du sie kennst?«

»Alles zu seiner Zeit.«

»Hast du denn ein paar Barsche gefangen?«

»Es reicht fürs Essen.«

»Und wer ist Fanny?«

Splendid zeigt mit dem Finger auf Fannys Haus. Zwischen den Bäumen erkennt Sidner auf dem Balkon eine Frau in einem roten Morgenrock mit einem Kaffeetablett.

»Ist das die mit dem Kurzwarenladen?«

»Ja.«

Nach einer Weile sieht er auch Selma Lagerlöf mit einem Tortenkarton in der Hand auf den Balkon treten. Fanny stellt das Tablett auf das Geländer und verschwindet im Haus, um einen Sessel und ein Tischtuch zu holen. Sie legt es auf den Tisch, gießt Kaffee ein, und die Frauen setzen sich.

»Eins will ich dir sagen, die Fanny gibt der Selma viele Ideen.«

»Inwiefern?«

»Ja, das wirst du eines Tages schon verstehen.«

Türen, Eingänge. Schütteres Laub, in dem etwas Rotes flimmert.

Daß Fanny Udde mit Sven Hedin in telepathischem Kontakt steht, beeinträchtigt nicht ihre Fähigkeit, den Kurzwarenladen zu führen. In einer hochgeschlossenen weißen Bluse steht sie hinter dem Ladentisch und kratzt sich mit der Elle im Nacken, während sie in einem französischen Modejournal blättert. Fanny lächelt und träumt, träumt und

lächelt. Sie dreht ein paar Runden an den Regalen vorbei, blickt durch die Tür auf die Straße, zum Hotel und zum Bahnübergang, geht wieder zurück und träumt weiter.
Ihr Laden gleicht einer kirgisischen Jurte. Überall liegen Gardinenfächer, Stoffreste und Flanellballen. Die Ankleideräume werden von schweren Samtvorhängen abgetrennt. Die Luft ist dick, aber wenn Fanny mit ihren langen Händen eine Bewegung macht, verbreitet sich ein Hauch von Parfum in der Luft. Sie hat so wunderbare Hände; feine blaue Adern verlaufen unter der Haut der ringgeschmückten Finger. Einen der Ringe, so erzählt sie, habe sie von Sven Hedin geschenkt bekommen. Er sei echt und stamme aus der Gegend der Wüste Gobi. An der Wand hängen viele Bilder von ihm, eines ist ihr gewidmet, er lehnt auf einer Straße irgendwo in Schweden an einem weißen Auto, »Für meine treue Bewunderin Fanny von Sven Hedin« steht da, falls niemand ihr glauben sollte, o ja. Eine Hand ruht auf dem linken, glänzenden Scheinwerfer, das kann man sehen. Die Aufnahme ist von einem geschickten Fotografen gemacht worden, und die Birke im Hintergrund rahmt das Foto wirkungsvoll ein, Fanny seufzt. Sie ist sechsunddreißig Jahre alt, und kein Lebender weiß, daß sie unter ihrer rechten Brust ein Muttermal hat, einen kleinen dunklen Fleck. Sie hat ihr Haar zu einem gewaltigen Knoten hochgebunden, und kein Lebender hat es je offen gesehen, niemand weiß, wie lang es ist. Ihre Lippen sind noch ungeküßt, ihre gerade Nase unberührt. Wie das möglich ist, kann der Verstand nicht begreifen!

Splendid besitzt die einzigartige Gabe, Wege in eine ungesehene Wildnis zu finden, er wittert die geheimen Gänge, die aus dem Alltag hinausführen. Eines Tages hält er Sidner für reif, ihn bei einer solchen Entdeckungsreise zu begleiten, denn mittlerweile währt ihre Freundschaft schon eine ganze Zeit. Sie stehen zögernd vor Fanny Uddes Tür, wollen die Klinke aber wohl noch nicht so recht hinunterdrücken und

öffnen, doch da bimmelt die Glocke, sie ist chinesisch und echt, »pling-pling« klingt sie, das ist chinesisch und bedeutet: Herein, auch wenn ihr kein einziges Briefchen Nadeln kaufen wollt.
»Pling-pling«, und sie sind in einem anderen Land.
Fanny sitzt in einem hohen Korbstuhl hinter dem Tresen.
»Guten Tag, Splendid. Wie schön, daß du mal hereinschaust. Was möchtest du heute?«
»Ich wollte Sidner nur die Glocke zeigen. Daß sie chinesisch ist. Er ist der, der im Hotel wohnt, und seine Mutter wurde von den Kühen totgetrampelt.«
Er nähert sich ihr, beugt sich über den Tresen, wiegt sich auf den Unterarmen und blickt ihr in die Augen:
»Er hat mir nicht geglaubt.«
Da wendet sich Fanny an Sidner – o du Schöpfer der körperlichen Wesen! Er steht noch an der Tür und berührt die Glocke, ein spröder, stiller Ton wandert zwischen Stoffballen und Vorhängen hinaus und wieder herein. Sidner verharrt dort lange, wie in einem Versuch, den Laut zu verstehen, ihn richtig zu deuten und all die bemerkenswerten Orte und Zeiten zu erkennen, die der Ton mit sich bringt.
Als ob sich das Gesicht des alten chinesischen Glockenmachers beschwören ließe. Seine Hände werden sichtbar. Das Haus, in dem er sie hergestellt hat, die Berge hinter dem Dorf, in dem er wohnte, die Schafherden an dessen Abhängen, die Karawanenpfade, auf denen die Glocke ihren Weg nach Sunne antrat. Alles, alles ruft der spröde Ton hervor, und langsam öffnet Sidner den Mund und starrt in die Verhexung hinein. Fanny nickt in seine Richtung:
»Er sieht es!«
Und sie lächelt und läßt ihn ruhig dort stehen, bis die Visionen von ihm weichen. Sie hört nicht, wie Splendid flüstert:
»Er ist manchmal so, Fanny.«
Als er vor ihr steht, sagt sie zunächst nichts, sondern nimmt seine schlanke rechte Hand zwischen die ihren und untersucht sie sorgfältig, dann hebt sie den Blick zu ihm:

»Armer Junge!«
Dreht die Handfläche zu sich und drückt sie an ihre Brust.
»Genau wie die von Sven.«
Splendid nickt Sidner aufmunternd zu, aber Sidner bleibt ernst, er weiß noch nichts von seinem Leben. In seinem Heft *Über Zärtlichkeiten* finden sich jedoch ein paar Worte, die ihren Ursprung vermutlich in genau diesem Augenblick haben:
»Das Wort, das mich am meisten fasziniert, ist das Wort Ahnung. Etwas zu *ahnen*. Es liegt eine Aktivität in diesem Wort, die einen glauben läßt, daß das Subjekt ahnt, während es meine feste Überzeugung ist (Quatsch, es gibt keine festen Überzeugungen!!), daß wir von der Ahnung *erreicht werden*. Die Quelle der Ahnung liegt außerhalb unseres Selbst, sie ist das Leuchtfeuer in der Dunkelheit, sie ist der Blitz, der über das Himmelsgewölbe jagt, wieder und wieder, immer auf der Suche, und gelegentlich geschieht es, daß uns ein Hauch dieses Lichtscheins berührt, in die tiefsten Schichten unseres Bewußtseins eindringt. Ich würde es so sagen: ›Ich wurde geahnt. Sie schenkte mir die Ahnung.‹« Splendid bricht in Sidners Gedanken ein: »Sie meint Sven Hedin. Sie kennt ihn.«
Als hätte Splendid den ganzen Tag von etwas anderem geflüstert.
»Schau mal hier, sieh mal.«
Sidners Hand liegt immer noch auf Fannys Brust, er dreht den Körper zum Foto an der Wand: »Für meine treue Bewunderin...«
»Das ist die da!«
Gemeinsam nehmen sie Fanny im Schutz dieser Worte in Augenschein, und sie läßt sich verändern, denn ihr Leben sind Träume. Anmutig läßt sie sich in den Korbstuhl sinken, neigt den Kopf gegen einen ausgestreckten Finger und lächelt wehmütig. Mit der linken Hand bürstet sie ein Nichts von der Spitzenbluse, schließt die Augen:
»Im Augenblick ist er in Vadstena. Er ißt im Stadthotel. Er

ißt...? Vättern-Saibling mit Remouladensauce. Er trägt Weiß, einen Leinenanzug, den er in Singapore hat anfertigen lassen. Ein Glas Weißwein, ein perlender Wein, steht vor ihm, ein Strauß taufeuchter Rosen. Er ist allein. Jetzt kommt die Kellnerin: ›Was wünschen Sie zum Dessert, Herr Hedin?‹ fragt sie. Er zögert, legt die Finger ans Kinn und denkt nach. ›Erdbeeren mit Schlagsahne‹, sagt er.«

»Aber Fanny«, unterbricht Splendid sie. »Es ist doch noch keine Erdbeerzeit.«

Fanny fährt zusammen. Ihr Gesicht ist voller Schmerz.

»Oh, wo bin ich? Ich habe mich geirrt, ich habe den ganzen Tag solche Kopfschmerzen gehabt. Ich bin sehr müde.«

»Das macht doch nichts. Vielleicht kommen sie mit der Bahn aus Italien.«

»Nein, Splendid. Ich habe mich geirrt. Ich kann nichts sehen.«

»Aber vielleicht Pflaumen? Vielleicht wollte er Pflaumen. Die sehen doch so ähnlich aus. Aus der Ferne. Wenn sie eingemacht sind.«

»Du bist süß, Splendid.«

»Es war dumm von mir, das zu sagen, Fanny.«

»Es war gut. Du mußt mich auf dem Teppich halten, Splendid. Komm her, ich möchte dir das Haar zerzausen.«

Splendid geht um den Ladentisch herum und beugt den Nacken, dreht den Hals und schließt die Augen, und Fannys Finger berühren ihn. Fahren über Schlüsselbein und Ohr. Auch Sidner muß den Kopf beugen, aber er bewegt sich auf alles zu, was schwarz und leer und still ist.

Im Holzschuppen liest Splendid Sidner aus der Zeitung vor.

»Zwei Brüder, Schwarzbrenner, haben gestern vor Gericht gestanden. Ihnen wird vorgeworfen, seit Jahren insgeheim

Getränke destilliert und diese verkauft zu haben. Sss.« Er liegt mit dem Rücken auf dem Flickenteppich und schnaubt verächtlich.
»›Insgeheim.‹ Das sind die Brüder Gustafsson aus Åmberg. Die machen das schon lange. Als ob das nicht jeder wüßte. Ich kenne viele, die bei denen gekauft haben. ›Die sogenannten Passionsspiele in der Kirche von Sunne wurden für das Publikum zu einer Enttäuschung, da die Bilder so verschwommen waren, daß sie sich unmöglich erkennen ließen.‹ ›Morgen Missionars-Verabschiedung. Die Lehrerin Ester Nordberg soll verabschiedet werden, um als Missionarin nach Ost-Turkestan zu gehen.‹ Ost-Turkestan! Hol mir mal mein Lexikon, das Nordisk Familjebok, es steht drüben hinter dem Holz. Dann werden wir mal sehen, wohin das Weib fährt.«
»*Du* hast das Nordisk Familjebok?«
»Mein Alter hat's mir geschenkt. ›Aber *du* bist derjenige, der alles wissen muß‹«, sagte er. »Kannst auch gleich welche von den gelben Pflaumen mitbringen.«
Seit ihrer ersten Begegnung ist fast ein Jahr vergangen, auf den Regalen liegt nicht mehr soviel Obst wie im Jahr zuvor, er kommt einfach nicht mehr so oft dazu wie früher.
»Hier ist es. ›Ost-Turkestan. Das chinesische Turkestan wird auch Kaschgarien genannt und ist östlich von West-Turkestan gelegen, von dem es durch Tian-schan und Pamir getrennt ist. Nur nach Osten hin ist das Land offen und geht allmählich in die Wüste Gobi über.‹«
»Oh, Teufel auch! Lies weiter!« sagt Splendid.
»›Im Verhältnis zu den es umgebenden Vorgebirgen erscheint Ost-Turkestan als eine Senke, ist aber im Verhältnis zum Meeresspiegel eine Hochebene von neunhundert bis tausend Metern Höhe. Im nordöstlichen Teil, der in geologischer Hinsicht als besonderer Teil gelten kann, sinkt das Land jedoch an manchen Stellen sogar unter das Niveau des Meeresspiegels bis zu einer Tiefe von einhundertsechsundzwanzig Metern unter Normalnull.‹«

»Nicht schlecht! Immer weiter!«

»›Die Fauna umfaßt in den höhergelegenen Gebieten u. a. Jak, Kulan, Wildesel, Wildkamel und mehrere Antilopenarten. Und auf den Ebenen streifen Tiger, Wildschwein, Reh, Wolf, Fuchs, etc.‹«

»Und da will sie hin, die Ester. Wir müssen sie besuchen gehen, ich sehe keine andere Möglichkeit.«

»Warum das?«

»Ja, kennst du denn noch jemand, der nach Ost-Turkestan will?«

»Nein.«

»Da siehst du's. Wir müssen später noch mehr büffeln, damit sie sieht, daß wir Bescheid wissen.«

»Jaa?«

»Und dann geben wir ihr die Hand, und sie fährt nach Ost-Turkestan. Dort wird sie vielleicht von einem Tiger gefressen, und dann ist es beinahe so, als wäre man selber dabeigewesen. Und wir können Briefmarken und solche Sachen von da bekommen. Jetzt machen wir aber erst mal mit der Zeitung weiter ... Hör mal: ›Ein bedauerlicher Vorfall ereignete sich in der Nacht zum Mittwoch in Östansjö. Ein etwa dreißigjähriger Mann wurde plötzlich geisteskrank, was sich in großer Gewalttätigkeit äußerte. Der Mann zerschlug Hausrat und Möbel und jagte seine Mutter aus dem Haus, die bei Nachbarn Hilfe suchte. Einige Personen, die herbeigeeilt waren, kümmerten sich um den Kranken, der nach Bergskog gebracht wurde, wo er jetzt gepflegt wird. Über die Ursache heißt es, der Mann habe nie zuvor Anzeichen von Geisteskrankheit erkennen lassen, vermutlich habe er unter religiösen Grübeleien gelitten, was jetzt zu diesem traurigen Ende führte.‹ Was sagst du dazu?«

»Ich weiß nicht.«

»Den müssen wir uns ansehen. So einen Irren hab ich noch nie gesehen. Jedenfalls keinen mit religiösen Grübeleien. Wir können ihn selbst fragen, was er sich dabei gedacht hat. Das wird nützlich für dich sein, Sidner.«

»Warum muß alles für mich immer so nützlich sein.«
»Weil du Angst hast. Aber das ist nicht gefährlich, ich kenne viele komische Typen, wenn auch nicht gerade einen, der sich so aufführt.«
»Aber es ist schon spät. Wir kommen dort erst an, wenn es dunkel ist.«
»Das mußte ja kommen. Red mit deinem Alten und sag ihm, daß wir zum Hällsjön raufwollen, um Krebse zu fischen, die sind gut da oben.«
»Aber Krebse dürfen jetzt doch noch nicht gefangen werden?«
»Es ist *beinahe* Krebszeit.« Und dann plötzlich mit großem Ernst: »Du mußt die Welt kennenlernen. Sonst wirst du wie dieses Mädchen, von dem wir gelesen haben.«
Sie erschauern alle beide und blicken durch die Spalten in der Schuppenwand nach draußen. Das Wasser kann er sehen, es strömt vorüber, es ist kalt, und er versucht, den Zeitungsausschnitt hinten in der Ecke nicht anzusehen: *Besondere, merkwürdige Telegramme aus aller Welt*, aber seine Augen werden wie von einer inneren Kraft dorthin gelenkt: »Aus New York wird telegrafiert, daß ein vierjähriges Mädchen aus Lima/Ohio langsam zu Stein wird. Teile sind schon von ihr abgesplittert, die Chemiker als Kalkstein analysiert haben.«
Sidner preßt die Finger gegen einen Punkt am Handgelenk, wo sich etwas befindet, was nicht da sein sollte, eine nur wenige Wochen alte Verhärtung, etwa seit dem Tag, an dem sie das Telegramm zum ersten Mal gelesen haben.
»Das ist nicht wahr, Splendid.«
»Aha. Hast du gesehen, daß sie es in der Zeitung zurückgenommen haben? Hast du das etwa gesehen?«
»Nein, das stimmt.«
»Ich möchte gern wissen, wie lange es dauert, bis sie ganz und gar zu Stein geworden ist. Und wo es anfängt? In den Beinen oder im Kopf? Was wär für dich das Schlimmste? Wenn es in den Augen anfängt oder in den Beinen?«

»Hör auf damit. Ich glaube jedenfalls nicht dran.«
Er drückt hart gegen das Handgelenk.
»Mein Alter hat gesagt, daß...«
»Das ist mir egal. Vielleicht ist es am schlimmsten, wenn es im Mund anfängt«, sagt er, bekommt plötzlich die Zähne nicht mehr auseinander und weiß mit einem Mal, daß es angefangen *hat*.
Er hat die Krankheit bekommen.
Es ist wie Stein in seinem Mund. Er schluckt.
»Es gibt Schlimmeres«, bohrt Splendid nach. »Ich hab von einem Jungen gehört, der mit einem Jahr einen Bart kriegte, mit zwei den Stimmbruch hatte und mit drei die Haare verlor. Und dann hab ich von einem gehört, der erst mit fünfzig Zähne bekam und Haare mit sechzig, und mit siebzig erst kam er in den Stimmbruch.«
»Das hast du dir doch nur ausgedacht.«
»Ja, das letzte hab ich erfunden. Aber alles andere stimmt. Ich will nur sagen, daß es viele Sachen gibt, vor denen man sich in acht nehmen muß. Ich meine, im Leben herrscht keine Ordnung. Und das ist das Merkwürdige... daß es überhaupt eine Ordnung gibt.«

»Guten Tag«, sagt Splendid, »wir möchten zu diesem Irren aus Östansjö.«
Es ist Sonntagmorgen, und der Herbst hat einen letzten, aufflammenden Versuch gemacht, sich an seinen Sommer zu erinnern. Im hellen Garten des Pflegeheims spazieren Alte und Irre herum; sie sind an die kurzen Glieder ihrer Nerven gefesselt, lauschen dem Raunen von Apfelbäumen und Birken und dem, der hinter allem dieses Raunen erschafft. Die Schatten sind lang und weich, sie fließen über hohes Gras. Weiter unten, zur Ebene hin, erstreckt sich ein Zipfel abgeernteter Weizenfelder, frischgepflügter Äcker, die wie Seide

glänzen. Weit entfernt wiehern und muhen Kühe und Pferde, unten in Sunne schlägt die Kirchenglocke. Die Heimleiterin steht hochbrüstig und barsch vor ihnen.
»Und was wollt ihr von ihm? Außerdem sagt man so etwas nicht.«
»Seine Mutter schickt uns, wir sollen uns erkundigen, ob er was braucht.«
»Hier hat man alles, was man braucht.«
»Wie schön«, sagt Splendid.
»Sie war beunruhigt, weil er seine Bibel nicht mitbekommen hat.«
Um sie herum murmeln die Irren, stoßen Schreie aus und zeigen unerwartete Körperzuckungen, als schlügen sie sich mit allen Teufeln der Unterwelt.
»Die Bibel?«
»Ja, er muß jeden Tag in der Bibel lesen, sonst wird er unruhig.«
»Wir haben Bibeln hier. Außerdem kann er jetzt nicht lesen, nicht in dem Zustand, in dem er sich befindet.«
»Es muß diese Bibel sein«, sagt Splendid und klopft sich auf die Windjacke. »Das ist die einzige Bibel, in der er lesen kann, denn er hat sich Sachen angestrichen. Seine Mutter sagt, daß wir sie ihm persönlich übergeben müssen, sonst wird er unruhig.«
»Das ist er schon. Und wie redest du eigentlich mit mir?«
»Es muß sie neben sich auf dem Nachttisch haben, hat seine Mutter gesagt.«
»Nachttisch, er hat keinen Nachttisch. Verschwindet jetzt.«
»Er hat keinen Nachttisch? Hast du das gehört, Bengt-Emil! Der Mann hat keinen Nachttisch. Sehr bedauerlich, das zu hören. Ich möchte gern wissen, ob der Arzt in Karlstad davon weiß. Komm jetzt, Bengt-Emil.«
»Hört mal«, ruft die Heimleiterin, aber sie sind schon weg. Unten im Hain jenseits der Wegbiegung zieht Splendid Sidner zwischen die Bäume.

»Jetzt bleiben wir hier, bis sie nach Sunne losgefahren ist. Sie muß zum Arzt und sich eine Spritze geben lassen.«
»Woher weißt du das alles?«
Splendid gräbt mit dem Fuß in der Erde und antwortet nicht.
»Warum hast du mich übrigens Bengt-Emil genannt?«
»Sonst hätte sie doch gewußt, wer wir sind. Du kennst doch Bengt-Emil Jolin, diesen Oberklassentyp. Er kriegt einsfünfzig Taschengeld, und wenn sie glaubt, daß er der Besucher ist, dann macht das nichts. Jetzt bleiben wir hier und büffeln Ost-Turkestan. Mensch, einen richtigen Irren kennenzulernen!«

Der Irre aus Östansjö sitzt oben auf dem Dachboden in einem hölzernen Käfig, auch das weiß Splendid. In der Abenddämmerung ist es still unten auf dem Hof, aber Sidner hat Angst, und während er hinter Splendid die knarrende Treppe hinaufgeht, deklamiert er vor sich hin, murmelt dabei aber so ruckhaft und nervös, wie die Alten und Irren gemurmelt haben:

»Der Eingang bin ich zu der Stadt der Trauer
Der Eingang bin ich zu dem ew'gen Schmerze,
Der Eingang bin ich zum verlornen Volke!
Gerechtigkeit trieb meinen hohen Schöpfer:
Die Allmacht hat der Gottheit mich gegründet,
Die höchste Weisheit und die erste Liebe.
Vor mir ist nichts Erschaffenes gewesen,
Als Ewiges, und auch ich daure ewig.
Laßt, die ihr eingeht, jede Hoffnung fahren.«

»Warum sagst du so was, ist das wieder dieser ... Danto?«
»Wenn man Angst hat... ist es gut... so was zu sagen«, flüstert Sidner. »Da hinten sitzt er.«
»Dann ist es, wie ich dachte. Mein Alter sagt, das machen sie immer mit denen, die im Kopf am übelsten dran sind.«

»Was wirst du ihm sagen? Glaubst du, der Käfig ist sicher?«
»Wir werden sehen.«
Es ist wie in einem Kirchenschiff, mit einer hohen Decke. Es knarrt im Fußboden, als sie weitertappen, und sie sehen, wie der Irre zusammenzuckt und sich in einer Ecke verkriecht.
»Guten Tag, Onkel. Wir wollten dir nur guten Tag sagen. Wie lange sitzt du hier schon, Onkel?«
»Ich bin Dunkelheit mit Zitrone drin, sage ich euch. Das glauben sie nicht. Das war der in der Zitrone, der losprügelte, er war sauer bei den Möbeln der Mama der Lampe der Schlampe.«
Der Irre blickt sie wild an, grinst aber ein wenig zuckend, und Splendid räuspert sich.
»Wir haben in der Zeitung von dir gelesen, Onkel. Ich heiße Splendid, und er Sidner. Seine Mutter wurde... Warum haben sie dich in einen Käfig gesteckt, Onkel?«
»Auf der Rückseite des Spiegels ist es schwarz wie Brombeeren. Das kann man mir auf der Treppe in ganz dunkel grüßen. Aber er wird finden.«
»Wir haben gelesen, daß es religiöse Grübeleien waren, die...«
»Religiös! Das werde ich ausrichten.«
Er kehrt ihnen den Rücken und sitzt lange still, wirft sich plötzlich wieder herum: »Könnt ihr nicht aufhören, es sind so starke Kopfschmerzen, die gegen die Skelette prallen.«
»Was habe ich gesagt«, flüstert Splendid, »das ist wirklich ein richtiger Idiot, der da.«
»Still, Splendid. Ich will mehr hören.«
Sidner weiß, daß er etwas Wichtiges miterlebt. Er schluckt, er hat Angst, aber er muß da durch.
»Hören, ja, das soll man tun. Ackern rackern plackern takkern... Aber das sind ja Segel!«
Schreit: »Nein, keine Segel im Morast. Im Morast, im Schlamm, aber draußen in der Zitrone sehen sie alles.«

»Bist du traurig, Onkel«, fragte Sidner.
»Ja ja, so kann es sein.«
»Aber eigentlich?«
»Gibt kein anderes Wort. Das werden wir auf die Rückseite des Zettels schreiben. Dann können sie hier stehen und sich schämen. *Was willst du von mir?*«
»Ich will ... verstehen.«
»Verstehen, das ist gut, das muß man.«
Der Irre zeigt sein Zahnfleisch und grinst Sidner an, legt die Hände um die Gitterstäbe und schüttelt sie.
»Daß das, was nicht zu sehen ist, wirklich ist.«
»Dunkelheit mit Zitrone drin, die zusammenzieht. Tritt vor in Mama Lampe Schlampe.«
»Jetzt gehen wir, Sidner«, sagt Splendid.
»Nein, ich will bleiben.«
»Wie die Pferde am Zaun«, fragt der Irre neugierig, fast lächelnd. »Die halben Pferde sind nicht Zitrone, sie keilen gegen das Glas aus, pardon, Melone. *Warum seid ihr hier, ihr nehmt mich auf den Arm,* deshalb haben sie mich hier eingesperrt. Vor dem Glas. Das ist gut. Das ist gut.«
Jetzt weint er, jetzt zerrt er am Gitter, und die Tränen strömen ihm über die Wangen.
»Die Jämmerlichen, welche nie gelebet.«
»Jaa«, schreit Sidner fast. »Sie können es auch!«

> »Sie waren nackt und wurden viel gestochen
> Von Bremsen und von Wespen, die hier schwärmten.
> Ihr Antlitz netzten ihnen die mit Blute,
> Das thränenuntermischt zu ihren Füssen
> Von ekelhaften Würmern ward gesammelt.«

»Scheiße und Pisse ist das.« Jetzt ist der Irre sauer und dreht ihnen wieder den Rücken zu, er antwortet nicht, obwohl Sidner an diesen Spalt Verständnis appelliert, den er zu sehen meint.

»Machen Sie weiter, finden Sie sich nicht ab.« Und Sidner spricht langsam und deutlich: »Und da ich weiter hingeblickt, sah Schaaren ich an dem Ufer eines großen Stromes . . . ?«
»Die Alte ist eine Hure«, unterbricht ihn der Irre mit kalter Stimme.
». . . sah Schaaren ich an dem Ufer eines großen Stromes, und sprach drum: Meister, woll'st mir jetzt gewähren . . .«
Nun ist es Splendid, der vor Sidner Angst hat, dessen Stimme heiß ist, heiß vor Eile, und der Splendids Hand wegschlägt, als sie ihn vom Käfig wegzuziehen versucht.
»Wir müssen schnell weg hier, Sidner.«
»Meine Alte ist eine Hure! Meine Alte ist eine Hure!«
». . . woll'st mir jetzt gewähren, zu wissen, wer die sind und welche Sitte sie macht zum Übergang so fertig scheinen . . .«
»Am besten, wir . . . auf Wiedersehen, Onkel. Komm, Sidner. Komm, habe ich gesagt.«
»Es ist zu dunkel für ihn. Und Treppen und . . .«
Der bittende Tonfall verschwindet wieder, der Irre wird hart, seine Lippen werden schmal.
»Gehen gehen, schlagen schlagen. Das ist ihm egal.«
Splendid schleift Sidner über den Fußboden und die Treppe hinunter, hinaus auf den Hof. Es ist jetzt dunkel. Es ist schwarz. Sidner bebt am ganzen Körper. Zunächst glaubt er, nur er weine und schniefe, aber bald merkt er, daß es um Splendid genauso bestellt ist.
»Es war«, versucht Sidner zwischen Rotz und Tränen hervorzupressen, »es war, als hätte ich selbst da drinnen gesessen . . . ich habe alles verstanden . . . was er sagte, wenn man nicht zu sprechen wagt und ich mit Papa in der Küche sitze . . . oder in der Schule . . . da denke ich . . . daß ich nicht wirklich bin, wenn ich an Mama denke, daß sie tot ist und daß ich . . . sozusagen mit ihr sprechen kann . . . richtig . . . und daß ich ein Schatten bin . . . daß es der Schatten ist, der

aufwacht ... und sich nicht zeigen will ... wie diese Zitrone, wenn sich alles zusammenzieht und sichtbar wird ... daß ich nicht hier bin, Splendid, daß ich eigentlich auch so ein Irrer bin.«

»Tut mir schrecklich leid, daß ich mir das ausgedacht habe. Das wollte ich nicht«, entgegnet Splendid schniefend.

»Ich weiß.«

»Tut mir leid, daß ich so gedrängt habe. Ich wußte ja nicht richtig, wie stark du bist, das habe ich nicht gewußt.«

»Nein, das weiß ... niemand.«

»Ich verstehe. Das ist manchmal auch so, wenn ich an meinen Alten denke, daß er keine Beine hat und ein Krüppel ist und daß er sich kaum in der Stadt zeigen kann ... Und wenn ich ihn in den Wald und an andere Stellen trage, wo man uns in Ruhe läßt.«

»Ich weiß.«

»Daß er wie ein kleines Paket ist. Obwohl er wirklich der beste Vater ist, den es gibt. Ja, Teufel auch, das ist er, Sidner ... Aber es ist gewissermaßen so, daß *ich ihn* trage und nicht umgekehrt ... daß ich so alt und verständig bin, wie ich es eigentlich gar nicht sein kann.«

»Bei mir das gleiche. Auch ich bin so alt und begreife alles. Daß man einsam ist und daß du der einzige bist, der versteht.«

»Und dann du. Hast du auch gespürt, daß du sterben willst?«

»Jaa.«

Aber jetzt muß sich Splendid den Schnürsenkel zubinden und die Strümpfe hochziehen, die heruntergerutscht sind. Das bringt ihn aus dem Rhythmus.

»Aber noch nicht richtig. Bis man ein Mädchen geknutscht hat.«

»Jaa.«

»Hast du das *getan?*«

»Bist du noch zu retten?«

»Ich auch nicht«, sagt Splendid. Er ist jetzt fertig, und seine

ersten Schritte befreien ihn, er spürt die Erleichterung, wartet aber auf Sidner.
»Für mich ... interessiert sich keine.«
»Aber mir hat mal eine Augen gemacht.«
»Wer denn?«
»Die Kajsa. Die neben dem Konsum wohnt.«
»Hat sie das getan?«
»Ja, sie guckte ein bißchen.«
»Bei mir tut das keine ...«
Splendid will ihn trösten.
»Aber es war nur ein bißchen. Hab ich mir bestimmt nur eingebildet.«
»Ich glaub schon, daß sie geguckt hat.«
»Ja, sie sieht ziemlich gut aus. Kriegt sogar schon Brüste.«
»Das hab ich gesehen.«
»Nicht so große wie Britt, natürlich.«
»Nein, aber immerhin.«
»Ja.« Und da Sidner immer noch schluchzt, muß er es noch einmal sagen. »Aber das hab ich mir wohl nur eingebildet.«
»Ich werde nie heiraten.«
»Ach was, natürlich wirst du das. Außerdem hab ich mir das nur eingebildet.«
»Du weißt, ich bin nicht wie andere.«
»Ich auch nicht.«
»Es wird wohl kein Mädchen geben, das mich haben will.«
»Weil du liest, meinst du ... Bücher und so?«
»Ja, man hat ja niemanden, mit dem man über so was reden kann ...«
»Natürlich wirst du heiraten. Es gibt 'ne Menge Mädchen, die lesen. Aber sie sprechen nicht drüber.«
»Wer denn?«
»Nun ja, Märy«, sagt Splendid vage.
»Aber die sieht doch gar nicht gut aus.«

»Nein, kann man nicht sagen. Aber Ingegärd?«
»Liest die?«
»Woher soll ich das denn wissen. Aber sie trägt doch 'ne Brille.«
Sie sind jetzt etwas munterer. Sie gehen über die Ebene auf die Kirche zu. Die Sterne sind sichtbar, bleich treten sie über dem Wald und der Gylleby-Allee hervor.
»Aber Brüste hat sie keine.«
»Das kommt noch, Sidner. Das kommt noch, verlaß dich drauf. Deine Schwester, die sieht gut aus.«
»Na ja.«
»Doch, das tut sie. Hast du an ihr was gesehen?«
»Gesehen? Du meinst Brüste? Nja, ein bißchen vielleicht.«
»Frag mich nur, was wir mit diesem Irren anfangen sollen? Der hat's schwer da in seinem Käfig. Und wie das da stank nach seinem Pißpott. Du! Wir müssen ihn befreien.«
»Nein! Das ist doch gefährlich.«
»Aber wir haben Verantwortung für ihn. Wir haben entdeckt, wie es ihm geht.«
»Wir können hier in Sunne doch keinen Verrückten loslassen.«
»Ach was, das würde niemand merken.«
»Wir wissen doch nicht, was er anstellen kann. Mir geht es nicht gut, Splendid.«
»Er könnte da drinnen was Weiches gebrauchen... bis uns was einfällt. Was ist das Weichste, was es gibt?«
»Junge Kaninchen. Die sind so weich... ihre Schnauzen... wenn man ihnen Löwenzahn zusteckt... durchs Gitter... aber wir *können ihn nicht rauslassen.*«
»Aber Sidner, was ist denn mit dir los...? Himmel, wirst du ohnmächtig?«
Das wird er. Sidner sinkt gleich neben der Straße an der Friedhofsmauer in sich zusammen. Er fühlt, wie eine große Dunkelheit ihn einhüllt, ihn in etwas Weiches bettet.

Sidner hat die Masern, und das Fieber entführt ihn in andere Länder. Manchmal befindet er sich in einer großen Grube voller Schlangen und Fledermäuse, und der Irre ist da und schreit ihm zu, er müsse sie befreien, bevor sie aufgefressen würden. In der Grube herrscht dampfende Hitze, Sidner schwitzt und wirft sich hin und her. Manchmal stehen sie oberhalb der Grube, und der Irre sagt:
»Ich bin der Tiger hinter dem Spiegel, ich danke dir, daß du mich befreit hast, das werde ich dir nie vergessen, und wenn du einen, zwei oder drei Meter groß wirst. Jetzt wollen wir Häuser und Möbel Mama Schlampe Lampe kaputtschlagen, du gehst als erster und zeigst auf alles, und ich werde für dich kaputtschlagen. Die Feuergabel hast du, zeig, dann schlage ich kaputt, wir gehen im Gleichschritt und schlagen und schlagen.«
»Laß mich in Ruhe«, schreit Sidner.
Er hört eine Stimme, Arons: »Etwas Preiselbeersaft, Sidner.« Er hört einen Namen, Eva-Liisa, und er spürt kleine leichte Finger auf der Stirn.
Aber der Irre kommt zurück: »Ich bin eine Kröte hinterm Spiegel, danke, daß du mich befreit hast. Findest du mich naß und eklig? Schleimig, widerlich. Jetzt gehen wir zu Mama, der Schlampe, und zwingen sie auf den Fußboden, aufs Bett, auf den Tisch, du zeigst auf sie, dann wächst sie und durchdringt die Schlampe die Lampe.«
»Trink, Sidner, damit das Fieber runtergeht.«
Aber der Irre schlägt die kühlen Hände weg, schlägt ihm das Glas vom Mund: »Ich bin ein Geier hinterm Spiegel, danke, daß du mich befreit hast. Jetzt werden wir die Leichen essen, Augen und Zungen heraushacken und uns in ihre Leiber wühlen, zu den Würmern und Därmen, es hört sich so schön an, wenn Menschen schreien, da ist der Schnabel, zeig damit, dann kannst du auch hacken.«
»Nein«, ruft er, »nein, ich will nicht.«
»Ein Handtuch, Sidner. Um den Schweiß abzutrocknen.«
Dann ist Splendid da, trinkt Wasser aus dem Wasserhahn,

zieht sich an der Tür die Holzschuhe aus, sitzt auf der Bettkante.

»Jetzt sitz ich ganz schön in der Tinte. Ich hab ein paar junge Kaninchen gestohlen, sie in die Tasche gesteckt und bin nach Bergskog gegangen. ›Hier, sieh dir das mal an‹, habe ich zu dem Verrückten gesagt und die Karnickel hervorgezogen. Aber die waren alle tot, verstehst du, ganz leblos waren die, mit weichen Nacken. Es war scheußlich, und der Irre hat wohl gedacht, daß ich das mit Absicht gemacht habe, er schrie, und ich fing an zu grinsen, denn ich hatte erwartet, daß er sich freuen würde... Und dann so was. Aber dann begriff er, daß ich es gut gemeint hatte, und versuchte, mich zu trösten. Bei dem ist alles in Ordnung, nur das Eingesperrtsein nicht, und das ist gefährlich, denn das geht ihm allmählich auf die Nerven. Das hat er selbst gesagt, und ich hab ihm gesagt, daß es nicht angeht, wie ein Irrer da rumzusitzen, denn dann dreht man durch.

Er scheint aber schon aufgegeben zu haben. ›Es geht nicht‹, sagte er. ›Es geht nicht.‹ Er spricht so gewählt wie du, das kommt wohl vom Bibellesen. Dann bin ich zu Selma Lagerlöf und hab sie gefragt, ob sie den Verrückten nicht in Mårbacka aufnehmen kann, falls wir ihn rausholen. Doch es war wie verhext. Sie sagte nur: Das schaff ich nicht, und ich sagte ihr: Hier hast du einen Irren wie den Kaiser von Portugallien, Tante Selma, aber sie sagte nur: ›Von Verrückten habe ich schon genug‹, und da fragte ich, ob sie Fanny Udde meint. ›Ach, das arme Mensch‹, sagte sie. ›Ja, die habe ich auch schon.‹ Da wurde ich rasend, denn über die braucht sie sich wirklich nicht zu beschweren. Fanny hat Selma viele Ideen vermacht, aber davon will sie nie was wissen. Na ja, wenigstens hat sie mich zum Kaffee eingeladen und mir so Semmeln mit Puderzucker vorgesetzt. Die sind gut. Hast du noch Fieber?«

»Ich *will* krank sein«, sagt Sidner. »Ich muß krank sein.«

»Du bist gesund, du bist gesund, ich hol dir ein bißchen Preiselbeersaft, dann wirst du kalt.«

»Wo ist Papa?«
»Er arbeitet. Er hat gesagt, ich soll mich zu dir setzen. Übrigens kann ich dich von Fanny grüßen. Hier ist ihre Hand«, sagt Splendid und legt Fannys schlanke Hand neben ihn auf das Kissen.
Sidners Krankheit dauerte. Er glitt zwischen den Inselchen und Schären seiner Träume hindurch, manchmal zerschellte sein Boot, und er gab sich dem Sinken hin. Er wollte sterben, um so bald wie möglich zu Solveig in den Himmel zu kommen. Sie saß ja da oben und wartete auf ihn. Es war schön, unter der Decke zu liegen und sie anzusehen, sie ein Lied singen zu hören oder den Erzählungen von Amerika und den Feuerfliegen auf der Veranda zu lauschen, und er wurde zornig auf Aron und Eva-Liisa, die seine Träume mit dem feuchten Geruch frischgewaschener Kleidung über dem Küchenherd störten, zornig auf Essensdünste und Musik aus dem Hotel. Zornig darüber, daß es die Welt gab. Daß sie so viel häßlicher war als diese, die richtige Wirklichkeit.

Eines Abends, als das Mondlicht durchs Fenster sickerte, stand Splendid wieder an seinem Bett.
»Jetzt ist es soweit, Sidner. Zieh dich an, wir müssen los. Selma hat's sich überlegt. Sie wartet auf uns und wird uns helfen, den Irren zu befreien. Sie ist hinten bei der Schmiede. Sie wagt es nicht, bis in die Stadt zu fahren.«
Leise stahlen sie sich hinaus, überquerten die Straße und hielten sich neben der Friedhofsmauer. Das Mondlicht fegte über die Ebene, Champignons leuchteten wie Totenschädel auf den Wiesen. Im Schatten der Mauer stand ein hoher Landauer, auf dem Kutschbock saß eine Frau mit einem schwarzen Schleier vorm Gesicht.
»Oh, da seid ihr ja endlich«, hörte er sie sagen. »Wie soll das nur gehen. Springt rein jetzt, bringen wir es hinter uns.«
»Es wird gut gehen, Selma«, sagte Splendid und setzte sich neben sie.

»Aber wenn die Leute mich entdecken.«
»Jetzt geht's drum. Es geht nicht an, sich nur in Büchern zu vergraben.«
»Aber wenn es ans Licht kommt.«
»Ans Licht kommt, ans Licht kommt, das ist vielleicht ein Ausdruck.«
»Warum hast du einen Schleier vorm Gesicht, Tante Selma?« wollte Sidner wissen.
»Damit ich mich nicht wiedererkenne. Wie würde das denn aussehen, wenn *ich* hier säße und nachts auf meine Pferde einprügelte.«
Ihre Stimme war so tief wie die Dunkelheit, wenn der Mond hinter Wolken verschwindet. Sie hob die Peitsche und trieb die Pferde aus dem Schatten der Friedhofsmauer. Der Landauer machte einen Satz über den flachen Graben und wirbelte den Staub von der Straße auf. Sidner mußte sich mit beiden Händen festhalten, saß hinter ihrem Rücken in der Hocke.
»Warum schlägst du so auf die Pferde ein, Tante?«
»Damit niemand glaubt, daß ich es bin. Denn wie sollte jemand glauben können, daß Selma Lagerlöf so wild auf ihre Pferde einschlägt?«
Sie holperten über die Ebene.
»Teufel auch, die fährt aber gut.«
»Nur nachts, meine Kinder. Nur nachts.« Und wieder pfiff die Peitsche über die Pferde, daß ihre Rücken dampften. Bergskogs Pflegeheim lag schlafend da, und der Mond beschien seine Stirn. Splendid öffnete vorsichtig die Hintertür, und ihre Schritte auf der Treppe schienen niemanden zu wecken. Der Irre lag in einer Ecke des Käfigs und schlief. Er sah mager aus und bemitleidenswert, schlief mit dem Daumen im Mund und mit hochgezogenen Knien. Splendid legte den Finger auf den Mund, während er die andere Hand zwischen die Gitterstäbe steckte und ihn weckte.
»Wir sind gekommen, um dich zu retten, Onkel. Sss. Selma Lagerlöf wartet unten im Wald mit Pferd und Wagen.«

Der Irre stöhnte, und Sidner begann mechanisch die folgenden Verse herunterzuleiern:

»Doch sieh! Fast schon beim Anbeginn des Steigens
Erblickt' ein Pardel ich, gar leicht und flüchtig,
Bedeckt mit einem buntgefleckten Felle.

Es wollte nie vor meinem Antlitz weichen,
Ja, schien den Weg mir also zu versperren.«

»Nicht so ängstlich, Sidner.«
Der Irre saß da und betrachtete Splendid, der begonnen hatte, die Gitterstäbe durchzusägen.
»Hat er Angst vor mir?« flüsterte der Irre. »Das habe ich auch. Man muß die Buchstaben von hinten nehmen. Das überrascht sie nämlich, nie dürfen sie schlafen.«
»Wenn du von der anderen Seite an der Säge ziehst, Onkel, geht's schneller.«

»Doch so nichts, daß mich Schrecken nicht ergriffen,
Als die Gestalt ich eines Leu'n gewahrte.

Es war, als käm' er auf mich losgegangen,
Erhabenen Haupts, gereizt von wildem Hunger.«

»Es wird nie gutgehen, sie werden ihn jagen«, jammerte der Irre beim Sägen.
»Ach was. Du wirst vielleicht sogar in einem Buch erwähnt, Onkel.«
»Ich bin A. Ich bin A. Sonst komme ich nicht rein.« Er wiegte sich zufrieden hin und her. »Sauer. Bauer. An einem Haken. Bringt mich von hier weg.«
»Faß doch auch mit an, Sidner. Das hier ist dein Verrückter.«
»Nein.«

»Säge!« Sidner glaubte, in Splendids Stimme einen neuen, befehlenden Ton zu hören, der ihm Angst machte.
»Ja, ich säge doch. Säge alles frei.«
Der Irre wiegte sich hin und her, Stück um Stück des Gitters fiel zu Boden.
»Und was soll aus all meinem Morast in dieser Räuberhöhle werden?« Er wurde ängstlich und verkroch sich immer stärker in seiner Angst, je größer das Loch wurde, und als sie sich zum Gehen bereitmachten, sank er in sich zusammen und wollte nicht.
»Ich will nicht raus. Dies ist mein Platz. Im Morast.«
»Komm jetzt.«
»Ich habe Angst vor mir. Große Angst, große Angst.«
»Leg die Arme um mich, ja, so. Es wird schon gutgehen.«

Die Pferde wieherten und prusteten, als sie den Irren endlich zum Wäldchen hinuntergeschleift hatten.
»Aber wie sehen Sie denn aus, junger Mann. Was haben die nur mit Ihnen gemacht. Ist das Leben so grausam! Legt ihm eine Wolldecke um die Beine, dann wird die Selma der Nacht ihn aus diesem Jammertal bringen, in dem Wölfe über Eis und Schnee laufen.«
»Nicht nach Hause zu Mama, nicht nach Hause zu Mutter, haltet mich von dieser Lampe fern.«
»Wir fahren, solange noch Nacht ist. Damit uns...«
»... niemand erwischt und die Sache ans Licht bringt, ich weiß schon«, sagte Splendid, und Selma wurde gewissermaßen ganz wild. Die Pferde wieherten, machten ein paar tastende Schritte aus dem Gestrüpp, Selma hob die Peitsche, und damit ging es los. Sie ließen eine Staubwolke hinter sich, als sie den Abhang bei der Schule von Borgeby hinunterholperten, und bevor sie wußten, wie ihnen geschah, waren sie schon unten in der Ebene. Der Mond schien noch klarer als vorher, die Champignons waren gewachsen und folgten ihnen mit ihren Augen von überall her, aus ihren Pupillen glitzerte es grün und voller Bosheit.

»Darf ich Sie küssen?« fragte der Irre plötzlich.
»Natürlich, junger Mann. Nur mußt du meinen Schleier selbst hochheben.«
»Aber ich bin eine Kröte.«
»Küß mich, dann sehen wir weiter, bevor der Morgen kommt.«
Der Irre hob unbeholfen die Hände, und der Landauer erbebte.
»Müssen die Pferde derartig rasen?«
»Ja, das müssen sie, sonst holt uns der Morgen ein.«
»Der Schleier sitzt fest, meine Hände zittern so.«
»Er sitzt nicht fest.« Selmas Stimme war wütend.
»Nein, vielleicht nicht. Aber ich ... ich weiß nicht, wie man es anstellt ... Ich kann nicht. Ich tauge zu nichts hier draußen an diesen ... Räuberplätzen.« Selma dachte nicht daran, die Pferde zu bremsen, um dem Irren zu helfen, im Gegenteil, sie passierten das Städtchen Sunne mit solcher Geschwindigkeit, daß die Räder auf dem Pflaster ein wahres Trommelfeuer entfachten. Eigentlich hätten sie den ganzen Ort aufwecken müssen, aber die Menschen von Sunne haben einen guten Schlaf. Niemand bremste ihre Fahrt über die Brücke, niemand war auf der Hauptstraße zu sehen, in Leran blieben die Häuser tief in Schlaf versenkt, am Tremansbacken stand kein Wolf und kein Luchs gegen sie auf, bei Rottneros wandten zwar die Kühe ihre Klugaugen zur Straße hin, gaben aber keinen unfreundlichen Kommentar ab. Nichts brachte Selma zum Halten, bis sie schließlich in einen kleinen gewundenen Waldweg bei Öjervik einbogen und direkt am Strand anhielten. Dort lag, in Weidenbüschen vertäut und durch Erlengestrüpp verborgen, ein Floß, und auf dem Floß stand ein Sessel in grünem Samt, davor ein kleiner Tisch, gedeckt mit dampfender Kaffeekanne, mit Butterbroten und Semmeln. Das Wasser war still und die Stille betäubend nach der halbsbrecherischen Fahrt, die kräftigen Stämme des Floßes dufteten gut, die Dämmerung kam, und bald stieg der erste Vogel aus der geöffneten Hand

der Nacht in den Morgen. Ein Ton von Grün auf dem Wasser. Ein paar Spritzer Gold.
Selma hob den Schleier vom Gesicht.
»Wir sind da. Raus mit euch. Ich habe meine eigene Speisekammer beraubt. Meine Haushälterin wird glauben, daß da Diebe am Werk gewesen sind.« Sie gluckste zufrieden und lächelte wie ein Mädchen, das seine erste süße Sünde begangen hat. Wurst, Käse, Brot. Der Verrückte stürzte zum Floß hinüber und schnappte sich ein Wurstbrot.
»In Bergskog gibt es nur Suppe.«
»Das ist ekelhaft«, sagte Splendid.
»Keine Brennesselsuppe. Wenn Eierhälften und Schnittlauch und ein paar Cocktailwürstchen drin sind...«
»Ja, natürlich, das ist was anderes. Wenn Würstchen drin sind... Aber das kommt doch selten vor.«
Sidner half Selma aufs Floß, und sie ließ sich im Sessel nieder. Als der Irre das erste Butterbrot verschlungen hatte, sagte er: »Ich darf nichts essen. Ich bin kein guter Mensch, Frau Doktor Lagerlöf. Es ist nicht recht, mich zu befreien. Zurück in den Käfig, zurück in den Käfig, Doktor Lagerlöf, ich habe mich schwer gegen das vierte Gebot versündigt.«
»Welches ist das?« fragte Splendid.
»Welches das ist? Gütiger Gott, Herr Jesus, erlöse meine Seele. Und von euch hab ich mich befreien lassen. Ist es wirklich wahr, daß du das nicht weißt! Endlich seh ich klar... Weißt du etwa nicht mal, wie das erste Gebot lautet?«
»Jaa...? Es liegt mir auf der Zunge. Das ist... Ist es nicht das mit, das in dem ›neben mir‹ vorkommt?
»Bist du mit dem Teufel im Bunde? Seid ihr hier alle mit dem Teufel im Bunde?«
Splendid trat das Floß los und stakste durch das flache Wasser eilig hinter ihm her.
»Nein, das glaub ich nicht. Ich jedenfalls nicht. *Du* vielleicht, Sidner?«

»Nein, ich . . .«
»Und Selma?«
Selma hatte aus ihrem Muff Kamm und Spiegel hervorgezogen, löste ihr langes weißes Haar und kämmte es. Sie sah ihn durch den Spiegel an.
»Ich weiß nicht. Übrigens mußt du jetzt, wo der Morgen da ist, Fräulein Lagerlöf sagen... Doch, mitunter hab ich schon das Gefühl, daß er hinter einem her ist.«
Splendid grübelte über Selmas Worte nach, während das Floß direkt auf die gewaltige löffelförmige Silhouette von Malön mit den riesigen Tannen zusteuerte.
»Ja, hinter einem her, das ist er natürlich.«
»Besonders, wenn man gut schreibt. Dann spürt man, daß die Macht, die man über seine Mitmenschen hat, nicht von dieser Welt ist. Ich habe das Gefühl, daß man sie direkt durchschaut, tief in ihre Seelen hineinblickt und die Dunkelheit sieht, das Bodenlose in ihnen. *Wie bei dir, Sidner. Komm her.*«
»Was willst du, Tante Selma?«
»Dich küssen.«
Der Irre sah sie mit entsetzten Augen an und ging einige Schritte aufs Wasser zu.
»Hu, dann muß ich springen. In dieser bösen Welt kann ich nicht leben.«
»Du wirst einen Teufel tun«, sagte Splendid und warf sich auf ihn, dreht ihm die Arme herum und bekam ihn zu Boden.
»Jetzt liegst du still, Onkel, bis wir dich befreit haben!«
»Hast du nicht gehört, was ich gesagt habe«, sagte Selma mit Nachdruck. »Uns darf keine Prügelei entzweien. Denk an das, was ich für dich getan habe.«
»Für mich?« wollte Sidner wissen.
»Ja, für dich. Komm jetzt.«
»Nein«, schrie Sidner. »Nein, ich will nicht.«
Eine große Mattigkeit überkam ihn, er sank am Rand des Floßes nieder und tauchte die Hand in das lauwarme Was-

ser, das sich im Lichtschein der aufgehenden Sonne ganz rosa färbte. Vor ihm sprang ein Fisch in die Höhe, und aus weiter Ferne konnten sie das Geräusch eines Dampfers hören.

»Sie steuerten das Floß in den Schatten der hängenden Weidenbäume und warteten, bis das Schiff wieder verschwand. Von Deck her waren Lärm und Gelächter zu hören, und wir hatten große Angst, daß Tante Polly dort stand und nach uns Ausschau hielt, aber wer konnte ahnen, wo wir waren. Mir war jetzt klar, daß man unser Verschwinden entdeckt hatte, daß der Polizist und alle anderen nach uns suchten, und ich genoß das Gefühl, daß man uns vielleicht sogar für tot hielt, bereute, keinen Brief geschrieben und gesagt zu haben, mit diesem Leben nicht mehr zurechtzukommen, so daß ihnen alles leid täte...«

Sidner richtete sich mit einem Ruck auf.

»Wo ist Selma Lagerlöf? Wer... wer ist Tante Polly?«

»Aha, bist du endlich wach? Polly...? Keine Ahnung.« Splendid versteckte das Buch, in dem er gelesen hatte. Sidner sank in die Kissen zurück.

»Diese Selma wurde so anstrengend, als das Licht kam. Als wir den Irren an Land gerettet hatten.«

»Obwohl er nicht wollte?«

»Ja, er sagte...«

»... ich gehöre der Dunkelheit. Ich werde dorthin zurückkehren. Dort finden sie ihn nicht. Es ist auch eure Dunkelheit, im Licht kann sie nicht sein.«

Es gelang ihnen trotz allem, den Verrückten nach Malön hinüberzubringen. Er kämpfte und wehrte sich eine Weile, aber plötzlich wurde er nachgiebig und ging lammfromm mit, und Splendid verschnaufte und sank in den Sand.

»Jetzt haben wir dich gerettet, Onkel.«

»Es ist gut«, sagte Selma, »nun kann ich mich wieder auf den Heimweg begeben. Damit es nicht...«

»... ans Licht kommt, ja, ich weiß. Aber bleiben Sie doch, Selma. Ich habe da hinten unter den Tannen einen Tisch aus

Zuckerkisten und einen Holzstuhl gebaut. Dort können Sie sitzen und schreiben. Wenn das drumherum ...«

»Ich glaube, du verstehst das nicht. Ich bin eine öffentliche Person, und mitten in einem Buch!«

»Schreiben Sie doch, daß wir Barsche angeln und wilde Himbeeren pflücken ...«

»Ich muß Abstand zu den Dingen haben.«

»Die Dinge! Als ob es die hier nicht gäbe... Die Sonne scheint, und die Hummeln summen, und wir haben einen echten, lebenden Verrückten. Als ob Selma das nicht genügen müßte. Und ich hab ihm versprochen, daß er in einem Buch vorkommt.«

»Du mit deinen Versprechungen, Splendid.«

»Ich will zurück in den Käfig«, schrie der Irre.

»Ist das nicht ein guter Anfang, Selma. Sehen Sie, hier sind Papier und Bleistifte.« Er zwang sie, sich unter einer hohen Tanne auf den Stuhl zu setzen. Die Sonne blinzelte zwischen den Zweigen hindurch und beschien ihr noch offenes weißes Haar, aber ihre Augen waren müde.

»Fangen Sie jetzt an zu schreiben, Selma: ›Ich will zurück in den Käfig‹, schrie der Irre und warf sich in den Sand. Es war Anfang August, wir hatten kurz zuvor einen armen, unglücklichen Menschen aus seiner Erniedrigung befreit und waren auf die Insel Malön gekommen. Wir hatten schöne Tage dort draußen. Im See gab es Fische, und nachts ruderte ich an Land und stahl etwas Milch und Butter und Salz.‹«

Sidner drehte sich im Bett um.

»War ich nicht dabei?«

»Er wacht jetzt auf, Aron.«

»Ich werde etwas Milch warm machen«, hörte er seinen Vater am Herd sagen.

»Erzähl mehr vom Wasser.«

»Von welchem Wasser?«

»Fryken... oder dem Mississippi... oder... Wo bin ich? Papa!«

»Du wirst wieder wach... Laß dich mal anschauen. Du siehst schon viel besser aus.«
»Wach? Also hab ich geschlafen?«
»Ja, das hast du.«
»Wo ist Splendid? Er war doch gerade noch da?«
»Nun ja, nicht gerade. Aber du kannst froh sein, einen Freund wie Splendid zu haben. Wie dieser Junge reden kann... Und was für Einfälle er hat.«
»Einfälle? Ich will schlafen.«
Oh, es ist eine reiche Krankheit. Sie ist so voller Bilder und Worte. Große, ruhige Gewässer, ein kühler Morgen, er läßt sich auf einen Strand sinken und davontragen, läßt sich mit dem Getränk eines Flusses füllen. Aber das Fieber geht allmählich wirklich zurück, immer öfter ist er in der Küche bei seinem Vater und bei Eva-Liisa, bald kann er die Hand nach dem Buch ausstrecken, das auf dem Stuhl liegt. Es sind »Tom Sawyers Abenteuer«, irgendwo in der Mitte aufgeschlagen.
»Hast du mir aus dem Buch vorgelesen?« Splendid steht in der Tür.
»Ja, ich habe mir gedacht, es würde dir vielleicht gefallen...«
»Obwohl ich schlief?«
»Was heißt geschlafen. Du hast dich unheimlich hin und her geworfen... Da ist noch etwas, Sidner. Ich hoffe, du kannst mir verzeihen. Es tut mir so furchtbar leid, daß ich dich nach Bergskog mitgelockt habe. Falls das der Grund dafür ist, daß es dir so schlecht ging.«
»Daran lag es wohl nicht. Aber es war alles so seltsam. Vielleicht gehen wir mal hin und sagen ihm guten Tag. Weil wir ihn gerettet haben.«
»Ach das«, sagt Splendid ausweichend.
»Das ist doch nicht wirklich passiert?«
»Das hast du wohl nur geträumt...«
Splendid stellt sich mit dem Rücken zum Zimmer und hebt die Gardine hoch.

»Aber du hast es erzählt, nicht wahr?«
»Nun ja, ich dachte, es würde dir gefallen.«
»Und daß Selma Lagerlöf mithalf?«
»Neein... sie... Du weißt, sie ist schon alt.«
»Er sitzt also immer noch im Käfig.«
»Wer?«
»Nun... der Verrückte, natürlich.«
»Nein. Nein, das tut er nicht.«
»Dann ist er also gesund!«
Mit einemmal kehren Sidners Kräfte zurück, er richtet sich auf und lacht sogar.
»In ein paar Tagen kannst du sicher wieder in die Schule.«
»Ja, und dann können wir hingehen... Was ist los, Splendid? Warum siehst du mich so komisch an?«
»Das tu ich doch gar nicht.«
Er geht zum Wasserhahn, dreht ihn ganz weit auf, bis das Wasser nur so herausschießt, und hält sein Gesicht in den Strahl, wäscht es, sucht ein Handtuch im Putzschrank und trocknet sich ab, grinst ein bißchen.
»Es ist wahr.«
»Splendid, da ist noch was anderes! Was ist es, was du mir nicht sagen willst?«
»Nein, du weißt... kann ich jetzt nicht gehen?«
»Nein.«
»Ja, du weißt... an dem Tag, nachdem ich mit den Kaninchen dagewesen bin. Als du krank warst...«
»Ja?«
»Da hat er sich aufgehängt. Er hat sich aufgehängt, Sidner. Und ich wußte nicht, ob du damit fertig würdest. Und ich auch nicht... ich auch nicht.«

III

»Die Wahrheit!« schnaubte Marc Chagall. »Der kommst du so nicht näher. Erst hinter der Phantasie findest du möglicherweise etwas von ihr.«
Wir kehrten einander den Rücken zu, jeder saß vor seiner Staffelei. Ich war fünfzehn Jahre, und Mutter hatte mich auf die fettesten Weiden der Malerei hinausgetrieben. Hinter einem blühenden Mohnfeld schimmerten die Hügel der Provence. Sie selbst saß in einem weißen, hochgeschlossenen Kleid unter ihrem Sonnenschirm, war Wachhund und Modell zugleich. Im Haar trug sie eine blaue Clematis. Ich, in dem *Weißen Malerkittel*, stellte den jungen Monet dar. Der Alte war zwischen den Steinen aufgetaucht, als ich schon etwa eine Stunde gearbeitet hatte; er blinzelte von Zeit zu Zeit zu uns herüber. Meine Mutter sagte, ohne die Pose zu brechen: »Sie malen also auch.«
»Ja, ich male auch.«
»Es ist so wunderbar schön hier«, sagte Mutter.
»Ja, leider«, sagte der Alte. »Aber ich konnte dem Anblick von Ihnen beiden nicht widerstehen. Wenn Sie entschuldigen.« Mutter verstand vielleicht nicht, und so wiederholte sie zum ich weiß nicht wievielten Mal: »Mein Sohn ist so begabt.«
»Nichts ist so gefährlich wie die Begabung«, sagte der Alte, und die nervösen Lippen meiner Mutter zogen sich zusammen, sie starrte über die Landschaft hinaus.
»Was ist es, was du malen *willst?*« fragte sie mich und betrachtete die Leinwand.
»Die Wahrheit«, erwiderte ich mit einem meiner verlogenen Pinselstriche. Das war der Moment, in dem er schnaubte. Aber ich habe Mutter nie gesagt, daß es Marc Chagall war, der da geschnaubt hat.

Die Eisenbahn war zu Beginn des Jahrhunderts mit knatternden Fahnen und Mengen von Punsch eingeweiht worden. Patron Björk stand beim Lokführer und winkte dem Volk zu, das sich entlang des ganzen Fryks-Tals um den Bahndamm drängte. Der Rauch senkte sich auf ihre Gesichter, aber sie blieben trotzdem da und feierten dieses Fest, das schon bald die Arbeit sämtlicher Fuhrleute ruinieren würde. Daß es oft und immer wieder vorkam, daß Menschen ihren Untergang feierten, war etwas, was Branting gewußt und worüber er Reden gehalten hatte. Aber die Entwicklung hatte nun einmal so ihren Lauf genommen, und an diesem Tag bewunderte man den weißen Strohhut des Patrons und seine Weste, die zumindest bei der Abreise von Kil ebenfalls noch blendend weiß gewesen war. Seine Goldkette leuchtete zufrieden, und er strich sich seinen gestutzten Schnurrbart, denn ohne seine Hilfe wäre es nicht so schnell gelungen, die Eisenbahn dazu zu bringen, sich zwischen Bauernhöfen und Katen, durch seine, Björks, üppigen Felder und Wälder hindurchzuschlängeln. Er war ein tüchtiger Geschäftsmann: In seiner Jugend war er in Norrland umhergereist und hatte gesehen, wie die Sägewerke emporwuchsen. Er hatte viel gelernt. Hatte er sich anfänglich noch von Brot und Speck ernährt, so konnte er schon bald zu Kalbsbraten und schließlich dazu übergehen, ganze Grundstücke und Wälder zu verschlingen. Bald besaß er halb Värmland, baute sich eine Residenz mitten in der Stadt, ein richtiges Herrenhaus mit Zaunpfählen aus Gußeisen und einer Fahne auf dem runden Rasen, die oft über dem neuen Mittelstand wehte. Er baute das Hotel, und das Sägewerk wuchs Jahr für Jahr. Sunne blühte. Es gab viele Betriebe, und in den Handwerkervierteln hallten die Hammerschläge, das Lachen und Stöhnen des Volks, es ging zu wie in einer arabischen Kasbah. Geschäfte wurden eröffnet, ja, bei Mortimer Åberg und seinem großen Haus am Marktplatz konnte man sogar von einem Warenhaus sprechen, das den feinen Geschäften in Karlstad gar nicht so unähnlich war. Auto-Ola, der 1905 sein erstes Taxi gekauft hatte, besaß jetzt ein großes Fuhrunternehmen, Gyllners Autosalon erweiterte sein Geschäft, und mehrere neu angestellte junge Burschen bekamen als erstes den Auftrag, nach Göteborg zu fahren und die neuen Autos abzuholen. Mit der Bahn hinunter und dann allein, mit einem Butterbrotpaket und ein paar Spiegeleiern in einer Aluminiumdose auf dem Sitz, wie Könige in glänzenden neuen Karossen, wieder zurück. Björk und seine Schwiegersöhne besaßen alle ein Auto, sogar seine Tochter Valborg hatte den Führerschein gemacht, und in der ersten Zeit war es noch eine große Sensation, eine Frau hinter dem Lenkrad zu sehen. Sie sorgte immer für ziemliches Aufsehen, wenn sie die zweihundert Meter zu Åberg fuhr, um Delikatessen zu kaufen. Dort erschien mitunter auch Selma Lagerlöf, meist noch mit Pferd und Wagen, aber schon bald verhandelte auch sie mit Gyllner über den Kauf eines Volvo.

Und die Bevölkerung wuchs: Viele der Schwellenleger, die bei der Bahn gearbeitet hatten, blieben und wurden Bahnhofsvorsteher oder kamen in die unterschiedlichsten Stellungen. Als der Einweihungstag kam, hörte man zwischen eigentümlich gelben und ausländischen Stationshäusern, die wie eine Perlenschnur an den Bahnsteigen lagen, unter frischgepflanzten Rudbeckien die verschiedensten Dialekte, aus Skåne, Blekinge und Småland. Die ersten nervösen Amtshandlungen der frisch uniformierten Schwellenleger wurden vom Patron, der persönlich mit Glas und Flasche in der Hand von der Lok stieg, mit Punsch belohnt, Orchester spielten, Kinder trompeteten, und man warf Blumen durch die geöffneten Waggonfenster. Die dänischen Brüder Per und Pop verlobten sich mit den Zwillingsschwestern Edel und Esther mitten auf der Eisenbahnbrücke, sie küßten sich sogar öffentlich, aber dies war ja schließlich auch ein großer Tag, der Beginn einer neuen Zeit.

Und die Jahre vergingen. Zwar wurde immer noch Punsch getrunken, aber nicht entlang der Bahnlinie. Nach einer solchen Aufforderung zum Tanz mußten die allermeisten an den Pflug zurückkehren, an den Tresen oder die Schweine füttern. Das Wetter schien auch nicht mehr so strahlend, im Süden türmten sich dicke Wolken auf, eine der Fabriken an Torvnäsvägen brannte aus, eine andere stellte plötzlich die Lohnzahlungen ein, bei einer dritten verschwand der Eigentümer eines frühen Morgens, und die Maschinen verstummten.

Man las seine Zeitung und wußte, daß hier und da das Essen knapp war. Eine Dame verlor auf der Hauptstraße eine Flasche Sirup, die auf dem Straßenpflaster zerbrach, und sofort konnte man drei Jungen auf dem Bauch liegen und lecken sehen. Wenn man Spaß haben wollte, mußte man ins Hotel gehen. Dort konnte man zu zuckenden ausländischen Melodien tanzen:

Wish I could shimmy like my Sister Kate
She shivers like the jelly on a plate
My mammy wanted to know last night
Why all the boys treat Sister Kate so nice.

Und tiefer in der Nacht, zu langsamen, wehmütigen Melodien, die Aron mit müden Fingern und schwerem Blick auf das Grammophon unter der Topfpalme gelegt hatte:

Do you know what it means
To miss New Orleans
I'll never forget that old town.

Es waren viele, eine graue Masse, die Aron in jenen Tagen jedesmal vor dem Hotel stehen sah und deren Murmeln er hörte, wenn er das Fenster öffnete, um den Duft von Björks Zigarren auszulüften. Der Patron nahm immer öfter an den Festlichkeiten teil, mochten jetzt auch weniger Geschäftsleute und mehr Freundinnen unter den Gästen sein. Man spielte Tableaus, gab Maskeraden, knallte mit Pokerkarten

und trank noch mehr Punsch. Björk sah mittlerweile etwas müde aus, sein Bauch war gewachsen, und er klatschte immer jüngeren Damen auf den Hintern.
Eines Morgens nach einem Fest klopfte er an Arons Tür, hohläugig und übernächtigt stand er da und wollte sich unterhalten. Die Goldkette, die den Wald so viele Bäume gekostet und den Arbeitern so viele gekrümmte Rücken eingebracht hatte, war das einzige, was noch an ihm glänzte.
»Wir können nach unten gehen«, sagte er und zeigte in Richtung Weinkeller.
Dort angekommen schloß er die Tür hinter sich, entkorkte eine Flasche, trank ein paar Schluck und sank in einem Stuhl zusammen.
»Mit dem Morgenzug ist ein Ombudsmann nach Torsby gekommen«, sagte er. »So hab ich mir den Nutzen der Bahnlinie nicht vorgestellt.« Er sah sich im Keller um. »Du solltest hier drinnen besseres Licht haben, ich werde dafür sorgen. Jetzt mußt du mit dem nächsten Zug hinauffahren und dich um diesen Mann kümmern.«
Er musterte die Flaschenreihen.
»Füll ein Faß mit Branntwein und lade ihn ein, bevor er anfängt, mit den Leuten zu reden. Führe ihn aus und sieh zu, daß er wieder verschwindet. Zwanzig Liter dürften wohl für ein ordentliches Fest reichen.«
»Ich trinke nicht«, sagte Aron.
»Ach ja, das hab ich vergessen. Du sollst ja nicht... Um aufrichtig zu sein: Die Geschäfte gehen nicht mehr so gut. Mit der Branche geht's bergab. Wenn die Arbeiter jetzt mehr Geld verlangen, bin ich schon bald am Ende. Das ist *meine* Wahrheit, und mit der habe ich zu leben. Dann muß ich dir wohl jemanden mitgeben. Jemanden, der säuft. Asklund säuft, nicht wahr?«
»Der ist Sozi!«
»Aber er *säuft.*«
»Du kaufst die Leute, Johan.«
»Ja, das tue ich. Ich kaufe sie teuer.« Björk brach in ein

versoffenes Gelächter aus. »Stell dir das vor, fürs Saufen bezahlt zu werden. Welcher Arbeitgeber bietet einem schon so etwas. Am Tag danach darf er sogar zu Hause bleiben, wenn ihm danach ist. Geh runter und fang ihn beim Sägewerk ab. Aber paß auf, daß er das Faß nicht austrinkt, bevor ihr da seid.«

»Und wenn ich mich weigere?«

»Das wirst du sicher nicht, Aron. Noch können wir Arbeitgeber Befehle erteilen. Bist du ein Arbeiterfreund? Das hätte ich nicht gedacht.«

»Das ist Verrat.«

»Mag sein. Der Ombudsmann will um elf mit den Arbeitern des Hedsäter-Sägewerks sprechen. Nimm ihn dir vorher zur Brust. Er wohnt sicher im Bärenbau.«

»Das dürfte er sich kaum leisten können.«

»Dann wohnt er bei einem der Arbeiter. Laß Asklund an dem Faß schnuppern, dann hat er die richtige Witterung und findet ihn schnell wie der Teufel.«

»Und wenn der Ombudsmann nun aber auch Antialkoholiker ist?«

»Das ist er nicht. Er war schon nicht nüchtern, als er mit dem Zug in Torsby ankam, daher weiß ich das alles.«

»Daß du das kannst, Johan!«

»Ist gar nicht schwer. *Alles* läßt sich kaufen. Du vielleicht nicht, aber du bist auch nicht interessant. Wenn es um Geschäfte geht, braucht man nicht mit Menschen wie dir zu rechnen, wir können es uns leisten, euch zu ignorieren. Und wenn ihr zu viele werdet, nicht mehr die Ausnahme seid, dann tritt eine neue politische Situation ein, aber soweit ist es noch nicht.«

»Die Zeiten ändern sich.«

»Richtig. Aber auch ich bin unterwegs zu neuen Ufern, mußt du wissen. Hinaus, hinaus aus dem Leben, aus der Branche. Ich bin nicht so dumm, daß ich nicht erkenne, was sich da tut, ich kann Zeitungen lesen. Aber ich gedenke, noch ein Weilchen weiterzumachen, ich will noch nicht se-

hen, wie sich mein Lebenswerk in Luft auflöst. Es waren übrigens gute Schallplatten, die du da gekauft hast. Jetzt gehen wir rauf und machen Musik, nur für dich und für mich. Auch das ist ein Befehl.«
Der Ballsaal ist leer, Aron bläst den Staub von der Nadel, senkt den Tonarm auf die Platte, steht stillschweigend da und lauscht:

Though if I want te be up-to-date
I had to shimmy like Sister Kate
Although I tried t'was all in vain
But Sister Kate could not be blamed
She made me dance till I got sore feet
I will be glad when it's all complete.

Die Fahrt nach Torsby untergrub Arons Selbstvertrauen zutiefst. Er stand auf der Plattform zwischen den Waggons, im Arm das glucksende Branntweinfaß, sah auf die fetten Wälder des Patrons hinaus und dachte, es wäre ein Leichtes, es einfach wegzuwerfen, aber gerade da erschien der Schaffner und begann ein Gespräch. Schließlich wollte er es in die Toilette leeren und mit Wasser füllen, aber die Toiletten waren alle besetzt, und plötzlich war man in Torsby. Er irrte durch die Straßen und fand sich nach kurzer Zeit auf dem Friedhof wieder. Aus der Kirche tönte die Orgel, die Türen gingen auf, und ein Trauerzug trottete heraus. Aron zog sich zurück, aber das Gefolge war hinter ihm her, trieb ihn immer weiter bis zu einer Mauer, vor der ein geöffnetes Grab lag. Das Faß dampfte vor Bosheit; hier wollte er damit nicht gesehen werden, und verzweifelt ließ er es ins Grab fallen, wo es landete und hochkant liegenblieb. Zu spät ging ihm auf, daß der Sarg jetzt am Boden des Grabes nicht eben stehen würde. Warum hatte er dem Verlangen des Patrons kein Nein entgegensetzen können? Wer war er? Welche andere Bosheiten würde er noch begehen? Die Wirklichkeit ist zu hart, dachte er, als er ihr entfloh...

Er wurde zum Bibelleser und ließ sich von Gott umhüllen. Eines Tages las er von den Jüngern, die am Sabbat Ähren brachen. Diese Erzählung bildete für ihn das Zentrum der Evangelien, an dem sich alles Tageslicht sammelte. Sie hatte so viel mit Solveig und mit ihm zu tun: In ihr lag der Mittelpunkt der Liebe und der Toleranz, sie berührte den Bauern in ihm, der er einmal gewesen war, sie war weit von blindem Gesetzesglauben entfernt und strahlte das Licht aus, in das sein Leben mit Solveig getaucht gewesen war. Er saß in Gyllebyallén unter der Liebeskiefer – einem Ort, den er oft aufgesucht hatte, um allein sein zu können. Er schloß die Augen und ließ das Licht unter den Augenlidern spielen, Solveig erschien und war ihm sehr nahe, er konnte spüren, wie ihre Wimpern ihm die Wange kitzelten. Als er die Augen öffnete, um weiterzulesen, sah er, wie sich die Buchstaben plötzlich vom Papier lösten. Erschreckt und fasziniert beobachtete er, wie sie die Verbindung zueinander verloren, sie wurden aus der Buchseite herausgesogen, tanzten davon und ließen sich überall nieder, im Gras, in den Baumwipfeln, oben am Himmel, den der Abend umfing. Aron lachte auf und warf die Bibel weit weg in einen Graben: Sie hatte ihre Aufgabe erfüllt. Er hatte das Zeichen bekommen. Es galt, aufmerksam zu sein.

Er folgte den wirbelnden Buchstaben, den Blick gen Himmel gerichtet, und als der Abend anbrach, sah er, daß das, was er früher für Sterne gehalten hatte, die Buchstaben des alten Alphabets waren. Ein Grundtext stand da oben geschrieben, ein Rebus, und Solveig war in dem Text enthalten, war die zusammenhaltende Kraft. Eines Tages würde sie ihn verstehen lassen.

Und er sah anderes, das vielleicht von Hesekiel stammte: Im Tal mit den toten Gebeinen, auf der Ebene, die mit Jammer und Qual erfüllt war, dort konnte er sie hinter den Buchstaben erkennen, zur Hälfte sichtbar in ihrem blauweißen Baumwollkleid, das gardinenleicht ihre warmen Brüste umschloß. Und er bekam Hoffnung, daß sie allein unter allen Toten ihre Farben behielt, daß das Kleid noch immer blauweiß war, daß die goldbraune Aura um ihre Wangenknochen noch da war. Sie lebte, aber weit, weit weg.

Aron war der Meinung, daß er seine neue Einsicht geheimhielt, und doch sickerte sie bruchstückweise durch, zuerst zu Sidners Erschrecken, dann auch zu dem Eva-Liisas.
»Wie seltsam du sprichst, Papa«, sagte sie und sah ihn verwundert an.
Was sagte er darauf? Nichts Besonderes. Aber es war, als hätten die Gespräche, die elenden, armseligen Wortwechsel über den Küchentisch hinweg, eine andere zeitliche Dimension gewonnen. Das Gespräch fand nicht mehr nur im Hier und Jetzt statt, unvermittelt konnte sich auch eine Wortschleife aus größerer Entfernung einschleichen, ein Lächeln, das nichts mit Wäsche, Kochen und Strümpfestopfen zu tun hatte, womit sich die drei gemeinsam zu beschäftigen versuchten. Aron zeigte den Anflug eines Lächelns.
»Er muß was zu tun kriegen«, sagte Splendid. »Irgendwas, das ihn auf andere Gedanken bringt und ihn nicht an sie denken läßt.«
»Das dürfte nicht leicht sein«, meinte Sidner, der auch Splendid die Angelegenheit hatte untersuchen lassen.
»Ich werde mit dem Alten reden.«
So wurde Aron zu Splendids Vater eingeladen und bekam das gewaltige Radio zu sehen. »Das ist ein schönes Hobby«, sagte das kleine Männchen und drehte an den Knöpfen.
»Hast du schon mal was von Amateurfunkern gehört?«
Und nach und nach gelang es ihnen, Aron zum Eintritt in die Amateurfunkergesellschaft von Sunne zu überreden, die Splendids Vater gegründet hatte und die sich im Gewächshaus des Gärtners Fälldin traf. Draußen an der Fah-

nenstange hatten sie eine Antenne hochgezogen, und im dampfend warmen Gewächshaus, unter dem Brief Ihrer Königlichen Majestät, der den Besitz des Gerätes erlaubte, herrschte ein wüstes Durcheinander aus Kabeln und Kopfhörern, Kaffeetassen und Semmeln.
Es pfiff und knisterte aus Europa, gelegentlich auch aus Amerika und Afrika. Auf Stühlen saßen sie in der Wärme neben üppigen Tomatenpflanzen und Reihen von Geranien, Chrysanthemen und Studentenblumen, drehten und fummelten, und draußen wuchsen die Schneeverwehungen und drückten gegen die Glaswände.
Eines Tages bekamen sie einen Brief von bemerkenswert weit her, aus Neuseeland. Sie reichten den Umschlag herum, damit auch jeder die Briefmarke sehen konnte, und dann machte Sleipner ihn auf, trank einen Schluck Kaffee und las laut und schnell vor, so daß nicht viele den Inhalt begriffen.
»Mach dich nicht so interessant«, sagte Gärtner Fälldin, der den Brief schnell erledigt haben wollte. Ihn interessierte der Ort des Absenders, nicht der Brief selbst, er wollte nur hören, wie die Funksignale ankamen, welche Verbesserungen möglich waren. So ein Brief war für ihn nur eine Bestätigung dafür, daß er mit seinem Gerät durchgekommen war.
Anders Aron. Den Blick in die Dunkelheit jenseits der Glaswände gerichtet, das Knistern des Ofens hinter sich, den Duft feuchter Erde und nasser Wolle in der Nase, wurde er gleichsam aus seinem Körper herausgerissen. Die große Entfernung brachte ihm Solveig näher.
Dieser Brief war so wundersam, ein Signal, das ihn aus unfaßbarer Ferne erreichte, und er bestätigte, was Aron längst wußte und schon die ganze Zeit hatte kommen sehen: Das verlassene Pfeifen und Knistern kam aus dem Weltraum, und draußen im Weltraum befand sich auch Solveig. Das Lauschen war wie eine Andacht, und Aron konnte die Zeichen besser deuten als all die anderen, konnte sie zu den

seinen machen. Sleipner und Fälldin irritierten ihn oft, wenn sie dieses oder jenes Funksignal wegdrehten, nachdem er es gerade geschafft hatte, in dessen geheimnisvolle Botschaft eine gewisse Ordnung zu bringen.
Geschrieben oder vielmehr diktiert hatte den Brief ein Schafzüchter in Neuseeland. Er lebe mit seiner Schwester Tessa zusammen, auf einem Hof. Sie besäßen vierhundert Schafe, aber während des Sommers, der jetzt bald vorbei sei – »hört ihr das«, seufzte Sleipner –, sei ihm etwas Zeit für sein neues Hobby geblieben. Zuvor habe er zwar schon mit Australien und Indien Verbindung bekommen, aber dieser Glücksfall sei mehr, als er sich je habe träumen lassen.
». . . würde ich mich auch über weitere Kontakte freuen, vor allem vielleicht für meine Schwester, die diese Zeilen aufschreibt, da meine eigene Hand nach einem Unglücksfall in Gips liegt. Wollte gerade einen Zaun bauen. Gezeichnet Robert und Tessa Schneideman.«
»Will jemand den Brief selbst lesen?«
Fälldin überflog schnell die Zeilen. Kontakt hergestellt, Punkt Schluß. Juno Lanz, Lagerarbeiter bei Fabrikbesitzer Jolin, drehte den Brief in der Hand, Englisch verstehe er nicht, aber ob er die Briefmarken haben könne?
»Nein«, sagte Fälldin. »Ich finde, wir sollten unsere Briefe in einer besonderen Kiste aufheben. Vielleicht werden es am Ende sehr viele, und wir können ein großes Kontaktnetz aufbauen. Wenn man die Briefmarken herausschneiden darf, gehen die Briefe kaputt.«
»Man kann die Marke auch ablösen«, sagte Juno, »das habe ich schon oft getan.«
»Dann verschwindet der Text.«
Aron buchstabierte sich durch den Brief, es ging ziemlich leicht. Er räusperte sich: »Und wer soll antworten? Denn antworten sollten wir doch wohl?«
Fälldin legte ein paar frische Holzscheite in den Ofen.
»Das solltest du tun«, sagte er zu Aron. »Schließlich kannst du Englisch.«

»Wer, ich? Aber ich weiß nicht, was.«
Fälldin schnaubte: »Solchen Menschen kann man alles schreiben.« Damit hatte er das Seine gesagt.
»Nein, das kann man nicht. So ferne Verbindungen muß man pflegen. Sehr.«
Aron schloß die Augen und blätterte sich durch den alten Atlas, den sich Solveig und er unter der Abendlampe so oft mit den Kindern angesehen hatten. Er erinnerte sich, wie sie auf die amerikanischen Staaten gedeutet hatte, an Reisen, die sie zu kaum sichtbaren kleinen Punkten auf dem Blatt gemacht hatte. Da, da liegt eine Mühle, und da der Fluß, ja, es ist ein Fluß, obwohl man es kaum glauben kann, breit und langsam, da haben wir eines Abends gesessen, Papa und Sleipner und ich... Das war kurz bevor er verschwand, ich war damals wohl fünf, wir waren beim Angeln und hatten am Strand ein Feuer gemacht, Mama und er waren ganz still, ich bekam Angst, begriff nichts, tu es immer noch nicht...
Einen Atlas aufzuschlagen war so, als senkte man sich aus den Lüften herab. In der Nähe des Erdbodens konnte man das Blatt durchsichtig werden lassen, die Zeichen verwandelten sich in Wirklichkeit, in Wälder, Schluchten, Berge, eines Tages würden sie sich alle gemeinsam auf eine lange Reise begeben...
Fälldin wurde sauer, weil keiner etwas über das Gerät sagte. Als hätte er gehofft, sie würden es küssen, zumindest aber ehrfurchtsvoll betrachten. An diesem Abend trug Aron auf dem Heimweg ganz Neuseeland mit sich. Er trug die Ozeane zwischen den Kontinenten, er trug den Tag und die Nacht, die sie trennten.
Er schrieb einen Brief. Erst auf schwedisch, und dann übersetzte er ihn mit Hilfe von Wörterbuch und verstohlenen Fragen an Sleipner, der zu ihm sagte: »Wie ich sehe, sitzt du an dem Brief. Es ist richtig, daß du schreibst. Du brauchst etwas, woran du denken kannst. Und wer weiß, vielleicht ist diese Frau etwas für dich.«

Liebe Kurzwellenfreunde,
lieber Robert und liebe Tessa,
dieser Brief kommt aus einem winterlichen Schweden. Unsere Häuser stecken tief im Schnee, es ist kalt, die Sterne glitzern in den langen Nächten, und wie ein vom Himmel fallender Stern hat uns eure Botschaft von der anderen Seite der Erdkugel erreicht.
Es ist bemerkenswert, daß es so gekommen ist. Ich, der ich diese Zeilen zum Teil im Auftrag meiner Kameraden schreibe, vor allem aber aus eigenem Willen, bin ein sehr einsamer Mensch, seit meine Frau durch einen Unglücksfall ums Leben gekommen ist. Ich lebe allzusehr in ihr weiter, und nichts hat mich bislang auf andere Gedanken bringen können, obwohl ich meine beiden Kinder habe, einen Jungen und ein Mädchen, und eine sinnlose Arbeit als Kellner in einem Hotel. Früher war ich Bauer, besaß einen kleinen Hof, den wir gemeinsam bewirtschafteten, aber ich hatte nicht die Kraft, allein weiterzumachen, konnte nicht in der Vergangenheit weiterleben, da jedes Zimmer, jeder Teil des Hauses von der Gegenwart meiner Frau erfüllt war.
Heute bin ich nur noch ein halber Mensch. Vielleicht würde es meine Tage erfüllen, wenn ich wüßte, daß ich von Zeit zu Zeit einen Brief bekomme, wenn es ein fernes Land gibt, von dem ich träumen kann, eine andere Art Wissen, mit der sich die Leere füllen läßt. Ich bin erst fünfunddreißig Jahre alt, aber es kommt mir vor, als wäre mir das Dasein oder vielmehr, als wäre ich dem Dasein aus dem Griff geraten. Wenn Sie mir irgendwie helfen könnten, wäre ich zutiefst dankbar.

Viele Grüße
Aron Nordensson

Ein paar Monate vergingen, die Frühlingssonne zeigte sich, der Schnee schmolz, und die Tage wurden länger. Aron, der mit seinem Brief lebte, seiner ersten Öffnung zur Außenwelt, begann schon zu glauben, er sei unterwegs verlorengegangen oder er habe an die ihm doch so unbekannten Menschen zu große Forderungen gestellt, als er eines Tages, Anfang April, einen länglichen Umschlag im Briefkasten fand.

Taihape, im April

Lieber Herr Aron Nordensson,
es fiel schwerer Regen, als Ihr Brief hier ankam. Ich war gerade draußen gewesen und hatte zusammen mit meinem Bruder die Schafe geschoren und war völlig durchnäßt, als ich den Briefträger sah. Es kommt nicht oft vor, daß ich Briefe bekomme. Noch seltener von so weit her, und ich hatte schon fast vergessen, daß ich den Gruß meines Bruders geschrieben hatte, der ja der Grund dafür ist, daß Sie jetzt schreiben.
Es ist ein offener Brief, ein schockierender Brief. Es kommt mir vor, als ob ich plötzlich einen Menschen kenne. Ihn wirklich kenne. Ich weiß so wenig von den Menschen. Ich habe mein ganzes Leben auf diesem Hof verbracht, seit meine Eltern bei einem Schiffsunglück ums Leben kamen. Ein paarmal im Jahr fahre ich in Geschäften mit meinem Bruder nach Wellington, aber dort fühle ich mich ausgeschlossen, ich bin ein Mädchen vom Lande, und das Gerede über Geschäfte interessiert mich nicht. Dafür lese ich viel, was meinen Bruder zu irritieren scheint. Er sagt, das entfremde mich den Aufgaben auf dem Hof, das setze mir Flausen in den Kopf, und vielleicht hat er recht.
Ich fühle mich schüchtern, wenn ich Ihnen schreibe, Sie haben mir ein Vertrauen geschenkt, von dem ich nicht weiß, wie ich es erwidern soll. Ich selbst habe ja keine Erfahrung gemacht – abgesehen vom Tod meiner Eltern –, die sich mit der Ihren vergleichen ließe. Aber welche Leiden lassen sich überhaupt *vergleichen?* Sie sind alle einzigartig. Die Prüfungen, die ein Mensch am eigenen Leib erfährt, scheinen ihm immer die größten. Andererseits ist es vielleicht falsch von mir, die Einsichten meines eigenen Lebens unterzube-

werten. Aber mir scheint, als wären sie – sofern es sie überhaupt gibt – nie auf die Probe gestellt worden.
Ist Einsamkeit eine Einsicht? Am frühen Morgen über die Felder zu gehen, nach den Koppeln zu sehen, nach Parasiten zu suchen, Weidegründe zu wechseln, mit dem Bruder in einer stillen Küche gemeinsam zu schweigen, *seine* Einsamkeit zu sehen, ist das eine Einsicht? Robert ist scheu, das liegt, wie ich glaube, an dem Unglück mit seiner Hand. Es ist nicht so, daß, wie er mich zu schreiben zwang, er erst vor kurzem einen Unfall gehabt hätte. Die Hand ist seit langem amputiert, er trägt eine Prothese, die er zu verstecken versucht, sobald wir Besuch bekommen. Der stumme Rücken, den er mir zuwendet, ist ein Teil meines Leidens. Seine abgewandten Blicke, seine Eifersucht. (Ich muß Ihnen gegenüber ehrlich sein dürfen, wir werden uns ja ohnehin nie sehen, wir können uns nicht gegenseitig verurteilen, Sie können mich nicht verurteilen, es ist einfach nur schön, endlich, endlich, nach all diesen Jahren, jemanden zu haben, dem man *alles* schreiben kann.) Er hat Ihren Brief ohne Freude gelesen, ja mit Mißtrauen und Verachtung. (So wie eigentlich ich es gewesen bin, die ihn dazu brachte, den ersten Brief zu schreiben.)
Ich bin zweiundzwanzig, bin nie mit einem Mann zusammengewesen, aber mein Verlangen danach ist so groß, daß ich oft sterben will. Die einzige Kühlung, die ich finden kann, ist die Kirche, in die ich immer wieder gehe. Doch mein Verlangen ist nicht sündig, es ist etwas, was mir verweigert wird. Eigentümlich, daß ich Ihnen das erzähle, einem *Mann*, den ich zudem nie gesehen habe. Was für ein sicheres Gefühl zu wissen, daß Sie auf der anderen Seite der Erde sitzen. Beim Schreiben dieser Worte glühen mir die Wangen, am Herd, im Regen, der fast waagerecht auf die Felder niedergeht, ein so dichter Regen, daß ich mich anstrengen muß, den Rücken meines Bruders zu erkennen, draußen, wo er sich über den Verschlag beugt (eins unserer Mutterschafe hat vor einer halben Stunde gelammt).

Neuseeland würde mich verdammen, wenn es um meine Gedanken wüßte. Es ist ein enges und freudloses Land, die Menschen sind verschlossen, in sich selbst eingesperrt, unbefriedigt. Ich spüre oft, daß ich nicht hierhergehöre, daß ich verkleidet bin, daß mein Name nicht mir gehört, daß meine Gedanken, meine eigentlichen Träume nicht in mein Ich hineingelassen werden dürfen. Vielleicht geht es uns allen so, uns Frauen in dieser Gegend: Wir schweigen, bewachen einander, unser Gemüt ist ein Gefängnis.

Nein, ich habe wohl zu viele Bücher gelesen. Mein Bruder hat recht: Ich habe Flausen im Kopf, ungebührliche Ideen, aber was kann ich verlieren, wenn ich Ihnen schreibe, heimlich dazu, und heimlich muß ich diesen Brief abschicken, irgendwann, auf dem Weg zum Kaufmann ... Ich muß aufhören, mein Bruder kommt gerade ...

(Drei Tage später.) Erst jetzt finde ich Gelegenheit weiterzuschreiben. Obwohl der Brief schon so lang geworden ist: Ich bereue nicht, was ich geschrieben habe, Sie sind eine Öffnung für mich, meine Nächte sind von diesem möglichen Gespräch erfüllt, dem ersten in meinem Leben. Es gleicht einem Fluß in der Dunkelheit, in den ich meine Gedanken wie in eine Flasche versenken kann, eine Flasche, die aus mir kommt und die zu Ihnen unterwegs ist. Sie sind der erste Mensch, der zu mir gesprochen hat, offen, mit seinem *ganzen* Ich.

In den letzten drei Tagen habe ich aus diesem Grund kaum schlafen können, ich habe Sie *gesehen*. Aber wer sind Sie eigentlich? Gibt es Sie? Oder sind Sie ein Traum? Alle anderen – und es sind nicht viele – sprechen gleichsam wie durch einen Schafzaun zu mir, zueinander, sprechen verkrüppelte Worte, die durch Gitter gepreßt werden, durch Stacheldraht, durch stromführenden Draht, hockende Worte, Vorderseiten von Worten, ich bin verwirrt, verstehen Sie mich? Ich habe solche Angst, solche Angst, jetzt wo ich Ihnen schreibe. Die Worte gehen auf, schwellen in meinem Mund an. Mißbrauchen Sie mich nicht, verraten Sie mich nicht und schreiben Sie postlagernd. Auf Mrs. Winther dort kann ich mich vielleicht verlassen.

Ihre
Tessa Schneideman

Die Erregung nahm Aron den Atem, als er den Brief in jenem Frühjahr las. Er war von einer Offenheit, die das, was er geschrieben hatte, weit übertraf. So viel hatte er nicht von sich gezeigt. Er hatte ihr doch nichts *gegeben.* Wo er ging und stand, trug er den Brief mit sich herum, schlief mit ihm unterm Kopfkissen, er war eine Flamme, die sein Angesicht erleuchtete.
Und er schrieb zurück und wieder erhielt er Antwort.

Taihape, im Mai

Lieber Aron Nordensson!
Heute ist Sonne. Den ganzen Weg hinunter in den Ort, zur Post, wo Dein Brief wartete. Nach dem Regen schillern die Disteln, die den Schafen entgehen, in einem wunderbar violetten Glanz. Ich schneide sie ab und trockne sie im Haus. Die Distel ist die Blume Neuseelands, jedenfalls finde ich das. Stachelig, feindselig, aber aus der Ferne sehr schön.
Ich weiß nicht, warum ich zu Mrs. Winther in der Post Zutrauen gefaßt habe, aber es gibt etwas in ihren Augen, was mir sagt, daß sie Deine Briefe nicht aus der Hand geben wird. Wir haben nie darüber gesprochen, wie es mir geht, aber ich glaube, die Leute wissen Bescheid. Als ich sie fragte, ob ich mir Briefe auch postlagernd schicken lassen könne, nickte sie nur und sah mich mit warmherzigen, gütigen Augen an. Als hätte sie selbst eine teuer erkaufte Erfahrung hinter sich. Vielleicht sind es viele Frauen, die heimlich Briefe bei ihr abholen, vielleicht alle Frauen, vielleicht sogar

einige Männer – die noch zu Hause wohnen, die noch heranwachsen.
Wir haben einen Nachbarn, einen Bauern, der seinen Hof mit seinen zwei Schwestern bewirtschaftet. Sie sind alle drei schon ziemlich alt, konservativ, griesgrämig, eigensinnig, eben so, wie die Menschen meist sind. Eines Tages erfuhr ich jedoch, daß er, der mit so distelhaft feindseligen Augen in die Welt blickt, in jungen Jahren einmal eine Frau aus Australien mitgebracht hat, eine Witwe mit zwei Kindern, und daß er sie heiraten wollte. Die Eltern widersetzten sich aber und jagten die Frau aus dem Haus.
Was geschieht mit einem solchen Menschen und den Betroffenen? Denn die Schwestern, so ist es Sitte, blieben natürlich ebenfalls unverheiratet.
Insgeheim betrachte ich ihn immer, um etwas von seinem Schicksal zu erfahren, aber es geht nicht: Er ist blank wie Eis. Ich betrachte ihn, weil seine Situation auch die meine ist: Ja, ich habe einen Mann gehabt. Einen. Wir verlobten uns, ich gab mich ihm hin (hab es nicht gewagt, es in meinem ersten Brief zu erzählen, ich wußte ja so wenig, aber jetzt wage ich alles, ich *muß* alles wagen), *einmal*, ich schämte mich damals nicht, tue es jetzt auch nicht, es war das einzige Mal, daß ich das *Leben* gespürt habe. Als ich mit dem Ring am Finger nach Hause kam, als ich ihn Robert fröhlich entgegenstreckte, schlug er mich mit seiner Prothese, versetzte mir einen harten Schlag ins Gesicht, riß mir den Ring herunter, schleifte mich aufs Klo und ließ ihn dort hineinfallen. ›Da kannst du suchen‹, schrie er.
Das ist jetzt vier Jahre her. »Mein Mann« wurde bedroht und zog von hier weg, alles, was ich an Willen und Tatkraft besaß, verließ mich, ich lebte wie eine Tote, tat es noch, als Dein erster Brief kam. Vielleicht war ich reichlich exaltiert, aber der Brief war tatsächlich ein Schock.
Noch so eine Trennung würde ich nicht überstehen. Konnte Mrs. Winther das in meinen Augen lesen? Liegt ein gefährlicher Glanz in ihnen? Verzweiflung?

Auf gewisse Weise hatte ich davor Angst, daß Du mir antworten würdest. Einen Brieffreund zu haben, öffnet zu viele Schleusen, weckt Gedanken, die ich mir verboten habe. Du sollst wissen, daß Deine Briefe, wenn Du mir weiter schreibst, zu dem werden, wofür ich lebe. Jeder Spaziergang zu Mrs. Winther auf die Post wird zu einer Wanderung wie auf Glasscherben, selbst wenn ich weiß, daß zwischen jedem Brief Monate liegen. In den Zwischenzeiten formuliere ich, auch wenn Du es nicht merken kannst, Sätze, Visionen, die ich Dir mitteilen will, aber gerade jetzt (wie typisch!) sind sie verschwunden, ich bin ohne Sprache. Mein ganzes Leben lang habe ich brachgelegen, mich nie selbst ausleben dürfen. Nein, bin nie in Anspruch genommen worden. Ich habe Angst, daß man es mir ansieht, daß man mich sieht und daß Robert es merken und mich bestrafen wird. Vielleicht ziehe ich jetzt auch die Blicke der Männer auf mich, die Spannungslosigkeit, die mich in all den Jahren beherrscht hat, machte mich ja unsichtbar.
Die jetzt in mir zu sehen ist – wenn es so ist –, diejenige, die heute in mir ihr Gesicht zeigt, ist ein stark gefährdeter Mensch; mehr kann ich nicht erklären.

Deine
Tessa Schneideman

Aron Nordensson und Alfons Nilsson hatten begonnen, miteinander Umgang zu pflegen. Während der stillen Junitage geschah es, daß Splendid seinen Vater in eine Karre setzte, ihn zum Broby-Wald hinaufzog, und dort, auf einer Lichtung, lauschten sie den Vögeln.
Im Moor, das voller Seltenheiten war, sang eines Abends ein Blaukehlchen ganz verzweifelt schön. Der Feldstecher ging herum, und Alfons Nilsson sagte: »Das dürfte es gar nicht geben. Genausowenig wie mich. Obwohl die statistische Wahrscheinlichkeit, daß hier ein Blaukehlchen zu sehen ist, größer ist als die Wahrscheinlichkeit meines Lebens.«

Die Lichtung lag hoch, und man hatte eine schöne Aussicht über das Tal tief unten, die Häuser und Baumwipfel, wo Amseln, Buchfinken und Kohlmeisen zwitscherten und ihre Töne wie einen warmen Regen aus Gold auf sie herabfallen ließen.
Nilsson, das kleine Paket, schloß die Augen und lächelte.
»Wir sind beide Männer mit einer Vergangenheit, Nordensson. Das bedeutet jedoch nicht, daß nicht auch ein solcher Tag seinen Wert hat.«
»Aber findest du, es hat sich gelohnt, daß wir überlebt haben? Eigentlich?«
»Die Frage ist gestellt, Nordensson, und ich habe eine Antwort: Sieh dir die Kinder an. Sieh, wie schön sie zusammen spielen. Wieviel sie einander geben können.«
»Es dürfte vor allem dein Splendid sein, der Sidner etwas gibt. Sidner ist so in sich gekehrt, daß ich manchmal um seinen Verstand fürchte.«
»Laß ihm nur Zeit. Es stimmt nicht, was du sagst. Jetzt sammeln sie Erfahrungen, jetzt schaffen sie sich die Grundlage für ihr Leben.«
»Ich bin meinen so ein schlechter Vater.«
»So ist uns allen manchmal zumute. Still, jetzt singt es wieder!«
Das Blaukehlchen da hinten in einem Baumwipfel. Es war still im Gras, Aron würde Tessa davon schreiben. Von dem kleinen Kanonenkönig in seiner Karre, von dem vergnügten Ausdruck in dem, was noch von seinem Gesicht da war, von der Hilflosigkeit seines Sohnes.
»Aber mein Leben verrinnt, Nilsson. Und ich gebe so wenig.«
»Derlei weiß man nie selbst. Was glaubst du wohl, was *ich* der Alten gegeben habe, mit diesem Körper? Vielleicht doch etwas. Sie hatte Angst vor Männern, sie war Krankenschwester, sie wollte jemanden pflegen, und schließlich fand sie mich, ein abscheuliches Wesen, dessen sie sich annehmen konnte.«

»Warum bist du Kanonenkönig geworden?«
»Wenn man aus Småland kommt, muß man Kanonenkönig werden. Es machte mich ganz wunderlich da unten im Wald, keine Aussichten zu haben, nicht zu sehen, wo im Dasein ich mich befand. So war es von Anfang an, ich wollte *über* die Baumwipfel. Das ist doch nichts Besonderes. Und ich las von einem, der abgestürzt war, und...«
»Trotzdem?«
»Meine Eltern waren wie das Moos, niedrig, beschränkt, unterdrückt. Sie sagten: ›Alfons, emigriere lieber nach Amerika oder werde Bauarbeiter, aber bring uns nicht mit solchen Dummheiten um.‹ Dann kam ein Varieté in die Gegend, und ich schloß mich ihnen an, begann zu üben. Es ist wie ein Gift im Körper. Du solltest mal spüren, wie es ist, zu fliegen, in die Luft geschossen zu werden. Es dauert fünfzehn Sekunden, und schon ist alles vorbei, doch du hast jedenfalls *etwas* getan. Du hast dich aus der Menge herausgehoben, du weißt, daß man dann von dir spricht.«

Taihape, im Juli

Lieber Aron,
Mrs. Winther hat mich heute zum Kaffee eingeladen, ich kam, kurz bevor sie zumachte, sie nickte mir zu, ich solle ihr in ihre Wohnung folgen. Schon da war mir klar, daß ein Brief auf mich wartete. Sie sah meine Erregung und sagte: ›Ich gehe ein Weilchen hinaus, setz dich hin und lies, niemand stört dich.‹ Ich brach in Tränen aus. Niemand, ich sage es Dir, Aron, hat je in Augenhöhe mit mir gesprochen, direkt in meine Existenz hinein. Wie grausam das Leben ist, wie gut es sein könnte. Wen und was fürchten die Menschen so intensiv? Ihre eigene Freiheit? Ist es die Furcht vor unseren ungeheuren Möglichkeiten? Als sie zurückkam, stellte sie sich hinter meinen Stuhl, massierte mir die Schultern, und sie sagte nicht: ›Weine nicht.‹ Sie sagte: ›Du solltest weinen, solange du Lust hast.‹ Was für ein schöner Brief über den schwedischen Sommer! Ich konnte euch ganz

deutlich da sitzen *sehen*, diesen Kanonenkönig und Dich im Gras, wie ihr den Vögeln lauschtet.
Ja, ich weinte einen Teil der Tränen aus mir heraus, die sich über zweiundzwanzig Jahre meines Lebens in mir angesammelt haben, und Träne für Träne brachte mir Erleichterung, dort in Mrs. Winthers sauberem kühlen Zimmer mit den Tüllgardinen und den Blumen in allen Fenstern, mit den Düften eines gepflegten Gartens, die von draußen hereinwehten. Ich lehne mein Leben an Deine Briefe, an ihren Duft. Wie siehst Du aus? Beinahe hätte ich gesagt »von außen«, da ich Dich von innen zu kennen glaube, den wichtigen, den wahren Teil von Dir.
Du hast mich von den Toten auferweckt.
(Einige Tage später.) Jetzt, Mitte Juli, haben wir Rauhreif an den Fensterscheiben. Nach Norden hin Hochnebel über den Baumwipfeln, wir sind Kinder des Nebels. Zwar nennt man die Maoris so, aber ich bin eine von ihnen, nicht von Geburt, sondern aus Lust. Ich gehöre den Vernichteten an. Ich bin *pakheha* – das bedeutet »weiß« –, aber was außer meiner Hautfarbe verbindet mich mit Robert, mit den Nachbarn auf den Höfen um uns herum? Die Maoris haben einen Begriff – *tapu* –, der für Tabuisierungsvorschriften steht, über die sich die Weißen lustig machen, aber wie viele Tabus umgeben denn uns, doch mehr noch, als den Maoris je einfallen könnten.
Heute früh bin ich wieder zu Mrs. Winther hinuntergegangen. Ich wollte ihr bei der Wäsche helfen. Robert knurrte, zu Hause gebe es genug zu tun, aber ich erwähnte ihren kranken Rücken. Er glaubte mir nicht. Er glaubt niemandem, an nichts, für ihn besteht alles nur aus Entschuldigungen und Lügen. Ich ging durchs Gartentor, als der Nebel sich gerade lichtete. Die schwarzen und gestreiften Ferkel froren noch, aber der Sonnenschein begann im Laub zu funkeln, und in den Bäumen glitzerten Eiszapfen. Ein paar Tui-Vögel flatterten mit hochgeklappten Fächerschwänzen auf eine Lichtung – auch wir haben Lichtungen. Da saß ich ein

Weilchen und wühlte mit frostigen Fingern im Moos, ich weiß nicht, warum ich so etwas mache, jemand hat gesagt, daß der Schnee kommt, wenn man im Moos gräbt.
Wir *Pakhehas*, was sind wir, wenn nicht Verlierer. Wir kamen her, nahmen den Maoris den Boden weg, »christianisierten« sie: Jetzt sind wir Gefangene unseres Bodens und unserer Dinge, die wir eifersüchtig bewachen, wir leben in einem Land, das uns noch nicht ins Rückenmark gedrungen ist. Wir sind Fremde, denn die Maoris haben schon allem einen Namen gegeben, den Bergen, den Flüssen, den Dörfern, all dem, was uns eine Geschichte geben sollte. Wenn Du Robert oder mich fragst, was dieser oder jener Name bedeutet, wir *wissen* es nicht. Wir haben in unserer Geschichte keine Namen wie *Maungapohatus* – das *Urewera*-Land. Was erzählen diese Namen? Wir wissen es nicht. Touristen, die hierherkommen – nicht viele, aber einige –, erhalten auf ihre Fragen immer die Antwort: »Das ist etwas, was den Eingeborenen eingefallen ist.« Für uns gibt es keine Schatten, keinen Klang. Wir antworten voller Verachtung »eingefallen ist«, denn wir sind es leid, unsere Gesichter nicht mit Legenden und Erinnerungen füllen zu können. Unsere Geschichte geht nicht so weit zurück, und bilde Dir nicht ein, daß sie dort drüben in England weitergeht. Das Verbrechen ist zu groß. Unsere Sprache ist so häßlich, so voller Flüche, Vereinfachungen und ohne Unmittelbarkeit. Es ist die bittere Sprache der Sprachgefangenen, die bis in meine, in unsere Nerven sickert, eine Sprache ohne Stolz, die uns in widerlichen Denkweisen gefangenhält. Wenn du dagegen aufbegehrst, mußt du dich entweder an England zurückverkaufen, an Oxford oder Cambridge, oder aber Maori-Romantiker werden. Die hier wohnenden Juden, so bilde ich mir ein, können sich immerhin an ihre eigenen Traditionen halten, mögen sie auch verwässert sein, oder an ihre Besonderheiten. Das schafft ihnen ein Bewußtsein ihrer Eigenart, ihrer Identität. Wir haben nichts als die Religion des Nein-Sagens, und die verkrüppelt uns.

All das habe ich mir überlegt und gemeint, es Dir erzählen zu müssen. Ich bin nicht gebildet, obwohl ich einiges gelesen habe, mein Leben ist nur ein paar Hektar groß, aber ich kann die jenseits von ihm liegenden Berge sehen. Ich bin in Wellington mit dem Bus gefahren, mit flackerndem Blick, ich roch nach Schaf. Ich habe keine Angst, Dir meine Unwissenheit zu enthüllen, Aron, denn diejenige, die in diesen Lumpen herumläuft, ist nur ein Teil von mir. Es gibt noch einen anderen Menschen in meinem Innern, der erst jetzt allmählich sichtbar wird, dank Dir.

Ich küsse Dich
Tessa

Dem Brief war eine gepreßte Rose beigelegt, die immer noch duftete.

Eines Tages kam ein anderer Brief. Er war an das Hotel adressiert, und es ging um eine Zimmerreservierung. Diese Art Post machte Aron in der Küche bei der Soßenkönigin und Frau Jonsson auf. Für ihn waren die Morgenstunden mit den ruhigen Unterhaltungen über Einkäufe und Buchungen und mit dem entspannten Getratsche über die letzten Abende die beste Zeit des Tages. Aron las den Brief seiner Gewohnheit getreu vor.

Möchte hiermit für die Nächte zwischen dem 17. und dem 19. dieses Monats ein Zimmer in Ihrem Hotel bestellen, da ich in Zusammenhang mit Dreharbeiten zu einem Film, die in der Gegend vom Stapel gehen sollen, einen Platz brauche, an den ich mich zurückziehen kann, am liebsten inkognito.

Mit freundlichen Grüßen
Fridolf Rhudin,
Schauspieler

Es wurde still wie kurz vor einem Erdbeben. Dann wurde Aron der Brief aus der Hand gerissen, die Soßenkönigin sank ihm gegenüber am Tisch auf einen Stuhl und las, dann brach sie in unbändiges Lachen aus.
»Die in der Gegend vom Stapel gehen sollen! Wirklich, er ist wirklich zu witzig, dieser Fridolf. Flört, Flirt, kommt er wirklich her, ja, du lieber Himmel.« Und ihr Lachen rollte in den Speisesaal zu Stina Öhrström, der Knochigen mit dem spitzen Kinn. Den triefenden Scheuerlappen in der Hand öffnete sie die Tür einen Spalt breit.
»Fridolf Rhudin kommt her! Flört, Flirt.« Dann lachte sie wieder. »Sieh mal, Stina, wie ulkig er schreibt.«
Stina, die ein Mißtrauen gegen alles hegte, was geschrieben war, blickte ängstlich auf die Zeilen, wandte sich an Aron.
»Glaubst du, es könnte was werden?«
»Was werden?«
»Daß er was spricht. Den ›Einsamen Hund‹ oder so was?«
»Kannst du denn nicht lesen«, sagte Aron. »Er braucht einen Ort, an den er sich zurückziehen kann. Und am liebsten inkognito, verstehst du?« Das verstand sie durchaus nicht, drückte den Lappen mitten auf dem Fußboden aus, rannte los, um ihren Mantel zu holen, und verschwand auf die Straße, die Lippen zusammengekniffen und trocken.

Schon als Patron Björk anrief und mitteilte, er brauche an genau diesem Wochenende ein Zimmer, »um bestimmte Dinge in aller Ruhe zu überdenken«, ahnte Aron, daß es schwer werden würde, den Gast abzuschirmen. Kurz darauf rief auch der Reichstagsabgeordnete Persson an, der »in diesem Dreh« zu einer Pferdeprämiierung nach Karlstadt wollte und »ein Zimmer in der Nähe des Bahnhofs« brauchte. Als dann ausgerechnet noch Göte Asklund hereinschneite, um eine »Chambre« zu bestellen, wußte dieser, was schon die ganze Stadt wußte. Göte war ein einziger großer Sack aus Schnupftabak und Branntwein, der ständig über dem Tresen hing.

»Du bist wohl nicht der Meinung, daß ich in dein Hotel reinpasse?«
»Doch, schon, aber es kostet.«
»Das sollte mal der Patron hören, daß du kein Geld reinbekommen willst. Er braucht es. Hier, sieh mal«, sagte Göte und warf seine Brieftasche auf den Tresen. »Zähl mal, Aron, nimm, was du brauchst, und dafür krieg ich ein Zimmer.« Er neigte sich bis zu Aron vor und packte ihn mit den Fäusten am Rockaufschlag, sie bebten vor etwas anderem als Wut: »Du weißt, wie stark ich bin, Aron. Ich könnte dir und dem ganzen Hotel das Genick brechen. Aber so was tu ich nicht, ich bin ehrlich, das weißt du auch.«
»Ja, Göte.«
»Dem ganzen Pöbel könnte ich das Genick brechen.«
»Ich weiß. Aber jetzt bist du blau.«
»Aber am Sonnabend bin ich nüchtern. Dann will ich ein Zimmer haben. Ich habe nie auch nur einer Fliege was zuleide getan, arbeiten tu ich Tag und Nacht, und bei der Arbeit schlägt mich niemand, das weißt du.« Er sank an der Vorderseite des Tresens zusammen. »Weißt du, mein Frauchen kauft sich für alles, was ich verdiene, neue Kleider. Und jetzt will sie auch noch zu studieren anfangen, wie sie sagt, aber da habe ich gesagt, o nein, meine Liebe, so was wie Studieren gibt's für dich nicht.«
Er stand taumelnd auf und legte sich über den Tresen, wurde sehr vertraulich: »Studieren! Weiber! Aron, weißt du, was sie machen?« Er fuhr mit dem Finger auf Arons Gesicht los. »Sie fahren nach Karlstad, die Weiber, sind die ganze Woche weg und kommen am Freitag nach Hause, blicken sanft drein und sagen, sie studieren. Aber was tun sie, Aron. Sie jazzen! Neue Mäntel und Röcke für das ganze Geld. Eine Versorgungsmaschine bin ich. Aber ich werde mich erschießen, Aron. Dann steht sie da mit ihren neuen Röcken.«
»Du hast ein Kind, Göte.«
»Die Kleine nehme ich mit, wenn ich mich erschieße. Dann

bleibt ihr das ganze Elend erspart. Doch erst werde ich mit Fridolf sprechen! Am Sonnabend bin ich nüchtern«, sagte er und schlief auf dem Tresen ein.

Göte Asklund war nicht nur ehrlich. Er war auch listig. An diesem Sonnabendnachmittag war der Speisesaal des Hotels voller Gäste, im ganzen Saal gab es nur einen einzigen freien Platz, Patron Björk gegenüber, der am Fenstertisch in der Mitte saß. Zu seiner Rechten saß der Reichstagsabgeordnete Persson, der Sohn des Traberkönigs, zu seiner Linken der Journalist Edvardsson, der schon auf seinem Bleistift herumkaute. An jedem Tisch saßen feierlich gekleidete Wesen, die meisten Männer in dunklen Anzügen und weißen Hemden. Einige waren so großzügig gewesen, ihre Frauen mitzubringen. »Als Abwechslung zum Sonnabend zu Hause«, wie ein Familienvater es ausdrückte. Ein anderer neigte den Kopf: »Wegen des schönen Wetters«, log er, und ein dritter sagte: »Ich ging gerade vorbei und dachte mir, warum sollte ich mir nicht mal was Besonderes leisten, wo ich schon allein bin«, obwohl jeder wußte, daß die Tische seit mehreren Tagen vorbestellt waren. Dafür, daß der Speisesaal voll besetzt war, war es ungewöhnlich still. Niemand hatte zu essen begonnen, niemand hatte einen Schnaps gekippt, diejenigen, die Zeitung lasen, hatten seit einer halben Stunde nicht mehr umgeblättert. Die Soßenkönigin und Frau Jonsson traten am Kücheneingang nervös von einem Fuß auf den anderen, machten gelegentlich einen Abstecher zum Smörgåsbord und all den schön glänzenden Platten, rückten einen Teller zurecht, versetzten einen Blumenstrauß und blickten gleichzeitig verstohlen in den Flur.
Von Zeit zu Zeit zuckte ein Ohr. Jemand schluckte hörbar, ein kleines Kind, das nichts gesagt hatte, wurde scharf angepfiffen, den Mund zu halten. Die Fenster waren alle geöffnet, man hatte gehört, daß der Zug angekommen war und daß die Schranken draußen auf der Straße heruntergingen. Dann endlich! Die Tür ging auf, und auf der Treppe waren

Schritte zu hören. Patron Björk schob den Stuhl ein wenig zur Seite, dachte noch einmal nach, es gab viele Treppenstufen, und saß ein Weilchen angespannt da. Dann zog er den Stuhl ganz hervor, preßte die Serviette in der Hand zusammen, warf sie auf seinen Teller und eilte durch den Speisesaal. Man sah ein Lächeln, das immer breiter wurde, und er unternahm einen Anlauf, die Arme zu einer großen Willkommensgeste auszubreiten.
»Herzlich...«, sagte er und sah sich plötzlich die Hände des hochgewachsenen und kräftigen Göte Asklund schütteln, der auf der Schwelle erschien, im gleichen Staat wie die übrige Bourgeoisie. Sein blendendweißes Hemd leuchtete, sein mit Pomade eingeriebenes Haar war glatt zurückgestrichen.
»Alle Achtung«, sagte er und sah verwirrt aus. Dann drehte er sich zum Korridor hin um. »Ich hatte recht, Fridolf. Hier drinnen ist es gerammelt voll.«
»Dann nehmen wir ihn im Zimmer, Göte«, hörte man Fridolfs Stimme. Sie hörte sich gar nicht lustig an. Der Patron schien über die Schwelle zu stolpern.
»Was zum Teufel, Asklund... Herr Rhudin...«, und noch weiter draußen auf dem Korridor, »Herr Rhudin.«
»Ich glaube, Rhudin möchte in Ruhe gelassen werden«, ließ sich Göte Asklund vernehmen. »Er hat einen anstrengenden Tag hinter sich...«
»Für Sie ist ein Tisch reserviert, Herr Rhudin. Der Fenstertisch. Mein Name ist Björk, es ist sozusagen mein Lokal.«
»Das ist der, von dem ich dir erzählt habe«, war Götes Stimme zu hören.
»Ich hatte Sie *einladen* wollen. Herr Rhudin...«
»Sehr freundlich, aber... wir ziehen es doch vor...«, eine Tür ging auf und wurde wieder geschlossen. Einen Augenblick Stille. Dann das Geräusch der Tür – Patron Björk stand mittlerweile wieder im Saal und blickte auf das Meer von Gästen –, und dann Göte Asklunds Bestellung:
»Bitte zwei Tassen Tee aufs Zimmer.«

Es wurde ein sehr peinliches Essen. Die vierzig Gäste konnten ja nicht einfach aufstehen und gehen, da sie schon bestellt hatten. Der Schnapskonsum war äußerst gering, man stocherte im Essen und hob kaum die Augen, das Kind, das sich jammernd über zu heiße Kartoffeln beklagte, bekam eine Ohrfeige.
»Taugt er als Schauspieler überhaupt was?« flüsterte der Reichstagsabgeordnete Persson nach einer Weile. »Ich meine, als Komiker mag er ja noch durchgehen. Vielleicht.«
»Überhaupt«, sagte der Journalist Edvardsson. »Ein Komiker schreibt ja nicht mal seine eigenen Manuskripte. Ich meine, einfach zu wiederholen, was ein anderer geschrieben hat...«
»Von *Kunst* kann keine Rede sein. ›Ich weiß schon, was es wird, nämlich ein gewöhnlicher Straßenköter.‹ ›Heute geschah auf dem Wohnzimmerteppich ein kleines Unglück...‹ Ich meine, was ist an einem solchen Satz lustig? Wenn man ihn sich näher ansieht?«
»Ich selbst höre nie Radio«, sagte Björk. »Jedenfalls höre ich mir nicht mehr die Unterhaltungsprogramme an. Früher waren sie besser.«
»Ja, das kann man wohl sagen«, meinte der Abgeordnete und warf einen verächtlichen Blick durchs Fenster: Viele nach oben gewandte Gesichter starrten ihn an.
»Ich begreife nicht«, sagte er und zog die Gardine zu, »daß die Leute so neugierig sein können. Bloß weil ein Bauernkomiker herkommt. Skål, Björk.«

Um Mitternacht war nur noch das Personal da. Stina Öhrström, die die Tische abgedeckt hatte, kam mit dem Scheuereimer herein und ließ sich in der Küche nieder, nahm eines der übriggebliebenen Butterbrote, das die Soßenkönigin ihr hinschob. Sidner saß in seinem Schlafanzug neben Aron, der für den morgigen Tag ein paar Papiere ausfüllte. Frau Jonsson zählte das Trinkgeld und steckte die Kupfermünzen in eine Sammelbüchse der Heilsarmee.

»Hast du ein Autogramm von ihm bekommen?« fragte die Soßenkönigin und bestrich ihr Stück Brot mit einigen Löffeln Mayonnaise. Frau Jonsson erschauerte.
»Was denkst du von mir. Ich bin ein anständiger Mensch.«
Und um sich von einem so schlimmen Verdacht zu befreien, ließ sie ein paar Zehn-Öre-Stücke in die Sammelbüchse fallen. Da klopfte es an der Tür, und Fridolf Rhudin steckte den Kopf herein.
»Entschuldigung, wenn ich störe. Dürfen wir reinkommen?«
Die Soßenkönigin gab Stina Öhrström ein Zeichen, den Stuhl zu verlassen.
»Ist es sicher, daß wir nicht... ich meine, Gäste dürfen sich hier wohl nicht aufhalten?« Göte Asklund stand hinter ihm und hielt die Hände vor dem Bauch gefaltet, genauso adrett und ordentlich wie zuvor.
»Es ist nicht leicht, beliebt zu sein«, erklärte Göte den Anwesenden. »Es kostet manchmal mehr, als es einbringt. In der Zeitung ist ja nicht alles zu lesen.«
Genau wie Fridolf ging er herum und gab allen die Hand. Im Hinblick auf die bemerkenswerten Worte, die er geäußert und mit solcher Kraft vorgebracht hatte, kam das niemandem seltsam vor. Vor ihnen stand ein erlöster Mensch.
»Können wir Ihnen was anbieten, Herr Rhudin? Einen kleinen Klaren? Ein Bier.«
»Ein Glas Milch wäre mir recht.«
Stina Öhrström hatte es sich auf dem Spültisch bequem gemacht, ließ die Beine baumeln, und ihr wurde klar, daß sie da etwas miterlebte, was sie nicht richtig begriff. Sie bohrte sich mit dem Zeigefinger in den Zähnen, um nicht zu zeigen, wie sehr es ihr in den Wangen zuckte.
Fridolf sah sich um.
»Küchen haben mir schon immer gefallen. Das ist der beste Ort im Haus. Mein Vater war...«
»Schneider«, sagte die Soßenkönigin und reichte ihm die

Milch. Stina Öhrström zog die Augenbrauen hoch. Das war gut gesagt. Was sollte ihr aber nur einfallen? Um etwas gesagt zu haben. Hinterher.
»Ja, drüben in Munkfors. Daß man etwas so vermissen kann.«
»Die Popularität hat ihren Preis.« Göte Asklund sah sich um und musterte jeden einzelnen. Dies wollte er den Unwissenden einprägen.
Stina Öhrström rang die Hände auf dem Schoß. Das hätte sie auch sagen können. Fast. Es war ihr im selben Augenblick wie Göte eingefallen. Beinahe. Sie starrte Fridolf an, der das Glas mit *beiden* Händen nahm und trank. Vielleicht konnte sie dazu etwas sagen.
Etwa, daß kalte Milch gut ist.
Das konnte doch nicht aufdringlich sein. Sie brauchte es ja nur zu sagen, ganz geradeheraus. Zumindest hätte sie dann *das* gesagt.
»Abends geht nichts über kalte Milch«, sagte Fridolf und stellte das Glas ab.
»Nein«, seufzte Stina Öhrström, aber niemand hörte zu. Jetzt war sie gezwungen, von vorn anzufangen.
»Göte, wie um Himmels willen ist es dir gelungen ... Herrn Rhudin kennenzulernen?« fragte die Soßenkönigin.
»Ich bin nach Ämtervik gefahren und dort in den Zug gestiegen. Ich mußte beichten, falls man das so sagen kann.«
»Und du bist schon den ganzen Tag nüchtern.« Sie tätschelte ihm den Arm.
»Wenn man einen so wunderbaren Menschen wie Fridolf kennenlernt, braucht man keinen Schnaps. Dann ist es *interessant*, das alles. Du weißt doch, daß ich singe.«
»Ja, das wissen wir.«
»Und es hört sich nicht besonders an. Darüber wollte ich mit Fridolf sprechen.«
»Wir haben ein sehr interessantes Gespräch gehabt«, fiel Fridolf ein.

»Den Ton kann ich zwar halten, das hast du ja auch gesagt. Aber ich zerbreche mir den Kopf, warum nichts aus mir geworden ist. Und warum Fridolf es geschafft hat. Daß es so verschieden sein kann. Obwohl es zu Anfang für uns beide gleich war. Sein Vater war Schneider, und meiner auch.«
Stina Öhrström versuchte mitzuhalten. Man konnte nie wissen, wie lange er hier sitzen bleiben würde, der Fridolf. Noch hatte sie keinen Ton herausgebracht. Vielleicht etwas über Film. Oder Musik? Da die anderen über Musik sprachen. Sie wollte das Gespräch nicht unterbrechen, sondern sozusagen mithalten.
»Noch etwas Milch?«
Die Soßenkönigin mußte immer alles zerstören!
Sie stürzte vom Spültisch hinunter und schaffte es als erste zur Speisekammer, schlug den runden, fetten Arm der Soßenkönigin beiseite, und streckte sich nach der Kanne aus.
»O nein, du«, fauchte sie, hob die Kanne und hielt sie über Fridolfs Glas, aber der machte eine abwehrende Geste.
»Danke, ich möchte nichts mehr.«
Sie hatte sich also lächerlich gemacht. Erst als sie die Kanne zurückstellte, fiel ihr ein, daß sie hätte sagen können: Aber vielleicht ein halbes Glas? Sie hätte auch sagen können: Abends geht nichts über kalte Milch. Obwohl... Sie starrte mit dem Rücken zur Küche in die Regale. Sie schluckte. Jetzt auf Biegen und Brechen. Sie konnte nicht nach Hause gehen, ohne *etwas* gesagt zu haben. Jetzt, wo es still war. Sie machte den Mund auf...
»Und was hast du darauf geantwortet, Onkel?« fragte Sidner, der bis jetzt nur zugehört hatte.
»Auf was? Ach ja, warum es so verschieden gekommen ist. Ich sagte, daß wohl viel vom Zufall abhängt. In meinem Fall...«
»Du hast noch mehr gesagt, Fridolf«, unterbrach Göte. »Du hast gesagt, man müsse sich hingeben.«
Fridolf runzelte die Augenbrauen, und sein Blick fiel auf Aron, der seinen eigenen Bildern zugekehrt dagesessen hat-

te, und sagte direkt in sie hinein: »Man muß sich hingeben, ja. Sich fallenlassen und sich einfach nur hingeben. Dann kommt man an. Hingabe ist das einzige, worauf es am Ende ankommt.«
»Das ist ein langer Weg«, sagte Aron.
Jetzt hatte Stina Öhrström genug. Ihr wollte offenbar keiner zuhören. Sauer und griesgrämig brummelte sie in die Speisekammer: »Ich weiß schon, daß ich nur eine gewöhnliche Köksch bin.« Sie holte ihren Mantel, und ohne die anderen eines Blickes zu würdigen, verließ sie die Küche.

Lieber Aron,
›Woher nimmt man Mut?‹ fragst Du. Den Mut weiterzuleben? Ich kann nur sagen, was mir Mut gibt: Deine Briefe. Zwei Jahre haben sie mich jetzt hochgehalten.
Lüge ich – ich habe solche Angst vor Lügen, da ich mich nun mal entschlossen habe, Dir gegenüber vollkommen offen zu sein –, lüge ich, da ich schon gelebt hatte, bevor wir einander zu schreiben begannen? Nein. Ich habe damals nicht gelebt. Du hast mich von den Toten erweckt.
Ich sehe Dich im Sonnenaufgang über den Bergen, im Tau des Grases, ja im kurzen Gras zwischen den Schafsknödeln. Im Knirschen des frostigen Mooses höre ich Dich. Ich finde Dich in den Büchern, die ich lese.
Weißt Du, in der Bibliothek habe ich ein paar Bücher von einem Norweger namens Knut Hamsun gefunden. »Pan«, »Victoria«, »Hunger«, »Segen der Erde«. Auf der Karte habe ich gesehen, daß Du nicht weit von Norwegen entfernt lebst. Was für Bücher! In ihnen ist etwas, was meinem Rückenmark wohlbekannt ist, auch wenn das Fallen des Laubs anders ist, auch wenn das Farbenspiel im Frühjahr und Herbst nicht das unsere ist. Hast Du sie gelesen? Nachts, in meinen Träumen, bringe ich Dich und die Gestalten dieser Bücher

durcheinander. Du bist einsam, Du streifst durch die Wälder, Du schießt einen Vogel, Du bist stumm und verschlossen, aber nicht *so* wie die Männer hier ... Ja, durch die Bücher, die ich lese, hältst Du mich aufrecht, indem Du mir zeigst, daß es noch andere Welten gibt.
Wenn wir uns einmal gegenüberstehen würden! Wie würde es gehen? Du sagst, Du sprichst ein viel schlechteres Englisch, als Du schreibst, daß Du ohne Lexikon hilflos bist wie ein Kind. Was spielt das schon für eine Rolle. Ich habe gesehen, wie es in Dir aussieht, und ich liebe es. Ob wir uns wirklich einmal gegenüberstehen werden? Ich kann nicht lügen: Das ist das, worauf ich mich freue. Daß du herkommst und mich befreist.
Ich lege meine Wange an den Brief, vielleicht riecht sie nach Lamm und Wolle ...

Deine Tessa

Im Brief lag auch noch eine gelbe Blume, die sie *Kowhai* nannte.

Lieber Aron,
ich weiß nicht, ob ich lachen oder weinen soll, also lache ich. Ich wollte Dir eine Überraschung schicken, und das ist doch eine, oder? Als ich bei Mrs. Winther darüber klagte, daß ich nicht ein einziges Foto besäße, das ich Dir schicken könnte, erwähnte sie, daß ihr Mann ihr eine Kamera hinterlassen habe, erbot sich, einen Film zu kaufen, erklärte aber, sie könne nicht fotografieren. Sie ist immerhin siebzig, klein, dick und hilflos, und wie Du siehst, kann sie es wirklich nicht. Laß uns darüber lachen.
Wir haben uns zwischen den Laken in ihrem Garten aufgestellt, und als sie das erste Mal knipsen sollte, läutete es in ihrem Postbüro, und sie drehte sich um, so daß Du statt meiner Laken siehst, neuseeländische Laken. Doch haftet auch ihnen etwas Interessantes an, Aron, denn ich habe geträumt, daß wir gemeinsam auf ihnen ruhen würden. Im

Hintergrund siehst Du den halben Eingang zu Mrs. Winthers guter Stube, in der ich mich so viele Male ausgeweint habe. Wenn Du dort ein Rinnsal erahnst, dann sind es meine Tränen. Das nächste Bild ist auch ein Laken, in Großaufnahme. Der Wind wehte es gerade herüber, als sie auf den Auslöser drückte. Ich stehe dahinter. Das dritte Bild: Was sagst Du? Reicht der Teil von mir? Ich werde Dir wohl ein Stück nach dem anderen von mir zeigen müssen. Vielleicht schicke ich Dir das nächstemal meine Hände oder ein Ohr? Was möchtest Du am liebsten? Die doppelt belichteten Bilder zeigen ein paar verstreute Fragmente des Himmels, der Blumenbeete im Garten sowie weitere Laken. Du kannst meine Silhouette erkennen, wenn Du Dir Mühe gibst. Und das bin ich ja auch: Eine leere Silhouette, die Du ganz nach Belieben mit Deinen guten Wünschen und Vorstellungen füllen kannst. Versuch es auf jeden Fall einmal, guter, süßer Aron, ich bin auf allen diesen Bildern anwesend, entweder rechts oder links oder über oder unter ihnen.
Küß mir das Kinn.

Ich liebe Dich
Tessa

Sie hatte eine Locke dunklen, weichen Haars beigelegt.
Aron lächelte, denn es gab ein paar feine Andeutungen in diesem Brief. Sehr feine, und er war sicher, daß nur er sie deuten konnte. Sonne schien auf die Laken, aber dahinter war sie...
Noch war es zu früh, etwas zu enthüllen.

Er stand am Herd und kochte Wäsche, als sie ihren ersten Besuch machte. Er hatte sie zwar schon an der Tür herumtasten hören, wollte aber pfiffig sein und so tun, als hätte er es nicht gehört. Bevor er sich versah, war sie hinter seinem Rücken, und ihre Finger tasteten sich unter dem Hemd nach oben.
»Dreh dich nicht um«, sagt Solveig.

»Hab ich doch gewußt, daß du mich besuchst«, erwidert er und hebt die weiße Wäsche mit einer Holzkelle aus dem Topf.
Und Solveig legt ihm die Arme um die Taille.
»Das wird mir niemand abnehmen«, sagt er.
Solveig atmet durch sein Hemd hindurch, preßt die Lippen an ihn.
»Du mußt lernen, damit zu leben.«
»Darf ich dich jetzt ansehen, Solveig?«
Aber sie hält ihn mit festem Griff, so daß er dem Herd zugewandt bleibt.
»Noch ist es nicht soweit.«
»Warum hast du so lange gewartet?«
»Oh, wie du weißt, ist da drüben viel zu tun... Leg die Wäsche ins Spülwasser, sie sieht sauber aus.«
»Kannst du das durch meinen Rücken sehen?«
»Natürlich kann ich das, diese ganze Zeit ist nicht spurlos an mir vorbeigegangen.«
»Warum bist du überhaupt verschwunden?«
Sie lacht.
»Das war nur zum Spaß. Ich finde es so schön, alles zu sehen.«
»Aber du hast mich nicht mitgenommen? Und *wo* bist du gewesen?«
Plötzlich wird ihre Stimme so hart.
»Alles, was du willst, Aron. Aber *danach* darfst du nicht fragen.«
»Ich weiß.«
Er will in ihre Arme sinken, Stück für Stück strömt sein Körper ihr zu.
»Manchmal muß man sich bewegen. Und auch du wirst einmal weitgereist sein. Wenn du mich wiedersehen willst, natürlich.«
»Solveig.«
Ihr Name schmeckt nach sommerlicher Heide und nach Kiefernwald.

»Gibt es noch etwas, was du mich fragen willst? Ich muß jetzt gehen.«
Er wird ängstlich, wechselt das Standbein, vorsichtig, damit sie nicht verschwindet.
»Nein. Das darfst du nicht.«
Er fährt mit der Kelle in der Hand herum, aber sie ist schon nach draußen verschwunden, durch die Küchentür zieht es kalt herein, und Sidner steht da und sieht ihn an.
»Es riecht angebrannt, Papa, was machst du?«
Ein Hemdsärmel liegt auf dem Herd und raucht. Sidner kommt herüber und schiebt ihn beiseite, die Küche ist voller Dampf.
»Ich verstehe«, sagt Aron und kann die Kelle nicht loslassen, nicht den Arm sinken lassen, nicht vom Herd weggehen. Sidner schubst ihn weg.
»Was verstehst du?«
O nein, mein lieber Sidner, noch nicht. Noch ist es zu früh. Das hat sie ja selbst gesagt. Irgendwann werden sie es alle erfahren. Am besten bleib ich nicht ganz bei der Wahrheit.
»Es war niemand.« Er spürt, wie ein raffiniertes Lächeln in seine Mundwinkel kriecht. »Es war überhaupt niemand. Man muß manchmal einen Spaß machen können, Sidner.« Richtig deutlich sagt er das.
Und es macht ihn so munter, die Sprache wiederentdeckt zu haben, daß er sie durch eine Wiederholung begrüßt: »Das muß man manchmal tun.«
Als wäre er jetzt durch, als wäre es vorbei.
Bald wird alles in Ordnung kommen.
Die Wirklichkeit ist so scharf. Klare, reine Ecken an allen Dingen. Die Holzkelle beispielsweise kann man auf den Spültisch legen. Man kann das alte Spülwasser ausgießen, von neuem spülen, es wieder ausgießen, noch mal spülen, das Wasser ausgießen...
Er nickt Sidner aufmunternd zu: »Es ist leicht getan. Zu spülen.«

Aber da Sidner die Augenbrauen hochzieht – ja, er ist immer noch auf der anderen Seite –, muß Aron noch etwas hinzufügen, als wollte er ihm dabei helfen, sich nicht ganz ausgeschlossen zu fühlen: »Manchmal.«
»Was sagst du, Papa?« Er steht da und blickt das angebrannte Hemd an.
»Manchmal«, wiederholt Aron und lächelt, begreift aber im selben Moment, daß es das falsche Wort war. Eben hätte es noch gepaßt. Jetzt nicht mehr. »Manchmal« hängt noch über dem Herd, sieht so hart aus, so scharf; und er fährt mit der Hand durch die Luft und lächelt Sidner zu.
»Es ist leicht getan, sich manchmal zu verstecken.«
So war es viel besser. Das ließ sich leicht sagen, und jetzt will er Sidner zeigen, daß es kein Zufall ist, daß er sich so leicht äußern kann, und so variiert er voller Munterkeit.
»Und leicht gemacht, sich hier mal zu verstecken.«
Wie in der Musik. Als veränderte man das Verhältnis der Töne untereinander.
Aber, nein.
Man könnte sich auf diese Weise entlarven. Solveig verraten! Er hat ihr doch versprochen, nichts zu sagen, er könnte ihr untreu werden, er muß das Geschehene ungeschehen machen, die Munterkeit, die ja das *Zeichen* ist, *wegspülen*. Er legt die Hände vors Gesicht, geht zum Tischtuch, schweigt sich hinunter, um den Schimmer wegzubekommen, es geht leicht, es geht viel zu leicht, er sinkt, er muß etwas in *ganz anderen Farben* zeigen.
»Wir sollten irgendwann mal einen Ausflug machen und Pilze sammeln, Eva-Liisa, du und ich. Beeren pflücken. Damit wir was für den Winter haben. Damit das endlich erledigt ist! Hörst du! Das muß erledigt sein, Sidner. Nicht so...«
Und er wedelt mit der Hand über den Tisch, so daß das Salzfaß zu Boden segelt.
Sidner steht vor ihm, legt ihm die Hand auf die Schulter.
»Was ist passiert?«

Aron blickt auf.
»Wie groß du geworden bist, Sidner, mein Junge.«
»Ruh dich ein bißchen aus, Papa. Ich kann das Essen machen.«
»Kannst du das wirklich? Schneit es draußen?«
»Aber es ist doch erst September.«
»Ja, schon. Aber es ist so kalt.«
Jetzt ist es überstanden. Wieder nur die gewöhnliche Welt. Er tritt ans Fenster und drückt die Stirn an die Scheibe. Der Körper wie gewohnt. Das Schweigen wie gewohnt.
»Wir müssen zusammenhalten, wir drei.«
»Aber tun wir das nicht?«
»Findest du?«
»Ja, Papa. Ich finde, uns geht's gut.«
»Du bist so groß geworden, seitdem ich dich zum letzten Mal richtig angesehen habe. Ich erkenne dich ja kaum wieder.«
»Ich weiß. Ich bin einsvierundsiebzig, fast der Größte in der Klasse.«

Nachdem Sidner die Schule beendet hat, konfirmiert worden ist und sich einen Hut gekauft hat, bekommt er eine Anstellung in Werner Nilssons Farbengeschäft mit einem Lohn von fünf Kronen am Tag. Er steht hinterm Ladentisch und verkauft Farben, Klebstoff, Haushaltsartikel und Kräuter.
Es ist ein glänzendes Geschäft, und ständig passiert etwas, das Sidners Welt erweitert.
»Für den, der die Kraft zur Neugier besitzt«, schreibt er später, »ist die Welt ein stetig wachsendes Erfahrungsfeld. Aber wer hat die Kraft und wer nicht? Welche Mechanismen sind es, die manche daran hindern und anderen diese Fähigkeit verleihen? Ich weiß es nicht, denn ich wußte

selbst lange Zeit nicht, ob ich wirklich zu sehen verstand, ob ich mich teilhaftig machte oder ob ich mehr ein Zombie war, taub, stumm und verschlossen durch die Welt wanderte.«

Werner Nilsson, dem das Geschäft gehörte, widmete sich meist den Schaufenstern. Er war an der Hochschule für Gebrauchsgraphik in Stockholm ausgebildet worden, war ein geschickter Zeichner und Dekorateur, der in Kopenhagen und in Stockholm gearbeitet hatte, wo er das Kino *Röda Kvarn* und Berns Salons ausgestattet hatte. Er erzählte gern von den großen Städten, nicht nur Sidner, sondern auch seinen Kunden, ja, er erzählte reichlich und ausschweifend, so daß viele meinten, zu Werner könne man nur gehen, wenn man viel Zeit habe.

Er war schon damals ein ziemlich seltsamer Geschäftsmann, denn noch nie hatte Sidner von jemandem gehört, der Dinge *verschenkte* und sagte: »Das hier ist wertlos!« Oder der von Einkäufen abriet, obwohl es die Sachen bei ihm im Laden gab. »Mach es lieber selbst, das wird billiger.« Das Geschäft lag an der Hauptstraße, mitten in der Stadt. Während der ruhigen Vormittagsstunden stand er im Fenster und blickte auf die Pferdefuhrwerke und Auto-Olas Taxi, das um die Ecke glitt.

Auto-Ola war der erste, der ein Auto nach Sunne gebracht hatte, das war schon 1908 gewesen, und es war ein *Repio*. Jetzt gab es in Sunne rund zwanzig Autos und in ganz Schweden fast fünfzigtausend. Dreihundert Menschen waren schon im Verkehr ums Leben gekommen, aber ein Auto war immer noch eine Sehenswürdigkeit, nicht zuletzt wenn es von Veterinär Franz Lindborg chauffiert wurde. Dann ging es im Zickzack die Bürgersteige rauf und runter, und manchmal endete die Fahrt an einem Laternenpfahl. Nun war das nicht immer lustig, und schon bald wurden auch seine Fahrten zu einem Teil dieser Geschichte. In der Lokalzeitung sah man sich eines Tages gezwungen, das auszusprechen, was viele schon lange dachten:

»Gestern wurde bei Rottneros ein fünfjähriges Mädchen

vom Tierarzt Dr. Franz Lindborg angefahren, der sein Automobil auf gewohnte Weise lenkte. Dem Mädchen wurden beide Beine gebrochen, und trotz der Versuche mehrerer herbeieilender Menschen, den Doktor zu bremsen, setzte Lindborg, der vermutlich hochgradig betrunken war, seine Fahrt fort. Wir wollen hoffen, daß Herrn Dr. Lindborg endlich der Führerschein abgenommen wird, den er seit langem lebhaft mißbraucht.«

Im Zusammenhang mit diesem Vorfall darf Sidner zum ersten Mal an Werners Lebensphilosophie teilhaben, denn eine solche hat er. Er liegt mit Filzpantoffeln im Fenster und arbeitet für den Schaufenstersonntag an seinen Wachspuppen – seine Fenster sind die besten der ganzen Stadt –, und Sidner, der es von Splendid gelernt hat, laut zu lesen, macht ihn mit der Notiz vom Unglück des Veterinärs bekannt.

»Teufel auch«, sagt Werner. Er lächelt. »Gegen den Teufel läßt sich nichts ausrichten.«

Und Sidner, der nicht gern häßliche Wörter in den Mund nimmt, fragt, was das zu bedeuten habe.

Da setzt sich Werner im Fenster auf und stellt ihm seine Sicht vom Menschen dar.

»Es gibt zwei Kräfte, zwei Mächte. Das Gute und den Teufel. Zwischen beiden herrscht ein ständiger Kampf. Wenn man den Teufel in den Körper bekommt, ist man verloren. Du kannst den Teufel bei vielen Menschen studieren, etwa bei Richter Francke, bei B. P. Nilsson, bei Berg am Strandvägen, bei Almers, du weißt, dieser Almers aus Brobyäng, bei Lindbergs in Salla, bei Olson, bei Eriksson ... Ja, ja, das sind nur ein paar Beispiele. Der Teufel ist auch im Kaffee, im Alkohol und im Tabak. Ich habe selbst mal den Teufel im Leib gehabt, meine Schwester kam mit einer Thermoskanne an, sie hat ...«, Werner sieht sich im leeren Laden um und senkt die Stimme, »... sie hat ihn auch. Sie hatte den Kaffee zufällig mit dem Tee verwechselt, ich trank einen Schluck und war daraufhin mehrere Tage nicht mehr ich selbst.«

»War das im Frühjahr?« fragt Sidner.

Werner nickt eifrig.
»Gleich nach Ostern?«
»Ja. Ach so, du erinnerst dich daran.«
Seit damals muß auch Sidner Tee trinken. Immer vor der Arbeit, eine große Tasse, die Werner drinnen im Büro aufbrüht. Er selbst trinkt jeden Morgen wohl einen Liter, eifrig, nervös lächelnd, während sein Blick im Zimmer herumfährt, er behält die Tasse am Mund, dann schließt er die Augen, tastet sich ab, als wollte er sich vergewissern, daß der Tee tatsächlich jeden Teil des Körpers erfüllt, dichtet ihn gegen die List und Verschlagenheit des Teufels ab. Wieviel er abends trinkt, weiß kein Mensch. Und es ist kein gewöhnlicher Tee, sondern eine Mischung aus Johannisbeerblättern, Minze, Salbei und Wegerich.
Werner sieht Sidner forschend an.
»Man muß aufstehen, wenn man trinkt, Sidner. Dann erfolgt die Illuminierung schneller.«
Er demonstriert es, mit den Augen, einem Lächeln und seinem himmelnden Blick.
»Spürst du es?«
Sidner nickt, er muß ganz dringend pinkeln. Aber das ist gut, da ist nichts Böses dran.
Dann wird das Ritual erweitert.
»Man muß beim Trinken am Fenster stehen und auf den Baum hinausblicken, so daß sich der Körper seines Platzes in der Welt bewußt wird. Und es ist auch gut, daß der Baum im Frühjahr so schön ist, wenn das zarte Laub das Licht dazu bringt, auf dem Kopfsteinpflaster des Hofs zu spielen. Im Winter ist es besonders schön, wenn Schnee die Äste bedeckt und der ganze Hof weiß und glatt ist wie eine Kinderdecke. Man darf den Hof auch nicht fegen, wogegen der Nachbar, der mit dem Konfektionsgeschäft, immer protestiert.«
Der Tee verfehlt seine Wirkung nicht, Sidner möchte dem goldenen, illuminierten Teil der Gesellschaft angehören.
»Du liest die Zeitung«, sagt Werner, »und was begegnet dir?

Der Teufel, Seite rauf und Seite runter. All die Unfälle, die Bosheit. Du trinkst doch keinen Kaffee?«
Sidner lügt, und Werner mustert ihn von oben bis unten.
»Jaa, ich weiß nicht. Aber du bist noch jung.«
Und Werners Gesicht wird durch die große, grüne Ein-Liter-Tasse fast verdeckt, die Tasse mit ihrem schönen Muster aus Schloß und Garten. Nach dem Ende dieses morgendlichen Rituals verschließt er sie in seinem Panzerschrank.
Werners Hände haben etwas Fieberhaftes an sich, sie bewegen sich ununterbrochen zwischen Farbtöpfen, Pinseln und Terpentinflaschen hin und her. Sie fahren über den Büroschreibtisch, rücken etwas zurecht, nehmen es beiseite, legen die Bleistifte parallel zu der grünen Schreibtischunterlage, sie stauben ab, sie reiben und putzen. Dennoch ist alles ein seliges Durcheinander.
Aber irgendwo, denkt Sidner, muß bei ihm ein Schatten begraben liegen, denn er lächelt immer sein geheimnisvolles Lächeln, das er nur unterbricht, wenn der Kunde den Teufel im Leib hat.
Wie Fanny ist Werner ein Zuhörer. Wenn er zuhört, blickt er zur Seite, schräg an einem vorbei. Und es dauert immer eine ganze Weile, bis seine Stimme kommt, eine Stimme voller Gewißheit, die Werner sicher macht, ihn gegenüber Kunden, Angestellten und Leuten auf der Straße öffnet.
Aber nie erlebt er einen solchen Triumph, ein so schönes Lächeln, wie an dem Tag, an dem ein Paket ankommt, das er vor Sidners Augen öffnet. Ein Stück Metall ist darin, in Seidenpapier gewickelt. Auf dem Umschlag klebt eine französische Briefmarke.
»Eine Pechblende«, sagt Werner. »Madame Curie.«

Über die Jahre, in denen Sidner bei Werner arbeitete, traten Veränderungen ein. Einmal, als er gerade in Kopenhagen war, begegnete Werner einem orientalischen Astrologen, der offensichtlich entscheidenden Einfluß auf ihn gewann. Er erstellte ihm ein Horoskop, in dem es kurz und bündig

hieß: »Bevor du fünfzig wirst, wirst du etwas für dich Entscheidendes getan haben.«
Irgendwo gab es auch eine Frau, aber die wurde verstoßen, als sich herausstellte, daß der Teufel auch bei ihr den Einstieg geschafft hatte, ja, vielleicht verhielt es sich sogar so, daß gerade sie die Existenz des Teufels als erste bewiesen hatte. Zumindest behaupteten das viele. Sie hatte ihn um Geld betrogen, ihn öffentlich lächerlich gemacht und ihn damit noch geneigter als früher werden lassen, anderen Stimmen als den Stimmen dieser Welt zu lauschen.
Und die Jahre vergehen und bald ist er fünfzig. Aber in dem Monat vor seinem Geburtstag sieht er in einer Anzeige, daß das Herrenhaus Fyrberga zum Verkauf steht. Es ist ein großes Gebäude mit zwei Seitenflügeln, ein paar Kilometer südlich von Sunne. Es ist in schlechtem Zustand, muß saniert werden, und niemand will es haben. Aber Werner kauft, und dieser Kauf wird tatsächlich auf den Rest seines Lebens entscheidenden Einfluß haben.
Mit diesem Kauf nimmt die Zahl der Teufel in Sunne und Umgebung katastrophal zu, da der Kauf sämtliche Aktiva Werners verschlingt. Gläubiger klopfen an, und das Haus verfällt. Bald besteht Werners gesamtes Dasein darin, Briefe zu schreiben und die Menschheit wegen ihrer Bosheit anzuklagen. Er fühlt sich verfolgt. Er sammelt Beweise, er entdeckt den Teufel in den Gesichtern der Menschen, »am vergangenen Freitag, als sie hier im Laden waren«. Sidner muß die Verantwortung für das Geschäft übernehmen, denn Werner bereitet die Welt auf große Entdeckungen vor, die ihn zu dem machen sollen, der er eigentlich ist. Zusammen mit seinen Katzen – dreizehn, fünfzehn, bald zwanzig – steht er im Obergeschoß seines Herrenhauses auf einem Tisch mit einem gigantischen Zirkel, mit Papier und Bleistiften, und spaltet ein Atom.

Schon oft hat Sidner die stundenglasförmige Tüllgardine in Fanny Uddes Tür betrachtet, doch immer gezögert, wenn es galt, die Türklinke hinunterzudrücken und einzutreten. Aber jetzt, wo er einen Hut hatte und lange Hosen und um mindestens zehn Zentimeter mehr herangewachsen war, faßte er sich endlich ein Herz. Die chinesische Glocke bimmelte. Es war dunkel im Laden, und es dauerte eine Weile, bis er Fanny im Stuhl hinter dem Ladentisch entdeckte, den gewaltigen Haarkorb und die Augen, die sich ihm entgegenhoben, als er unschlüssig auf der Schwelle stand. Er hielt den Hut in der Hand und verneigte sich leicht.
»Ich frage mich, ob man eintreten darf?«
»Aber, Sidner. Mein lieber Sidner, wie schön, daß du mich besuchst. Ich habe mich oft gefragt, warum du es nicht tust.«
Er sah sich um.
»Keine Kunden heute?«
Von Geschäftsmann zu Geschäftsfrau. Er hatte Werners Laden gerade vor einer halben Stunde geschlossen, es war Sonnabendnachmittag, und er wußte aus Erfahrung, daß es mit dem Kundenstrom für diese Woche vorbei war.
»Na ja«, sagte sie, »ich kann nicht klagen. Komm ein bißchen näher, laß dich mal ansehen!«
Er trat an den Ladentisch und legte den Hut neben sich, strich sich das Haar aus der Stirn.
»Du traust dich also allein hierher?«
»Ja, ich ... Splendid ist nicht hier?« fühlte er sich veranlaßt zu fragen, da sie eine so häßliche Unterstellung gemacht hatte. »Ich fand, ich sollte mal vorbeikommen.«
»Es ist sehr lange her, daß er hier gewesen ist. Eine alte Dame lassen alle im Stich.«
»Du bist doch nicht alt, Tante.«
»Frischgewaschenes Haar hast du auch. Laß mal fühlen.«
Er beugte sich über den Ladentisch.
»Du bist unmöglich, Sidner, komm hierher, auf die andere Seite. Ich kann mich nicht so weit strecken.«

Er gehorchte und stellte sich dicht neben sie.
»Was für feines, seidiges Haar du hast. So was mögen Frauen. Auch im Nacken. Bück dich noch ein bißchen und laß es mich fühlen. Du bist so groß geworden, seit ich dich das letzte Mal gesehen habe. Du duftest auch gut, aber schließlich hast du ja in deinem Laden die freie Auswahl. Da ist nur das Beste gut genug!«
Sie lächelte ihn an und schnupperte.
»So was mögen alte Frauen. Denn du findest mich doch alt?«
»Nein.«
»O doch, das findest du schon.«
»Ganz sicher nicht. Ich finde es nicht.«
»Sei jetzt ehrlich, Sidner. Man muß zu mir immer ehrlich sein. Immer. Man darf sich nicht mit Schmeichlern umgeben. Die Welt ist voll von solchen Menschen. Oder?«
»Daran habe ich noch nicht gedacht.«
»Aber du wirst es schon noch merken. Also, sei jetzt ehrlich. Wo findest du mich am ältesten?«
»Ich weiß nicht.«
Er mochte das nervöse kleine Zucken ihrer Lippen, die feinen Einschnitte in ihren Mundwinkeln, die eigentümlich grauen Augen, die vergeblich versuchten, die Gegenwart festzuhalten, die sich aber sehr oft durch die Fenster hinausträumten.
»Im Gesicht?«
»Aber, liebe Tante Fanny, das finde ich nun wirklich gar nicht.«
»Du kannst aber doch sehen, daß ich Falten habe? Fühlst du sie nicht?«
»Nein.« Er wollte ihr entwischen und wieder raus aus dem Laden, aber sie packte ihn beim Handgelenk.
»Wie kannst du das fühlen, wenn du nur dastehst und die Hände runterhängen läßt. Du mußt es fühlen.«
Er tat, worum sie gebeten hatte. Ihre Haut war so glatt, daß er unwillkürlich losplatzte: »Überhaupt keine Falten.«

»Wie schöne Hände du hast. Das ist mir schon aufgefallen, als du das erste Mal hier warst. Ja, beim letzten Mal. Ich dachte mir, diese Hände sind wirklich etwas ganz Besonderes. Ein wenig ängstliche, aber doch neugierige Hände. Hände, die fühlen, daß sie die Welt erforschen müssen. Ist es mein Körper?«

Sidner schluckte. Verbrachte Splendid etwa so seine Stunden bei ihr? Er ertappte sich dabei, fest anzunehmen, daß Splendid, bevor er bei ihm vorbeikam, fast immer Fanny besuchte. Daß er sich einen Teil seines Wissens über die Welt hier und auf diese Weise verschaffte. Unterhielt sie sich mit allen ihren Kunden so, wie sie es jetzt mit ihm tat? Wärme durchströmte ihn, als sie von neuem seine Hände ergriff, sie über ihre Brüste führte, und zwar so, daß sie sich über ihnen wölbten. Er schloß die Augen.

»Na?«

»Nein, aber ich weiß ja nicht, ich habe doch nie ...«

»Das kann ich aber sagen, daß *sie* nicht alt sind. Was ist es dann, du schlimmer Junge?«

Er hatte sie doch gar nicht alt gefunden, aber irgend etwas mußte er sagen, um dieser peinlichen Geschichte ein Ende zu machen.

»Vielleicht ist es das Haar! Daß du das Haar so hochgesteckt hast, Tante Fanny.«

»Ah, ich verstehe.« Zufrieden und anmutig lehnte sie sich im Korbstuhl zurück und träumte sich durch die Fenster hinaus. Seine Hände brannten noch immer, als sie fast flüsternd fragte: »Wie lang ist es wohl, was meinst du?«

»Bis zu den Schultern, mindestens.«

Sie beugte sich zu ihm vor.

»Du mußt schon besser raten!«

»Bis zur Hüfte?«

Jetzt konnte er sie lachen sehen, ein großes, breites Lachen, und im Schutze dieses Lachens zog sie seine Hand erneut an sich, führte sie sich am Rückgrat hinunter und bohrte mit ihr gegen einen Punkt weit unten.

»Das hättest du nicht gedacht, was?«
»Ist es *so* lang. So langes Haar hab ich noch nie gesehen.«
»Nicht? Nein. Da geht es dir nicht allein so. Aber eines Tages, Sidner. Eines Tages wirst du ...«

Da bimmelte die chinesische Glocke, und sie flogen auseinander wie Vogel und Nest. Fanny zeigte, wohin, und er verschwand hinter doppelten roten Vorhängen, weich, ihn umfangend, schwer. Er stand in ihrer Privatwohnung, die Augen noch immer fast geschlossen, ganz betäubt von dem Duft nach Parfum und Frau. Ein so seltsames Zimmer hatte er noch nie gesehen. Hier sah er sie mit anderen Augen: Hier gab es Fotografien von Sven Hedin, hier waren seine Bücher: »Von Pol zu Pol«, »Transhimalaja«, »Durch Asiens Wüsten«. Und hier stand mitten im Zimmer ein gewaltiger schwarzer Flügel. Oh, seine Hände zitterten, er lief zum Klavierhocker und, ohne zu überlegen, begann er Schumanns »Von fremden Ländern« zu spielen, und ihm war dabei, als hätte ihn seine Flucht noch durch eine weitere Tür geführt. Er warf den Kopf in den Nacken und ließ sich forttreiben. Ein solches Instrument hatte er noch nie gespielt! Die Töne rissen ihn hin, und es dauerte eine Weile, bis er die Stimmen aus dem Laden wahrnahm, gedämpft und still. Noch ein paar Repliken, und er erkannte Selma Lagerlöfs Stimme wieder.
»Es erschöpft mich so, von Geschäft zu Geschäft zu fahren, aber manchmal muß es sein. Hast du einen Stuhl für mich?«
»Natürlich.«
»Wenn ich dich nicht störe, meine kleine Fanny.«
»Durchaus nicht. Wie war's in Stockholm? Hast du meine Grüße ausgerichtet, Selma?«
»Wem? Ach ja, natürlich. Sven Hedin. Kleine Fanny!«
»Und was hat er gesagt?«
»Gesagt. Jaa... Ja, er läßt dich auch grüßen, wollte wissen, wie es dir geht.«

»Was trug er? Hatte er seinen weißen Anzug an?«
Selmas Stimme wurde sehr scharf.
»Fanny! Sven Hedin ist ein alter Mann. Ich glaube nicht, daß er noch einen weißen Anzug besitzt.«
Sidners Wangen brannten. Er wollte nichts mehr hören, schlug auf dem Flügel einen harten Akkord an, dann noch einen, und erst nach einiger Zeit konnte er Selma wieder hören.
»Wer ist denn da bei dir?«
»Ein Junge aus der Nachbarschaft... Du weißt doch, Selma, dessen Mutter von den Kühen totgetrampelt wurde... Spielt er nicht schön?«
»Fanny!«
»Er ist erst sechzehn, siebzehn Jahre, er...«
»Was sollen wir nur mit dir machen, Fanny... Aber es geht mich ja nichts an.«
Was meinte Selma damit! Die Hitze drang Sidner bis in die Fingerspitzen, er begriff nichts, er *wollte* nichts begreifen. Er spielte weich und leise, um gleichzeitig sowohl in der Unterhaltung wie in der Musik sein zu können.
»Einen Hut hat er immerhin schon!«
Es war, als sähe er Selma den Hut mit ihrem Stock berühren, ihn ein Stück von sich schieben, bis er vom Ladentisch herunterfiel.
»Ja, ja, du hast schon deine eigene Welt. Es scheint aber ein begabter Junge zu sein.«
»Sehr niedlich, aber schüchtern.«
»Er sollte weg von hier«, sagte Selma.
»Soll ich ihn bitten... aufzuhören?«
»Ich meine, weg von Sunne. Dies ist kein Ort für Begabungen. Und du solltest an deinen Ruf denken. Gib mir den Stock, Fanny. Ich muß jetzt nach Mårbacka weiter. Übrigens... Im Herbst geht er, glaube ich, auf eine Vortragsreise, falls er die Kraft dazu hat. Strömstad, Göteborg, oder was es auch war. Wenn du den Alten wirklich *sehen* willst.«

Sidner verkroch sich wieder in der Musik, er ließ Fanny lange dort stehen, an den Flügel gelehnt, und ihn betrachten.
»Hast du was verkauft, Tante?« fragte er, bevor der letzte Akkord ganz verklungen war.
»Das war nur jemand, der sich Gardinen ansehen wollte. Jemand, der von Geschäft zu Geschäft geht, ohne je etwas zu kaufen.«
»Man muß auch zu denen freundlich sein. Was ein phantastischer Flügel! Noch nie habe ich auf etwas gespielt, was dem hier ähnelt. Spielst du selbst, Tante Fanny?«
»Ich kann es nicht.«
»Aber warum...?«
Sie trat ans Fenster und knipste ein Geranienblatt ab.
»Mein Mann hat darauf gespielt.«
»Mmh?«
»Der Rittmeister. Er hatte bestimmte Vorstellungen davon, was standesgemäß ist. Wollte mich erziehen.«
»Ich wußte gar nicht, daß du schon mal verheiratet warst, Tante.«
»Das hab ich auch nicht gewußt.«
Sie setzte sich neben Sidner auf den Klavierhocker. Es herrschte jetzt eine solche Kühle, Selmas Worte lagen zwischen ihnen, doch er weigerte sich, die Augen zu schließen, um die Schwere ihrer Brüste und ihre kleine Grube tief unten in ihrem Rücken nicht spüren zu müssen.
»Ich war damals so jung, Sidner. Noch ein Mädchen. Er war viel älter als ich. Ich möchte nicht darüber sprechen.«
»Ich will dich nicht zwingen, Tante.«
»Das ist gut. Es gibt so viel, was du nicht verstehen würdest.«
»Und ob ich verstehe«, schrie er sie fast an. Plötzlich. Als hätte er ein Recht auf sie. Plötzlich. Als gehörte er zu diesem Salon mit den Samtvorhängen, den grünen Sesseln, den Wandlampen über den Gemälden, dem Flügel.
»Ich bin doch kein Kind mehr.«
Schritt wieder über die Schwelle der Musik, sah sie trotzig

an, während er sich entfernte und den reinen, stillen Weiten zustrebte. Er spielte eine Beethoven-Sonate, einen langsamen Satz, und als er ihr den Kopf zuwandte, sah er mit den Augen der Musik, nur mit ihnen. Der Raum war weit zu allen Horizonten, das Menschliche in ihm und ihr glich kleinen Punkten weit draußen auf einer Eisfläche. Er wanderte in der Zeit der Musik auf und ab, wiegte sacht den Hals, lauschte in die Welt jenseits von ihr, jenseits von Ort und Stunde, während sich vor dem Fenster die Dämmerung bemerkbar machte und Fanny, den Gesetzen der Musik gehorchend, still und hingerissen dasaß und, solange er spielte, in dem grünen Schal, der um ihre Schultern lag, einen Faden zwirbelte.

»Oh«, sagte sie, als er schließlich zu Ende gespielt hatte, sah ihn aber nicht an, sondern richtete die Blicke auf seine Knie. »Du darfst gern herkommen und spielen, wann du willst. Wann immer du willst.«

»Danke, gern, Tante Fanny«, sagte er, erhob sich und ging durch die schweren Düfte der Samtvorhänge hinaus.

»Oh, ja«, sagte die Soßenkönigin eines Tages in der Hotelküche, als er ihr half, Brote für eine Hochzeitsfeier zu machen. »Dieser Rittmeister Udde war eigentlich Reitlehrer. Falls überhaupt etwas. Dreißig Jahre älter war er als Fanny. Sie kamen her, als sie noch sehr jung war. Er kaufte das Haus und den Laden und ging quer über die Straße zum Hotel, und hier verbrachte er im großen und ganzen sein restliches Leben. Kam um die Mittagszeit und blieb, bis man ihn hinaustrug. Dabei machten es ihm der Alkohol und sein Rheuma am Ende unmöglich, die fünfzig Meter nach Hause am Stück zurückzulegen. Mitten auf der Straße gab es damals einen grünen Flecken, dort wuchsen sogar ein paar Spiräensträucher, da hatte er einen Stuhl, der Rittmei-

ster. Saß da und schlief oder erzählte Geschichten über Gävle und Stockholm, bis ihn eines Nachts der Frost erledigte. Das einzige, was er hinterließ – von einem Stapel unbezahlter Rechnungen mal abgesehen –, war ein Kreuzworträtsel, in dem nur ein einziges Wort ausgefüllt war. Ich habe es selbst gesehen«, sagte die Soßenkönigin, »ich war dabei, als sie ihn hineintrugen. *Erzürnt*, sieben Buchstaben! Das hatte er ausgefüllt. *Wuetend* wär richtig gewesen.
Diese Fanny hat also gar keinen Grund, sich irgendwas einzubilden.«

Eines Augusttages fragte Fanny Sidner, ob er sie bei einer Autofahrt nach Strömstad begleiten wolle.
Sven Hedin sollte dort einen Vortrag halten, um Geld für eine neue Expedition zu sammeln, die durch noch unbekannte Teile Ost-Tibets und Chinas führen sollte. Die Regierung hatte zwar einen Zuschuß bewilligt, aber weitere Propaganda und Spenden der Allgemeinheit sollten der Unternehmung willkommene zusätzliche Mittel einbringen. Es sollte die letzte große Entdeckungsreise der Geschichte werden. Danach würde der Mensch gezwungen sein, sich in den Weltraum zu begeben oder in sein eigenes Inneres, um etwas Neues zu finden. Das Wissen um unsere Erde war bald komplett, die letzten Karten gezeichnet. Sven Hedin war ein kühner Forschungsreisender. In der Wüste Gobi hatte er Lammblut und Kamelpisse getrunken. Viele seiner Männer waren umgekommen, was ihm weniger ausmachte als die geopferten Tiere, sozusagen um des Menschen willen. Hedin warf einen langen Schatten. In Sunne, Värmland, hatten zwei Jünglinge namens Sidner und Splendid noch vor ein paar Jahren aus Mangel an Kamelen und Lämmern Hahnenblut getrunken. In Ermangelung einer Wüste standen sie dabei hinter Torins und Sleipners Steinmetz-

werkstatt. Hinter Brennesseln und Erlengestrüpp verborgen spuckten und fluchten sie.
Sven Hedin hatte sich zu seinem Forscherleben entschlossen, als Nordenskiöld an einem stürmischen Tag des Jahres 1880 mit der Vega nach Stockholm zurückkehrte.* Er war damals noch ein Junge gewesen und hatte mit seinen Eltern oben in der Fjällgatan gestanden und zugesehen, wie die Feuerwerkskörper ins Wasser geweht wurden.
Würde vielleicht nicht auch Sidner eine große Entscheidung treffen, wenn er jetzt in Strömstad Sven Hedin zu hören bekam?
»Aber vielleicht bist du schon zu alt, Sidner. Du trägst ja schon einen Hut und bist fast schon Geschäftsführer.« Fanny musterte ihn von oben bis unten. »Du bist so groß und siehst so gut aus.«
Er war siebzehn und entwand sich ihrem Blick.
»Ich sollte vielleicht erst mit Papa reden?«
»Bitte ihn herzukommen.«

»Er hat doch gar nichts anzuziehen«, sagte Aron und starrte weit über Stoffballen und Modellkleider hinweg.
»Das erledige ich. Sie können sich sicher vorstellen, Herr Nordensson, wie mühsam es ist, wenn man selbst keine Kinder hat und jemanden braucht, der einem mit dem Auto und solchen Dingen helfen kann.«
»Sidner versteht nichts von Autos.«
»Doch, Papa. Splendid und ich...«
»Das wird ein großer Augenblick für Ihren Sohn. Man muß die Neugier eines Kindes nutzen, sie entwickeln, bevor es zu spät ist. Oh, Sidner, vielleicht setzt du für deinen Vater eine Tasse Tee auf.« Aron fuhr zusammen. War er hier schon so zu Hause, der Junge? Er lehnte ab. Der Konfektionsanzug kratzte am Körper, der Parfumgeruch stach ihm in die Nase.

* Adolf Erik Nordenskiöld (1832–1901) gelang 1878/79 die nordöstliche Durchfahrt entlang der Nordküste Sibiriens/ der Übers.

Aber was sollte er sich aufregen. Sidner mußte selber wissen, was er tat. Aron hatte anderes zu überlegen. Er war derjenige, der bald den Rat seines Sohnes brauchen würde. Er war in Gefahr wegzudriften. Er war derjenige, der festgehalten werden mußte.
»Na schön, ich bin einverstanden...«

Fanny hatte einen dunkelgrünen Volvo.
Das Verdeck war heruntergeklappt, und die Flaggen knallten gegen den blanken Kühler. Sidner saß neben ihr. Er war stolz, sie hatte einen Führerschein für Volvo und auch für Ford. Der Himmel war klar und gesättigt mit den Düften des Spätsommers. Fannys Hände lagen dekorativ auf dem Lenkrad, um ihren Hals glitzerte es vor Schmuck, an den Ohrläppchen hingen ein paar schwere rote Steine. Nach ein paar Stunden Fahrt hielten sie bei einem Gasthaus.
»Bestell dir, was du willst.«
Sidner war feine Speisen durchaus gewohnt, im Grunde hatte er eingemachten Lachs, Pasteten und Eis ziemlich satt, da er oft in der Hotelküche aß. Und er wußte sich auch zu benehmen, das hatte ihm die Soßenkönigin beigebracht. Manchmal mußte er ihr kleine Sketche vorführen, in denen er nachmachte, wie die Gäste sich in den Speisesaal bewegten. Die beliebteste Variante war das Entree von Patron Björk, das er fast zu seinem eigenen gemacht hätte, weil die Soßenkönigin es so lautstark zu schätzen wußte. Wie Patron Björk rieb er sich die Hände, wiegte den Körper ein wenig hin und her, verneigte sich tief nach rechts und nach links und blinzelte in die Küche: »Na, meine kleinen Mäuschen, was gibt's denn heute?«
Sidner studierte aufmerksam die Speisekarte.
»Eine Forelle Müllerin und ein Mineralwasser.«
»Du bist ja ein richtiger Weltmann.«
»Es war sehr nett von dir, Tante Fanny, mich zu dieser Reise einzuladen.«
Sie nahm einen Bissen Putenbrust, den sie auf die Gabel

gespießt hatte. Dann neigte sie sich über den Tisch und berührte mit einem Finger seine Wange.
»Es hört sich an, als wäre ich schon schrecklich alt, wenn du Tante sagst. Fanny heiße ich.«
»Danke«, sagte er und errötete.
»Oder findest du, daß es... dir schwerfällt?«
Hätte sie nicht diese Pause gemacht, hätte er vielleicht nicht gezögert.
»Ich... weiß noch nicht. Aber das geht wohl vorbei.«
Aber hinterher war er still. Das war er ja eigentlich meist. Er sah sich selbst als einen *Redenden*, der nicht wie Splendid mit der Sprache spielte. Seine Sätze waren abgegrenzt, korrekt, er beherrschte die belanglosen Worte nicht, die Splendid aus dem Mund strömten. Erst als Geschäftsführer war er auf dem Weg über die Phrasen auch in die Sprache eingedrungen. Danke, besten Dank, aber ich bitte Sie, beehren Sie uns bald wieder. Sein Körper war wie seine Rede: keine unnötigen Gesten, kein unentschlossenes Kopfnicken oder Zucken mit den Händen. Und doch beneidete er Splendid um seine Art zu sprechen; als käme er näher an die Dinge heran. Splendids Worte tasteten sich vor, schnupperten, zogen sich zurück, machten Fehler, begannen wieder von vorn. Seine eigenen Sätze standen da, gesagt und allzu deutlich, es war unmöglich, sie wieder ungehört zu machen. Ein großes Schwindelgefühl überkam ihn, er war in diesem Moment dabei, etwas zu verlieren. Er wurde sich plötzlich bewußt, daß er erwachsen wurde.
»Jetzt hab ich es uns wohl verdorben. Du bist auf einmal so weit weg, Sidner.«
»Ich dachte gerade an Splendid. Er war es doch, der mich... zu dir gebracht hat. Er wäre bei einer solchen Reise mehr wert. Er ist arm, sein Papa ist krank.«
»Ich mag Splendid schrecklich gern, das sollst du wissen.« Und, mit plötzlicher Heftigkeit: »Du bist doch nicht etwa der Meinung, ich hätte dich gezwungen, mit mir zu kommen?«

Sidner aß ein Stück Fisch und sah auf seinen Teller.
»Nein, nein. Aber er ist so... anständig zu mir gewesen. Seit dem Tag, an dem wir uns kennenlernten. Ich habe ihm nichts dafür zurückgeben können.«
Die falschen Worte: »... ist gewesen«. Und als wäre es Zeit für ein Abschiedsgeschenk.
»Ihr habt euch sicher gegenseitig gutgetan.«
»Ich hätte wohl nicht mitkommen sollen«, murmelte er. Doch da ergriff sie quer über die Teller hinweg seine Hand.
»Es ist nicht gefährlich, mit mir zusammenzusein. Überhaupt nicht gefährlich.«

Sidner hielt sich im Hintergrund, als sie im Stadthotel in Strömstad ankamen, und überließ es Fanny, sich um die Zimmerschlüssel zu kümmern. An der Glastür hing ein Plakat. Der Vortrag sollte um 19.00 Uhr im Stadtpark »vom Stapel laufen«. Anschließend konnten diejenigen, die es wünschten, gemeinsam mit Dr. Hedin ein Souper einnehmen. Die Einnahmen sollten in voller Höhe seinem großen Vorhaben zufließen.
Sidner trug die Taschen die Treppe hinauf. Fanny hielt vor einer Tür und öffnete sie. Sidner stellte das Gepäck auf dem Fußboden ab.
»Und mein Zimmer? Welche Nummer hat das?«
Fanny stand vor dem großen Spiegel und nahm den Hut ab. Sie blickte sein Spiegelbild an.
»Es gibt nur dieses.« Sie machte eine Geste mit den Armen. »Du schläfst hier. Nach dem Vortrag kannst du dich ruhig in das große Bett da legen. Für mich wird es wohl überhaupt keinen Schlaf geben.«
Sie zog eine Haarnadel aus dem Haar und steckte sie zwischen die Lippen.
»Sonst kann ich auch im Wagen schlafen.«
»Liebes Kind«, sagte sie. Er sah sich um. Schwere rote Gardinen vor den Fenstern, ein gelber Überwurf auf dem größten Bett, das er je gesehen hatte.

»Weißt du, Tante Fanny... Ich meine, weiß Hedin, daß du kommst?«
Sie schüttelte den Kopf und pflückte sich weitere Nadeln aus dem Haar. Ihre Hände waren erhoben, langten nach hinten, und sein Blick blieb an dem Punkt tief unten in ihrem Rükken haften. Bald würde das gewaltige Haar fallen.
»Ich glaube, ich mache einen Spaziergang und sehe mir die Stadt an.«
»Ja, das ist vielleicht eine gute Idee. Es ist eine hübsche kleine Stadt. Warte... Hier hast du ein paar Kronen, falls du Lust hast, in eine Konditorei zu gehen.«
»Ich habe selbst.« Er zog sich in Richtung Tür zurück.
»Das weiß ich doch. Aber ich habe dich hierhergelockt. Sei um halb sieben wieder da. Ich glaube, ich werde in der Zwischenzeit ein Bad nehmen.«
Sidner preßte den Hut in die Hände und ging.

Er hatte bis dahin noch nie das Meer gesehen.
Der Duft von Tang und Dieselöl schlug ihm entgegen, als er auf dem Kai stand. Ein paar große Motorsegler waren auf dem Weg in den Hafen, die Segel rauschten aufs Deck hinunter. Dieselmotoren tuckerten, Sommergäste in weißen Leinenanzügen spazierten die Strandpromenade entlang, und ein Zug fuhr in den Bahnhof ein. Die Bahnlinie endete hier. Er war in der Ferne. Er war in der Nähe von Norwegen, es kitzelte in seinem Körper vor lauter Möglichkeiten. Für dreißig Öre kaufte er sich eine Tüte mit fast schwarzen Kirschen. In der Ferne spielte eine Kapelle Wiener Walzer, er fand einen Kiosk mit Ansichtskarten und ging weiter in Richtung Hafeneinfahrt, zu einem Felsen, wo er ein Café entdeckt hatte. Die Aussicht von dort oben war phantastisch. Bis zu den Koster-Inseln. Viele Boote in beiden Richtungen. Im Südwesten die schmale Fahrrinne zum offenen Meer. Reiner Horizont, nichts versperrte den Blick. Er bestellte sich Kaffee und Kopenhagener, schrieb Splendids Adresse. »Es ist, als wäre man im Ausland, hier am Meer.

Bald werde ich Sven Hedin reden hören. Wir wohnen in einem ...« Das Wort »wir« zerriß den Satz und rührte an etwas, was tief unten in der Magengrube saß. Er aß ein Stück Kopenhagener, versuchte zu schlucken.
Da überkam ihn ein Würgen. Er lief ins Gebüsch und entleerte sich. Es kamen Flecke auf den Anzug, auf die Ansichtskarte, die er in der Hand hielt.

Fanny ging im Zimmer auf und ab, als er kurz vor sieben anklopfte. Sie sah strahlend aus, in einem langen grünen Samtkleid, mit einem weißen, breitkrempigen Hut, die Augen mit blauen Linien umrandet, sie duftete wundervoll.
»Aber, lieber Sidner, ich habe mir solche Sorgen gemacht.«
Er blickte zu Boden.
»Ich habe mich verlaufen«, log er. »Ich bin so schnell gelaufen, wie ich konnte.«
»Und wie du aussiehst. Bist du hingefallen?«
»Nein, nein.« Er eilte ins Bad und tauchte das Gesicht unter den Wasserhahn, kämmte sich und rieb einige der schlimmsten Flecken weg. Sie rief von draußen:
»Wir müssen uns beeilen.«
»Geh du schon vor, ich komme gleich nach.«
»Nein, wir werden zusammen gehen, du und ich.«
Der Stadtpark lag dem Hotel genau gegenüber, und sie waren von vielen Menschen umringt. Ein Mann war dabei, einen Lautsprecher zu montieren, Kinder bliesen Trompeten, weiter draußen war das Pfeifen eines Dampfers zu hören. Fanny hakte sich bei ihm ein.
»Was für ein schönes Paar wird sind, findest du nicht.«
Er brachte nicht die Kraft auf, sie anzulächeln. Er tat, als beschäftigte ihn eine Bewegung weiter hinten in der Menschenmenge.
»Ist er es nicht, der da hinten geht?«
Aber er war es nicht. Erst als sie sich gesetzt und wohl eine Viertelstunde gewartet hatten, glitt eine große Limousine

heran und hielt neben der Bühne. Die Türen gingen auf, und alle erhoben sich, als Dr. Hedin ausstieg. Jemand klatschte Beifall.
»Wie alt er ist«, brach es aus Sidner hervor.
»Jaa«, sagte Fanny. Eine sehr große Verwunderung schien über sie zu kommen. Ihre Augen weiteten sich. Sie biß sich auf die Lippe und preßte Sidners Hand. »Jaa.«
»Aber das wußten wir ja, daß er alt sein würde.«
»Doch, ja. Das wußten wir vielleicht.« Ihre Stimme war leise wie ein Atemzug, aber Sidner dachte, sie hätte genausogut schreien können. Laut und besinnungslos schreien können. Sie rieb sich mit ihren Fingern über die Augenbrauen. »Mir ist so übel, Sidner.«
Ihre Augen blieben an seinen haften.

Sidner wand sich in der Einsamkeit des Bettes. Es war zu warm zum Schlafen, obwohl die Fenster zum Park hin geöffnet waren. Vom Speisesaal her war Gelächter und Geklapper zu hören, aber das war er von zu Hause gewohnt, das hätte ihn nicht stören dürfen. Manchmal hoffte er, es sei Fannys hohe Stimme, die da unten in Kaskaden losbrach, aber er bezweifelte es. Er hatte sie zwingen müssen, an der Soiree teilzunehmen, sie hatte seine Hand gesucht und seine Augen und überhaupt nichts gesagt. Ihm war, als hätte er sie zu einer Hinrichtung getrieben. Er begriff überhaupt nicht, was geschehen war. Da war aber etwas, was überhaupt nicht gut war. Er warf sich hin und her, drehte die Kissen um, warf sie auf den Fußboden, nahm sie wieder hoch. Als er aufstehen mußte, um zu pinkeln, betrachtete er sich aufmerksam im Spiegel. Er haßte Fanny dafür, daß sie ihm das alles angetan hatte. Als er dann wieder im Bett lag, fiel er in einen unruhigen Dämmerschlaf, und schon bald befand er sich weit weg in den Wüsten, ritt zusammen mit Sven Hedin und Fanny über hohe Bergpässe, sie kamen zum Kaiser von China, und der Kaiser sagte zu Sidner: »Nimm den Hut ab.«

Er wurde davon wach, daß Fanny nackt vor ihm stand, ganz dicht vor ihm. Jetzt war das Haar offen! Ihre Augen glichen zwei gewaltigen Brunnen. Es lag kein Lächeln in ihnen. Ganz still stand sie da, und er preßte ein Nein aus sich heraus und dann noch eins, bis er in ihre Dunkelheit hineingesogen und dort unwiderruflich festgehalten wurde. Sie öffnete die Laken, und ohne den Blick von ihm zu wenden, knöpfte sie ihm langsam die Pyjamajacke auf, zog ihm die Hose aus, und sein Geschlecht schrie, als sie es liebkoste und sich mit gespreizten Beinen auf ihn legte. Sein Mund war ausgedörrt, er umschlang sie mit den Armen, und obwohl sie fast vollkommen still lagen, wußte er, daß eine Art Tod mit unendlicher Geschwindigkeit auf sie beide zukam. Härter und härter wurden sie aneinandergepreßt, sie trieben auf eine Grenze zu, an der plötzlich eine Lichtwelle nach der anderen über ihn hereinbrach, er sank, sie versank, während sie unaufhörlich im Dialekt der geschlossenen Augen flüsterte: »Wie unglaublich schön, wie unglaublich schön.« Und noch lange, nachdem er in einem mit Vogelgesang aus dem nahe gelegenen Park bestickten Schlaf lag, hörte er ihr wildes Weinen.
Wie der große Buddha gesagt hatte: In jener Nacht stand, Ihr Mönche, alles in Flammen.

Der Engel Splendid hat sein Werk vollbracht und wird von Gott an den Ort zurückberufen, an dem er erschaffen worden ist.
Es ist ein Sonntagmorgen im September. Aron, Sidner und Eva-Liisa frühstücken, als es an der Tür klopft, und Splendid steht auf der Schwelle. Auch er hat sich jetzt einen Hut gekauft, er hält ihn in der Hand.
»Guten Tag«, sagt er und sieht Sidner an: »Können wir vielleicht einen Spaziergang machen.«

»Warum das denn«, will Sidner wissen.
»Ich möchte gern.«
»Ich weiß nicht«, sagt Sidner, obwohl er weiß, daß er gehorchen muß, denn in Splendids Worten liegt ein unheilvolles Schweigen.
»Gott, wie niedergeschlagen du bist, Sidner«, sagt Eva-Liisa. Sie wendet sich an Splendid. »So ist er jetzt schon seit... ja, seit er in Strömstad war. Sitzt nur da und starrt vor sich hin.«
»Ich weiß. Es wäre schon gut, wenn du mitkämst.«
»Tu das«, sagt Eva-Liisa, und zwischen ihr und Splendid werden schnelle Blicke gewechselt.
Ein hektisches Treiben. Er nimmt den Hut vom Regal, setzt ihn auf, wendet sich mit einem letzten, angsterfüllten Blick zur Küche.
»Kindmänner!« lacht Eva-Liisa.
Erst als sie auf Selmas Gut ankommen, durchbricht Splendid das Schweigen.
»Ich habe dir eigentlich nur eins zu sagen, Sidner. Wir werden von hier wegziehen.«
»Was sagst du da?«
»Nach Karlstad. Papa ist krank und muß ins Krankenhaus. Das wird leichter für uns.«
Sidner setzt sich an den Wegrand und blickt auf den See.
»Und ich?« ruft es plötzlich aus ihm.
»Du kommst schon zurecht. Es gibt Reisen, die man allein machen muß, wenn man das so sagen darf.«
»Was meinst du?«
»Das weißt du selbst bestimmt am besten.«
»Geht es deinem Vater sehr schlecht?«
»Ja. Er spricht davon, daß er bald sterben wird.«
»Hast du Angst?«
»Natürlich habe ich das. Ich wollte doch so gern, daß er mich mal fliegen sieht, wenigstens einmal. Aber...«
»Hat *er* Angst?«
»Nein. Er sagt, daß sein Leben seit dem Absturz eine Gnade

gewesen ist. Er sagt, Gott habe uns Vögel zum Lauschen gegeben, und er sei zufrieden. Er sagt, er habe so viel Liebe erfahren wie nur möglich. Und wenn man das sagen kann, braucht man sicher keine Angst zu haben.«

»Es wird langweilig werden ohne dich.«

»Das finde ich auch. Aber wir können ja gegenseitig von uns hören lassen. Das werden wir tun. Aber da ist noch was! Ich möchte gern, daß du mir was vorspielst. In der Kirche oder zu Hause bei dir. Oder beides, wenn ich's mir recht überlege. Ich hatte mir gedacht, daß es dem Alten guttun könnte, wenn es schwer für ihn wird.«

»Es dauert lange, es zu lernen.«

»Das brauchst du doch wohl nicht. *So* viele Töne muß man sicher nicht auseinanderhalten. Wenn du das für mich tun willst, wäre ich dir sehr dankbar. Das könnte so was wie ein... Abschiedsgeschenk sein, wenn man das so sagen darf.«

»Natürlich. Klar, daß du es schaffen wirst. Du kannst ja alles. Du weißt ja alles.« Sidner ist voller Zorn, und er gibt sich keinerlei Mühe, es zu verbergen. »Wenn ich's mal so sagen darf: Wenn du einer Frau begegnest. Sie ist auf jede erdenkliche Weise schön und anziehend. Und plötzlich will sie... einen haben, sozusagen. Und sie nimmt einen auch. Falls du verstehst, was ich meine.«

»Ich höre.«

»Und dann... nicht mal mit einem reden will, einen wie Luft behandelt? Wie darf man das verstehen?«

»Das sind aber schwierige Sachen.«

»Wird wie verwandelt. Nicht wütend oder so...«

»Du erzählst ja wie ein Pferd. Aber wenn es Fanny ist, von der du da sprichst, mußt du wissen, daß sie verteufelte Schwierigkeiten mit der Wirklichkeit hat. Aber die hast du auch.«

Im Tal der Toten muß es ziemlich viel Arbeit geben, dachte Aron, als Solveigs Besuche für längere Zeit ausblieben.
Aber eines Tages war sie wieder da. Aron war gerade dabei, die Glasscheibe der Hoteltür zu erneuern, durch die jemand nach einem Aufruhr beim letzten Donnerstagsclub die Hand gesteckt hatte. Aron saß unten im Schnapskeller, der jetzt auch als Werkstatt diente. Er nahm eine neue Scheibe, beschnitt sie mit einem Diamanten, nagelte und kittete. Und plötzlich wußte er, daß sie da war, hinter seinem Rükken.
»Das ist gut«, sagte er. »Ich habe gewartet. Wie konntest du mich hier drinnen finden?«
Er spürte, wie ihre Finger erstarrten.
»Verzeih. Natürlich findest du mich überall.«
»Ja, das tue ich. Ich habe eine größere Perspektive vom Dasein als du.«
Ihre Stimme war hart, und sie hatte recht.
»Und warum hast du mich dann geheiratet?«
»Ich weiß nicht«, entgegnete sie.
»Hast du einen anderen kennengelernt?«
»Oh, natürlich.« Sie ging herum und beäugte die Werkzeuge, nahm Hobel hoch und fuhr mit der Hand über scharfe Klingen.
»Paß auf, daß du dich nicht schneidest.«
»Es ist nicht gefährlich.« Sie preßte einen Pfriem gegen einen Finger, so daß er tief in ihn eindrang. »Sieh, Aron, kein Blut! Überhaupt kein Blut!« Es lag ein Ton von Verachtung in ihrer Stimme, der alles bremste, was er hätte sagen wollen. Aber was wollte er ihr eigentlich mitteilen? Etwas von den Tagen, die sich dahinschleppten, von den Briefen, die er schrieb? Ja, von dieser Zuversicht, die wie ein Segel am Horizont aufgetaucht war, das eine Wende auf Land zumacht und dann wieder aufs offene Wasser verschwindet. Hatte er davon erzählen oder sie nach der Wäsche fragen wollen? Nach der zerlumpten Unterwäsche der Kinder, nach all den Knöpfen, die im Dasein fehlten?

Oder wußte Solveig all das vom Schnee und den schmutzigen Fußböden, von Sidners neuem Hut und Eva-Liisas ersten Lackschuhen? In dem Fall war er als Erzähler überflüssig, dann war es unnötig, die Welt überhaupt zu bemerken – eigentlich war er nie gebraucht worden. Klavier spielte sie ja auch ohne ihn gut. Seine Annäherungen hatten ihre Musik nur verzögert, sie ein paar Minuten verhindert, sie in kleine Stücke zerhackt. Und sein Gerede, daß sie ihn habe *hereinschleifen* müssen, statt selbst den eigenen perlenden Fluß und den anderer zu genießen. Wie viele Male sie ihn hatte *erwarten* müssen! Ihr ganzes Leben hatte aus diesem Warten bestanden, kein Wunder, daß sie langsam ungeduldig wurde. Sie war natürlich zurückgekommen, um zu sehen, wie er sich hielt! Sie war von den Toten als Inspektor ausgesandt, sie kam als eine Art Patron, so wie Björk zu kommen pflegte. Es war übrigens die reine Heuchelei, ihn beim Vornamen zu nennen, das hatte sie einander nicht nähergebracht, er würde dafür sorgen, daß sich das wieder änderte; aber mit Björk ging es bergab, die Geschäfte humpelten nur mühsam dahin, zwar wirkte die Brieftasche immer noch dick, aber sie war ja nur die Haut, die einem am nächsten ist, eine dicke Brieftasche hilft nicht gegen die Weltlage, Solveig, interessierst du dich dafür? Interessiert es dich, daß ich jetzt blute? Ich habe mich an einem Glassplitter geschnitten, sieh mal! Aber das war natürlich nichts, was man dem Totenrat berichten konnte. Man soll nicht mit allen kleinen Beschwerden angelaufen kommen. Wichtigtuerei ist ohnehin nicht gut!

Man sollte sich lieber so selbstverständlich benehmen wie früher, wenn sie sich frühmorgens dem Stall genähert hatten und der Tau noch auf den Gräsern lag, so daß ihre Fußabdrücke deutlich zu sehen waren. Sie hatte Kaffee bei sich, er in stallduftender Kleidung neben ihr, sie kühl und rein wie ein Glas Wasser, den Schal auf dem Haar, manchmal rutschte er bis zu den Augen hinunter, sie blinzelte damals *nach oben*. Weißt du noch, Solveig? Dieser Morgen, als du mit der Zeitung vom Briefkasten kamst. »Charles Lindbergh angekommen!« Dieser Morgen. Damals besaßen wir uns selbst, Björk kann nie verstehen, warum es in der Hand so weh tut, die Hoteltür zu öffnen, warum es im Nacken so schmerzt, wenn man sich bückt. Da oben im Wald haben wir uns nicht gebückt, Solveig.

Sie setzte sich vor ihm in den Splitterhaufen der zerbrochenen Glastür.

»Erzähl von Bergström, von seinen einsamen, hilflosen Sonntagshänden.«

»Du warst damals mit Eva-Liisa schwanger, wir saßen auf dem Felsen und tranken Kaffee. Aber du warst doch selbst dabei.«

»Ich habe es vergessen. Du mußt erzählen, damit ich ein paar Farben mitnehmen kann... dorthin.«

»Bergström hatte seinen guten Anzug an, stand mit frisch gewichsten Schuhen vor uns, die Hände vorm Bauch, sie waren sauber gebürstet und fast glatt, er blinzelte und räusperte sich. ›Ja, Aron, ich wüßte gern, ob du um zwei Uhr Lust hättest, zur Lichtung zu kommen. Wenn es dir paßt.‹ Und damit machte er kehrt, der Wald verschlang ihn mit einem einzigen Schluck, und du sagtest: ›Das galt aber nicht für mich.‹ Punkt zwei ging ich hin. Da waren Pfauenauge und Nesselfalter in dem dampfenden, guten Wald. Das erste, was ich auf der Lichtung entdeckte, waren seine Hände: Bergström stand im Schatten der Tannen, wie versteinert, die Hände waren noch das Deutlichste an ihm. Und plötzlich wimmelten Nachbarn aus dem Wald, alle außer mir hatten ihren Sonntagsstaat an, niemand wußte so recht, warum er dort war, alle genierten sich wegen ihrer Hände, da es Sonntag war und man sie nicht in einer Arbeit verstekken konnte, und wir schüttelten sie uns, und es war, als wagten wir nicht, einander zu kennen, wir schielten zu Bergström hoch, der sich ganz deutlich abseits und allein hingestellt hatte, der hoch über uns im Schatten stand. Aber dann räusperte er sich: ›Also, ich möchte...‹, sagte er. ›Also, ich würde gern...‹, als wollte er sich in die geschwollene Sprache von Sonntagsreden hineinkämpfen. Er machte einen neuen Anlauf: ›Also, es ist so, daß ich schon seit längerer Zeit...‹ und er stolperte über dieses ›seit längerer Zeit‹, sah sich gezwungen, wieder von vorn anzufangen: ›Also, ich habe schon ziemlich lange Lust gehabt...‹ Aber er bewältigte auch diese Einleitung nicht, und aus Enttäuschung, auf den gewöhnlichen Wortpfad gezwungen zu werden, auf dem wir alle im Alltag dahintrotteten, sah er sich genötigt, die ganze Feierlichkeit über Bord zu werfen: ›Äh, Jungs, wie ihr wißt, bin ich seit einiger Zeit dabei, ein Mühlrad zu bauen, und jetzt ist es sozusagen fertig, und ich habe mir gedacht, wir könnten...‹

Aber als wäre trotz allem etwas Feierliches nötig, was die Festtagsanzüge und die ganze Veranstaltung rechtfertigte, etwas, das er ja schon, als er die Einladungen gemacht hatte, mit seinem Anzug eingefordert hatte, schloß er die Augen und spitzte den Mund: ›Daß wir diesen Tag damit feiern könnten, daß wir...‹

Dann schluckte er und warf ihnen seine Verzweiflung vor die Füße, sich dafür entschuldigend, daß der Alltag bis hierher vorgedrungen war: ›Äh, Jungs, ihr könnt's euch doch selbst ansehen...!‹ Und im Schutz einer weitläufigen Geste zum Bach hin stieg er aus dem Schatten die Lichtung hinunter, und wir gingen zur Seite, ließen ihn durch, damit er Platz hatte, zum Wasser hinunterzuzeigen. Und dort, zwischen den Steinen, lag Halbliterflasche neben Halbliterflasche, säuberlich aufgereiht, die Verschlüsse alle in die gleiche Richtung zeigend, und das glucksende Wasser spielte, und Bergström gab mir einen besonderen Hinweis: ›Da du nichts trinkst, Aron, deins liegt da... Malzbier‹, ein großes Faß, weißt du noch?

An jenem Tag wurde heftig getrunken, am Abhang wurde herumgerollt, und es gab so viel Grün auf den Anzügen, daß keiner von uns das alles vergaß. Bis tief in die Dunkelheit hallte das Gelächter wider. Wir kamen engumschlungen aus dem Wald heraus. Auch ich hatte mich von ihrem Rausch anstecken lassen. Aber wie solltest du dich daran erinnern, Solveig. Du lagst im Bett und schliefst. In dem großen breiten Bett.«

»Das du verkauft hast, Aron!«

Die Stimme kam von irgendwo neben ihr. Von rechts.

»Und das Haus hast du auch verkauft!«

Jetzt kam die Stimme von links. Sie war tonlos und kalt. Sie verachtete ihn. Vielleicht hatte sie das immer getan. Schließlich war er es ja gewesen, der sich ihre Nähe erbettelt hatte. Natürlich war es so gewesen. Er hatte sie daran gehindert, nach Amerika zurückzufahren. »Sollten wir vielleicht hinfahren, Aron? Uns dort ein Haus kaufen?« – »Willst du das?« – »Nein, ich überlege manchmal nur, wie es wäre, zurückzufahren. Zu sehen, ob man etwas wiedererkennt. Auf den alten Straßen herumzugehen, bei Nachbarn guten Tag zu sagen.« – »Das würdest du wollen?« – »Man grübelt eben über das Vergangene nach, das ist unvermeidlich.« – »So, du bereust also ...?« Und hatte sie nicht etwas zu eifrig geantwortet: »Nein, ganz und gar nicht, das darfst du nicht glauben, ich liebe alles hier, wir gehören zusammen.«

Wahrscheinlich war sie dorthin gereist: Sie hatte alle mit ihrem Tod und der Beerdigung hereingelegt. Sobald alle vom Friedhof verschwunden waren, hatte sie hochgeblickt, sich angezogen und war verschwunden. In Amerika wartete ein großes Haus auf sie: In einem Ozean von Mais hatte sie einen Traktor versteckt. Dort gab es Sirup-Ahorn, hatte sie die Bäume nicht so genannt? Oder Zucker-Ahorn? Einen Mann hatte sie dort auch. Sie standen nebeneinander auf dem Hof und sprachen amerikanisch. Er zögerte, sagte aber: »Ich wollte nur an meine Existenz erinnern.«

Solveig und ihr Mann sagten etwas, was er nicht verstand, und der Mann fischte ein Wörterbuch aus der Tasche und reichte es Aron. Aron blätterte fieberhaft, doch die Wörter waren nicht in der richtigen Reihenfolge, es würde unend-

liche Zeit kosten, auch nur einen einzigen Satz zusammenzubauen. Doch sie waren hilfsbereit, sie baten ihn, sich an einen Gartentisch zu setzen, dort lagen Papier und ein Bleistift, sie nickten aufmunternd, standen über ihn gebeugt. Schließlich jedoch gähnte Solveig, gab dem Mann ein Zeichen, und damit verschwanden sie im Haus, die Rollgardinen wurden heruntergelassen, es wurde dunkel. Niemand machte auf, als er anklopfte. Er ging weg und kam ans Meer. Am Strand lag ein Boot, es bestand aus einem Rumpf und einem glatten gewölbten Deck aus Blei, und der Kapitän des Boots stand auf dem Anleger: »Wenn Sie nach Schweden mitwollen, müssen Sie jetzt an Bord springen.« – »Und Sie? Wollen Sie denn nicht mit?« Der Kapitän schüttelte den Kopf: »Für noch jemanden ist kein Platz. Dann würden wir sinken.« Und er trat das Boot vom Anleger ab, und schon bald ging die See hoch. Es begann zu stürmen, und es gab keinen Bolzen, keinen Spalt, wo er mit seinen Händen hätte Halt finden können, die Wellen warfen ihn hin und her, er war allein draußen auf dem Atlantik, er umfaßte den Schraubstock mit einem festen Griff, schlug mit der Stirn gegen die Werkbank. Solveig!
»Sag, daß du zurückkommst...«
»Dann mußt du mich wecken!« Er sah sich um, aber sie war nicht da.
Nur ihre Stimme. Die hatte sie in ihm untergebracht. Und dorthinein war der Weg sehr weit.

Später in derselben Woche erschien sie oben in der Wohnung. Sie hatte eine Tragetasche bei sich. Aron war verzweifelt, daß sie ausgerechnet in diesem Augenblick kam. Sie hatten gerade gegessen, die Teller standen noch auf dem Tisch, verschmiert mit Speckschwarten und wäßrigen Makkaroni. Er schämte sich.
»Es fällt ja nicht immer leicht, sich ein Essen auszudenken. Den Kindern scheint es so gleichgültig zu sein, alles ist eine Hetze. Ich hätte Stearinkerzen kaufen sollen«, sagte er.

»Ich komme also ungelegen.«
»Es ist nicht unbedingt der beste Moment. Wann immer du willst, aber nicht, bevor ich abgeräumt habe.«
»Ihr braucht mich nicht mehr?«
Aron griff nach ihr und fiel gegen den Türpfosten.
»Mit wem sprichst du, Papa?«
Aber jetzt wollte er nicht mit den Lebenden sprechen. Deren Worte waren so grob und überdeutlich. Sie waren im Weg. Später würde er Sidner alles erklären. Er hörte ihre Schritte die Treppe hinunter, öffnete die Tür: »Warte!«
»Da ist niemand!«
Sidners Hand lag auf Arons Schulter. Aron wollte sich freimachen, begegnete Sidners Blick. Der Junge war jetzt größer als sein Vater, die Zeit war wie im Nu verflogen, er selbst schrumpfte, wurde immer kleiner, er versuchte, die Hand wegzuschlagen.
»Komm rein, Papa. Worum geht es?«
Er sank beim Tisch auf einen Stuhl.
»Bist du wegen Mama traurig?« fragte Eva-Liisa. Er nickte und strich sich über die Augen.
»Papa«, sagte Sidner, »hör mir jetzt zu. Es ist etwas Entsetzliches passiert. Björk ist am Ende. Er hat Konkurs angemeldet. Heute morgen. Du weißt, diese Norweger, die das Holz kaufen wollten, denen hat er einen Korb gegeben und ist statt dessen zu den Franzosen gegangen. Aber die haben nicht zahlen können. Er ist am Ende. Das Sägewerk ist am Ende, das Hotel, alles. Die Arbeiter haben sich unten versammelt, willst du nicht auch hingehen.«
»Ich verstehe nicht.«
»Doch, das tust du. Du mußt. Sag es wenigstens, daß du verstehst. Mit deinem Job ist es aus. Ich will, daß du wenigstens das verstehst.«
Aron sah seinen Sohn an. Es war ein neuer Sohn. Er wurde damit fertig. Er war in die richtige Welt hineingerutscht. Sidner würde es gut gehen. Aron mußte lächeln, während er die letzten Tropfen wegschniefte. Er wollte die Hand aus-

strecken und ihm danken: Jetzt hatte es mit seiner Verantwortung ein Ende. Er konnte sich ganz und gar fallenlassen, sich *hingeben*, wie Fridolf gesagt hatte.
»Was habe ich da unten zu suchen? Ich arbeite doch nicht im Sägewerk?«
»Du gehörst zu den Angestellten. Alle werden arbeitslos. Bald kommt die Polizei wahrscheinlich auch hierher und macht den Schnapskeller zu, damit Björk nicht hingeht und von seinem eigenen Vorrat stiehlt. Das gehört jetzt alles den Gläubigern. Sie sagen, außer dem Schnaps gebe es kaum was zu holen. Vielleicht bist du arbeitslos, Papa.«
»Ich werde schon zurechtkommen«, sagte Aron. »Wir haben noch Geld vom Haus übrig, das wird eine Weile reichen. Mach du dir keine Sorgen.«
An jenem Tag ging es wie ein Orkan durch die kleine Stadt, wie ein Kartenhaus fielen Sägewerk, Arbeitsplätze und Zukunftsträume in sich zusammen. Eine Woche später zog Björk aus seinem großen Herrenhaus in das kleine Häuschen, das er auf dem Hof für Gelegenheitsarbeiter hatte errichten lassen. Da gab es ein Zimmer und eine Küche, es war nicht kalt, Björk würde wohl überleben.

Vor lauter Blumen, Blättern und Haarlocken wurde es in Tessas Briefen immer enger.
Bald kamen kleine Pakete in braunem Umschlagpapier an. Kartons voller Steine, voller Kies, voller glitzerndem Sand: »Hier habe ich heute morgen gesessen und mit den Füßen im Sand an dich gedacht.« – »Dies sind Zweige, die heute morgen im Bach angetrieben wurden.«
Aron räumte alles weg, nur Solveigs Foto auf der Kommode im Zimmer nicht, schüttete den Sand aus, legte die Steine zu Mustern zusammen und brachte die Zweige wie Bäume in der wachsenden Landschaft unter. Eine Art Flagge gab es

auch: »Ein Stück von dem Kleid, das ich heute hatte tragen wollen, als dein Brief kam. Wagte es Roberts wegen nicht, dafür bekommst du statt dessen ein Stück davon für deine Augen.«

Sidner und Eva-Liisa näherten sich feierlich der Andacht vor der Kommode, wenn Aron den Inhalt der Pakete ausschüttete. Verwundert sahen sie, wie da Stück für Stück Neuseeland erstand. Vogelskelette, ein Stück Rinde des »Kauribaums«, Käfer und Spinnen kamen zum Vorschein. Da gab es Federn in Türkis und Jade von Goldkrähen und Königsfischern, getrocknete Fische mit noch glänzenden Schuppen; »unsortierter Strand«.

»Ich will, daß auch du alles siehst, was ich gesehen habe.«

Eine Flasche Regenwasser, eine schadhafte Teetasse, Wollfetzen. Ein Splitter vom Eßzimmertisch, ein Stück von ihrem Laken.

Blut.

»Alles ist unterwegs zu Dir.«

Eine getrocknete Apfelsine.

»Hätte sie essen sollen, aber sie wollte zu Dir.«

Die Gabel, »denn sie verläßt meine Hand, wenn ich essen will«.

Am Morgen des Heiligen Abends zündeten sie auf der Kommode die Kerzen an, und die brennenden Lichter warfen ihr Licht auf die antipodische Landschaft, und es strahlte und schimmerte. In der Mitte lag der Inhalt von Tessas letztem Paket: ein kleines Schmuckstück, so kostbar, daß »wir uns einen Hof dafür kaufen könnten«. Der Halsschmuck hatte die Form eines Boots aus Rubinen und Jade, in dem kleinen Mast steckte ein Brillant, den die flackernden Kerzen zum Glitzern brachten, wenn sich jemand im Zimmer bewegte. Sidner und Eva-Liisa hatten es in der Hand halten dürfen, Aron hängte es dann in einen Ast des Heiligen Kauribaums.

»Jetzt besitze ich nichts mehr, was ich selbst bin, jetzt bin ich nur noch Erwartung. Wenn Du hier bist, mußt Du mir

das Schmuckstück um den Hals legen, dann bin ich Dein in ewiger Liebe. Ich habe es vor langer Zeit einmal von meiner Mutter bekommen. Sie sagte, ich solle es nur tragen, wenn ich liebte.«
»Das ist das Zeichen«, sagte Aron, und es war, als hätte alle Luft den Raum verlassen.

Taihape

Lieber Aron,
große Schwere und Müdigkeit. Ich bin wieder auf den Boden meines Lebens gesunken, denn ich habe verstanden: Eine Reise hierher läßt sich nicht machen. Es ist teuer, du mußt an Deine Kinder und die Arbeit denken. Und was würde hier passieren? Zwischen Dir und mir? Zwischen Robert und Dir. Du scheinst so hohe Erwartungen zu haben. Es gibt in Deinem Brief auch vieles, was ich nicht verstehe, Du sprichst von Zeichen, von einer Verkleidung, die ich trage. Da ist noch etwas: Du müßtest mich lieben, und im Grunde weißt Du ja nicht einmal, wer ich bin.
Gestern, als ich Deinen Brief bekam, war ich noch schön. Ich habe mich in Frau Winthers Schlafzimmerspiegel betrachtet, war über alle Maßen eitel, benahm mich wie eine richtige Närrin. Aber mir gefiel, was ich sah. Meine Brüste gefielen mir, mein Haar (es ist ziemlich dunkel), meine Augen (sie sind braun), mir gefielen die Lippen, meine Schultern, all das, was doch für Dich gedacht ist.
Aber heute, als ich von den Schafställen zurückkam, als ich die Wirklichkeit sah, als Robert mich mit saurem Blick und Schweigen empfing – und ich frage mich, ob er nicht alles weiß, wie sollte es ihm entgehen –, da wurde mir mit einem Mal klar, daß alles übel ausgehen wird, ja, ich habe im Wohnzimmer das Gewehr gesehen und hätte um ein Haar aufgeschrien. (Ich weiß, daß ich sehr exaltiert bin. Mrs.

Winther hat mit mir darüber gesprochen, sie ist deswegen aufrichtig besorgt, bittet mich unablässig, auf nichts zu hoffen. »Du darfst dich nicht erregen, Tessa. Das ist die längste Reise, die man auf dieser Erde unternehmen kann, es kann viel passieren, hoffentlich nicht zu viel.«)
Heute bin ich wieder häßlich, verstecke mich, weiß, daß ich mit Robert sprechen sollte, aber ich bin nicht stark genug. (Mrs. Winther hat gelacht und gesagt: »Dann müßt ihr wohl durchbrennen und oben bei mir auf dem Dachboden wohnen, bis ihr es schafft, ein Schiff nach Australien zu bekommen.«)
Aber ich sehe Dich den Hügel hinaufkommen, sehe Dich in jeder Sekunde des Tages, wir umarmen und küssen uns.

Deine Tessa.

Dann war es soweit, daß Aron nach Neuseeland aufbrechen wollte.
Er packte eine Aktentasche mit etwas frischer Unterwäsche, einem Hemd, seiner Zahnbürste, Seife und einem Wörterbuch.
»Den Rest werde ich mir kaufen, man weiß ja nicht, wie sie auf der anderen Seite der Erdkugel angezogen sind.«
»Und dann kommst du mit einer neuen Solveig nach Hause«, sagte Sleipner, der bei Beryl Pingel zu einem Abschiedsfest geladen hatte.
»Du weißt nicht, wie recht du hast«, lächelte Aron. Es gab nur eins, wovor er sich fürchtete: Daß sie sich während des Aufenthalts im Tal der Toten eine andere Sprache zugelegt hatte. Daß sie so viel Neues gelernt hatte und ihn für untauglich hielt, wenn sie ihn jetzt zu *sehen* bekäme. Aber das wollte er lieber für sich behalten. Es war sehr wichtig, daß die Daheimbleibenden nicht beunruhigt waren. Wenn Solveig zurückkam, würde der Schock ohnehin groß genug sein. Es

würde viel zu erklären geben. Er würde gezwungen sein, sie dies und das über »andere Dimensionen« zu lehren.
»Ich werde sie wohl schützen müssen, damit es nicht zu eng um uns herum wird«, sagte er. »Es könnte zu viele Fragen geben.«
»Sure«, sagte Torin. *»But we'll fix it.«*
Und er ließ sie in dem Glauben. Sie waren allesamt so rührend.
Beryl hatte extra gebacken und einen ganzen Karton mit Butterbroten, gekochten Eiern und Thermoskannen mit Tee und Kaffee bereitgestellt, damit er wenigstens während der ersten Tage auf dem Weg durch Europa nicht vom Fleisch fiel. Eva-Liisa, aus deren Mädchenkörper der einer Frau hervorzutreten begann, zeigte ihm ihr Zimmer: Es führte auf den Obstgarten hinaus, hatte blaue Tapeten, einen Nachttisch und eine Nachttischlampe.
»Ist es nicht schön?«
»Doch, es ist sehr schön. Du bist dir doch sicher, daß es dir hier gefällt. Du weißt doch, was Sidner gesagt hat, du hättest gern auch zu Hause wohnen bleiben können.«
»Ich werde mich um ihn kümmern«, sagte sie stolz. Sie öffnete eine Garderobentür und zog ein Kleid hervor.
»Das hier hat Beryl für mich genäht. Es hat auf dem Rücken achtundzwanzig Knöpfe.«
»Zieh es an und laß mich mal sehen. Damit ich ... ihr davon erzählen kann.«
Er durfte sich nicht versprechen.
Sie kam nach kurzer Zeit zurück. Es war ja neuerdings nicht mehr so leicht für sie, sich einfach die Kleider über den Kopf zu ziehen. Sie stand auf der Schwelle und errötete leicht.
»Neue Schuhe bekomme ich auch, das hat sie mir versprochen. Was meinst du?«
Hinter ihr zeigte sich Beryl, das breite Gesicht voller Lachfalten, die Arme vor der Brust gekreuzt.
»Alle Auslagen«, begann Aron, »mußt du mir aufschreiben.«

»Ach was«, sagte Beryl. »Du weißt doch, daß es mir Spaß macht, für jemanden zu nähen... Ich habe ja sonst niemanden.«
»Aber ich bezahle sehr gern dafür.«
»Ich weiß bald nicht mehr wohin mit dem Geld. Und der Kirche will ich es auch nicht vermachen. Ich bin doch froh, so ein liebes Mädchen bei mir im Haus zu haben, und hätte auch Sidner gern aufgenommen, aber der steht ja schon auf eigenen Beinen. Der junge Bengel ist so in die Höhe geschossen.«
»Er kommt gut zurecht. Und wir sind ja bald wieder da...«
Um ein Haar hätte er wieder gesagt: Solveig und ich...
»Aber jetzt wollen wir es uns schmecken lassen.«
Aron machte es einen Heidenspaß, solche Sätze auszusprechen, und zurück bei den anderen, fing er gleich von neuem an.
»Es wird wirklich schmecken. Es können nicht alle von Luft leben. Gekochte Rote Bete sind gut«, lachte er. »Und Kartoffeln.« Und schaufelte sich auf den Teller. »Sie sind so deutlich.«
»Ich hätte mir diese Worte eine Warnung sein lassen müssen«, schrieb Sidner viele Jahre später in einem der Briefe aus Neuseeland, »aber ich hatte selbst keinerlei Erfahrung damit, was diese Deutlichkeit bedeutete. Wir waren zwar alle der Meinung, daß er sich überraschend munter aufführte, aber an diesem Tag gab es soviel Bewegung. Die gewaltige Reise, die Gefühle, verlassen zu werden, mischten sich mit praktischen Ratschlägen und unsicheren Hoffnungen. Wir meinten ja einzusehen, daß diese Reise für Aron notwendig war. Vielleicht war sie es auch.«

Dann verließ der Zug Sunne; die Landschaft strömte direkt durch Aron hindurch. Tag für Tag saß er vollkommen reglos da. In Deutschland regnete es, in der Schweiz war es Nacht, in Italien gab es einen Morgen plötzlicher Klarheit. Es war so schön, mit niemandem sprechen zu müssen. Schon das

Vorzeigen des Billetts, wenn der Schaffner kam, wurde zu einer quälenden Unterbrechung in diesem Sehen, in das er sich verwandelt hatte, und was er sah, war die Erde, auf der er und andere in kurzen Kettengliedern lebten, sich in schmalen Zimmern bewegten, mit engen und kleinen Gedanken. »Und jetzt wollen wir es uns schmecken lassen.« Eine rührende Welt. »Zwei mal zwei ist vier.«
Er hatte sich ihr jetzt lange genug gewidmet. Die Werkzeuge, die er gebraucht hatte, lagen, wo sie sollten. Die Zurückgebliebenen sollten nicht sagen können, er habe Unordnung zurückgelassen. Er hatte alle Nägel mit den Köpfen in die gleiche Richtung gelegt. Das hatte Zeit gekostet, aber was bedeutete Zeit? Das einzig Wichtige war, daß die Erde für Solveig ein Landeplatz war. Wichtig war, daß diese Reise die Anstrengung seiner Liebe war, daß er sich ihrer Liebe als würdig erwies, *ihres* Willens zur Rückkehr. Über sich, im Himmel der nächtlichen Reise, sah er die tausend Millionen Atome aufeinanderzurasen, er sah, wie sie sich zu Formen, zu Beinen, zu Armen, zu Haaren, zu Augen verdichteten. Alles würde sich zu der Einzigen verdichten: Dort, auf der neuseeländischen Erde, würde sie stehen und die Verkleidung Tessa ablegen. Die Wiedervereinigung würde wohl nicht leichtfallen. Man muß Realist sein. Reste des Reisens würden an ihr haftenbleiben, der gewohnten Sprache einen Filter vorschalten. Er mußte lernen, geduldig ihren Erfahrungen zu lauschen. Es nicht eilig zu haben.
Keine unerwarteten Bewegungen machen, die sie verschrecken könnten; das konnte leicht passieren. Im Vergleich mit diesem Leben war der Tod ja sicher eine sehr reiche Erfahrung. Das lernte man schnell, Variationen gab es nicht viele, Worte nur wenige, die Wünsche waren so begrenzt.
Nein, er würde still sein. Falls sie auch nur durch das geringste Anzeichen erkennen lassen sollte, sich zurückziehen zu wollen, würde er ihr folgen. Wie bei einem der gemeinsamen Ausflüge, die sie gemacht hatten.

Ein kleiner Korb mit Lebensmitteln. Eine Wolldecke.
Ja, er hatte richtig gehandelt, als er diese Reise angetreten hatte: Es wäre unwürdig gewesen, einfach so weiterzuleben. Die Müdigkeit seines Gesichts war zu groß gewesen, als daß sie zu Hause den Wunsch gehabt hätte, ihn wiederzuerkennen oder denjenigen in ihm, den sie am liebsten gemocht hatte, denjenigen, mit dem sie wirklich hatte zusammenleben wollen. Denn es ist ja nicht so, daß wir ein eigentliches Ich haben, dachte er weiter, wir haben viele, einige sind stark, andere sind schwach, in uns ist ein einziges siedendes Chaos aus Willen und Unwillen. Manchmal tritt einer davon vor und übernimmt das Kommando, und der, der in den Jahren mit Solveig das Kommando gehabt hatte, war nicht derjenige gewesen, der seine Schritte durch den Hotelkorridor gelenkt hatte, in die Küche, in den Schnapskeller, zur Feuchtigkeit, es war einer, der ihn nicht auf die richtige Weise in Anspruch genommen hatte. Denn so mußte das Leben sein: Ansprüche. Forderungen. Die Felder, die ihre Felder waren, waren eine solche Forderung, lange, gerade Reihen aus Weizen und Hafer, die Ernte, die aus der Unterwelt hervorkroch und sie jedes Frühjahr begrüßte: Sie war die Inanspruchnahme seines Lebens, dann waren seine Hände voller Kraft, und um der Ernte willen brauchte er jeden Muskel in seiner Hand. Er brauchte ihre Augen vom Straßenrand, wenn er abends nach Hause kam. Aber da war nicht mehr viel Platz übrig gewesen für all diese *Gedanken*, die beim sinnlosen Reparieren der Gedankenlosigkeiten anderer bei der Hotelarbeit zudringlich geworden waren. Nach den Festen aufräumen, Türen reparieren, auf der Toilette Erbrochenes aufwischen, Monat um Monat den Verfall des Patrons mit ansehen! Nein, unter solchen Bedingungen holte er sich nie ein.
Und wenn er an Sidner dachte, war es gut, ihn tief hier unten in Italien sagen hören zu können: »Mein Vater ist nach Neuseeland unterwegs.« Das würde Sidner mehr Licht geben, mehr Raum, andere Phantasien. Mit Hilfe von Arons

Reise würde er tiefer in Wissen, Liebe und in die Sehnsucht nach dem großen Leben eindringen.
In Genua schrieb Aron einen Brief.

Ich hoffe, Du verzeihst mir diese Reise, aber wie Du sicher bemerkt hast, war ich seit langem dabei, all das zu verlieren, woran ich und Solveig geglaubt haben. Es kann wie eine Flucht vor all dem aussehen, zu dem ich keine Kraft habe, aber so ist es nicht. Vielleicht wirst Du das einmal verstehen.
Hier in Genua ist es warm. Palmen säumen die Straßen, das Mittelmeer leuchtet blaugrün, es ist sicher eine andere Farbe als die, die du bei Deiner merkwürdigen Reise in Strömstad gesehen hast. Du warst danach so verschlossen und still, ich hoffe, Dir ist dort nichts Böses widerfahren. Das Schiff, das Neptunus heißt, läuft in drei Tagen aus, es liegt im Hafen und wird beladen, manchmal sehe ich Leute, die ich für Passagiere halte, auf der Pier herumlaufen und es sich ansehen, ich werde morgen abend an Bord gehen und wohne bis dahin in einem Hotel, in dem man sich auf englisch einigermaßen verständlich machen kann. Es scheinen Menschen der verschiedensten Herkunft zu sein, Arme, Reiche, aus vielen verschiedenen Ländern. Ich wünschte mir, ich hätte Dich mitnehmen können. Das Geld hätte gereicht, und... (einen ganzen Satz überschreibend stand da fast wie von selbst: Solveig ist ja Deine Mutter, wir kennen einander doch allesamt...)
Viele Grüße

Dein Vater, Aron.

Er bekam einen Platz in einer Achterkabine tief unter Deck, war aber auf dieser Reise ein *innerer* Mensch. Nachts lag er auf dem Vorschiff auf einer Wolldecke und blickte zum Sternenhimmel hinauf – (in einer Nacht konnte er während einiger Minuten bis zu fünfunddreißig Sternschnuppen zählen) – und lächelte: Da war Solveig am Werk, die be-

wirkte, daß die Sterne zerbrachen und ihre Befestigungspunkte verließen. Das Universum wurde von ihrem Willen erschüttert, zu dieser kleinen Erde zurückzukehren, auf der ein Schiff im Seegang schaukelte, hartnäckig auf großer Fahrt weiterdampfte, an Kontinenten vorbei, durch Kanäle, auf einer Erde, auf der sie einmal geliebt hatte. Der Dunstschleier der Milchstraße war der Staub, der zu ihren Füßen entstand, oh – er konnte nicht schlafen, er *durfte* nicht schlafen –, es war ein Wunder. Nacht für Nacht hielt er die Augen offen, und die Wogen rauschten vor den Bug, das Meerleuchten wurde zu großen Kaskaden hochgeworfen und brachte auch die Unterwelt zum Glitzern, da unten spiegelten sich die Sterne, der Salzgeschmack bedeckte seine Wangen: Er befand sich inmitten eines kosmischen Dramas, in dem Solveig die Hauptperson war.
Er fragte sich, ob sie wußte, daß er sie ansah, aber natürlich: Sie hatte jetzt keine Zeit, daran zu denken. Sie kämpfte. Sie eilte. Sie flüchtete vor dem Tod, und Aron brachte sie durch sein Sprechen langsam voran, summte sie näher, hielt den Blick fest auf Punkte am Himmel gerichtet, auf denen sie mit ihren nackten Füßen sicheren Tritt fand.
Und die Nächte waren wirklich, die Tage nicht.
Ihn irritierte das starke Licht. Alle *Dinge*, die sich ihm in den Weg stellten. Die Ankerwinde, die Masten, der Rauch, die Gesichter der Passagiere, die manchmal auf ihn zukamen und Fragen stellten, Gespräche in Gang zu bringen versuchten. Ihn irritierten die Essensdüfte, die aus dem gewaltigen Speisesaal drangen, in dem man abgefüttert wurde, Reis, Tomaten, Fleischdämpfe, all das war zuviel, er machte auf dem Magen kehrt und versuchte die Augen zu schließen; gleichzeitig ängstigte er sich davor, was Solveig jetzt treiben mochte, da er ihre Füße nicht mit seinem Blick auf den rechten Weg führen konnte, der Dunst versperrte die Sicht, das Licht verdarb seine Augen. Die Wassermelonen, die in Zypern an Bord genommen wurden, verursachten ihm Übelkeit, die Hitze, die immer stärker wurde, erschöpf-

te seinen Körper, er sehnte sich intensiv nach der Dunkelheit, in der er wieder bei ihr sein durfte, da alles Klarheit war, gerader Kurs auf die Sterne zu. Alles war Musik: das Schwanken des Schiffs, das Rauschen der Wellen. Es sang:

Ich folge dir gleichfalls mit freudigen Schritten
Und lasse dich nicht
Mein Leben, mein Licht
Befördre den Lauf
Und höre nicht auf

Port Said: staubige Palmen an flachem Strand. Lärm von Verkäufern, die mit kleinen Booten kamen. Der Steuermann war hart zu ihnen, als er aussortierte und wegschickte. Zu den Passagieren, die sich an der Reling drängten, sagte er: »Dem hier können Sie trauen, der ist ehrlich. Der da nicht, der auch nicht. Verschwindet wieder, in den Hafen mit euch!«
Aron betrachtete die neuen Dinge, die auf dem Vorschiff aufgereiht wurden: Kokosnüsse, Kamelhaarteppiche, Ledertaschen, kleine Rauchtische aus Messing, Perlenketten, Silberarbeiten. Es gab auch Mädchen, die ihm zuflüsterten: *»Foggie, foggie, Mister, only two packets cigarettes.«* Er verstand nicht, was sie meinten, er war zu sehr in sich selbst versunken, obwohl sie sich vor ihm aalten und die Röcke hoben, er schüttelte den Kopf und versuchte sich zu entziehen, und es war auf dieser sinnlosen Flucht, daß ihn die Hitze erreichte, eine stickige Decke aus Feuchtigkeit und Wärme, die er nicht loswerden konnte. Seine Zunge fühlte sich an wie Sandpapier, der Schweiß drang ihm aus jeder Pore.
Kein Windhauch. Kein Wolkenfetzen, von dem Schatten zu erwarten war. Es half nichts, daß man schon den Hafen verlassen und den Kanal durchfahren hatte, es war immer noch so, als würde man durch Sand laufen, das Rote Meer war

nicht besser. Er lag auf dem Rücken an Deck, schleppte sich an der Reling entlang.
Er war nicht der einzige, der litt. Die im Mittelmeer so lärmende Schar von Passagieren, die abends getanzt hatte, die getrunken, gesungen und Instrumente aus allen Ecken Europas gespielt hatte, verstummte. Die Blicke trafen sich nicht mehr. Man trocknete ein, wurde kleiner, wurde still. Die Duschen in den Duschkabinen versprühten lauwarmes Wasser, immer standen lange Schlangen davor, vielen war übel, sie übergaben sich, er hörte, daß jemand in einer nahen Kabine gestorben war, eine Frau, ein Kind, er wußte es nicht so genau.
Aden: Hier hätte er einen letzten Brief nach Schweden aufgeben können, hatte aber nicht geschrieben.
Danach wurde es leichter. Der Indische Ozean kam mit Kühle, mit langen Wellen, die das Schiff am Rücken packten und es nach Südosten führten. Man merkte nicht mehr, daß es rollte. Und hier draußen sah er auch die Delphine.
Sie kamen in großen Schwärmen, dreißig, vierzig Stück tauchten vor dem Bug auf, spielten in der Bugwelle, ein, zwei Stunden lang, dann hatten sie keine Kraft mehr, verschwanden, und nach etwa einer Stunde erschien ein neuer Schwarm. Sie schienen zu lachen und furchtbar viel Spaß zu haben, das »sieht wie Freiheit aus«, wie er später für Sidner notierte.
»Als wäre ihr Leben eine einzige lange Freizeit. Wie mein Leben an Bord. Das ist nicht gut. Ich vertrage es nicht, beschäftigungslos zu sein, grüble zuviel. Neulich kam ein Schwede zu mir und begann eine Unterhaltung. Er sagte, ich mache einen unglücklichen Eindruck, wollte wissen, ob er mir irgendwie helfen könne. Er heißt Edman. Mir war gar nicht bewußt, daß mich jemand gesehen hatte. Edman hat eine Schwester in Australien, die er besuchen will. Sie hat da unten eine Farm.«
Aron spürte, wie nüchtern er schrieb. Der Bleistift zensierte seine innersten Gedanken, denn er wollte sich die Überra-

schung für später aufheben. Erst mußte Tessa ihre Verkleidung abwerfen.

»Da«, sagte Edman eines Abends, »da hast du das Kreuz des Südens. Jetzt bin ich in meiner Familie der zweite, der es gesehen hat. Wie steht es mit dir?«

»Ich weiß es nicht.«

»Du weißt es nicht? Stammst du aus einer Seefahrerfamilie?«

»Nein, doch.«

Er wollte sich nicht verplappern. Aber er mußte ja deutlich sein. »Meine Frau hat es sicher gesehen«, sagte er.

»Und jetzt hat sie dich losgeschickt, um es dir anzugukken.«

Aron nickte.

»Oder ist sie vielleicht vorausgefahren? Entschuldige, daß ich so rede, aber dann vergeht die Zeit ein bißchen schneller...«

Edman war ein großer, starker Mann; er arbeitete auf einer Werft, war ein bißchen in Europa herumgereist. Na und? Zu welcher Seite der Menschheit gehörte er? War er ein Mann, dem man trauen konnte?

»Ein wenig von beidem und...« sagte Aron und blickte zu den Sternen hoch, um Solveig zu fassen zu bekommen, um dem zu lauschen, was er ihrer Meinung nach sagen sollte. Er fand, daß er sich gut aus der Affäre zog. Edman saß auf einem Decksstuhl, ganz außerhalb der Antwort, wie vor einem Gitter.

»Was hast du gesagt?« Edman hatte nicht verstanden.

Aron entschloß sich zu lachen. Solveig antwortete nicht, hatte wohl keine Zeit, er lachte noch einmal, damit die Zeit verging, aber als er Edmans Miene sah, ging ihm auf, daß er einen Fehler gemacht hatte, und er sagte schnell, wie um sich aus einem Sumpf zu retten: »Wir haben auch Kinder, einen Jungen und ein Mädchen.«

Edman entspannte sich. Das war deutlich zu sehen, jetzt hieß es nur weiterreden.

»Ein guter Junge. Ein bißchen schüchtern ist er natürlich. Er wird bald achtzehn. Arbeitet in einem Geschäft. In einem Farbenladen.«

Aber nicht einmal hier war er auf sicherem Boden. Als er sich die letzten Jahre vergegenwärtigte, spürte er, wie auch diese Bilder schwankten und ihn zu verschlingen drohten, ihm wurde wirr im Kopf, und er legte sich aufs Deck, als wollte er sich nur ausstrecken, das taten viele hier, das Deck war voller Menschen, viele lagen auf dem Rücken, davon konnte sich Edman selbst überzeugen, falls er interessiert war, Aron wollte es hervorheben.

»Heute haben sich viele aufs Deck gelegt. Es ist ein schöner Abend.« Aber dann wurde ihm im Kopf noch schwindliger, und er drehte sich auf den Bauch und schlug mit dem Kopf gegen die Planken. Jetzt störte Edman ihn, jetzt brauchte er einen großen stillen Raum um sich, sagte: »Ich werde dich wohl bitten müssen, mich in Ruhe zu lassen. Ich muß sortieren ... sortieren ... Es ist so eng hier.«

Edman beugte sich vor.

»Warum machst du das schon wieder?«

»Wieder?«

»Das ist mir an dir aufgefallen. Du schlägst mit dem Kopf aufs Deck, das hast du jeden Abend gemacht, jede Nacht. Kannst du nicht schlafen? Hast du Kopfschmerzen? Ich kann dir einen Arzt holen, es gibt einen an Bord.«

»Arzt? Was versteht ein Arzt schon?«

»Ich glaube, es ist die Wärme«, sagte Edman. »Sie ist dir auf den Kopf geschlagen. Das ist nicht ungewöhnlich. Ein Sonnenstich. Du hättest während der Reise etwas auf dem Kopf tragen sollen. Das tun die meisten.«

»Darum geht es nicht. Laß mich eine Weile in Ruhe.«

Edman zuckte die Achseln.

»Ich wollte mich durchaus nicht aufdrängen.«

Er erhob sich aus dem Stuhl und trat an die Reling, und Aron wagte es wieder, sich auf den Rücken zu drehen, den Blick auf die Sterne gerichtet, auf Solveigs Straße.

Es war ein sehr kleiner Teil Australiens, den Aron betrat, als sie in Sydney an Land gingen, aber um so mehr der einer inneren Welt. Hier war ein Hausgiebel, da ein Hotelbett, ein gedeckter Tisch, ein Teller mit Beefsteak und Kartoffeln, kaltes Wasser zum Trinken. Ihm gegenüber saß immer noch Edman, dessen Augen an ihm vorbeiblickten, und Edman sagte:
»Ich kann dich erst allein lassen, wenn ich weiß, daß dein Schiff abfährt, und ich habe mich erkundigt, wenn du mir verzeihst, es dauert noch eine Woche. Bis dahin solltest du vielleicht mit mir zum Hof meiner Schwester kommen. Es sind nicht viele Stunden dorthin. Ich bringe dich wieder nach Sydney. Du bist nicht gesund, Aron. Ich fürchte, du hast dir auf See tatsächlich einen Sonnenstich geholt.«
»Es regnet ja«, sagte Aron.
»Das hat es seit unserer Ankunft getan, seit vorgestern abend. Du hast die meiste Zeit geschlafen. Ich weiß nicht einmal, was du in Neuseeland willst. Das geht mich eigentlich auch nichts an, aber du bist ein komischer Kauz. Weißt du übrigens, wo wir wohnen?«
»Nein. Das spielt doch keine Rolle. Es sind ja alles doch nur Zeichen.«
»Wenn ich nicht festgestellt hätte, daß du nicht trinkst, hätte ich dich für einen richtigen Säufer gehalten.«
Sie wohnten im Hotel Imperial in der Nähe des Hafens. Die Kräne erhoben sich über sie, als sie in den Regen hinaustraten, Bahngleise überquerten die Straßen, manchmal ertönten Warnsignale von Zügen, die zurücksetzten und zwischen den Lagerhäusern rangierten.
»Warum hast du nichts gegessen?«
»Es hat mir nicht geschmeckt.«
Das konnte er wenigstens sagen. Das war ein deutlicher Satz. Essen hatte keinen Wert mehr für ihn. Im Gegenteil, es belastete den Körper. Und es verursachte ihm schon Übelkeit, Fleischstücke und Gemüse nur ansehen zu müssen.
»Frauen brauchen starke Männer«, sagte Edman.

Er irrte im Regen umher, bemerkte es aber kaum, denn es berührte nur sein Äußeres, und das war sehr weit weg. Dort draußen flogen Menschen mit glühenden Gesichtern an ihm vorbei, segelten zwischen den Baukörpern, kurvten durch die Luft, einige winkten ihm zu, er tat, als sähe er es nicht. Schlafen mußte er auch nicht.

Sie waren offenbar wieder im Hotel, denn Edman sagte: »Ich muß ausruhen. Der Lärm von der Straße macht mir auch so schon genug zu schaffen.

»Da könntest du recht haben. Es ist ein schrecklicher Lärm. Aber das geht vorbei.«

»Gut. Du kommst morgen also mit. Allein kommst du nicht zurecht. Du bist völlig verrückt.«

Aron lachte.

»Ich könnte schon erzählen«, sagte er, »doch das darf ich nicht.«

»Schlaf jetzt oder versuch wenigstens, still zu sein.«

»Ich kann mich draußen hinsetzen, wenn ich dich störe. Es gibt Parks, wie ich gesehen habe.«

»Du bleibst hier. Du findest nie zurück.«

Morgen oder Abend. Früher oder später: Sie saßen in einem Park unter Pfefferbäumen, und es kamen fast würgende Augenblicke, als jemand die Membrane durchstach und sich sein ganzer Körper plötzlich draußen in der Wirklichkeit befand, und die Angst überkam ihn stärker denn je, die Autos kreischten und bremsten, Menschen johlten, und die Ecken und Kanten aller Dinge waren so scharf, daß er sich ihnen nicht zu nähern wagte.

»Ich verabscheue Städte«, sagt Edman. »Bald fährt der Zug zu meiner Schwester raus. Ich habe sie gehaßt, seit ich achtzehn war und nach Göteborg mußte, um zu arbeiten.« Er reichte ihm eine Sardinendose, brach ein Stück Brot. Aron hörte das Mahlen seiner Kiefer und verabscheute es.

»Das Lustige an dir ist, Aron, daß du mir bisher nicht eine einzige Frage gestellt hast. Über mich. Du weißt überhaupt nicht, wer ich bin und woher ich komme.«

»Nein.«

»Eigentlich ist es überhaupt nicht lustig, und ich glaube auch nicht, daß du wirklich so bist, wie du dich zeigst. Dir ist irgend etwas danebengegangen.« Die Sardinen verschwanden in seinem Mund, nachdem Aron ablehnend den Kopf geschüttelt hatte. Er konnte ihnen in der engen Speiseröhre folgen, er *sah* die Sardine in Edman. Rote Tomatensauce war an seinen Lippen hängengeblieben.

»Es ist etwas anstrengend, mit einem zusammenzusein, der nur schweigt, verstehst du. Also rede ich mehr als gewöhnlich. Ich habe mich von meiner Frau scheiden lassen – oder sie sich von mir. Ich bin ein Emporkömmling, dem es blitzschnell bessergehen muß, damit ich der Alten beweisen kann, daß ich zu etwas tauge. Sie hat nie an mich geglaubt. Daß ich etwas anderes könnte, als auf der Werft auf Blech herumzuhämmern. Außerdem hätten wir ja sehr wohl dorthin zurückziehen können, wo ich hergekommen bin. Weißt du, wo Dingle liegt, da komme ich her, der Hof gehört noch der Familie, aber es paßte ihr nicht, ein Bauernweib zu werden. Mir vielleicht auch nicht, von Anfang an nicht, ich war wohl eifersüchtig auf alle, die in die Stadt zogen und dort Arbeit fanden, ja, neidisch und wieder neidisch, doch es gehörte dazu, daß man sich dazu entschloß. Hier gibt es keine Zukunft, das bekam ich dauernd zu hören. Nichts wie weg in die Stadt, Jungs. Es dauerte ein paar Jahre, bis mir klar wurde, wie sehr man mich hereingelegt hatte. Willst du nicht die letzte Sardine? Etwas Brot? Also nein. Wenn ich nur begreifen könnte, was mit dir los ist.«

Aron fand es seltsam, daß Edman es nicht sehen konnte. Alle seine Gedanken waren doch sichtbar, er war *offen*. Alle Menschen waren offen.

»Nicht nur du«, sagte er sich laut, während er die Sardine betrachtete, die sich langsam durch Edmans Körper wand.

Dann war da ein Zug, ein sehr langsamer australischer Zug, der von Sydney nach Norden ratterte.
»Meine Schwester kam vor zwölf Jahren hierher. Sie glaubte, sie sei krank und müsse sterben. Kaufte Land, schaffte sich Schafe an wie alle anderen. Als ich sie das erste Mal besuchte, hatte sie vierhundert. Ein Teufelsweib, wie die arbeiten kann. Hat Zäune hochgezogen, gesponnen, gemalt, gewebt. Hat dann den ersten Traktor der Gegend gekauft. Hat in den ersten fünf Jahren allein gelebt. Findest du sie schön, die Landschaft?«
»O ja.«
»Ich will nur feststellen, ob du zuhörst, Aron. Du wirst sehen, es wird dir guttun, zu ihr rauszukommen. Die Luft ist gut da draußen. Sie hat auch ihr gutgetan.
Also, wie gesagt, sie lebte die ersten fünf Jahre allein, und es wurde wohl über sie getratscht. Die Leute waren wahrscheinlich der Meinung, sie könne keine richtige Frau sein, da sie sich keinen Mann anschaffte.
Aber dann, eines Tages, erschien auf der Straße ein richtiger Herr. Verteufelt elegant. Handschuhe aus Sämischleder, gelb waren sie, er hatte eine Schifferkrause, eine Pfeife in der Schnauze und eine Art Seglermütze auf dem Kopf. Er klopfte auf den Höfen an, aber sie bekamen allesamt Angst vor ihm. Vera war die erste, die nett zu ihm war, und sie ließ ihn herein. Niemand wußte, woher er kam, aber es war klar, daß er keinen Schnaps vertrug, mehr will ich dazu nicht sagen, ich selbst saufe manchmal wie ein Kalb. Nach der Scheidung. Vorher allerdings auch.
Er heißt Martin, dieser elegante Bursche, Eslevsen, kommt auch aus Schweden, und als er bei ihr war, fing er an, über Gedichte zu sprechen, über Dan Andersson und Fröding und wie immer sie heißen, ich verstehe nichts von Gedichten, und er schrieb ihr:

Wir brechen unsere Ketten
und legen uns auf die Betten,

und dann schrieb er noch eins, das ich recht nett fand:

> Nicht nur ein reines Gewissen
> ist ein gutes Ruhekissen,
> auch Granit und Stein
> können eines sein.

Ja, irgendwas in dieser Richtung, und dann haben sie geheiratet. Während sie Zaunpfähle in die Erde trieb, malte er Bilder. Wenn die Schafe lammten, schrieb er Gedichte. Du wirst es ja selbst sehen.«
Edman pickte wie ein Vogel an Arons Fensterscheibe, drang aber nicht richtig zu ihm ein. So war es in der ganzen Woche, in der Aron draußen bei Vera und Martin Eslevsen im scharfen Sonnenschein saß, unter einem Zimtapfelbaum oder auf der Veranda, die von blühenden Büschen überschattet wurde. Er saß da, und die Gespräche strömten an ihm vorbei. Er wußte, daß sie manchmal mit ihm Kontakt aufzunehmen versuchten, alle drei, aber die Worte gingen ihn nichts an. Manchmal wurden sie so scharf und deutlich, daß es ihm wie ein Schlag in die Magengrube vorkam, daß er flüchten mußte, hinaus auf die Straße oder über die Hügel. Man holte ihn zurück. Man zwang ihn, etwas zu essen, man zeigte ihm das Zimmer, in dem er schlief, und er ließ es zu, bis Edman eines Tages sagte: »Jetzt geht dein Schiff, willst du wirklich los, in dem Zustand, in dem du dich befindest?«
Und das wollte er.

An jenem Abend, kaum hatte das Schiff den Hafen von Sydney verlassen, entdeckte Aron Solveig im Speisesaal. Sie saß an einem der Tische und aß ein Beefsteak, trank Wein, auf ihrer Brust lag eine Serviette, das Kleid war ausgeschnitten, und Aron, der in der Schlange vor der Essensausgabe stand, wurde sehr erregt und wollte zu ihr, drängte sich durch die immer wütender werdenden Gäste, schlug einen vorgestreckten Arm beiseite, schubste einen Mann und brüllte, er müsse durch, entschuldigen Sie mich. Aber der Schrei kam vor der Bitte, und jemand wandte sich ihm zu, und er erhielt einen Schlag ins Gesicht, einen kräftigen Schlag, so daß er gegen eine ältere Dame taumelte und über sie fiel, und er sah, wie sich hinter ihm viele Schatten versammelten, während er mühsam wieder auf die Beine kam, jetzt ging es um Sekunden, er spürte eher, als er sah, daß Solveig bald zu Ende gegessen haben und verschwinden und für ihn unerreichbar werden würde, unter weiß der Himmel welchem Namen, und in seiner Angst versetzte er dem nächsten Körper einen Faustschlag, erhob sich zu seiner ganzen Größe, schlug um sich, und der Radau im Speisesaal nahm zu, er erhaschte einen Blick auf sie, als sie durch die Glastüren verschwand, er lief hinterher, er sah sie auf der Treppe, er hörte, wie Türen zugeschlagen wurden und wieder aufgingen, und oben auf dem Vorschiff holte er sie ein und sah, daß es nicht sie war. Daß sie es nie gewesen war, nicht diesmal und auch früher nicht. Er durchbrach die Membranen seiner Benebelung, eine nach der anderen, und stand nackt und einsam in der Dunkelheit hoch über den Wellen und wußte, daß Solveig ein für allemal tot war und daß er *hier* war und sie nie würde erreichen können, und das Schiff hob und senkte sich, es waren keine Sterne am Himmel, es gab nichts, und er wurde vollkommen ruhig und still, leise trat er an die Reling, hängte seine Jacke auf den Haken an einem Rettungsboot, lockerte die Krawatte, hängte sie daneben, löste die Schnürsenkel, zog die Schuhe aus und stellte sie ordentlich nebeneinander, die Hose faltete er zusammen und legte sie aufs Deck, dann kletterte er auf die Reling und machte einen weiten Satz in die Dunkelheit hinaus, in das schwellende, ihn bald verschlingende Wasser.

IV

Es war ein unfertiges Hochhaus außerhalb der Zeit. Statt Baugerüsten gab es Orgelpfeifen, gewaltige Blasinstrumente. Das ganze Haus bestand aus Musik. In den verschiedenen Stockwerken wimmelte es von Handwerkern, Vorarbeitern, Frauen. Einige standen vollkommen still und sangen das Bauwerk in die Höhe. Es war Abend, als ich hineinging. Ich wußte, daß ich zu spät gekommen war und daß es mir nicht erlaubt werden würde, an der Gestaltung des Gebäudes mitzuwirken, was mich mit Angst erfüllte, sollte ich doch einer der Mieter sein. Gleich neben dem Eingang stand ein Chor, eins der Chormitglieder legte einen Finger auf den Mund und zeigte auf den Dirigenten, der im obersten Stock stand. Es war Torin: »Ich bin keine Stewardeß, die Ihnen irgend etwas serviert«, sagte er und machte Anstalten, mit einer Fliegenklatsche auf mich und meine Frau einzuschlagen. Er wollte seinen Arm gerade niedersausen lassen, als Solveig, die sich in der zehnten oder elften Etage befand, am äußersten Rand der Dunkelheit, mit ihrer Altstimme eine Arie intonierte. Wie eine Turmschwalbe stieg sie empor, bahnte sich einen Weg durch das Gewirr herumliegender Instrumente, durch Stapel von Partiturblättern, über halbfertige Treppen und segelte in den dunklen Himmel hinaus. Ich schämte mich, gestört zu haben, und meine Gedanken müssen so deutlich gewesen sein, daß Torin mich ansah und sagte: »Dies ist ein Text über die Zuversicht und keine Anzeige für Windeln.« Der Chor blickte mich triumphierend an, als Solveigs Arie ganze Wände dazu brachte, sich zu erheben. »So machen wir es«, erklärte Aron. Er hielt Sidner bei der Hand. »Der Junge weiß das.« Da war plötzlich von draußen ein Lautsprecher zu hören, es war der König von Nepal, der schrie: »Alle, die sich innerhalb der Musik befinden, müssen sie sofort räumen, sonst schießen wir mit Tontaubenkugeln.« Um den König und auch um alle das Haus umgebenden Hügel herum waren Fackeln angezündet worden, Unruhe durchzog die dunkle Menschenmasse. Es roch nach verbranntem Gummi, und ich sah nun, daß wir uns in Katmandu befanden. »Aber wir sind doch gerade erst gekommen«, sagte ich, doch meine Frau zupfte an meinem Ärmel: »Es ist sicher am besten, wenn wir das tun, was der König sagt.« – »Aber wir sollen doch hier wohnen.« – »Das ist nicht nötig«, sagte sie. »Wir können auch bei Wilson wohnen.« Sie hob die Arme über den Kopf und ging hinaus. Wilson kam ihr mit dem Megaphon des Königs in der Hand entgegen. Er küßte sie auf die Stirn und rief: »Für noch mehr Leute wird es in meinem Haus zu eng.« Jetzt drängte sich der gesamte Chor dem Ausgang entgegen, und ich erkannte viele der Musiker wieder, Freunde, die sich vor mir versteckt gehalten hatten, denen ich meine Abwesenheit gern erklärt hätte, aber alle taten so, als bemerkten sie mich überhaupt nicht. »Wartet«, schrie ich, »begreift ihr denn nicht, daß das Haus zusammenstürzt, wenn ihr verschwindet?« Sie zeigten auf den König, der neben einem Affentempel einen festlichen Tisch deckte. Im Gras lagen Palmenblätter ausgebreitet, darauf Bananen, Weintrauben und Papayas, es gab Wein in Karaffen mit schlanken Hälsen. »Das Fest findet draußen statt.« Als ich mich umsah, waren die meisten Glühlampen erloschen, nur Torin, Solveig, Aron und Sidner waren noch mit mir im Haus, aber uns trennten mehrere Stockwerke, und ich wußte mit einemmal, daß die Kugeln das Gewehr des Königs schon verlassen hatten, jetzt wurden Solveig und Aron von einer Salve getroffen, und ich wachte schreiend auf.

Ich beherrsche diese Schreie. Du auch. Wir leben von Schrei zu Schrei. Aber dazwischen bahnt sich ein Rinnsal Wasser seinen Weg. Es verschwindet, es taucht auf, einmal, zweimal, im Laufe unseres Lebens vielleicht sogar dreimal, damit wir die Lippen anfeuchten und weiterziehen können. Daß ich hier bin, beruht darauf, daß man mir im Tal der Toten dieses Glitzern zwischen den Steinen gezeigt hat. Ich habe die Musik zu hören bekommen, wo ich sie am wenigsten erwartet hätte.

Die Leute setzten sich in den Kopf, Lars Madsén sei schuld daran, daß Torin anfing, in Lokale zu gehen, aber so war es nun ganz und gar nicht. Es war der *Kindesvater* Torin, der sich scheu in den Lichtkreis drängte, um von den Menschen aufgenommen zu werden. Er hatte einen Tisch ganz hinten in der Ecke bei der Küche. Da saß er mit unruhigen Händen und tatschte zerstreut auf dem Gästebuch herum.

Wie ein brennender Busch leuchteten seine Haare und Augenbrauen, strahlend wie ein Roggenfeld bei Sonnenaufgang, hoben und senkten sich neugierig, blieben trotzdem mutlos vor jedem eintretenden Gast. Es war ohne Zweifel wahr, daß er merkwürdige Gewohnheiten angenommen hatte: Er hatte sich einen Blazer, eine Sonnenbrille und eine Kamera gekauft. Er schnipste sich die Schuppen von Ärmeln und Schultern und zog dann und wann an einer Zigarre. Ein gewöhnlicher Steinmetz durfte sich solche Manieren nicht zulegen, aber war er gewöhnlich? Je mehr Zeit nach dem Interview verging, um so mehr vergaß man, daß Torin kaum ein Wort gesagt hatte, daß es Madsén gewesen war, der um dessen Brummeln und Summen herum Reden gewoben hatte, so schön, daß das Bild vom Genie mit seinen selbstgemachten Elektrizitätswerken und poetischen Märchentieren aus Lehm, vom Flieger, der in seiner Tiger Moth einsam über die Wälder hinwegschwebte, sich schließlich wie eine Aura um Torins Gestalt legte.

»Du hast doch schon mal im Radio gesprochen«, sagte man und setzte sich ihm gegenüber, sah seine Hände an und hörte sozusagen rückwirkend all das, was Madsén aus Torins Mund gesagt hatte, und man fühlte sich ein bißchen durch seine Schroffheit brüskiert und war im stillen der Meinung, daß es Torin damals, als Madsén mit ihm gesprochen hatte, wahrhaftig in den Kram gepaßt hatte, das Maul aufzumachen. Aber man taute auf, als er sich in Richtung Gästebuch vortastete und fragte, ob er sich verewigen solle.

»Ja, und so hat man wieder einmal bezahlt«, sagte Torin und wurde würdig, während er ein paar imaginäre Aschenreste aus dem Gästebuch blies, »das muß gefeiert werden, *you know.*«

Denn aus diesem Grund saß er da. Aus diesem Grund hatte er sich Blazer und Sonnenbrille angeschafft.

»*Be my guest!*«

Zwar war ihm das Gästebuch schon vor Madséns Besuch in die Hände geraten, es war der Einfall der Schwägerin Victoria gewesen, und Madséns Name stand als erster und ganz einsam auf der ersten Seite, aber dann erzählte es ganz andere Geschichten. Da fand sich der Name des Probstes Wärme, der des Leiters der Kinderfürsorge, da standen die gekonnten Unterschriften des Polizeichefs und des Konfektionshändlers Petterson mit Datum und allem, und daraus ließ sich ersehen, daß der Blazer jetzt fünf Jahre alt war. Torin hatte Sinn und Zweck des Buches vielleicht mißverstanden, da er es überall mit sich herumtrug, aber dennoch: Er lud sie ja in die Säle seines Stolzes ein, in die Geheimnisse der Bezahlung, in die Verantwortung der Unterhaltung. In die Zeichen dafür, daß er nicht einsam war.

Er lehnte sich im Stuhl zurück.

»Ja, und jetzt geht man wieder auf Reisen.«

Ließ die Worte verklingen.

»Es blieb etwas Geld übrig, nachdem ich Bezahlt hatte, *you see!*« und sprach das Wort Bezahlen mit sehr großen Buchstaben aus, ließ sie ein Weilchen über dem Tisch leuchten und, um noch einmal die Süße zu schmecken: »Es ist nicht billig zu Bezahlen.«

Allmählich bekam man das satt, aber es gab andere Dinge, die einen neugierig machen konnten. Die Fliegerei. Rundfunksendungen, Grabsteine. »Wie war er eigentlich, dieser Madsén? Du hast ihn doch kennengelernt?«
»Ist er eigentlich so was Besonderes?«
»Wer?«
»Madsén.«
»Oh, ich hab gerade an Gary gedacht.«
Torin trank einen Schluck, um den Übergang natürlich zu gestalten.
»Er wächst, er ist jetzt fünf.«
»Aha.«
»Ein tüchtiger Junge.«
Man wollte ausweichen.
»Und wohin wolltest du reisen, sagtest du?«
»Nun, es wird vielleicht Göta Kanal. 150 Kronen für die Doppelkabine. *Not very cheap*, aber immerhin...«
Es lag Rücksichtnahme darin, daß er sich dem Gerede über Gary entziehen sollte. Man wollte ihn sich nicht in Lügen verwickeln lassen, in Lügen von erfundenen Besuchen bei der »Familie« in Karlstad, wollte nicht zulassen, daß er in weitschweifiges Gerede über Reisen verfiel, aus denen nie etwas wurde, Reisen mit »den Seinen«. Viele hatten ihn ja durchs Haus streichen sehen, wie er zu den erleuchteten Fenstern im zweiten Stock hochblickte, wo sie wohnte, die Zetterbergerin. Viele hatten kehrtgemacht, um ihm nicht begegnen zu müssen, wenn er nach solchen Stunden mit gebeugtem Kopf zur Eisenbahn zurückkehrte. Begegnete man ihm dennoch, spielte man den Überraschten, wenn man im gleichen Abteil landete. »Oh, ach so, du bist in der Stadt, Torin.«
»Ich hab ein paar Besuche gemacht.«
»Und schönes Wetter hast du gehabt.«
Torins Nächte waren für den Jungen eine einzige große Geburtstagsfeier. Gary saß dann auf seinem Schoß und lachte. Gary bat ihn, aus dem Lehm, der in einem Klumpen auf

dem Gartentisch lag, Tiere zu formen. In seinen Träumen erzählte Torin von Amerika, von den Feuerfliegen und Maisfeldern, von Indianern und Negern.
»Das Lernen fällt ihm leicht«, redete er sich ein.
»Er wird am Ende wohl nach Amerika gehen. Das hier«, sagte Torin und machte eine weitausholende Geste zum Speisesaal und zur Straße hin, »das hier ist nichts für Gary. Sunne ist *just nothing, you know.*«
Ja, Torin log, um zu glauben. Die Prahlerei war der Zement, mit dem er sein Haus erbaute. Mit Hilfe der Prahlerei wollte er die Welt abdichten, damit sie nicht aus ihm herausleckte. Diese fließende, würgende Dunkelheit, die ihn Nacht für Nacht nach den Abenden im Speisesaal einholte, wenn er mit schweren Schritten den Garten durchquerte, sich über die Bahnlinie hinweg zu seinem Haus am Wasser schleppte. Es war eine unbeholfene Prahlerei, die nicht ausreichte, eine Prahlerei mit allzu verwässerter Konsistenz, sie war schwach und durchsichtig. Er hätte eine größere Prahlerei gebraucht, einen Eiffelturm im Wald, einen Atlantikflug mit Gary, ein Perpetuum mobile, hinter dem er sich hätte verstecken können. Das hatte er im Auge gehabt, als Madsén im Rundfunk mit ihm gesprochen hatte, daß die kleine Mühle am Bach, der Flugschein aus Amerika, die wunderbaren Tiere, die Madsén in lyrischen Tönen gepriesen hatte, daß sie *just nothing* waren. Sie waren nur die Fußmatten des Palastes, den er erbauen würde.
Aber jetzt mußte er sich die Füße abtreten und das Haus des Nichts betreten.
Das Haus Nein.

Hierher war sie einmal gekommen, die Zetterbergerin, mit halboffener Bluse, diesem schwierigsten aller Anblicke. All die Weichheit dahinter. Direkt ins Paradies hatte er blicken müssen, als sie um ein Glas Wasser bat. Neigte sich zu ihm, legte ihre Hand auf die seine, taumelte. Er bat sie, sich aufs Sofa zu setzen, das ungemachte, räumte seine Unterhosen,

das alte Hemd, die Strümpfe weg. Es roch schlecht, der Pinkeleimer stand an der halboffenen Garderobentür, es roch sauer. Torin betrachtete das Inventar, als sähe er es zum ersten Mal. Unabgewaschene Tassen auf dem Tisch, der Teller im Spülstein, das Schweineschmalz auf den Bestecken. Er betrachtete die Fliegen auf dem Fensterbrett, die er zu töten pflegte, die er an den Flügeln hochhob und auf einen Haufen legte, wenn es nichts anderes zu tun gab. Hier war er seit Mamas Tod geblieben. Einfach im Warten darauf geblieben, daß irgendeine äußere Kraft ihn auf die Veranda im Mittelwesten zurückholen würde. Denn dort war er zu Hause. Dort gab es Wünsche in alle Richtungen, Kalifornien, Florida, New York. Man konnte draußen auf den Maisfeldern stehen und *vorwärtsdenken.*
Das Haus war nicht für Besucher gemacht. Als Mama noch lebte und Solveig noch ein Kind war, strömten die Winde durch die Tür und die offenen Fenster herein – dann war es mehr und mehr zur Werkstatt geworden.
Die Zetterbergerin stolperte zwischen Kabeln und Werkzeugen vorwärts, hier lagen Teile von Radioapparaten, da Hobelspäne und Holzstückchen, dort amerikanische Zeitschriften über die Fliegerei. Sie legte sich aufs Sofa und fragte, ob sie Fieber habe. Er war gezwungen, ihr über die Stirn zu streichen, dann machte sie sich an seiner Hose zu schaffen, und er erinnerte sich, daß er gerade im Begriff gewesen war, eine Frage zu stellen: »Warum bist du hergekommen...?«, bevor er durch ihre Berührung geblendet wurde. Und hinterher: »Du darfst gern wiederkommen, *you know.*«
Aber daß sie es sozusagen nicht hörte.
Zog sich das Höschen an und ging, ohne sich auch nur umzudrehen.
Dort nicht wieder stand, bis sie kam und ihm mitteilte, sie erwarte ein Kind. Sie stand da auf der Schwelle und schnupperte mißbilligend, sah ihn nicht an, sah draußen aufs Wasser, und dann hörte er seine eigene, jämmerliche Stimme:

»Willst du mich heiraten? Obwohl ich...« – »Obwohl du was?« – »Jaa.«
Und wie vom Boden eines Brunnens her: »Ich bin nicht böse. Es genügt, wenn du zahlst.«

Die Herrliche Birgitta hatte von Gott eine Krankenschwesternseele bekommen. Eingefaßt wie ein Bernstein in ihre freudenreiche irdische Hülle drang der Lichtschein bis in ihre Augen, beleuchtete die traurige Welt, die sie betrachten mußte, seit die allzu vielen Weinschläuche sie auf den glanzvollen Festen der zwanziger Jahre mit Unglück geschlagen hatten. Sie war sehr schön. Es war, als hätte sie jemand aus einem italienischen Gemälde der Renaissance herausgelöst, um sie unter die Straßenlaternen von Sunne zu stellen, und als wäre sie nach diesem Umzug noch nicht richtig aufgewacht. Den Kopf ein wenig geneigt, das dunkle Haar über die Schultern herabfließend, die Hände im Muff gegeneinandergepreßt, stand sie da und summte mit einem schwachen Lächeln, das nicht für diese kalte Gegenwart gedacht war: »*My heart belongs to Daddy.*«
Das war eines der wenigen Gebrechen, die ihr der Aufenthalt in den Staaten eingebracht hatte: Sie mußte singen. Und eines Abends, als sie auf ihrer Wanderung beim Hotel anlangte, unter den offenen Fenstern des Speisesaals vorbeikam und die Grammophonmusik herausströmen hörte, wurde sie durch die Tür gezogen, die Treppe hinauf, schwebte in ihrer Pelzboa unter den Kristalleuchtern durch, breitete die Arme aus, und es gelang ihr beinahe, bis auf die Höhe des Sängers auf der Platte zu klettern, als er den Schlußton intonierte. Der Applaus kam, aber was weiß ein Applaus? Kantor Jancke, der den siebzigsten Geburtstag seiner Schwiegermutter feierte, sah sich in dem novembertristen und fast leeren Saal um und entdeckte die zwei roten Hände, die Torin gehörten.
Torin spreizte sie und ließ einen unbeholfenen Laut hören, der auf gebrochenen Flügeln zu ihr flatterte.

»Your pronunciation is very good. Be my guest!«
Die Herrliche Birgitta stand am Grammophon, inmitten ihres gewaltigen Körpers, als wäre sie eine Heilige, von ihren Gliedern getragen, ihre Augen glitzerten, und der Goldzahn, den man ihr nach einer Prügelei in den Küchenregionen, als sie noch Haushälterin gewesen war, eingesetzt hatte, blitzte Torin an. Sie machte einen Knicks zur Familie Jancke hin und auch in Torins Richtung, während sie die Pelzboa enger um sich zog. Das war sie nicht gewöhnt, sie gehörte zu Sunnes Straßeninventar, hinter ihrem Rücken schnitt man Grimassen und pfiff laut *Night and Day*. Und doch lebte sie in der Gnade: Sie konnte die Quellen ausmachen, die fast unsichtbaren Wasseradern, die unter steinigen Repliken hervorsprudeln, unter der unvollendeten, unerfüllten Sehnsucht der Gesten, wenn sie nach einfacheren Diensten tasten. Und jetzt blickte sie weit in den Nebel, sah, wie Torin seine Stimme nach ihr ausstreckte: *»Be my guest!«*
Und wie er das Gästebuch langsam quer über den Tisch schiebt, als sie sich unsicher nähert, es wie einen Schild vor sich hält, während seine Augen umherirren.
»Wenn du so nett sein würdest, hier ... deinen Namen hineinzuschreiben.«
»Du Lieber«, sagt die Herrliche Birgitta und stützt sich an seinem Handgelenk ab, und aus seinem Körper wird so etwas wie schmelzendes Wachs, er spürt, wie ihre Hand durch sein Fleisch und Blut sinkt, bis auf den bloßen Knochen. Es brennt und wird heiß, dringt in die völlig verschlammten Höhlen in ihm, sie werden erleuchtet, er sieht und wird gleichsam durch seine eigene Existenz geblendet. Aber dann zuckt er zusammen. Es ist zu stark.
Daß jemand ihn *so* berührt hat.
Und er will aufstehen und hinausstürzen. Aber die Herrliche Birgitta steht da, gegen ihn gelehnt, und blättert im Gästebuch. Er bereut, hat sogar vor ihrem Namen Angst. Hat Angst, daß er ihn jedesmal versengen wird, wenn er ihn nur ansieht.

»*You know a lot of people*«, sagt sie auf englisch, und das macht ihn in ihrer Gegenwart zu einem *Ab-gesonderten.* Er hebt das Gesicht, sie streicht ihm mit dem Zeigefinger über die Stirn, spricht wie jemand, der vor langer Zeit unter Feuerfliegen auf einer Veranda gestanden hat.
»*They laugh at me, you know.*«
»*Nobody is laughing, nobody. The colour of your hair is so beautiful.* Ich erschrecke dich doch nicht?«
Sie setzt sich ihm gegenüber.
»Hast du Angst vor Frauen?«
»*Love is so ugly,* Birgitta.«
»Nein, nicht die Liebe. Die nicht. Du hast sie vielleicht nur noch nicht zu sehen bekommen. Man muß sie suchen, weißt du. Auch ich selbst habe sie wohl noch nicht gefunden. Als ich dich sah, dachte ich: Da sitzt Torin und grübelt sich über die Liebe und den ganzen Schlamassel zu Tode. Aber Grübelei ist eine Sünde. Woran denkst du gerade?«
»An Gary, meinen Jungen.«
»Aha! Bestell mir eine Flasche Wein. Nur eine kleine.«
»Ich darf ihn nicht treffen. Dafür bin ich nicht gut genug.«
»Und das glaubst du tatsächlich! Findest es vielleicht ganz bequem. Du genießt es doch im Grunde, oder? Findest Trost darin. Du mußt es mir sagen, wenn ich mich irre. Wenn ich zuviel rede, denn ich bin ein bißchen beschwipst, und dann bin ich nicht so rücksichtsvoll wie sonst, aber du siehst ja, was los ist.«
»*Yes, you* see *me.* Nur raus mit der Sprache.« Er klopft an die Tür zur Küche, und Frau Jonsson rümpft die Nase, als sie die Herrliche Birgitta dort sitzen sieht.
»Geben Sie Fräulein Larsson eine halbe Flasche Wein.«
»Wirklich noch mehr?«
»Es ist kalt draußen. Sie ist ein guter Mensch, Frau Jonsson. Sie ist mein Gast.«
»Wenn Sie nur nicht Familie Jancke stören«, brummelt Frau Jonsson.

»Wir sind *leise*«, sagt Torin.
Die Herrliche Birgitta blättert im Gästebuch.
»Aber du lieber Himmel, ich bin ja die einzige Frau im ganzen Buch, Torin. Hast du nie ...? Bin ich wirklich die erste, die ...?«
»Man wagt es nicht. Schreib jetzt deinen Namen hinein, Birgitta. Mit Datum und allem. Du bist wirklich nett, du. Erzähl mir mehr über mich!«
»Hilft es dir eigentlich, wenn man mit dir spricht? Wann bist du fröhlich?«
»Wenn ich an Gary denke. Wenn ich hoffe, ihn herzubekommen, wenn ich daran denke, daß wir im Garten sitzen könnten. Ich würde ihm Schokolade und Limonade geben. In Massen. Amerika, ja, wenn ich daran denke, daß er und ich nach Amerika fahren würden. Manchmal glaube ich, daß er und ich über den Atlantik fliegen sollten, nur er und ich, genau wie Charles Lindbergh, *you know.*«
Die Herrliche Birgitta legt ihre Hand auf Torins und zeigt ihren Goldzahn. »Man muß etwas unternehmen, Torin. Das ist wichtig. Die Gedanken, die man hat, spielen kaum ein Rolle. Was für ein Wein!«
»Wie ich höre, bist du reichlich verwöhnt, was solche Dinge betrifft.«
»Ja, das bin ich. Ich hatte nie vor zu trinken, ich trank ganz einfach. Ich trinke noch, das ist dumm, aber manchmal ist das Leben so verzweifelt kalt.«

In jener Nacht schlief Torin nicht. Er hatte die Herrliche Birgitta vor dem Hotel verabschiedet, und es war ihm nicht aufgegangen, daß sie ihn durchaus hätte nach Hause begleiten können. Erst als er sich oben auf dem Bahndamm umdrehte und sie dort stehen sah, unter der Straßenlaterne, im Schnee.

Er wälzte sich auf dem Bett hin und her und lauschte dem Märzwind. Die Tür zur Tischlerwerkstatt quietschte, im Spülstein waren Ratten, die Katzen waren draußen auf Abenteuer aus. Wenn sie mitgekommen und dieses Durcheinander gesehen hätte... Nein, er schlug sich die geschlechtlichen Gedanken aus dem Kopf, jetzt wie früher. Es war wohl besser, daß es so gekommen war. Damit er nicht in Versuchung kam. Aber für Gary würde er ein Zimmer herrichten können. Spielsachen kaufen. Aus Beryls Konditorei Kuchen holen.

Irgendwo im Obergeschoß. Er war seit Jahren nicht mehr oben gewesen. Es war noch so wie damals, als Mama gestorben war. Er stieg aus dem Bett und ging tastend die Treppe hinauf, blieb auf dem sauberen, frischbezogenen Bett sitzen, bis die Dämmerung anbrach.

Am Morgen nahm er den Zug nach Karlstad. Am Kiosk kaufte er drei Tafeln Schokolade, um wenigstens etwas für Gary zu haben, falls er ihn zu Gesicht bekam, es war so lange her, daß er den Jungen durch die Fenster zur Wohnung gesehen hatte. Durch die Straßen pfiff ein eisiger Wind, unten am Fluß lagen hohe Schneeverwehungen. Erst wollte er anklopfen und sagen: »Ich möchte nicht stören, ich möchte den Jungen nur *sehen*, ein Weilchen bei ihm sitzen und ihn hätscheln. Liebe Carina«, wollte er sagen, »in mir ist nichts Böses. Laß mich ein Weilchen auf ihn aufpassen, während du deine Arbeit machst.« Welcher Art die auch sein mochte? »Würdest du es nicht ganz schön finden, mal ein bißchen auszuspannen.« Das hörte sich gut an, auszuspannen, so wie er selbst die Gedanken an Gary und den warmen Kinderkörper ausspannen wollte. Ihn ein Weilchen halten zu dürfen! Eine Tüte mit Lehm würde er auch mitnehmen. »Sieh mal«, würde er sagen, »ich werde dir ein Tier machen. Was hättest du am liebsten: ein Nashorn? Oder einen Elefanten? Ich werde dir einen Elefanten machen.« Nein: »Papa wird dir einen Elefanten machen.« Das hörte sich gut an. »Papa wird einen Elefanten für dich machen, während Mama einkaufen geht. Komm, setz dich auf meinen Schoß. Das hier, weißt du, habe ich in Amerika gelernt. Weißt du, wo Amerika liegt?« würde er fragen, und Gary würde sagen: »Nein, Papa, das weiß ich nicht.« – »Es liegt weit, weit weg, auf der anderen Seite des Atlantik. Eines Tages werden wir hinfahren, du und ich, mit meinem Flugzeug.« – »Du hast ein Flugzeug, Papa?« – »Aber ja, hat Mama das nicht erzählt?« – »Nein, sie hat *überhaupt nichts* erzählt.«

Torin spürte einen Stich im Herzen. Hatte sie wirklich nichts erzählt. Wie konnte sie. Aber er las es in ihrem Gesicht, wie er es zuletzt gesehen hatte, als sie sich an einer Straßenecke begegnet waren und er mit ausgestreckten Händen dagestanden und gebeten hatte... wenigstens ein paar Minuten zu bekommen... eine Minute, Carina! »*Warum?*« hatte er gefragt. »Warum bist du so unmöglich. Es ist ja auch mein Kind, ich habe mich doch nie gedrückt, im Gegenteil, ich...« – »Wenn du nicht aufhörst, hier herumzuschleichen, gehe ich zur Polizei.«

Sie hat also nichts erzählt, phantasierte er weiter und dachte, eigentlich müßte ich wütend werden, richtig wütend, wie ich es bei anderen Menschen gesehen habe. Das ist wohl der Fehler mit mir. Daß mir der Zorn fehlt. Ich *kann* nicht wütend werden. Ich weiß nicht, wie man es anstellt. Aber jetzt werde ich weiß Gott... Ich werde anklopfen, und sobald sie aufgemacht hat, schreie ich: »Jetzt ist Schluß damit, Carina. Jetzt hast du mich lange genug schlecht behandelt. Ich verlange, Gary bei mir zu haben, auch wenn du mich haßt, ich will ihn bei mir haben...« Ließ es auf der Zunge zergehen... Will das Kind bei mir haben, wenigstens mein Kind... von Zeit zu Zeit... Es wird sich bei mir wohlfühlen... Frisches Brot aus Beryl Pingels Bäckerei kann er haben, soviel er will... Milchbrei und Grütze, frische Rote Bete aus Sleipners Garten, Victoria kann ihm Kleider nähen, und ich, ich werde ihn im Garten auf die Schaukel zwischen den Apfelbäumen setzen. »Wann hast du ihn denn

zum letztenmal in einem Garten schaukeln lassen, sag mir das mal!« schrie er plötzlich über die Straße.
Er stand auf dem Marktplatz und spürte, wie ihm der Wind in den Kragen blies, ihn fror es an den Füßen, so kalt ist es in den Staaten nie gewesen. Oh, wenn Charles Lindbergh es konnte, kann ich es auch... »Reservetanks, Reservetanks, Carina«, entfuhr es ihm, die Worte rutschten über den Bürgersteig.
Der Geruch von Bohnerwachs im Treppenhaus ließ ihn innehalten: Das war nicht seine Welt. Er spürte den eingefressenen Gestank seiner Kleider, er sah das Haus, in dem seine Tage verrannen, sein Zorn verrauchte, und er zog sich zurück, blieb benommen im Erdgeschoß stehen, gleich hinter der Tür.
Verzeih mir, Carina, ich verstehe dich, ich bin nicht gut genug. Ich bin ein Tölpel, ein Taugenichts, ein Idiot. Ich würde Gary nur zerstören, wenn er bei mir wohnte. Würde mich ja nicht mal selbst sauberhalten, und wenn er krank wird... wenn ich arbeite... Fieber... Bekommen kleine Kinder nicht leicht Fieber...? Was...? Kalter Saft, aber ja, den würde er natürlich kaufen oder von Victoria leihen, das würde gehen, aber die ganze Wäsche... er würde sie nicht sauber genug bekommen... er schloß die Hände in der Tasche um die Schokoladentafeln... ich kann sie in den Briefkasten stecken und dann gehen und nie mehr... Durch die Türen im Treppenhaus kamen Vormittagslaute, Radiomusik, Tellergeklapper in einem Spülstein. In einer Wohnung spielte jemand Akkordeon, in einer anderen seufzten zwei Frauen, der Geruch von Beefsteak und Zwiebeln stieg ihm in die Nase, und er war sogar auf die Türschilder aus Messing neidisch, wollte mit dem Finger über sie hinstreichen. Gegen Abend würden sich die Stockwerke noch mehr bevölkern, die Männer würden von der Arbeit kommen, die Kinder aus der Schule, alle würden *jemanden* haben, den sie begrüßen konnten, dem sie ein Wie-ist-es-dir-heute-Ergangen? sagen konnten. Einige würden sich umarmen, andere sich nur

ansehen. Aber sie würden einander haben. Saubere, feine Menschen. Saubere, schöne Möbel. Die Laken, oh, wie sie schmerzten, diese Laken, die in allen Gärten flatterten, nur in seinem nicht. Der Duft von Waschmittel und Wind.
Nein! Er hatte nein gesagt. Noch einmal würde man ihn nicht hereinlegen. Es war gut, daß er das Elend zu sehen bekommen hatte: Am Abend würden die Streitereien in Gang kommen, das Gesaufe, das Geschrei. Die Gören, die mit Kleidern um sich warfen, die Weiber, die sich darüber beklagten, sie hätten kein Haushaltsgeld. Menschen klebten aneinander, gefangen. Er wußte es wohl, er hatte Sleipner und Victoria ganz in der Nähe. Dieses verkniffene, geizige Gesicht von Victoria, so wurden sie! Wie alles in Sleipner erloschen war, wenn er morgens zu den Grabsteinen kam! Dieses schiefe Lächeln: Du weißt doch, wie Victoria ist... Und daß er sich damit zufriedengab. Tag für Tag ein ewiges Verschleißen von allem, wovon Sleipner als kleiner Junge einmal geträumt hatte.
Andererseits, wovon hatte er eigentlich geträumt? Wenn man es sich recht überlegte... Fliegen lernen wollte er nicht, hatte sich keine Gedanken darüber gemacht, daß sie hierher nach *Sweden* ziehen würden, er keilte nicht aus, wenn Victoria ihn daran hinderte, Radio zu hören. »Du weißt, wie Weiber sind...« Er war vielleicht zufrieden. Vielleicht waren sie allesamt zufrieden. Zufrieden und ängstlich, zufrieden, weil sie jemanden hatten, bei dem sie schlafen konnten, weil das Essen auf dem Tisch stand, und ängstlich, an etwas Größeres zu denken. *»Freedom«*, knurrte Torin und sog den Bohnerwachsgeruch in sich hinein, *»means nothing to them.«*
Und Solveig und Aron? Aber die waren ja Ab-gesonderte. Sie gehörten zu einer anderen Art. Sie hatten die Musik, eine Tür, die sie jederzeit öffnen und durch die sie jederzeit hindurchtreten konnten. Bei Solveig war es immer so gewesen, daß sie sozusagen in Musik *gekleidet* war, und das war eine Kleidung, die nicht *scheuerte,* die Welt konnte ihr

nichts *anhaben.* Und um ein Haar hätte sie auch Aron in diese Kleider bekommen. Er war bei ihrem Tod schon auf dem richtigen Weg gewesen. Solveig hatte die Schlüssel zu dieser Tür besessen, sie hatte sie mitgenommen, kein Wunder, daß Aron... daß er sich aus dem Staub gemacht hatte... vielleicht um den Schlüssel zu suchen... die Kinder verlassen hatte...

Plötzlich ging weiter oben im Treppenhaus eine Tür auf, und Torin verdrückte sich auf den Hof. In der einen Ecke standen ein paar Mülltonnen, die nach Fischabfall rochen, und er hockte sich hinter sie. Es waren Carina Zetterberg und Gary, die auf die Treppe hinaustraten.

»Du bleibst auf dem Hof, bis ich zurückkomme, hörst du?«

Gary antwortete nicht, sondern stellte sich mit dem Rücken an einen Baum und sah sie an.

»Nicht auf die Straße.«

Gary antwortete noch immer nicht. Torin sah. Sein Kind, fünf Jahre, auf dem Kopf eine Mütze mit Ohrenschützern, die fast sein ganzes Gesicht bedeckte, dicke Fäustlinge, ein kurzer Mantel, lange warme Strümpfe. Mit den Händen auf dem Rücken ging er wiegend über den Hof und sah still hinter Carina her, die auf die Straße verschwand.

Torin kroch aus seinem Versteck.

»Hallo, Gary. Ich bin dein Papa.«

Gary blickte ihn schweigend an und wandte sich ab.

»Willst du mich nicht begrüßen.«

»Du bist nicht mein Alter«, sagte Gary.

»Doch, natürlich bin ich das.« Er hielt ihm eine Tafel Schokolade hin. Gary schnappte sie sich und riß das Papier auf. Gary war kein schönes Kind. Das hat er von mir, dachte Torin, aber nicht die Haarfarbe, die unter der Mütze hervorlugte, die Augen auch nicht. Aber die Häßlichkeit, die ist von mir. Gary aß die Schokolade, ohne Torin auch nur eines Blickes zu würdigen.

»Wie groß du geworden bist. Darf ich mal fühlen, wie schwer du bist?«

»Du bist ein alter Scheißkerl«, sagte Gary und wich zurück, als Torin sich zu ihm beugte.
»Hat... Mama das gesagt... daß ich...«
»Das kann ich doch selbst sehen«, sagte Gary.
Torin gebrauchte nie solche Ausdrücke, und er spürte, daß Garys Worte wie Messer in ihn stachen. Aber wahrscheinlich hatte es so kommen müssen. Das war vielleicht die Sprache, mit der er leben mußte.
»Möchtest du mit mir in eine Konditorei gehen?« fragte Torin.
»Nein«, entgegnete Gary.
»Du bekommst so viel Kuchen, wie du willst.«
»Mit Himbeeren?«
»Wenn sie Himbeerkuchen haben, sollst du ihn bekommen.«
»Aber ich muß hierbleiben, bis die Alte wiederkommt. Du bist trotzdem ein alter Scheißkerl.«
»Warum sprichst du so zu mir, Gary?«
»Ihr seid alle alte Scheißkerle. Hast du noch mehr Schokolade?«
»Laß dich mal anfassen.«
Gary baute sich vor ihm auf und blickte zu Boden. Torin hob ihn hoch und legte die Hände um den dünnen Körper, wollte seinem Gesicht begegnen, wollte ihn lachen sehen, aber Gary war von Lachen weit entfernt, unversöhnlich starrte er Torin an und streckte die Hand ungeduldig nach mehr Schokolade aus. Torin trug ihn auf die Straße.
»Nicht weit von hier ist eine Konditorei. Und außerdem habe ich die ganze Tasche voller Schokolade.« Er sagte das, weil nicht weit von ihnen ein Taxistand war. Der Schnee fiel auf sie, die Straße war glatt, Torin dachte: Vielleicht macht es Gary Spaß, Auto zu fahren. Torin trug immer viel Geld mit sich herum, das war ein Teil dessen, was er Freiheit nannte, aber er hatte selten Phantasie genug, es auch auszugeben. Es stapelte sich. »Erst im Wagen ist mir der Gedanke gekommen, ihn mit mir mitzunehmen«, erklärte er später

vor Gericht. »Als wir auf dem weichen Rücksitz saßen und er mich noch einmal einen alten Scheißkerl nannte. Da dachte ich mir, vielleicht bekommt er eine Chance, nicht mehr so sprechen zu müssen, wenn er bei mir ist. Hätte er das nicht gesagt, dann...« Und der Staatsanwalt hatte gefragt: »War Ihnen denn nicht bewußt, daß Sie damit gegen das Gesetz verstießen?«
»Das Gesetz«, erwiderte Torin, »dieses Gesetz kann so grausam sein, so grausam.«

Es wurde nicht das Kinderfest, von dem Torin geträumt hatte, er hatte die falsche Jahreszeit gewählt, dessen wurde er sich bitter bewußt, als er den von Schokolade und Limonaden prallen und endlich eingeschlafenen Gary zum Haus trug, nachdem sie auf der Fahrt von Karlstad dreimal das Taxi gewechselt hatten. Der Garten lag kalt und nackt unter dem Schnee, die Gartenschaukel, auf der sie im Halbschatten hätten sitzen und Tiere aus Lehm machen sollen, auf der sie still und gemeinsam hätten schaukeln sollen, war voller Rauhreif, Lupinen und Obstblüten hielten sich fern, und über den See trieben kalte Wolken. Es hatte so falsch angefangen, aber das sah Torin erst jetzt ein: Als hätte er gehofft, daß wenigstens der Garten den Jahreszeiten widerstehen würde, daß am Straßengraben eine Grenze zwischen Winter und Sommer verlaufen würde, zwischen Tag und Nacht, Einsamkeit und Gemeinschaft. Nur ein Sprung über den Straßengraben. Ein sehr kleiner Sprung nur, und sein Gesicht hätte sich dem Garys geöffnet, sie wären in einem einzigen Lächeln des Heimkommens verschmolzen.
Das Haus, »dieser Schweinestall«, durchfuhr es ihn, war kalt, ungeheizt, unaufgeräumt, es gab in der Küche nicht einen freien Fleck, auf dem er das Kind vorsichtig hätte niederlegen können. Die Zeitungen, die Kabel und Drähte, die

Werkzeuge bedeckten jetzt wie *damals* Stühle, Tisch und alles übrige. Als er trotzdem mit einer Hand etwas Unrat vom Bett schob, fiel eine Wasserwaage auf den Fußboden, weckte Gary, und das so plötzlich, daß er sich in die Hosen machte; es war, als würde der Junge plötzlich vor lauter Kohlensäure und süßer Schokolade explodieren. Gary schlug wild um sich, trat Torin ins Gesicht, während der Gestank und die nasse Wärme – das einzig Warme in dem zugigen Haus – seine Kleider durchdrang.

»So, so«, versuchte Torin es und handelte sich damit einen Biß ins Handgelenk ein. »Du mußt raus aufs Klo.« Aber als er Gary über den dunklen Hof getragen, den Türhaken geöffnet und den Deckel zu dem abgrundschwarzen Loch hochgeklappt hatte und der Wind die Tür immer wieder zuschlagen ließ, wurde Gary von höchster Panik ergriffen.

»Wirf mich da nicht rein«, schrie er und klammerte sich mit der Kraft eines Tieres an Torins Armen fest. »Nein, nein«, erwiderte Torin, »du sollst dich nur hinsetzen und scheißen. Dann wirst du trocknen.« Aber Gary weigerte sich, es war unmöglich, ihn auf den Klositz zu bekommen. »Es war ja auch sinnlos«, wie Torin in seiner langen und umständlichen Darlegung vor Gericht erklärte, »da er schon alles aus sich herausgeschissen hatte, was in ihm gewesen war.« – »Vielleicht können wir diese Details einmal beiseite lassen«, sagte der Staatsanwalt und räusperte sich. »Der Meinung bin ich nicht«, sagte Torin, »denn mir kam es vor, als ob dieses Loch ... daß, als ich es sah ... daß ich nicht mal dazu tauge ... *couldn't even wipe off his ass* ... daß, als ich dastand und daran dachte, daß ich zu Hause nichts anderes für ihn zu essen hatte als etwas braune Bohnen und Speck ... keine Milch ... gar nichts ... daß alles so falsch war ... und dieses Loch da ... daß ich dort hineingehörte ... *as if that hole was* ...« – »Darf ich Sie bitten, unsere schwedische Sprache zu gebrauchen«, unterbrach ihn der Staatsanwalt. »*Yes, yes, yes*«, stöhnte Torin und vergrub das Gesicht in den Händen.

Im Haus bekam er endlich die dreckigen Hosen herunter, und es gelang ihm, Gary mit Hilfe eines Exemplars von *The Pilot* einigermaßen sauberzubekommen. Er zog ihm einen seiner eigenen Pullover über. Nachdem er die Laken abgezogen hatte, die von der Suppe ein paar Spritzer abbekommen hatten, wickelte er ihn in Wolldecken ein. Dann machte er Feuer im Küchenherd, setzte Wasser auf, wusch die verdreckten Kleidungsstücke und hängte sie an einer Leine über dem Herd zum Trocknen auf, setzte sich an den Küchentisch und starrte den reglosen Gary an.
»Willst du Kaffee?« fragte er. »Aber Kinder trinken keinen Kaffee, daran hätte ich ja denken müssen«, fuhr er mit seinem Bericht fort, und die Mitglieder des Schöffengerichts nickten. »Nur, was sagt man einem Gör, das einen nicht mal ansieht. Nichts, Herr Staatsanwalt, ist schlimmer, als wenn man von einem Kind nicht angesehen wird. Dann hat man in diesem Leben überhaupt keinen Wert.«
Und zu Gary sagte er: »Morgen fahren wir zu deiner Mutter zurück.«
»›Falls deine Sachen bis dahin trocken sind‹, sagte ich. Aber das waren sie nicht. Im Haus war es sauer und kalt, ich selbst werde gut damit fertig, es hat eigentlich nie jemanden gegeben, für den ich es hätte aufwärmen müssen.« Und außerdem war ja Sonnabend. Die Geschäfte machten früh zu, und er wagte sich erst dann zum Einkaufen aus dem Haus, als es zu spät war. Hatte Angst, das Gör aus den Augen zu verlieren. Saß am Küchentisch und bewachte den Jungen, versuchte, einige dieser Lehmtiere zu machen, aber Gary interessierte sich nicht für Tiere. Er quengelte, wollte etwas zu essen, und gegen Nachmittag bekam Torin ein paar braune Bohnen und etwas Speck in ihn hinein, auch ein Glas Malzbier, direkte Not litt er also nicht. Der Abend geriet angenehmer, da hatte Gary schon lange die Radioapparate angestarrt, all die Kontakte und Werkzeuge und saß da und spielte. »Das war jedenfalls so etwas wie ein Anfang. Daß er und ich uns wohl vertragen würden. Daß er Interesse an

meinen Erfindungen zeigte. Daß ich gar zu ihm kriechen, ein wenig mit ihm herumbasteln und mit einem Generator elektrischen Strom erzeugen konnte. Es gefiel ihm, die Funken anzusehen, Herr Staatsanwalt. Wären da nicht diese Funken gewesen, hätte ich wohl aufgemacht, als die Leute anklopften. Aber die Tür war verschlossen, die Gardinen waren zugezogen, und ich preßte dem Jungen die Hand auf den Mund. Das war das einzig Böse, was ich getan habe. Ich hätte gern aufgemacht, es war mein Neffe Sidner, der da an die Tür klopfte und rief. Sein Vater ist nach Australien gefahren, und seine Mutter, meine Schwester, ist tot. Doch es wurde kein Anfang, denn dadurch, daß ich ihm den Mund zuhielt, zerstörte ich alles. Gary quengelte und schrie dann noch den ganzen Abend. Hunger hatte er wohl auch. Und eine Erkältung war im Anzug. In jener Nacht bin ich aufs Klo gegangen.« – »Sind wir also schon wieder da«, sagte der Staatsanwalt. »Wenn man niemanden hat, an den man sich anlehnen kann, Herr Staatsanwalt, muß man sich aufs Bitten verlegen. Ich kniete dort vor dem Loch.« – »Jaja«, sagte der Staatsanwalt, »das können wir vielleicht außer Betracht lassen.« – »Nein«, sagte Torin, »wenn das einzige, woran man sich hat anlehnen können, dabei ist zu verschwinden... wird man verzweifelt... wenn man jemanden sozusagen bis an den Rand der Dunkelheit getragen hat...«
Es war wie ein Segen, daß er am frühen Sonntagmorgen durch ein Räuspern unterbrochen wurde. In der Klotür stand der Polizeibeamte Hedengren und sah ihn mitleidig an.
»Torin, Torin, was hast du jetzt schon wieder angestellt?«
Und Torin erhob sich und klappte den Deckel herunter, seine Augen waren leer, und ihn fror.
»Bist du hier, um mir das Kind wegzunehmen?«
»Er ist also bei dir?«
»Das weißt du wohl schon.«
»Ich habe es geahnt. Aber was sollte das eigentlich? Und dann noch so offen. Du hattest nicht einmal Verstand ge-

nug, dir eine Mütze auf den Kopf zu setzen, dein rotes Haar hat ja den ganzen Hof erleuchtet. Man hat dich angezeigt.«

Torin ging vor ihm ins Haus, hielt aber auf der Schwelle inne und betrachtete Gary, der mit dem Daumen im Mund unter den Wolldecken schlief.

»Mein Kind. Irgendwann einmal muß ein Vater doch wohl... ich wollte ja nichts Böses. Sie läßt mich ja nicht mal...«

»Ich weiß, Torin. Hast du etwas Kaffee für mich? Ich bin viel zu früh geweckt worden, manchmal wünschte ich, ich wäre Gärtner und nicht Polizist.«

»Wirst du mich auch mitnehmen?« Torin zog den Kaffeekessel auf den heißen Teil des Herdes herüber, drückte ihn hinunter, damit es schneller ging, wusch eine Tasse ab und goß ein, setzte sich dem Polizisten gegenüber hin.

»Dabei bist du doch im Rundfunk von Madsén interviewt worden und so was. Es war übrigens ein gutes Programm. Wie war er eigentlich?«

»Es ist gut«, murmelte Torin. »Es ist gut, daß du dich um mich kümmerst.«

»Wenn ich nur gewußt hätte, daß er hier in Sunne war, hätte man ihn auf den See mitnehmen und Barsche angeln können. Er und du und ich, Torin. Gestern habe ich fünf Kilo Aalquappen herausgeholt, du solltest was davon probieren, wenn du...«

»In Haft sitzt?«

Hedengren schlürfte den heißen Kaffee in sich hinein, dann zog er ein Papier aus der Tasche.

»Gary, so heißt er doch, nicht wahr?«

»Ich habe ihn nicht getauft. Kann er nicht noch ein Weilchen schlafen, Hedengren?«

»Ich muß anrufen und Bescheid sagen, daß wir ihn gefunden haben. Sie warten da unten in Karlstad. Was du wieder angerichtet hast.«

»Du kannst schon vorgehen.«

»Das wird wohl nicht gehen, Torin.«
»Ich werde nichts Böses tun.«
»Ich weiß, daß nichts Böses in dir steckt, aber trotzdem ist es am besten, wenn ihr gleich mitkommt. Du weißt, die Vorschriften. Unerlaubte Verbringung, Freiheitsberaubung, das ist nicht gut, Torin.«
»Laß den Jungen noch ein Weilchen schlafen. Wir könnten hier sitzen und ihn ansehen. *You know, it might be the last time... You know, I had hoped...*«
»Ich kann kein Englisch, Torin.«
»Wir könnten hier sitzen. Einfach still dasitzen. Er ist alles, was ich habe. Bald habe ich nicht mal mehr ihn.«
»Dann gib mir noch etwas Kaffee.«

Eines Tages im April saß Torin Brink in Karlstad im Gerichtssaal und hörte den Staatsanwalt den Klageantrag verlesen, den die Mutter des gemeinsamen Kindes gegen ihn eingereicht hatte, ein Fräulein Carina Zetterberg. Unter Berufung auf Paragraph 15 Absatz 8 beantragte er eine Freiheitsstrafe. Die Darlegung des Sachverhalts war ausführlich und langweilig, und Torin sah sich erstaunt im Publikum um, das durch die Zeitungen angelockt worden war. Irgendwie hatte man es nämlich geschafft, den Namen von Lars Madsén in die Meldungen über den Kindesraub hineinzuziehen. Torin war plötzlich der aus dem Rundfunk Bekannte und sein Bild fand sich neben dem von Madsén. Es war ein Foto, das der Reporter der Zeitung *Fryksdalsbygden* gemacht hatte, und zwar dort, wo sich einmal Torins Bootsanleger befunden hatte. Madsén selbst hatte die Tat nicht kommentiert, erzählte jedoch auf Anfrage, daß er im Augenblick dabei sei, eine neue Interviewserie auf der Västgöta-Ebene durchzuführen, und daß die Programme im Lauf des Sommers gesendet werden würden.

Fräulein Zetterberg, die neben dem Staatsanwalt saß, hatte sich beim Betreten des Saals nervös umgesehen und wahrscheinlich nicht mit diesem Andrang gerechnet. Sie hatte ziemlich viel Fett angesetzt, ihr Haar war gekräuselt und im Nacken viel zu kurz, sie trug eine Handtasche und hielt in der anderen Hand ein zusammengerolltes Taschentuch.
Der Beschuldigte Brink sei also am 11. März in Karlstad angekommen, wo er, von mehreren Nachbarn beobachtet, den Knaben Gary Zetterberg mit Hilfe von Schokolade und Bonbons dazu verleitet habe, mit ihm zu kommen, nämlich unter der falschen Vorspiegelung, nur einen Konditoreibesuch machen zu wollen. Unter Gewaltanwendung habe er dann, der Zeugenaussage des Taxifahrers Widman zufolge, den Jungen in dessen Taxi gezwungen und sei nach Kil gefahren, wo er sich an der Ecke, an der die Järnvägsgatan die Hauptstraße kreuzt, habe absetzen lassen, um sich erneut in ein Taxi zu stürzen, das Herrn Ederling gehöre, wohnhaft in Kil, der den Wagen auch gelenkt habe. Auch bei dieser Fahrt habe Brink das Kind zudringlich genötigt, Süßigkeiten zu essen, und zwar in solchen Mengen, daß Herr Ederling »etwas Ähnliches noch nie gesehen« habe. In Västra Ämtevik habe der Beschuldigte ein weiteres Mal den Wagen gewechselt, um eventuelle Verfolger abzuschütteln, diesmal sei es ein Herrn Bengtsson in Bäckebron gehörender Volvo gewesen, der den Knaben und den Beschuldigten nach Sunne gebracht habe, wo sie »nicht weit von der Brücke entfernt« abgesetzt worden seien. Der Knabe habe zu dieser Zeit erschöpft und verrotzt geschlafen. Herr Bengtsson hatte damals der Madsénschen Sendung gelauscht und so den Beschuldigten wiedererkannt. Er habe mehrfach versucht, ein Gespräch mit ihm anzufangen, auf seine Fragen aber keine Antwort erhalten, was er, »gelinde gesagt, für merkwürdig« halte. Der Beschuldigte Brink habe sich darauf mit dem Kind zu seiner Wohnung begeben, wo er irgendwann am Nachmittag angekommen sei. Dort habe er den Jungen eingeschlossen und ihn weder die Toilette besuchen noch

Mahlzeiten einnehmen lassen, so daß sich der Knabe beim Eingreifen der Polizei in der Nacht zum 13. in einem bemitleidenswerten Zustand befunden habe, »stark erkältet und unreinlich«. Ferner habe der Knabe den allzugroßen Pullover des Beschuldigten und nichts darunter getragen. Die Nebenklägerin, Fräulein Zetterberg, die beim Nachhausekommen das Verschwinden des Kindes entdeckt habe, sei von großer Unruhe ergriffen worden! Und nachdem sie ihre Nachbarn befragt und herausgefunden habe, daß das Kind von einem rothaarigen Mann weggebracht worden sei, habe sie die Polizei angerufen.

»Beschuldigter Brink, entspricht diese Darstellung den Tatsachen?«

»Bonbons habe ich nicht dabeigehabt«, sagte Torin. »Es wird alles so verdreht.«

»Aber Sie geben den Sachverhalt zu?«

»Schokolade hatte ich, aber keine Bonbons.«

Als Carina Zetterberg in den Zeugenstand trat, rutschte ihr die Handtasche aus der Hand. Eine Schachtel Läkerol fiel heraus, deren Inhalt über den Fußboden kullerte. Sie sah sich verwirrt um und begann, die Tabletten aufzusammeln. Man wartete geduldig, bis sie damit fertig war.

»Ich habe mich schon längere Zeit durch seine Annäherungsversuche bedroht gefühlt«, sagte sie und verstummte dann. Sie brachte kein Wort mehr heraus und warf dem Staatsanwalt einen flehentlichen Blick zu.

»Erzählen Sie alles mit Ihren eigenen Worten.«

»Von Anfang an?«

»Ja, von Anfang an.«

Sie steckte sich eine Tablette in den Mund und kaute lange darauf herum.

»Daß er kam und das Kind holte?«

Richter und Staatsanwalt nickten gleichzeitig.

»Ich war zur Nachbarin gegangen, um Kaffee zu trinken. Und als ich dann zurückkam, war er weg. Jaa, und dann bin ich in die Wohnung hinaufgegangen, aber da war er auch nicht. Und dann lief ich auf die Straße, aber da war er auch nicht. Ich hatte ihm ja gesagt, daß er nicht auf die Straße darf. Dann rief ich. Aber keine Antwort. Und dann ging ich zur Nachbarin, die unter mir wohnt, aber die hatte ihn nicht gesehen. Da fing ich an zu weinen, und das müssen die Leute wohl gehört haben, denn sie kamen ins Treppenhaus und fragten, was mit mir los sei. Und ich sagte, ›Gary ist weg‹, sagte ich, und da war diese Frau Karlsson, Britta, die hatte jemanden gesehen, der mit dem Kleinen gesprochen und Schokolade bei sich hatte und rothaarig war, und da wußte ich ja, daß ... er es war.«

Sie neigte den Kopf und hantierte mit den Riemen ihrer Handtasche.

»Hatten Sie Anlaß zu dem Verdacht, daß es sich um Brink handelte?«

»So rotes Haar haben weiß Gott nicht viele ... außerdem lief er ja immer ums Haus herum.«

»Sie hatten also das Gefühl, daß er eine solche Tat geplant hatte?«

Carina runzelte die Augenbrauen und dachte nach.

»Jaa«, sagte sie, »ich fühle mich schon seit längerer Zeit bedroht.«

»Hatte Brink diesbezüglich irgendwelche Andeutungen gemacht?«

»Na ja, direkt nicht. Aber es war immer ein so scheußliches Gefühl, ich hab mich nie sicher fühlen können. Manchmal stand er stundenlang da draußen und glotzte nur.«

»Sie haben ihn nie aufgefordert, in die Wohnung zu kommen?«

»Nein.«

»Aus Angst? Er ist immerhin der Vater des Kindes.«

»Er macht mich immer so nervös. Und den Jungen auch.«

Jetzt mischte sich der Richter ein.

»Aber ist der Junge irgendwann mit seinem Vater zusammengetroffen?«

»Nein.«

»Wie kommt es dann, daß er nervös wurde?«
»Ich hab ihn ja dem Jungen gezeigt, wenn er dastand und glotzte.«
»Und dem Kind gesagt, das sei sein Vater?«
Carina schluckte und preßte das Taschentuch fester in ihre Hand.
»Man weiß nie so recht, woran man bei ihm ist. Er guckt so komisch.«
»Aber ›komisch‹ zu gucken, wie Sie sagen, stellt doch wohl noch keine direkte Bedrohung dar.«
»Nein, aber er hat es jedenfalls getan. Sehr merkwürdig.«
Und als hätte sie sich plötzlich an ihre Schulzeit erinnert, entfuhr es ihr in reinstem Hochschwedisch: »Ich habe durch den Vorfall auch einen schweren Schock erlitten. Das Kind hat durch die Tat Schaden genommen. Der Junge hatte ja nichts zu essen bekommen. In der ganzen Zeit ja nicht.«
»Vielleicht ist es so gewesen, daß Sie dem Kind Angst vor dem eigenen Vater eingejagt haben?«
»Ja, aber...« Sie rollte mit den Augen und tastete in der Luft nach einer Verteidigung, nach einem Satz, nach etwas, was sie äußern konnte.
»Gab es begründeten Anlaß zu Besorgnis?«
»Ich weiß nicht«, sagte Carina Zetterberg.
Der Richter, ein gebildeter Mann aus einem Ort in Südschweden, der einmal von größeren Prozessen als diesem geträumt hatte, besah sich Torins unbeholfene Gestalt, die herabhängende Unterlippe und die hellen Augenbrauen.
»Und jetzt, Brink, erzählen Sie mal, mit Ihren Worten, und zwar von Anfang an. Mit Ihren eigenen Worten«, wiederholte er. Es war wie ein Schulterklopfen.
»Meinen eigenen«, sagte Torin, »wer hätte mir Worte geben sollen? *Life is a penal colony for a lonely man.*«
Der Richter hob die Augenbrauen.
»Und das bedeutet...?«

»Falls Sie verstehen, Herr Richter, so ist das für mich genug. Es ist Strafe genug zu leben. Fünf Jahre lang habe ich für Gary gezahlt, ohne ihn auch nur berühren zu können. Fünf Jahre lang habe ich geträumt, aber nicht etwa, daß sie zu mir kommt«, sagte er und zeigte auf Carina Zetterberg, »das wäre zuviel verlangt, aber daß sie ein einziges Mal... Diese Hände, Herr Richter... was macht man mit denen...? An diesem Tag war es so, als ob die Hände schrien. Es rief aus ihnen«, sagte Torin und hielt sie über die Schranke des Zeugenstands, damit alle sie sehen und ihnen gleichsam zuhören konnten. »Aus ihnen kam es...«

»Sie wollen sagen, daß Sie die Selbstkontrolle verloren haben?«

Torin betrachtete mitleidig den Staatsanwalt, der sich zwischen ihn und den Richter drängte.

»Mein Kopf hat auf dem Körper keine Sonderstellung«, erwiderte er und löste damit im Saal ein Lächeln aus, aber das Lächeln erlosch, als er fortfuhr: »Aber vielleicht besteht der Herr Staatsanwalt nur aus diesem Kopf. Ist der restliche Körper vielleicht nur ein Appendix...? Ist es vielleicht nur ein überflüssiger Auswuchs?«

»Zur Sache«, sagte der Staatsanwalt und versuchte, sich einen möglichst körperlichen Anschein zu geben, indem er die Bauchmuskulatur entspannte und eine Hand nachlässig gegen die Wange legte. »Wann, Brink, kam Ihnen die Idee, das Kind zu rauben?«

»Die Idee? Ich soll eine Idee gehabt haben?«

Der Goldzahn der Herrlichen Birgitta leuchtete ihm entgegen wie von einem Altarbild in einer dunklen Kirche. »Die Hauptsache ist, daß man etwas unternimmt. Grübelei drückt einen nieder.« Als hätte sie einen fetten Köder ausgeworfen. Er hatte angebissen und damit am Haken gehangen, hatte sich unter Zuckungen gewunden. Jetzt hatte er etwas unternommen, war unterwegs: Ein Geschehen hatte ihn gepackt, hatte ihm eine halbe Stunde Ruhe gegeben, als

Hedengren und er über den Kaffeetassen gehockt und Gary betrachtet hatten. Es hatte ihm im Kittchen ein paar Schachpartien eingebracht, ein gutes Essen mit Aalquappen und Schnaps ... – »Worüber du kein Wort verlierst, Torin« – und das im selben Moment, als es an der Wohnungstür geklopft und sich der junge Gerichtsreferendar aus Karlstad eingefunden hatte, um seine Ermittlungen aufzunehmen. Torin grinste im Zeugenstand: Dieses völlig ungebrauchte Gesicht hinter der Städterbrille, das wohlgekämmte Haar, das Taschentuch in der Brusttasche, die Aktenmappe. Und Hedengren war aufgesprungen und hatte die Schnapsgläser in der Tasche versteckt, Torin die Serviette heruntergerissen, Hedengren hatte es ja so feierlich haben wollen, und ihn angeschrien: »Seid ihr nicht bald fertig da auf der Toilette?« Dann hatte er ihn eingebuchtet, worauf man ihn sofort zum Verhör geholt und gefragt hatte, *ob* er Alkohol trinke. Nein, von der Ebene dieser Munterkeit aus wollte er sich nicht verteidigen. Nicht zu deren Bedingungen.

»Halten Sie sich an das Gesetz«, sagte er. »Wenn Sie der Meinung sind, daß ich ein Verbrechen begangen habe, nehme ich die Strafe auf mich. Auf mich wartet doch nichts, nur die Katzen. *Just the cats* ...«

Aber der Staatsanwalt fragte ihn weiter aus; er antwortete gleichgültig, manchmal heftig, gelegentlich mit großer Müdigkeit, dann und wann mit Nachdruck, wie etwa, als er gefragt wurde, ob er den Verdacht gehabt habe, daß das Kind bei der Mutter nicht die richtige Pflege erhalte.

»Ich verdächtige niemanden«, erwiderte er laut. »Ich weiß nichts davon. Jeder Mensch hat seine Wunden. Hinter allem steckt eine Ursache.«

Er sah Carina Zetterberg mit großer Zärtlichkeit an. Ihre flackernden Augen entzogen sich seinem Blick, sie kaute frenetisch auf ihren Tabletten und kratzte sich den Bauch. Plötzlich brach sie in Tränen aus. Während des gesamten Schlußplädoyers, als der Staatsanwalt eine fühlbare Strafe beantragte, weil Torin sich unerlaubterweise des Kindes bemächtigt habe, schluchzte sie still vor sich hin, während ihr die weiße Hand des Staatsanwalts wiederholt die Schulter tätschelte, teils um sie zum Schweigen zu bringen, teils um sie zu beruhigen. Und als er sagte, die Tat sei zwar ernst, aber mit Rücksicht darauf, daß sie nicht vorsätzlich begangen worden sei . . . und als sie hörte, daß die Strafe zwischen vier Monaten und sechs Jahren liegen könnte, erhob sie sich und sagte:

»Er ist nicht der Vater von Gary, das ist Torsten Bodlund.«

Sie blickte Torin offen an.

»Ich will nur folgendes sagen, Torin. Ich war schon angebufft, als ich an diesem Abend zu dir kam, aber Torsten war ja so bekannt, als er in Arvika linker Verteidiger war, und verheiratet war er auch, und Geld für den Unterhalt hatte er auch nicht. Wir waren kurz vorher auf Kolsnäs zusammengewesen.

Wir wußten also nicht, was wir machen sollten.

Da sind wir auf dich gekommen, Torin . . . daß du vielleicht darauf reinfallen würdest, ich meine, so wie du damals warst. Torsten wartete in der Neuen Konditorei, während wir . . . als wir . . .«

»Geschlechtlichen Umgang pflegten«, schlug der Richter vor. Er war in seinen Stuhl zurückgesunken.

»Wenn man so sagt, ja. Und ich war ziemlich blau. Wenn ich also ehrlich sein soll.«

Sidner sitzt in Fannys Salon, der seit Monaten leersteht, und spielt Robert Schumanns »Kinderszenen«, als Eva-Liisa die Tür aufstößt.

»Gut, daß du hier bist. Wie schön du spielst.«

»Nein, es ist nicht schön. Aber es ist lieb von dir, daß du es sagst.«

»Selma Lagerlöf hat angerufen.«
»Mmh. Irgendwas Besonderes?«
»Ich weiß nicht. Sie sagte, du könntest sie zurückrufen.«
»Will wohl Farbe aus dem Laden haben.«
Eva-Liisa sieht sich um.
»Was für ein Glück du hast, daß du auf Tante Fannys Flügel spielen darfst.«
»Schließlich gieße ich ihre Blumen und passe auf das Haus auf. Etwas muß ich doch dafür bekommen.«
»Sie wohnt so vornehm, man wagt sich ja kaum herein. Merkwürdig, daß sie einfach so verschwunden ist, ohne jemandem ein Wort zu sagen. Wie heißt das Stück, das du da spielst?«
»›Von Fremden Ländern und Menschen‹. Findest du nicht, daß auch wir schön wohnen?«
»Doch. Aber anders. Nicht so stinkvornehm. Du, glaubst du, ich kann ein paar von ihren Kleidern anprobieren?« flüstert sie und lehnt sich über den Flügel. »Und ein paar von diesen Halsketten? Sie liegen in einer Schachtel.«
»Wenn du sie nur zurücklegst.«
»Ja, natürlich. Wenn man sich überlegt, daß es immer noch nach ihrem Parfum riecht. Die ist ziemlich vornehm, was? Ich bin einmal hier hereingekommen, als sie und Selma sich unterhielten. Ich bekam ein Stück Torte und fühlte mich so vornehm, als ich neben ihnen saß. Und da dachte ich, so wird Sidner auch mal wohnen, wenn er verheiratet ist.«
»Ich werde nie jemanden finden, Eva-Liisa.«
»Natürlich wirst du das. Ich finde, du siehst sehr gut aus. Und anders. Es wird also kaum eine aus Sunne oder Karlstad werden. Du kriegst eine aus Stockholm, und dann schämst du dich meinetwegen.«
»Warum sollte ich das?«
»Die Fanny muß dich ganz schön gern haben, nicht wahr? Schließlich hat sie dich doch nach Strömstad mitgenommen, wo du diesen Sven Hedin zu hören bekamst. Warum siehst du mich so komisch an? Jedenfalls waren Himbeeren

auf dem Stück Torte, das ich bekommen habe. Glaubst du, daß Selma sie selbst gepflückt hatte?«

»Wohl kaum.«

»Trotzdem! Stell dir vor, man wäre so berühmt wie sie! Nicht auszudenken!«

»Warum sagst du das?«

»Ja, nur, was sollte man bloß anziehen, wenn die Leute einen so angucken? Was Blaues wäre für mich wahrscheinlich das Richtige. Oder was Grünes. Aber nicht Schwarz wie sie. Doch vielleicht muß man das dann. Du findest mich wohl ziemlich kindisch, was? Gib's zu!«

»Du bist die beste Schwester, die es gibt.«

»Warum hören wir nie was von Papa? Manchmal glaube ich, daß er ... Geh jetzt und ruf Selma an, sonst wird sie ungeduldig.«

Er tut, wie ihm geheißen. Er hatte recht: Selma fragt, ob er nicht mit ein paar Farbdosen herauskommen wolle, Blau und etwas Spachtelkitt, das Anrichtezimmer müsse neu gestrichen werden.

»Und dann brauche ich noch Hilfe mit meinen Büchern. Und noch etwas, Sidner! Geh zur Konditorei und bring eine Prinzeßtorte mit. Dann können wir uns ein Weilchen unterhalten.«

Die Fenster in Selmas Arbeitszimmer waren geöffnet, die Vögel zwitscherten, als sie ihn am Schreibtisch sitzend empfing.

»Unglaublich, wie groß du geworden bist, seit ich dich zum letzten Mal gesehen habe. Wie alt bist du?«

»Ich bin achtzehn, werde bald neunzehn.«

»Hast du die Farbdosen mitgebracht?«

»Ich hab sie dem Verwalter gegeben. Hoffentlich ist es das richtige Blau. Die Torte habe ich in die Küche gebracht. Hast du was von Fanny gehört, Tante Selma?«

Selma erhob sich mühsam und stützte sich auf ihren Stock, als sie ans Fenster trat und auf den Hof hinausblickte.

»Es sind die Bücher, mit denen du mir helfen mußt. Ich werde bald sterben. Worum ich dich bitten will, ist nicht ganz leicht, aber ich hoffe, daß ich mich auf dich verlassen kann. Es ist ein so schöner Tag, ich habe den ganzen Morgen hier gesessen und den Vögeln gelauscht. Daß man nie zuviel davon bekommt. Aber für Vögel hast du sicher keine Zeit, du bist ja noch so jung.«

»Viel zuviel Zeit. Mir wäre es lieber, ich hätte mehr zu tun.«

»Das kann ich verstehen. Ich weiß, daß du es nicht leicht gehabt hast.«

Sie fuhr mit dem Stock an den Regalen entlang:

»Hast du schon mal so viele Bücher gesehen?«

»Nicht mal in der Bibliothek.«

»Glaubst du, ich habe sie alle gelesen?«

»Die meisten vielleicht.«

»Das nehmen die Leute an. Es ist zwar peinlich, es zuzugeben, aber in Wahrheit habe ich nur sehr wenige gelesen. Sieh mal«, sagte sie und nahm eines vom Regal. Sie schlug es auf und las: »›Für die Größte von allen, Selma Lagerlöf, mit Bewunderung. Ihr ergebener Verfasser.‹ Widmungen, Grüße. Überall das gleiche. Ich weiß nicht, wie viele man mir geschickt hat. Es gibt zu viele Schriftsteller. Und alle schicken sie mir ihre Bücher. Ein paar bedanken sich nur, aber andere wollen ein Gutachten oder ein Vorwort, einige schicken mir Manuskripte, für die sie einen Verleger suchen. Aber mir fehlt die Kraft. Ich bin alt, und Gott allein weiß, ob ich die Schreibereien anderer überhaupt beurteilen kann.«

»Aber ja«, versuchte es Sidner.

»Komm mir nicht mit Phrasen, mein Junge. Wenigstens einen Tag in meinem Leben sollte mir das erspart bleiben. Aber wahrscheinlich ist es meine eigene Schuld. Es ist nun so, daß ich mein Testament geschrieben habe. Dieses Grab soll ...«

»Grab?«

»Ja, Mårbacka, dieses Haus, ist ein Grab. Mårbacka soll ein Museum werden. Ob aus Eitelkeit oder einem anderen Grund, das kannst du dir noch überlegen, wenn ich tot bin. Und hier werden möglicherweise viele Menschen herumwühlen und herumschnüffeln. Nicht zuletzt diese Schriftsteller.«
Sie sank wieder auf ihren Stuhl und legte den Stock parallel zu der grünen Schreibunterlage.
»Ich möchte, Sidner, daß du die Bücher aufschlitzt. Die Bücher, die ich noch nicht gelesen habe. Damit es so aussieht, *als ob.* Kann ich mich für mindestens vierzig Jahre nach meinem Tod auf dich verlassen?«
»Fünfundvierzig, Tante Selma. Ich wüßte nicht, wem ich davon erzählen sollte.«
»Ich habe gehört, daß du ein tüchtiger Junge bist.«
»Möglich. Aber das ist auch alles, was ich bin. Wer tüchtig ist, will sich doch nur einreden, daß alles wichtig ist, was er tut. Farbe verkaufen! Dazu bin ich nicht auf die Welt gekommen.«
»Also dann. Fang mit A an. Ich bleibe hier sitzen, und du nennst mir Namen und Titel. Dann werden wir sehen, was getan werden muß. Hier hast du ein Papiermesser.«
Sidner zog das erste Buch aus dem Regal:
»Ahlberg, Emma, ›Die Höfe der Freude‹.«
»Aha. ›Die Höfe der Freude‹. Also, schneid es auf. Schriftstellerinnen sollte man wohl aufschneiden. Sie geben ihr Bestes. Der Arbeit stellt sich vieles in den Weg. Ich glaube, ich habe sie mal kennengelernt. Ein graues kleines Geschöpf. Scheint es ein trauriges Buch zu sein?«
Selma saß mit geschlossenen Augen da und lauschte der Sonne, die über Buchrücken und Fußboden perlte.
»Wenn ich sie auch lesen soll, brauche ich eine Ewigkeit.«
»Du hast recht. Wenn es ein glückliches Buch ist, gibt es keinen Grund, es zu lesen. Wenn es ein trauriges ist, ist der Titel verlogen. Und Ironie können wir Frauen uns noch nicht leisten. Das nächste.«

»Ahlberg, Erik, ›Jenseits des Horizonts‹. Für Selma Lagerlöf mit Bewunderung.«
»Du lieber Himmel, was für ein Titel. Schlitze sieben Seiten auf, damit er sieht, daß ich mir Mühe gegeben habe. Ich hoffe, daß es jenseits des Horizonts völlig ruhig und still ist. Das nächste!«
»Alm, Albert, ›Unter den Kronen der Pappeln‹.«
»Kleiner Albert! Wie unbegabt du warst! Siehst du, Sidner, *der* wird die Literatur nie verändern. Er wohnt in Landskrona. War dort Lehrer. In dem Buch gibt es bestimmt nicht ein falsches Komma. Keinen mißlungenen Satzbau. Wenn du es aufschneidest, denn das sollst du, wird das eine der wenigen frohen Stunden in seinem Leben sein. Dann wirst du nämlich entdecken, daß unter seinen Pappelkronen eine Schar griechischer Götter hockt. Mehr Wissen als Leben. Aber vielleicht gibt es auch ein einfaches und schönes Gedicht an seine Mutter.«
»Ja, hier ist eins. Es heißt ›Für Mutter‹.«
»Hab ich's doch geahnt. Sie hat sich wirklich um Albert gekümmert. Ich konnte sie jeden Sonntag von meinem Fenster aus sehen, als sie zur Kirche gingen, er hatte sich bei ihr untergehakt. Es kam manchmal vor, daß ich ihn um seine Stille beneidete, die sich nie empörte. Aber man weiß ja so wenig über das Leben anderer Menschen.«
»Ist schon aufgeschlitzt, ist ziemlich dünn.«
»Das ist gut, der gibt jedenfalls nicht an. Wird aber trotzdem nie ein großer Schriftsteller werden, das ist im Leben nun mal so.«
»Edvinsson, Carl-Edvard, ›Das Lied der Gassen‹.«
»Das klingt ausschweifend. Schlitz es auf, damit man sieht, daß ich mich nicht vor der modernen Zeit gefürchtet habe. Strömt Absinth über die Zeilen, durchhallt sie das furchtbare Lachen käuflicher Frauen? Hältst du mich für eine Heuchlerin? Du brauchst nicht zu antworten. Aber jetzt werde ich dir die einzige lustige Geschichte erzählen, die ich kenne, und die ist überhaupt nicht lustig. Aber sie hat die

gleiche Bedeutung wie mein heutiges Bedürfnis nach dir. Weißt du, wer Emmanuel Larsson war? Er ist im letzten Jahr gestorben. Und nach seinem Tod ging seine Angetraute nach Sunne und kaufte ihm einen Schlafanzug. Weil im Nachlaßverzeichnis stehen sollte, daß er einen besaß! Das nenne ich Sorge um die Ehre eines Toten, nicht Heuchelei: Das nächste!«
»Friedrichsen, Ebba, ›Kätner-Anna‹.«
»Ach du liebe Güte! Und ich habe der dummen Gans versprochen, sofort zu antworten. Ist es wirklich noch unaufgeschlitzt? Ebba, die habe ich geliebt. Ihre Pilzragouts waren unübertroffen. Natürlich nahm sie Sahne. Unmengen von Sahne. Und dann wird es gut. Und sie war so schön! Ihre Wohnung so vornehm. Kostbare Gemälde, echte Teppiche, kurz gesagt: Stil! Ich glaube, ich werde dir einen Empfehlungsbrief schreiben, für den Fall, daß du nach Stockholm kommst. Dann gibt es Konzerte und Soupers. Würde dir das gefallen?«
»Ich würde mich da wohl etwas verloren fühlen.«
Selma beugte sich über den Schreibtisch und blinzelte:
»Weißt du, so ist es mir auch gegangen. Nur, wenn man so berühmt ist wie ich, merken die Leute es nicht. Ich *liebe* dich, sagte sie, geheimniste in mein Verhalten Dinge hinein, die es gar nicht gab. Sie legte alles sehr tiefsinnig aus, jede Floskel, die mir über die Lippen kam. Es ist diese Leidenschaft fürs Bücherschreiben, die ich an ihr nicht begreifen kann. Die hat doch ein Bauernhaus noch nicht mal von außen gesehen. Ein bezaubernder Mensch. Aber sind Schriftsteller bezaubernd? Nein! Jetzt läute ich nach der Torte.«
Sidner nickte und zog Lund, Egon, aus dem Regal: »Noch träumt das Pferd«.
»Das schlitzen wir nicht auf. Der kommt mit seinen Verbindungen in Stockholm auch allein glänzend zurecht. Rennt bei den Zeitungen rum, ist gut Freund mit allen Redakteuren, die ihm nützen können. An meinem Grab wird er sagen, wir hätten tiefsinnige Gespräche geführt. Ich, tiefsin-

nig! Weißt du, es ist mir schon immer sehr schwergefallen, hochgeistig zu sprechen. Ich habe immer das Gefühl, daß jedes meiner Worte falsch ist. Als wären es schwere, steinerne Seufzer... Du, das erzählt man sich doch wohl auch von mir, daß ich entsetzlich langweilig bin? Kein Drumherumreden jetzt!«
»Nun ja. Es hat wohl kaum einer gesagt, daß du besonders lustig bist, Tante Selma.«
»So ist es. Und das liegt daran, daß ich mich im Grunde immer *verteidige*, wenn ich sprechen muß. Es ist, als würden mich Fragen offen angreifen. Ich schaffe es nie, mit den Worten zu spielen, die Fragen umzudrehen. Aber heute ist mir das egal. Mittlerweile hört man sich von mir jeden Mist an.«
Die Köchin kam mit der Torte und Kaffee herein. Auf dem Tablett standen auch zwei kleine Gläser.
»Ich hoffe, es schmeckt«, sagte sie und zog sich mit einem Knicks zurück.
»Ja, ja, das wird es schon«, sagte Selma. »Was für ein Buch hast du da?«
»Malgren, Nils, ›Der Starke‹.«
»Stell es gleich wieder ins Regal. Ich will die Schwachen aufrichten, das Schwache in uns selbst. Falls ich je eine Ideologie gehabt habe, dann die, den Schwachen eine Stimme zu geben. Glaubst du, daß es Krieg geben wird, mein Junge?«
»Nachts träume ich davon. Ich träume, daß Mama lebt und daß Papa hier ist und daß die Flugzeuge kommen.«
»Ihr jungen Leute seid es, die leiden müssen. Im Krieg hängt das Leben der Kinder an einem seidenen Faden, wie die Apfelblüten da draußen im Garten an den Bäumen.«
»Hast du Angst vor dem Tod, Tante Selma?«
»Du bist mir ein merkwürdiger Junge. Warum fragst du mich das?«
»Weil ich glaube, daß ich fragen darf.«
»Wenn ich an einem offenen Fenster sterben dürfte, an ei-

nem Tag wie heute. Vögel im Garten, perlendes Wasser, und jemand, auf den ich mich verlassen kann, an meiner Seite... Die Vögel und das andere dürfte sich wohl machen lassen... aber auf wen könnte ich mich... iß jetzt von der Torte.«

»Die ist gut.«

»Die in der Neuen Konditorei können wirklich backen. Vor allem diese Prinzeßtorten... aber sie dürfen nicht zu süß sein.«

»Wie ist es, ein Buch zu schreiben?«

»Ach, Sidner, mit dir kann man nicht übers Backen reden. Du hast doch nicht etwa vor...«

»Ich muß unsterblich werden.«

»Ich wäre die letzte, die darüber lacht. Ein paar Jahre hilft es vielleicht.«

»Ich habe doch sonst nichts. Ich verstehe mich so schlecht aufs Leben. Es ist, als wäre zwischen mir und dem Leben eine Membran. Aber wenn ich schreie... ich meine schreibe... bilde ich mir ein, daß es mitten durchs Leben und bis zu mir zu hören sein muß... Bin ich lächerlich?«

»Aber ja, genau wie ich.«

Auf dem Hof war das Scharren vieler Füße zu hören, Flüstern, Stille. Dann ertönten klare Mädchenstimmen:

> »In unserem Garten, da wachsen blaue Beeren
> Komm, mein Herzensliebchen«

Selma schauderte und zog den Schal enger.

> »Wenn du mich willst, dann treff mich dort
> Kommt, Rosen und Vergißmeinnicht, komm, Männertreu
> Komm, mein Herzensliebchen.«

»Entschuldige mich, ich muß auf den Balkon und mich den Leuten zeigen. Etwa in der zweiten Strophe. Gib mir den

Stock. Danke. Das ist ja rührend von denen. Weißt du, wie oft ich dieses Lied in meinem Leben gehört habe. Nun ja, das geschieht mir recht. Ich freue mich *wirklich*, doch, das tue ich. Ich bin froh und total unmusikalisch.«
Sidner stand am Fenster und lauschte dem Gesang und einem kleinen Mädchen, das vortrat und die Stimme hob:
»Wir Schüler von der Hauswirtschaftsschule Molkom bitten, der größten Dichterin des Nordens unsere demütige Huldigung darbringen und gleichzeitig für alles danken zu dürfen, was sie durch ihre wunderbaren Bücher und Erzählungen für uns bedeutet. Danke.«
»Danke«, sah er Selma winken. »Ich danke euch, meine Kinder. Vielen, vielen Dank.« Und während ihr Winken und ihre Hilflosigkeit immer größer wurden, schaffte sie es, sich ins Zimmer zurückzuflüchten.
»Das ist ja furchtbar«, seufzte sie und sank auf ihren Stuhl. »Ich habe ihnen nichts zu sagen. Nicht ein Wort.«
»Das hat doch gereicht.«
»Gereicht! Jetzt stehen sie da rum und gaffen und wollen womöglich ›O du schönes Värmland‹ singen. Und ich verschwinde einfach, während der Lehrer sich bemüht, sie bei Laune zu halten. ›Ihr müßt sie verstehen, sie ist alt und müde, sie hat bestimmt nicht mehr lange zu leben. Also singt jetzt. Sicher hört sie da drinnen zu.‹ Worüber sprachen wir gerade?«
»Ist doch egal.«
»Nein, das ist es nicht. Du wolltest wissen, wie es ist, ein Buch zu schreiben. Erschöpfend ist es! Es ist, als würde man sich durch eine Wüste zwingen: weite Strecken ohne einen einzigen Tropfen Wasser, ohne einen Baum, unter dem man ausruhen kann. Dann kommst du zu einer Oase, und dort fließt die Sprache, öffnet sich jedes Blatt, will alles Dichtung werden. Hör nur, jetzt singen sie wieder! Und der Bleistift fliegt über das Papier, und du befindest dich gleichsam in den Tropen des Gefühls. Und vergiß nicht, wieviel ein einziger Mensch mit seinen Augen einfängt, wie jede seiner Ge-

sten mit Vergangenheit geladen ist, mit einer unbekannten Zukunft und wie schmerzhaft empfindlich die Gegenwart ist, eine zarte Linnea zwischen zwei sich bewegenden Felsblöcken. Diese Linnea mußt du fotografieren. Ja. Und dann dieser Entschluß, wenn das Glück über eine Idee zu Arbeit und Angst geworden ist: Wählen zu müssen, aus welcher Perspektive man schreiben soll. Man kann mit einem Fernglas weit weg stehen und die Linnea aus der Ferne betrachten, den Blick über die Welt schweifen lassen und das ganze Panorama mitbekommen, von dem sie nur ein sehr kleiner Teil ist. Man kann sie auch aus einem halben Meter Abstand beschatten, das wird dann ein ganz anderes Buch, und man kann in ihre Mitte hineinkriechen, das ist die schwierigste, die anstrengendste Methode, weil man niemals einen halberschaffenen Menschen im Stich lassen darf! Man muß sich dem pochenden Herzen des Menschen zuneigen und den Atemrhythmus festhalten, die schwachen Regungen des Gesichts spüren. Ich weiß übrigens nicht, wie man das anstellt. Ich schreibe, und daneben habe ich keine Theorien. Aber wenn ich schreibe, *weiß* ich. Damals wußte ich. Aber Schluß damit, jetzt essen wir Torte und ... ein kleines Glas Sherry? Er ist aus gerösteten Hagebutten gemacht. Hast du mal gerochen, wie im Ofen geröstete Hagebutten duften? Das ist so, als hätte man den ganzen Herbst auf dem Backblech. Wir haben sie im letzten Jahr gepflückt, im September, Fanny und ich. Einen solchen September werde ich wohl nie mehr erleben. Du kümmerst dich jetzt um ihre Blumen? Das ist gut.«

»Wie lange bleibt sie weg?«

»Nicht mehr lange. Sie ist ein zerbrechlicher Mensch, Sidner«

Ihre Hände zitterten, als sie das Glas zum Mund führte. Es mißlang ihr, eine plötzliche Bedeutungsschwere zu verbergen, als sie seinen Namen aussprach. Sidner sah sie an und schluckte, mit einem Mal fiel ihm das Atmen schwer.

»Ich sollte wohl ... mit den Büchern weitermachen.«

»Nein, das sollst du nicht, Sidner.«
Wieder sein Name. Etwas, was direkt auf ihn gerichtet war.
Auf dem Fensterbrett ließ sich eine Kohlmeise vernehmen.
»Hast du Fanny gern?«
Er rutschte auf der Stuhlkante hin und her.
»Was meinst du, Tante Selma?«
»Hast du dich nicht gefragt, warum sie so plötzlich abgereist ist?«
»Und ob ich das habe! Es ist ihr hoffentlich nichts passiert.«
»Fanny hat ein Kind geboren, Sidner«
»Ein Kind! Fanny...? Warum erzählst du mir das, Tante Selma? Bin ich deswegen hier?«
Er fiel auf die Knie und vergrub den Kopf zwischen den Händen.
»Das ist gut, Sidner. Schrei, damit du diese Grabesstille durchbrichst.«
»Meins und Fannys? Aber das ist doch nicht möglich«, flüsterte er und blickte zu Selma auf, aber Selma wiegte den Körper und tastete langsam nach seinem Kopf.
»Aber warum hat sie nichts gesagt? Ich bin doch erwachsen. Sie hätte wirklich...«
»Sie hat mich gebeten, dir davon zu erzählen, damit du die Möglichkeit hast zu verschwinden. Du kannst wegfahren, wohin du willst. Wenn du das tust, wird sie nie nach dir fragen.«
»Will sie denn, daß ich... verschwinde? Ich verstehe nichts mehr.« Selma zog seinen Kopf auf ihren Schoß und wiegte ihn, strich ihm zärtlich übers Haar.
»Ich verstehe mich nicht auf so was... So etwas haben meine Hände noch nie gemacht.«
»Ist es ein Junge oder...?«
»Es ist ein Junge, er ist jetzt zwei Wochen alt. Ist es unangenehm, wenn ich dich streichle?«

»Nein.«
»Sie hat mir von der Fahrt nach Strömstad erzählt. Wie beleidigt oder schockiert sie war, daß Sven Hedin ... ja, ja, das kleine Dummchen. Ihr Realitätssinn ist nicht so, wie er sein sollte. Sie hat so viele Träume im Kopf. Sie hat vor allem Angst vor dem, was wirklich ist. Ja, *das* hat sie erzählt, denn wer kann schon alles erzählen. Und erst mir. Geschichten, die das Leben geschrieben hat, gehen an mir vorbei.«
Sie hob seinen Kopf.
»Nur Fanny und du und ich wissen Bescheid. Aber nur du und Fanny seid beteiligt, ich bin es nicht. Hast du sie gern? Obwohl sie deine Mutter sein könnte?«
»Was soll ich bloß machen?«
»Sie hat jetzt ihr Kind der Liebe, nach dem sie sich so lange gesehnt hat. Geh zum Flügel. Ich habe dich mal spielen hören.«
»Ich weiß.«
»Spiel mir etwas vor. Was du willst. Ich habe es noch nie ertragen, daß mir jemand beim Weinen zusieht.«

Torin war zum Leben verurteilt: Als er sich aufzuhängen versuchte, zerbrach das Gitter. Als er versuchte, sich die Gabel in die Pulsader zu stechen, kam gerade der Gefängnispfarrer zu Besuch. Ein blanker, würdiger Pastor, der, von seiner Nüchternheit berauscht, nur Antworten zu geben hatte, Antworten, die sich wie Felsblöcke vor den Eingang zum chaotischen Tunnel der Fragen legten. Torin war zu zwei Monaten Zuchthaus verurteilt worden, es lag Frühling in der Luft, und wenn er am Gitter stand, konnte er zur Mädchenschule auf der anderen Seite der Mauer hinunterblicken. In den Pausen bewegten sich zartgliedrige Schülerinnen auf seiner Netzhaut, und sie glitten auch nachts dort hin und her, wenn er apathisch auf der Pritsche lag und an die Decke starrte, nur eine einzige brennende Frage im Kopf: Wie kann man einen Menschen so behandeln? Wie ist das möglich, Herr Pastor? Wie, Herr Richter, wie, du Gott? Wegoperiert waren jetzt seine Träume, man hatte ihm seine Zukunft genommen, der Stecker war aus dem miserabel montierten Steckkontakt herausgezogen worden. Auf dem Fensterblech saß manchmal eine Taube: blaugraue Federn, die in der Frühlingssonne schimmerten. Sie blickten einander in die Augen, und Torin wünschte, nur eine Sekunde lang wie ein Vogel denken zu können. Im Gehirn eines anderen zu sein, die Welt auf eine andere Weise zu sehen. Dann würde dieses *Wie* nackt vor ihm liegen. Oder wäre es dann nicht mehr da?

Ein Anwalt hatte ihn aufgesucht, um über den Carina-Zetterberg-Prozeß zu sprechen. Es gehe um Meineid, und er, Torin, werde sein Geld zurückerhalten, wenn er einige Papiere unterschreibe und Fragen beantworte. Aber Torin drehte sich zur Wand.

»Geld gibt mir nicht das Leben zurück.«

Auch ohne meine Ankunft auf der Erde – ja, ich war geboren und lag wohl gerade an Fannys Brust und trank – wäre es Sidner schwergefallen, Torin aus seiner Apathie zu wekken. Eine Woche lang hatte er vor dem Spiegel gestanden und sein Gesicht betrachtet und zu bemerken geglaubt, daß er Tag für Tag alterte. Als gebrochener Mann, so sah er sich, saß er in Torins Zelle.

»Wie können Frauen einen so behandeln, Torin!«

»*My fellow-sufferer.* Es gehört zum Leben, daß derlei getan und gesagt werden muß. Wir sind blind, *you know.* Wir sind nur Produkte. Das Leben ist ein *disappointment.*«

»Stimmt etwas nicht mit unserer Familie, Torin? Hast du wieder vor, dir das Leben zu nehmen?«

»Es hilft nichts. Man muß es später wieder ausbaden. In einem anderen Dasein.«

Und beide seufzten schwer.

»Vielleicht ist es schön, aufzugeben. Zu sterben und alles hinter sich zu lassen.«

»Was denn aufgeben... *little brother?* Gary war kein liebes Kind, aber er war meins... wie ich glaubte. Es hätte gern so weitergehen dürfen. Ich hätte lieber von dieser Lüge gelebt, als in ein lebendig gemachtes Nichts verwandelt zu werden. Ohne Kummer und Sorgen... ohne solche Sorgen gibt es nichts, was einen Menschen im Gleichgewicht halten kann. Er war mein einziger Wille, *brother.*«

»Daß wir uns so hereinlegen lassen.«

»Wer wird denn nicht hereingelegt, Sidner? Was glaubst du wohl, wovon Pastoren leben? Die meisten von uns schlukken die Lügen doch mit offener Schnauze. *A penal colony,* das ist das Leben. Über diese Lügen will ich im einzelnen gar nicht reden. Die Wahrheit ist wohl nicht so attraktiv. Daß das Leben ein Mysterium sei, ist ein guter Einfall, der uns etwas gibt, womit wir uns beschäftigen können. Kinder sind das einzige, was uns wirklich zutiefst täuschen kann. Kinder betteln nicht darum, geboren zu werden. Habe ich etwa gebettelt? Wozu hätte ich mich denn schon hierherbetteln sollen? Für wen bin ich denn schon, von den Katzen abgesehen, eine Freude gewesen? Und wie steht es mit denen? Na, scheißegal. Hat mich auch nur eine einzige Frau angesehen und dabei größere Augen bekommen?«

»Aber *so* hoffnungslos ist es doch sicher auch nicht, Torin«, unterbrach Sidner, denn er wollte gern selbst zu Wort kommen, aber Torin hörte nicht zu.

»Hat meine Mutter etwa gesagt: ›Du Torin, du bist mir eine solche Freude?‹ Nein! Habe ich im Leben etwas erreicht? Die Aufhebung der Sklaverei bewirkt? Nein, *brother,* ich stelle Grabsteine her. Darum kreisen so viele meiner Gedanken, dazusitzen und einen Namen nach dem anderen in den Stein zu meißeln. Feine kleine Vornamen, schmale Jahreszahlen. Wie schön für dich, daß du nur *eine* Runde durchs Leben gemacht hast, sage ich mir immer. Für unsere Geburt tun wir Buße, erst durch das Leben, dann durch den

Tod, wie dieser Schopenhauer sagt. Zwanzig Jahre lang habe ich Namen und Jahreszahlen gemeißelt, dem Leben dieser Leute ein Ende gesetzt. Genauso lange haben die Leute über mich gelacht, aber Kinder lachen nicht.«

»*Ich* habe nie über dich gelacht.«

»Du hast überhaupt nie über etwas gelacht.«

»Vielleicht sollte *ich* mir das Leben nehmen. Alle Menschen, die ich gekannt habe, verdunsten förmlich von mir weg. Ein einziges Mal bin ich mit einer Frau im Bett gewesen, und dann gibt es ein Kind! Es wäre so phantastisch gewesen, wenn sie mich... hätte haben wollen... ich hätte...«

»Ja, ja, ja«, seufzte Torin und trommelte mit den Fingern auf die Tischplatte. Die Sonne brach durchs Fenster und bildete ein Kreuz. »Du wirst schon bald eine kleine Zuckererbse finden. Aber ich!«

»Soll ich jemanden von dir grüßen?«

»Gib den Katzen etwas Sahne von mir. Übrigens«, und es hatte den Anschein, als würde Torin leichter ums Herz, als er sah, daß Sidner gehen wollte, »wenn du die Herrliche Birgitta siehst...«

Und dies muß das Märchen sein, das die Herrliche Birgitta erzählte, die Torin zwei Wochen lang zwischen ihren Schenkeln versteckt hielt, seit ein Flüstern Sidners an ihr Ohr gedrungen war.

»*Oh, Lord,* wie armselig es in meiner Kindheit zuging. Das einzige, was ich besaß, war eine Teedose. Das Haus lag auf einer Ebene, und der Nebel war oft so dicht wie eine Decke. Ich träumte davon, unter diese Decke zu kriechen und mit anderen Kindern Versteck zu spielen. Aber es waren keine in Spielweite. Und ich hätte es auch nicht gewagt, denn unter der Decke kroch der Alte wie ein Kriechtier über die Äkker, zu Mamas Röcken auf der Veranda hin. Es muß in ihnen eine Art Licht gegeben haben – sonst begreife ich nicht, warum er nach Hause wollte. Er war immer blau, der Schritt war naß vor Pisse, der Mund voller Schnupftabak und Blut, die Augen durch Schlägereien in Arvika wie zugemauert, *oh, Lord,* was für ein Elend. Da saß ich also in meinem Baum auf dem Hof und drückte mich an den Stamm, zumindest im Sommer war es schön. Ich hielt die Teedose dicht vor die Augen, sie war rund und schwarz und blank, und mit großen Buchstaben stand da TEA FROM DARJEELING. Auf der Dose waren vier Bilder: Auf dem ersten sah ich ein Nashorn in hohem, gelbem Gras, am Rand des Grases standen fast nackte Menschen mit Speeren. Auf dem zweiten erhoben sich hohe, schneebedeckte Berge. Der Himmel war ganz blau, ja, das war er auf allen vier Bildern. Auf dem dritten ein Fluß, der die Felsen hinabstürzte, darunter wuschen Frauen Kleider und breiteten sie auf den Steinen aus, und auf dem vierten entdeckte ich einen Vogel, der *costly* schimmerte. Das eine Auge des Vogels starrte mich an, und je mehr ich mich mit dem Gesicht näherte, um so wärmer wurde es: Ich spürte den Geruch von Tee und Heu, und ich schloß die Augen und zog mich aus, meine Sachen waren schmutzig und mußten gewaschen werden, und ich legte sie unter dem Wasserfall ab, lernte, wie man im Fluß wäscht. Hinterher tranken wir im hohen Gras TEA FROM DARJEELING, die Nashörner sahen zu, und der blaue Vogel schimmerte unter den schneebedeckten Gipfeln in der Luft, *oh, Lord,* welch eine Freude. Es war immer Sommer in Darjeeling. Die Gärten waren voller Rosen und ... Butterblumen ... den einzigen Blumen, deren Namen ich damals kannte. Ein Feuer für den Tee aus Darjeeling, Musik für den Tee, Wind, Augen, Münder für den Tee aus Darjeeling! Willst du wissen, Torin, ob ich schön war? In Darjeeling war ich sehr schön, ich trug ein Hüfttuch aus rotestem Samt, hatte Teeblumen im Haar, die über meine nackten Schultern herabhingen, ich lachte oft, nur manchmal wurde ich vollkommen kalt. Denn auch dort in Darjeeling besaß ich eine Dose: Sie war leer und schwarz und hatte vier Bilder. Auf dem ersten war Nebel, und im Nebel kroch ein alter Mann mit zugemauerten Augen herum, auf dem zweiten war ein Haus zu sehen, und in der Tür des Hauses stand eine Mutter und rief in die Dunkelheit hinaus, auf dem dritten war ein Weg, der nirgendwo hinführte, und auf dem vierten saß ein häßliches Mädchen in einem Baum. Sie war verrotzt und hatte geschwollene Augen, denn sie hatte eine so verfluchte Angst, als sie das Geräusch der Hände und Knie hörte, die sich dem Baum näherten, jeder Laut war so deutlich zu hören, das Schmatzen, als sie im Schlamm versanken, das Rascheln, als sie sich über das Feld vortasteten und sich dem Baum immer mehr näherten. Denn es war tatsächlich so, daß ich mir die Kleider auszog und nur mit einer Wolldecke um den Körper dasaß, als ich vor ihm flüchten wollte. Dachte, daß er mich dann nicht kriegen könnte.

Keine Puppe, keinen Teddybären hatte ich, nur DARJEELING.

Keine Bücher, keine Wörter, nur ihre Rückseiten, Torin.

Dort mitten auf der Ebene. Und in die Schule nahm ich die Ebene mit, die Schreie und seine Hände. Sie lagen auf der Bank, tasteten auf dem Fußboden des Klassenzimmers um mich herum.

Und eines Tages, als er nüchtern war, entdeckte Papa die Dose und sagte: »Gut, die brauche ich.« – »Die gehört mir«, schrie ich. »Ich brauche sie zum Kochen«, sagte er und riß sie mir weg und bohrte am oberen Rand zwei Löcher, wobei er den Meißel direkt durch das Vogelauge trieb. Er setzte einen Stahldraht als Handgriff ein und verschwand in den Wald. Mit jeder Rückkehr wurde die Dose verrußter und schwärzer, und bald konnte man überhaupt nicht mehr sehen, was die Bilder einmal gezeigt hatten, und ich weinte. *Oh, Lord,* was passiert jetzt in DARJEELING, fragte ich mich, konnte es mit den Gedanken aber nicht erreichen, und so machte ich mich innerlich wie äußerlich häßlich. Den Kopf

voller Häßlichkeit. Die Augen voller Häßlichkeit, wenn sie ihn ansahen und meine arme Mutter, die immer den Blick senkte.
Eines Nachts war der Alte blau nach Hause gekommen, hatte im Herd Feuer gemacht und war auf dem Küchensofa zusammengesunken. Gegen Morgen entdeckte Mama, daß es in der Küche brannte, bald stand das ganze Haus in Flammen, und es war unmöglich, Papa zu wecken. Eine Stunde lang mühte Mama sich ab, das Küchensofa nach draußen zu schieben, während die Flammen um sie emporloderten. Es gelang ihr, es Zentimeter um Zentimeter weiterzuschleppen, über die Schwellen, auf die Veranda und zur Fahnenstange. Sie hatte den Sofadeckel wegen der Flammen heruntergeklappt und sich selbst ein nasses Tuch vors Gesicht gebunden, mit dem sie manchmal auch auf das Sofa einklatschte.
Wie er sie geschlagen hatte, Torin! Mit was für Namen hatte er sie belegt! Und sie ruinierte sich ihre Gesundheit und um ein Haar auch den Verstand, um ihren Quälgeist zum Leben herauszuschleifen. Ich stand ganz starr neben der Fahnenstange, als sie den Sofadeckel hochklappte: Da lag er und schlief, auf der Seite, ein Lächeln im Mundwinkel. ›Der Ärmste‹, sagte Mama. ›Der arme Teufel.‹ Dann brach sie auf dem kiesbedeckten Hof zusammen.
Der Alte begann die Arme zu strecken, er wachte auf, blinzelte und erhob sich aus dem Sofa. Das Haus brannte, und in der Ferne hörten wir die Feuerwehr kommen. Er sah Mama an, das Haus, das Sofa, nahm mit den Augen Maß und schüttelte den Kopf.
›Was zum Teufel sollte denn das‹, sagte er.
Ich versichere dir, Torin, daß er mich an sich gezogen und mich in seiner Verlorenheit eingeschlossen hätte, wenn ich nicht mein Darjeeling, die Berge, die Wasserfälle und das Glas gekannt hätte. Er sah mich voller Selbstverachtung an, streckte die Hand nach mir aus, aber ich wich zurück. Er durfte mich nicht noch mehr anstecken, als er es schon ge-

tan hatte. An dem Tag riß ich aus. Ich weiß nicht, woher ich die Kraft nahm, es gab so wenig Spielraum. Ich riß mit einem großen Ballast an Haß aus, ansteckendem Haß, ich verkaufte mich vorwärts, wußte, daß ich weiterleben mußte, bis ich eines Tages dieses Darjeeling gefunden haben würde: einen Ort, an dem alles rein war. Ich mußte in Erfahrung bringen, ob es tatsächlich einen solchen Ort gab.
So viele Jahre und so viele Versprechungen, auf die ich hereingefallen bin: All diese verlogenen Prinzen, die mich auf den Müllhaufen geworfen und sich dann hinter meinem Rücken vor Lachen ausgeschüttet haben. So viele Gläser, die ich leergetrunken habe! Du, Torin, du weißt doch auch, wie sich dieses Gelächter anhört?«
»*Yes, I know.*« Sie legte die Hand auf sein Handgelenk, und er zog sich nicht zurück, fuhr fort: »Aber ich bin nichts, worum man sich bemühen sollte.«
»Wir werden einander nicht haben. Wir werden sein. Und wir werden suchen. Dann begleite mich nach Darjeeling, Torin.«
Vier Tage vor seiner Entlassung kam es zu Torins erstem Verschwinden: Auf geradezu klassische Weise feilte er das Gitter durch und ließ sich mit Hilfe von Laken aus dem Fenster herab. Der Gefängnisdirektor war der Meinung, Torin sei ein Idiot, da er sich nicht habe gedulden können. Jetzt müsse man erneut Verhöre anstellen, ihm eine zusätzliche Strafe aufbrummen und wieder in den Papierhaufen wühlen. Wenn man ihn gefunden habe.
Doch das gelang nicht. Aber nach zwei Wochen klopfte es am Gefängnistor, und da stand er, dieser Idiot, und bat sehr lieb darum, wieder eingelassen zu werden, um seine Strafe abzusitzen, was immer ihn nun auch erwarte. In der Hand trug er eine Papiertüte, und in der Tüte war ein Aquarell: ein Waldteich, ein Haubentaucher im Schilf. Es war ein sehr schlechtes Aquarell, das in Liebe und Unwissenheit verfertigt worden war, und er ließ es nicht zu, daß jemand es ihm wegnahm, sondern schmückte die Zellenwand damit, lag da

und lächelte, die Hände über dem Kopf gefaltet. Antwortete nicht auf Fragen danach, wo er denn gewesen sei.
Und so würde es Jahr für Jahr weitergehen. Irgendwann mitten im Sommer kam es vor, daß er sich von den Grabsteinen erhob, Meißel und Stemmeisen in den Schuppen brachte und ohne ein Wort verschwand. Eines Tages saß er dann wieder da. Das einzige Zeichen seiner Abwesenheit war ein neues Aquarell an der Wand seines Hauses. Er war sauber und roch anständig, mochte diese Sauberkeit auch nicht das ganze Jahr halten.
»Hast du angefangen zu malen, Torin?«
»It's none of your business«, erwiderte er und zuckte die Achseln.

Über Zärtlichkeiten

von

Sidner Nordensson

11. Mai 1939

Diese totale Hilflosigkeit, heute abend am Leben zu sein!

Ich sitze am geöffneten Fenster dieser Küche, in der nichts lächelt, vor einem schwarzen, mit Wachstuch eingeschlagenen Heft und schreibe zum ersten Mal seit langer Zeit wieder etwas auf, weil ich seit ein paar Tagen weiß, daß ich irgendwo einen Sohn habe. Wer bist Du? Und wer bin ich? Wir haben uns noch nicht gesehen. Daß es Dich gibt, schenkt mir keine Freude, ich bin selbst noch nicht geboren, bin selbst noch nicht am Leben. Erst wenn ich Dich *sehe*, werde ich wissen, ob wir füreinander bestimmt sind.

Diese Worte, falls es welche werden, sind für Dich bestimmt, damit Du einmal weißt, wer ich gewesen bin, auch wenn sich herausstellen sollte, daß es ein Leben in Erbärmlichkeit war.

Es ist Frühling draußen. Ich mache lange Spaziergänge außerhalb der Stadt. Ich gehe mit den Händen auf dem Rücken und sage mir, daß ich die Welt betrachte, dabei warte ich auf Die Große Katastrophe. Abends sitze ich drinnen, in der Wohnung Deiner Mutter, deren Blumen ich gieße, über den Büchern oder am Flügel. Sie ist meine einzige Frau bisher. Vielleicht hat sie mich gesucht, vielleicht war ich aber auch einfach nur greifbar.

(Später)

Nichts geht so schnell vorüber wie eine Zärtlichkeit. Aber wie ein Duft, wie ein Ton ist eine Zärtlichkeit die einzige Erinnerung, die man aus dem Leben in den Tod hinüberretten kann, weil eine Zärtlichkeit aus Liebe reine Aufmerksamkeit ist. Der ganze Körper ein Auge, ein Ohr, eine Zun-

ge. Du wirst fragen: Warum liebte mein Vater die Liebe mehr als das Leben?
Fünfundneunzig Prozent meiner Zeit verbringe ich in Gedanken über das Erotische. Wieviel vergeudete Energie! Ich lebe jetzt seit 6690 Tagen und habe vielleicht sechsmal geliebt, was also statistisch eine Zärtlichkeit alle drei Jahre ergibt. Allerdings fanden alle Liebkosungen bei einer Gelegenheit statt. Ja, ich halte meine Demütigungen fest. Ich vermache testamentarisch, was ich habe. Neunzehn Jahre alt zu sein und nur zwischen Fanny und Gott wählen zu können!

---

2. Juni 1939

Ich habe Dich gesehen, mein Sohn.
Du hast schon einen Namen erhalten, ohne mein Zutun, ich komme zu spät. Bittere Begegnung, weil wiederholte Worte selten geäußert werden, wenn die Wiederholung ohne die Anwesenheit sämtlicher Beteiligter erfolgt. Ich stand auf der Treppe zu Fannys Haus und wollte sagen: »Ich will meinen Sohn sehen!« Aber gerade dieser Satz wurde nie ausgesprochen, denn da, im Sommerregen, im knirschenden Kies, warst Du derjenige, der störte, was ich zu einer Feierstunde hatte machen wollen. Du schriest, Victor – denn das ist Dein Name –, Du warst hungrig, Du solltest gewickelt werden. Fanny, die Frau, der ich mich zugehörig glaubte, da wir dieses Gemeinsame besaßen, das Du bist, eilte durch die offene Tür an mir vorbei, und ich blieb mit einer Tasche in der Hand draußen auf dem Hof stehen, blickte ihren Röcken nach – dunkelviolett –, sah, wie sie ins Haus verschwanden. Es ging etwas verloren, statt dessen kam eine große Demütigung: Die Wirklichkeit traf mich unter der Gürtellinie. Damit erhielt ich eine Lehre, mit der ich mich vielleicht abfinden kann. Ich setzte mich auf das Trittbrett des Autos und barg den Kopf in den Händen. Warum eilte sie an mir

vorbei? Als ich mir dann endlich ein Herz faßte und hineinging, waren alle meine Bewegungen nur Wrackreste des erdachten Handlungsprogramms. Die noch unbenutzten Teetassen, die schon am Vortag auf dem kleinen Salontisch gestanden hatten, hatte *sie* zusammengeschoben, so daß die Tischdecke ganz zerknittert war, die Zuckerschale war umgekippt, und als ich den Tee servierte, rührte sie ihn erst an, als er kalt geworden war wie mein Herz. Sie stillte dich, und ich kam ihr nicht nahe.

Ist es so, erwachsen zu sein? Als ich fragte, ob es wirklich mein Kind sei, fuhr sie zusammen und erwiderte: »Ja, aber es ist meins.« Damit ergab sich ein weiterer Abstand, den es aufzuholen galt. Auf dem Flügel lag eine Sonate, die ich ihr vorspielen wollte, doch es war, als flöge sie ohne meine Gedanken-Hände davon. Du lagst an ihrer Brust, die ich nur einmal in den Händen gehalten hatte. Ich konnte nicht weggehen. Ich konnte nicht bleiben. Ich sah, wie sich mein Körper und mein Wille zu trennen begannen.

Deine Ankunft hat nur Schmerz gebracht, Victor. Auf meine Worte: »Ich habe mich so nach dir gesehnt«, erwiderte sie: »Ich bin so viel älter als du.« – »Was hat das mit der Sache zu tun«, fragte ich, und sie antwortete: »Sehr viel. Ich will nicht erleben, daß meine zunehmende Zerbrechlichkeit dich auslöscht.« Aber sie blühte. Ihre Haut war weich und samtig, neu geschaffen nur für Dich. Ich wußte auch nicht, ob ihre Repliken Pläne zu einer neuen Abreise verbargen, zu einem Verschwinden, weiß es immer noch nicht, wo ich jetzt in meiner Küche sitze und schreibe. Wenn Du das hier liest, weißt Du alles.

---

10. Juni 1939

Tage, Repliken:
»Mein Leben ist die Hölle, Fanny.« – »Das Kind gehört mir, Sidner, solange ich lebe. Dann ist es deins, wenn du willst.

Wenn du nicht willst, gibt es andere, die sich um ihn kümmern, dafür habe ich gesorgt. Ich bin lange weggewesen und habe nachgedacht. Wenn du willst, werden wir ihn reich und stark machen. Du kannst mir auf dem Klavier etwas vorspielen, ich kann verschwinden. Du kannst mit Victor spazierengehen. Wir trinken Tee, und wenn es Nacht ist, gehst du zu dir rüber. Ich will nicht, daß du hier wohnst. Ich möchte, daß du andere Frauen triffst, ich werde nicht eifersüchtig sein. Meine körperliche Lust ist so gering, Victor gibt mir alles.« – »Ich habe dich liebkosen wollen, Fanny.« – »Jede Zärtlichkeit würde unser Leben komplizieren. Zärtlichkeiten tun das nun einmal. Ich habe nicht genug Temperament, um interessant zu sein. Aber wegen des Kindes darf die Liebe zwischen dir und mir nie ganz erlöschen. Ein Teil von ihr besteht aus Offenheit. Wenn du und ich zusammenlebten, wie sollten wir dann alles erzählen können?«

Was sind die Brüste einer Frau? Und was ist dann die Rundung ihres Bauchs? Und der Schoß, diese Haare drumherum und diese Öffnung, durch die meine Phantasie immer verschwindet? Die Aufgeklärten wissen es, haben es mir aber nicht erklärt. Und was ist diese Zeit, die einfach verrinnt, während ich an die glänzende Freude ihrer gespreizten Beine und die tausend Augen ihres Gesichts denke?

Tee, Butterbrote, Repliken:

»Ich träume so oft von deinen Brüsten, Fanny.« – »Muß ich mir erst einen Liebhaber anschaffen, damit du endlich aufhörst, dich zu erregen? Einen stabilen, ordentlichen Menschen, der nachts zu mir kommt und am Tag so spät geht, daß du anklopfen mußt, wenn du mich besuchst?« – »Du hast dich so verändert, Fanny.« – »Sidner, was hast du für Vergleichsmöglichkeiten? Ich bin neuerdings klug, klug und langsam auch berechnend. Ich mag Stille und werde

nicht durch Lüste wie diese ertränkt...« – »Du könntest mir helfen, ein guter Liebhaber zu werden.« – »Fehler sind nicht nur von Übel, sie lehren uns auch sehr viel.«
»Du bist ein ›Wartender‹, Sidner. Es fällt dir schwer, die Initiative zu ergreifen, und eben diese Seite von dir will ich ans Licht locken. Das Geschäft hast du gut im Griff, aber es ist so eine Art Tod für dich. Du kannst noch etwas anderes, du hast größere Fähigkeiten, als nur Klebstoff zu verkaufen.« – »Was ist größer, und was ist geringer, Fanny?« – »Das Größere ist das, was vom ganzen Menschen Gebrauch macht, was ihn dazu bringt, sich bis zum äußersten anzuspannen, bis in alle Ecken und Winkel der Persönlichkeit. Was hast du eigentlich mit Geschäften zu schaffen? Du fühlst dich doch damit überhaupt nicht wohl. Du merkst, daß du Erfolg hast, ohne die Seiten von dir anzustrengen, die dir wirklich etwas bedeuten, die Bereiche, die dich eigentlich ausmachen. Die werden nie aufgerührt. Dort wird nie etwas aufgewirbelt. Nur Staub senkt sich herab, Sidner. Schlamm, wie auf dem Grund eines Flusses.« – »Was soll ich deiner Meinung nach also tun, Fanny?« – »Höre auf das, was du sagst!« – »Was soll *ich deiner* Meinung nach tun?« – »Es geht nicht darum, was *ich* will.« – »Aber ich muß es schaffen, Fanny.« – »Schaffen! Du sollst überhaupt nichts schaffen. Du sollst etwas aus dir selbst *machen*. Das gehört sich für Leute deines Schlages schon mehr!«

Später: Sommernacht. Machte einen stärkenden und sinnlosen Spaziergang zum Sundberg, noch einen durch die stillen Straßen und einen weiteren durch einen unförmigen Roman. Es ist eine Minute vor der Verlassenheit, und trotzdem keine Nacht in Sicht. Fanny sitzt da hinten auf ihrem Balkon. Ihre Flamme flackert in der Dunkelheit, Du bist ihre Flamme. Die Nacht schließt sich um ihr weißes Kleid, sie lauscht vielleicht den Grillen. Sie sitzt so still. Was flüstert sie Dir jetzt zu, da sie den Nacken beugt? Was lehrt sie Dich? Welche Worte sickern in Deine kleinen Ohren? Ich, der Lächerliche,

kann nicht schlafen, denn noch nie bin ich mitten in der Nacht so weit von der Nacht entfernt gewesen wie heute. Nie so viele Kaffeetassen und Träume in der Ferne! Mein Sohn: Niemand berührt mich, niemand macht von meinem Körper Gebrauch, niemand weiß, daß es hier Küsse zu holen gibt.
Du hast ihre Eigenheiten ausgelöscht. Sie ist jetzt *klug*, wie derjenige klug wird, der wirkliche Augen vor sich hat, einen ungefährlichen Körper, den er liebkosen kann. Vielleicht glaubt sie, daß Du jungfräulich geboren bist, daß ich ein Windhauch war, der wie Goldregen, wie ein Schwan vorüberschwebte, vielleicht glaubt sie, daß Du der Erlöser der Welt bist, und vielleicht hat sie recht, wenn sie meint, daß Du sie von der Phantasie, der Besessenheit und den Halluzinationen erlöst hast. Sie ist nüchtern und trist, sagt der Fuchs Sidner und betrachtet ihre Vogelbeeren.

---

11. Juni 1939

Ich bin Farbenhändler. Das stört mich nicht sonderlich, es ist der Traum von Zärtlichkeiten, der mich stört. Wenn Du leben willst, mein Sohn, lebe in der Nähe der Frauen. Das ist zwar weder gut noch böse, bedeutet aber zu leben. Einen Millimeter, eine Sekunde von ihren Schößen entfernt gibt es alle Märchen, die das Leben zu erzählen hat.
Aber jenseits und unter all dem, was Frau ist: Niemals vergessen, daß sie einen Namen haben. Bebend – sich immer dem Namen nähern.

---

14. Juni 1939

Zwei Dinge gehören zu dem Guten, das die Natur uns schenkt: Zärtlichkeiten und Musik. Aber da alles einem Einzigen zustrebt, werden diese Dinge sich eines Tages zu einer Neuen Schöpfung vereinen.

Meine Konstitution nötigt mich, vieles, was nicht Musik ist, zu erleben. Ein Exil ist das, eine Strapaze und ein Irrtum, so daß ich den Plan hege, überall in der Natur Klaviere aufzustellen, Orgeln und Flügel, damit ich immer Zugang zur Musik habe, wenn mich die Worte der Menschen erschrekken. Allerdings fehlt mir das Geld dazu.
Nur in der Musik findet sich Geborgenheit, da diese Andere Sache mir verweigert zu werden scheint.

---

17. Juni 1939

Wie tief kann man in die Musik eindringen? Ist es möglich, in ihr zu bleiben und der Zeit zu entkommen? Habe heute zusammen mit Kantor Jancke in der Kirche zwei Stunden Orgel gespielt. Der Kantor fragte mich, ob man nicht wieder die Arbeit am Weihnachtsoratorium aufnehmen solle, auch wenn es »jetzt nicht mehr das gleiche ist wie damals, als Solveig noch lebte«. Er sagte sogar: »Du hast Talent. Du solltest nach Stockholm gehen und dich ganz der Musik widmen.« Aber ich muß hierbleiben, bis Papa zurückkommt. Muß hierbleiben, weil ich Dich habe, Victor. Dennoch bedeutet die Musik so viel: Nur in ihr bin ich gegenwärtig, nur dort sind alle Abwesenden in mir anwesend. Von der Musik aus betrachtet, scheint die Zeit ein Scherz zu sein, ein Betrug, der ich weiß nicht wessen Interessen dient. Einer Kadenz durch alle Schichten hindurch zu folgen, durch alle Zeiten, Geisteszustände ... und dann hinausgezwungen zu werden ...

---

20. Juni 1939

Patron Björk ist gestorben. Man sagt, er habe die letzte Zeit im Bett in seiner Waschküche verbracht, in die er nach dem Konkurs umziehen mußte, und nur noch seine alte Fibel

zum Lesen gehabt. Jeden Abend – das sagte mir die Soßenkönigin – habe er sie aufgeschlagen und so lange auf einen Buchstaben gestarrt, bis er völlig vergessen habe, was er bedeutet. Nachdem er so schließlich auch den letzten Buchstaben des Alphabets vergessen hatte, machte er das Licht aus und starb, leer und rein wie bei seiner Geburt.
In den Tagen seiner Heuchelei im Hotel soll Björk – der Soßenkönigin zufolge – kurz nach dem Tod des sozialdemokratischen Ministerpräsidenten Hjalmar Branting gesagt haben: »Ein solcher Mann stirbt nur einmal«, obwohl er alles verabscheute, wofür Branting stand. »Wäre es nicht angebracht, ihm eine Gedenkstunde zu widmen?« Onkel Torin, der kurz zuvor begonnen hatte, im Hotel Schnäpse zu trinken, erwiderte: »Er ist doch gerade erst gestorben. Für eine Gedenkstunde muß man erst etwas in Vergessenheit geraten.«

Mittsommerabend 1939

Gott »gibt« es nicht. Ich glaube an ihn.
Wenn es ihn »gäbe«, wäre er ein Gefangener der Sprache und folglich unser Sklave.
Wenn es uns »gäbe«, wären wir Gefangene unserer Sprache. Das sind wir auch.
Sobald ich meinen Zwergenblick von Gott abwende und ihn zu fixieren versuche, verschwindet er, um überall dort sichtbar zu werden, wo er nicht ist. Seine Abwesenheit ist die Voraussetzung für seine Existenz. So kann man argumentieren, und das tue ich auch.
Und ich verabscheue diejenigen, die nicht an Gott glauben.
In mir ist genug Leere, um Rosen welken zu lassen. Sind genug Schreie, um Nächte zerbrechen zu lassen. Ist genug Sehnsucht, damit sich Menschen im Krieg töten lassen.
Aber ohne Gott müssen so viele Worte sterben: Diejenigen, die keinen Fixpunkt mehr finden. Jetzt habe ich genug von

Gott geplappert. Wenn das Geplapper weitergehen soll, muß er es in mir hören. Unterdessen spiele ich Dir und Fanny Etüden vor.

Mittsommertag 1939

Im Universum nichts Neues!
Die gleichen Bewegungen nach außen hin. Alles entfernt sich von allem. Es wird dunkel zwischen uns. Nichts von Vater gehört, nichts von Splendid, und von Fanny ein jämmerliches kleines Lächeln, eine mitleidige Hand auf meiner Schulter, als ich Dich in den Armen halten wollte. Hätte sie es doch gelassen, sie dort hinzulegen. Nie läßt sie mich das Feuer vergessen. Mit großer, grausamer List entfacht sie es immer neu. Heute hast Du Dein erstes Lächeln gezeigt, es hätte mich wärmen sollen, als ich es sah, aber ich weiß ja, daß Du es jedem geschenkt hättest, der in der Nähe gewesen wäre, und in der Nähe war ich wahrhaftig nicht. Ich sah ihr eine Weile beim Stillen zu, dann flüchtete ich in die Musik und verschloß alle Sinne gegen das Äußere.

---

1. Juli 1939

Sonntagmorgen. Klarer Himmel, leichter Wind auf den Feldern. Ging nach Vitteby, wo die Tolstojaner inmitten ihrer Kirschbäume wohnen. Der Alte saß in der Laube, der weiße Bart leuchtete. Die Frauen hörten ihm zu. Er las aus einem Buch. Ein energischer Friede herrschte dort, denn sie sind im Glauben: Gesehen! Und ungesehen ging ich vorüber, ein großer Schrei, daß ich gern bei ihnen gewesen wäre. Am Ufer hatte jemand im Moos einen Spiegel verloren. Ich stolperte über ihn, tief dort unten sah ich, wie meine Tränen nach oben fielen, auf mich zu.

5. Juli 1939

Ein schwieriger Brief aus Neuseeland ist für Papa angekommen. Ich habe ihn geöffnet, da er nichts von sich hat hören lassen; nachdem ich ihn mit Hilfe eines Wörterbuchs übersetzt und gelesen habe, bete ich zu Gott, ihm möge nichts Böses widerfahren sein, und ich schreibe den Brief hier ab, damit Du alles weißt, damit Du erfährst, was zu Deiner Geburt gehört.

Lieber Mr. Aron,
es ist eine alte Frau, die Ihnen diese Zeilen schreibt, Mr. Aron, aber nicht im eigenen Interesse, sondern um geradeheraus zu fragen: Wo sind Sie geblieben, Mr. Aron? Leben Sie, oder sind Sie tot? Mit unserer lieben Tessa Schneideman sind schreckliche Dinge geschehen. Ihr Verstand hat sie bereits verlassen, und so fürchte ich um ihr Leben, doch muß ich alles so hinnehmen, wie der Herr unser Unglück eingerichtet hat.
Ich weiß nicht, ob Tessa von mir erzählt hat, aber ich bin mit Ihrer Geschichte vertraut, da sie sehr einsam und isoliert ist, wie es auf dem Land nun mal vorkommt. Ich arbeite bei der Post und habe Ihre Briefe entgegengenommen, die ich dann Tessa gegeben und in meiner kleinen Wohnung auf der Rückseite des Büros habe lesen lassen, was wegen des wilden Gemüts ihres Bruders notwendig zu sein schien. Daher weiß ich alles, denn sie hat sich bei mir ausgeweint, hat bei mir geträumt, und gemeinsam haben wir Ihre Ankunft geplant. So freuten wir uns beide und nähten Kleider, erfanden Gerichte, die wir Ihnen vorsetzen wollten, wir waren so froh, daß wir am Ende alles ihrem Bruder erzählten, der sehr zornig wurde. Vielleicht steckt nichts grundsätzlich Böses in ihm, aber in jedem Menschen gibt es lange Geschichten, und einige davon sammeln sich zu Bosheit. Sein ganzer Zorn richtete sich gegen mich, denn er betrachtet mich als eine Helferin Satans auf Erden, aber das, Gott ist mein Zeuge, wollte ich niemals sein.

An dem fraglichen Tag wartete Tessa in meiner Wohnung und ich ging zum Bus, denn sie war so aufgewühlt. Und das sage ich vielleicht lieber gleich, daß diese Aufgewühltheit von so besonderer Art war, daß sie tatsächlich nicht gehen konnte, während gleichzeitig ihr Gesicht vor starker Hitze glühte, so daß ein normaler Mann sich ihr nicht hätte nähern können, und sie sicher fast als so etwas wie eine Hexe angesehen hätte. Drei Busse aus Wellington wartete ich ab, rief anschließend aus eigenem Antrieb die Reederei an und erfuhr, daß das Schiff rechtzeitig angekommen sei. Die Rückkehr fiel mir sehr schwer, es war der schwerste Weg meines Lebens, Mr. Aron, denn Sie waren nicht an Bord gewesen. Sie sind auch jetzt, wo ich dieses schreibe, noch nicht angekommen.
Eine Woche lang, Mr. Aron, gelang es mir Tag für Tag, eine Art Erwartung aufrechtzuerhalten, aber am achten Tag geschah das, wovor ich mich lange gefürchtet hatte. Mr. Aron, es war, als hätte sich Tessa aus dieser Welt gelacht!
Daß dieser Brief so lange hat auf sich warten lassen, liegt daran, daß ich nicht mehr bei der Post arbeite, sondern nach Wellington umgezogen bin, denn die Anschuldigungen durch Tessas Bruder nahmen so sehr zu, daß ich mich einen ganzen Monat versteckt halten mußte, und hier habe ich jetzt gesessen und geweint, nicht um meinetwillen, diese Tränen sind längst versiegt, sondern um Tessas willen, die durch Sie, Mr. Aron, so viel vom Leben erhoffte. Ihr Bruder versuchte sie einzuschließen, aber mir ist es mit Hilfe von Freunden gelungen, sie auf einem anderen Hof unterzubringen. Zweimal habe ich sie besucht, mehr hab ich nicht geschafft. Sie erkennt weder mich noch sonst jemanden wieder. Sie lächelt ununterbrochen, singt Lieder, die anzuhören so schrecklich ist, und pflückt, was sie Brautsträuße nennt, pflückt sie aus Unkraut und scharfen Disteln, die ihr die Hände zerstechen – und währenddessen verfällt sie mehr und mehr an Leib und Seele, sie wäscht sich nicht mehr und läßt Haare und Fingernägel ungeschnitten. Jeden Abend, so sagten meine Freunde,

sitze sie am Radioapparat und höre sich Kurzwellensender an und glaube, Mitteilungen von Ihnen zu empfangen, Mr. Aron, und all die Berichte von Ihnen seien gut. Sie weiß, daß Sie unterwegs sind. Aber stimmt das auch? Ich schreibe nach Schweden, da dies die einzige Adresse ist, die ich auf den Rückseiten Ihrer Briefumschläge gesehen habe. Schikken Sie mir unter der folgenden Adresse ein Telegramm, nur ein Wort, damit ich weiß, daß für Tessa Schneideman noch Hoffnung besteht!

Ihre verzweifelte
Judith Winther

---

22. Juli 1939

Habe nach der Ankunft des neuseeländischen Briefes erst nicht mehr schlafen können. Fand dann auch Briefe von Tessa, die ich unter großer Rührung las. War über Papa sehr traurig, der ihr so weh getan hat. Da kam mir der Gedanke, daß auch er wahrscheinlich tot ist, dachte daran, daß es Mamas Tod gewesen ist, der Papa so weh getan hat, der es bewirkt hat, daß er nicht immer bei Sinnen war, dachte darauf an meine Hände, die ihr Fahrrad in Richtung Tod geschoben haben. Empfand auch große Angst vor Johann Sebastian Bach, der die Musik geschrieben hat, für die sie starb, und als ich endlich wieder schlief und träumte, war es eine böse Mischung aus vielen Menschen, die sich im Hotelkorridor drängten, denen der Patron nicht erlaubte, den Speisesaal zu betreten, da dort »nicht angerichtet« sei. Dort waren eine Helle Mama und eine Dunkle Tessa und Fanny, deren Gesicht ich nicht sah, und ich wollte einzeln mit ihnen allen sprechen, aber Fanny verbot es mir. Sie sah mich streng an und teilte mir mit lauter Stimme mit, sie habe mich aus ihrem Körper hinausgeworfen, woraufhin alle ihre Körper von mir abwandten, so daß Du, Victor, der einzige warst, der seinen Blick noch auf mich gerichtet hielt. Und ich dach-

te mir, daß Du alles, was dort zu sehen war, in Dich hineinbekommen und daran leiden mußt, denn Du bist ein Teil dieses Tages, an dem ich schreibe, obwohl Du nichts davon weißt.
Auf der ersten Seite dieses Buches gedachte ich meine »Zärtlichkeiten« aufzuzeichnen, um Dir den Glauben an das Leben und die Liebe zu geben, aber Zärtlichkeiten sind es nur sehr wenige geworden, obwohl sie Das Wichtige und mehr wert sind als Geld und ein Großes Haus oder sonstwas, aber das, was jetzt geschieht und sichtbar ist, ist die Kehrseite der Zärtlichkeiten, ihr kalter Schatten. Ging zur Soßenkönigin und half ihr und Frau Jonsson, Butterbrote zu schmieren, denn im Hotel gab es einen Leichenschmaus. Ein Zeichen?

20. August 1939

Papa ist tot!
Bin wie betäubt gewesen, habe nichts gedacht, aber entsetzliche Träume gehabt. Eva-Liisa hat weniger geweint als ich, aber es sind viele hiergewesen, um uns zu trösten, nachdem die Nachricht von der Soßenkönigin verbreitet worden war.
Es kam ein Brief von der Behörde, beigefügt ein Schreiben der Reederei aus Australien, daß seine Kleider und Habseligkeiten unterwegs seien, aber kein Leichnam, da man ihn habe ins Meer springen sehen. Meine Hand ist wie Nichts und hat nicht die Kraft weiterzuschreiben.

Später: Es ist tröstlich, Frauen hier zu haben, aber daß Fanny nicht mit Dir kommt, schmerzt. Die Soßenkönigin und Beryl Pingel sind jedoch gut zum Ausweinen.
Habe ein Telegramm an Mrs. Winther in Neuseeland aufgegeben. Hatte zuvor wieder Tessas Briefe gelesen und war ihr

so nahe, war so tief in ihr, und als ich das Telegramm dann schrieb, geriet es so: »*Father is dead. Letter follows. Sidner.*«

---

20. September 1939

So, jetzt sind wir allein in der Welt, Eva-Liisa und ich. Viele Tage lang haben wir Händchen gehalten, sie ist so stark und schön und arbeitet in der Bäckerei, wo viele Kunden sie sehen können. Habe auch Dich in den Armen halten können. Fanny ließ mich ihre Haare und ihr Gesicht liebkosen, aber sie war auf ihre Weise sehr weit weg und sah mich mit Verwunderung an.

Im Grunde sind wir doch nur flackernde Flammen. Wie leicht spült die Dunkelheit über uns hinweg und läßt unser Leben verlöschen. Es ist ein Wunder, daß wir überhaupt da sind. Ein Wunder, daß das einzige, was wir der Nacht und der Ewigkeit entgegenzusetzen haben, Zärtlichkeiten sind, das Flüchtigste von allem.

Hat Papa Eva-Liisa und mich nicht *gesehen*? Nein!!!! Er zog sich zu Mama zurück und verließ uns. Das ist es, was er getan hat. Gott verzeihe mir!

---

27. September 1939

Es klopfte an der Tür, und es war Angela Mortens, wollte nicht hereinkommen, gab mir aber einen Strauß Heidekraut, so daß ich erschauerte, da sie im Dienst des Todes steht. Sie blieb lange stumm, während ihre Blicke am Boden der Wohnung entlangirrten. Hatte auch ein Buch über die eheliche Liebe und deren Gegenteil von Swedenborg dabei, und als ich sie fragte, warum sie mir dieses Buch schenke, ich sei doch in Trauer, antwortete sie mit ihrem merkwürdigen Lächeln, dieses Buch sei zum Trost gedacht. Darauf gro-

ßes Schweigen, bis sie sagte, was ich schon ahnte, das Heidekraut sei zur Erinnerung an *ihren* toten Verlobten, mit dem sie heute verheiratet wäre, wenn der Herr es so gewollt hätte. Ihre Lippen zitterten, und endlich suchte sie meinen Blick, als ihre Andacht beendet und ich ihrer Trauer teilhaftig geworden war, die schon fünfzig Jahre zurückliegt. Nachdem sie wieder gegangen war, verdrängte ihr Bild meine eigenen, und der Strauß, der bereits in so vielen Trauerhäusern gestanden hat, steht jetzt vor mir. Sie hat sich nicht erlaubt zu vergessen, denn sie hat Angst vor dem Leben. Ich habe zu Gott gebetet, nicht wie sie zu einem Gefangenen des Todes zu werden.
Las in dem Buch und hatte später einen so starken Traum, daß ich schreiend aufwachte: In diesem Traum waren Mama und Papa Engel, aber sie erlaubten mir nicht, zu ihnen in den Himmel zu kommen, da sie in Ruhe lieben wollten, und ich mußte im Morast bleiben. Das hängt wohl mit Angelas Buch zusammen.

---

28. September 1939

Ein Zornesblitz schlug in mir ein, weil Papa in den Tod gegangen ist und uns verlassen hat, habe versucht, mich von diesem Traum wegzubeten, bin im Innern aber noch immer wie erleuchtet.
Das kleine diamantene Boot, das niemand aus Papas Jackenfutter gestohlen hat, ist nicht wieder bei Tessa angekommen. Wie soll sie da lieben können? Sie soll die Kostbarkeit zurückbekommen, ich habe aber Angst davor, sie auf eine so lange Reise zu schicken, außerdem brauche ich sie, um Papas und Tessas nie zustandegekommene Begegnung zu betrachten, da es eine hoffnungsvolle Begegnung ist. Lasse den Schmuck jede Nacht über meinem Bett hängen, damit ich ganz deutlich sehen kann, wie Papa ihr in einem dunklen Zimmer das Schmuckstück umhängt, aber es leuchtet, als

sie sich lieben, und vielleicht bewirkt das meinen Zorn, daß ich es nicht bin und daß sich ein Rachegedanke eingeschlichen hat, jetzt nehme ich sie und nicht er, sie ist nicht viel älter als ich, und Fanny ist ja viel älter und hat daher keine Angst vor dem Alter. Auch diese Gedanken habe ich nicht wegbeten können, so daß sich um mich herum Unreinheiten auftürmen.

---

29. September

Wenn man in großer Trauer ist, ist es notwendig, Swedenborg zu lesen, denn dort lernt man glauben, daß dieses Leben Scheinbarkeit ist und seine Entsprechung im Geistigen findet. Trost ist es, zu wissen, daß Irrtümer durch das *Geistige* eine Korrektur erfahren, vor allem im Hinblick auf die Frauen, die ich kränke, nicht aus Bosheit, sondern aus Verzweiflung. Und ein großer Trost ist es, zu lernen, daß die Lust, eine Unschuld zu verleiten, keine Lust zur Jungfrauenschändung ist, auch nicht Lust zur Vergewaltigung, sondern eine ganz eigene und besondere Lust. Sie werde, schreibt S., besonders den Arglistigen gegeben. »Frauen, die ihnen unschuldig erscheinen, sind diejenigen, die das Böse der Hurerei als eine entsetzlich schwere Sünde ansehen und die sich um Keuschheit und desgleichen um Frömmigkeit bemühen. In den Reichen, in denen die katholische Religion herrscht, sind Klosterjungfrauen so; da man glaubt, daß diese mehr als andere fromm und unschuldig sind, betrachtet man sie als Delikatessen und Leckereien der Lust.«

Dem ist hinzuzufügen, daß Nonnen und andere fromme Frauen nur selten Hotelzimmer bestellen und daß viele der Begegnungen mit ihnen allein in der Einbildung stattgefunden haben. Begehe ich eine Sünde gegen Frauenzimmer, die ich mir nur einbilde, da sie ja nicht mal Namen und kaum Gesichter haben, sondern wie reine Körper sind, die ich nicht zu schänden meine, sondern aufmerksam und zärtlich zu liebkosen, im Fleischlichen wie im Geistigen? Und wenn sie dann mitunter Züge Wirklicher Frauenzimmer annehmen, die ich im Korridor und im Speisesaal gesehen habe – auch solche, die mit Ehegatten zusammenleben und Kinder haben –, und sie nichts von dem Feuer wissen, das ihre ausfließenden Züge mir eingeben? Wenn ich sie nachts empfange und sie mir nicht als abschaumartige Annehmlichkeiten erscheinen, sondern mich mit Licht umgeben, während wir einander mit unserem Schleim feuchthalten, habe ich dann das Recht, am Morgen im Haus des Herrn zu spielen?

Dann denke ich mir oft, daß man sich eine bestimmte Zeit im Fleischlichen aufhalten muß, um sich erhöhen zu können, denn sonst ist keine Erhöhung möglich. Und was die Brüste dieser (wirklichen) Frauenzimmer betrifft, die zu betrachten ich an den Wochenenden oft Gelegenheit habe, wenn ich im Speisesaal Getränke und Canapés serviere, geben sie mir nur Seligkeit und Ruhe und keine zerstörerischen Gedanken ein, ja, eine solche Ruhe, daß ich oft gleichsam erstarre und von der Soßenkönigin aus meinem Dämmerzustand aufgeweckt werden muß. Aber aus vielem, was gesagt wird, ersehe ich, daß dies nicht die richtige Betrachtungsweise ist, und ich gebe mir ehrliche Mühe, mich ihrer zu entledigen, was sich aber nur schwerlich machen läßt, da ich es im Grunde nicht verstehe.

Bei der Lektüre von S., der mir im Hinblick auf meine Trauer Trost spendet, ergeht es mir des weiteren so, daß all seine Beschreibungen der Un-Vergnügungen der hurerischen Liebe bei mir ausschließlich Lust dazu erzeugen, da er allerlei Düfte und »Verluderungen« sehr gründlich beschreibt, die nicht allein Genuß schenken, die aber doch von dieser Welt sind, und daß ich es selbst aber doch nicht tue, da dann alles sozusagen Weiß und Dünn und ohne Düfte und Geschmack wird, so daß ich in dieser Hinsicht ein Mann des Gedankens zu sein meine, ein Betrachter von Sprachen und

Ideen, die, durch das Fleischliche ungestört, mal hierhin, mal dorthin laufen können, ohne durch das Plötzliche umgestoßen zu werden. Diese Männer, die man Philosophen nennt, haben viele Gedanken, die mir so ansprechend erscheinen wie Musik, die aber ganz ohne Geruch und Berührung und mir daher keine Hilfe sind, und ich denke in diesem Zusammenhang daran, daß auch ich in einer Glaskuppel eingeschlossen bin.

Und da es in dieser Kuppel aus Glas ganz still und alles Ohne Ungeduld ist, da dort keine Kinder herumlaufen und mit Topfdeckeln werfen und Winde fahren lassen, sondern da alles ein Betrachten dessen ist, was sich im Kopf befindet, kann man sich dort lange Sätze über das Leben und die Freiheit des Willens und andere Aussagen ausdenken und eine ganz Eigene Welt erschaffen, die zwar nicht Wahr und Gültig ist, die aber doch denen aufgezwungen wird, die außerhalb des Glases im Fleischlichen leben, was ihnen zu großem Leiden gereicht, da die Schöpfung ihnen als etwas so Hohes und Reines erscheint, was bei denjenigen, die ständig in Fahrengelassenen Winden und Rollenden Topfdeckeln leben, die Entsprechung von Ruhe und Schlaf ist.

Wenn ich Dir nun sagen sollte, Victor, was Liebe ist, so weiß ich es nicht, kann es nur durch »allgemeine Wendungen« ausdrücken, aber ich weiß, daß es sie gibt, und das ist gut genug, denn die Unwissenheit ist für den Menschen genauso wichtig wie das Wasser. Die Liebe ist da und läßt sich in den allerfeinsten Teilen des Fleischlichen empfinden, was so zu verstehen ist: Im Geschlecht, und das Geschlecht wird hier als die Haut verstanden, die unsere Körper umhüllt, dort, wo sie dick und gleichsam lederartig ist, aber gleichwohl sitzt es in dem hautlosesten Teil, der Werkzeug des Körpers und unsere größte Kraft ist, der Turm, den die Gedanken unseres fleischlichen Haupts umschwirren wie Vögel, denn von Fleisch sind wir, und ganz nach Art des Fleisches haben wir eine frohe oder traurige Einstellung zum Leben, was sich in unseren Augen und in unserer Rede verrät. Aus dem, was wir sehen, erschaffen wir unseren Glauben, und aus unserem Glauben erschaffen wir dann Ideologien, und so verstanden entsprechen unsere Ideologien der Art unseres Geschlechts, sich der Welt zu nähern, so daß das Geschlecht, das von Anbeginn an gelernt hat, zu liebkosen und liebkost zu werden, wo also Wärme und Freude sind, daß also dieses Geschlecht nie erzkonservative rechte Gedanken hegt wie der Patron, und wo Abstand und Mangel an Begegnungen die Imagination des Geschlechts zur Einsamkeit gemacht haben, wo sie erobernd und aggressiv ist, können auch keine linken Gedanken aufkommen, denn die Liebe, das ist Begegnung, und zu Begegnungen kommt es nicht mit allein *einem* Menschen, der besonders ist. Das ist der Grund, aus dem ich mich auf den Fluren und im Speisesaal des Hotels bewege, denn das Geschlecht zieht mich dorthin, und das, was man als meine Freundlichkeit, meine Hilfsbereitschaft und meine Lust im Küchenreich kennt, ist das Bedürfnis nach Frauenzimmern, die es dort in reichlichen Mengen gibt, so daß es gleichermaßen Pfützen glitzernden Sonnenscheins in den Zimmern gibt und an den Tischen und daß dort Hände sind, die scheinbar absichtslos meinen Körper berühren, und Brüste, die ruhig und still atmen und Wärme verleihen, und daß Schritte zu hören sind und leises Gekicher hinter Türen, die nicht immer verschlossen, sondern manchmal wie aus Vergeßlichkeit halb geöffnet sind, so daß große Spannung herrscht und daß man wie eine Spinne zwischen zwei Morgenbüschen auf den gespannten Drähten seines Netzes wandert, zwischen Büschen, die vor Tau glänzen.

Das ist nicht so zu verstehen, daß ich mich mit dieser Spinne vergleiche, jederzeit bereit, mich auf die Frauenzimmer zu stürzen, sondern man muß es als Gespanntheit begreifen. Und um die ganze Wahrheit darzustellen, muß noch hinzugefügt werden, daß sich auch eine reichliche Menge von Geschäftsleuten einfindet und daß es dann in den Fluren sozusagen dunkel und rauh zugeht und daß das Lachen voller Schlamm ist und das Netz zerbricht und schlaff wird, denn Geschäftsleute haben ein elegantes Äußeres, das wie Zeitungspapier um glutgebratene Maränen abblättert, da nämlich in der Geschäftswelt keinerlei Moral herrscht und da diejenigen, die sich den Geschäften widmen, unrein sind, weil sie ihre Herzen mit Waren vertauscht haben und ihr Geschlecht ebenso und weil sie viele arme Frauenzimmer zu sich locken und mit ihnen Umgang pflegen, indem es bei ihnen sozusagen stinkt, denn sie brauchen den Alkohol, weil sie den Frauenzimmern nicht in die Augen blicken mögen, da die Heimtücke schon da ist. Das weiß ich aus eigener Anschauung, denn viele der Frauenzimmer kommen wieder und fragen nach Falschen Namen, nachdem sie sich unglücklich gemacht haben, sowie aus vielen Erinnerungen an Unlust, in solchen Zimmern aufzuräumen, weil die Schande dem Geschäftsmann wie eine kriechende Schlange gefolgt ist, die morgens aus seinen Augen strahlt, wenn er den Zimmerschlüssel zurückgibt und die Augen schräg nach hinten gerichtet hält und seine Stimme wie in einem eitrigen Loch von Mund hockt und wenn Frösche auf den Empfangstisch hüpfen, den wir erst neulich von Tischlermeister Tillman für einen Preis von hundert Kronen haben anfertigen lassen.

Aber oft genug sind Helle Frauenzimmer hier, und dann gebe ich mich nicht als Geschäftsmann aus, da ich dem Geschäft nur *vorstehe* und kein wirkliches Interesse daran habe, oder, ehrlich ausgedrückt: Ich will meine tägliche Arbeit mit keinem Wort berühren, sondern statt dessen von meiner Sehnsucht nach einem reicheren Leben erzählen, gleichsam absichtslos, während ich beispielsweise auf dem ans Fenster gezogenen Nachttisch stehe, um eine Rollgardine zu reparieren, die »mit einem Krachen« heruntergefallen ist, was zu den Beschäftigungen gehört, mit denen ich mir gelegentlich assistiere, obwohl sie damals zwei an den Rockschößen hängende Kinder bei sich hatte, von denen eines schrie.

Aber auch die Soßenkönigin gibt mir ein Gefühl der Liebe ein, woraus folgt, daß sie rein ist, denn sie ist groß und dick und geht stark vornübergeneigt, ihre Hinterseite ist gewaltig und ihr Busen ebenso. Und daß sie mich zwischen Brauner Soße und einer Weißen zum Fisch an sich preßt, daß mir fast die Luft wegbleibt, als wäre ich ihr Kind, was sie auch sagt: »Mein kleiner Sidner, wie groß du geworden bist«, und dann versuche ich, meinen Kopf so dicht an die Große Wärme zu legen, und nichts gibt Antwort, damit der Augenblick lange währt und nie zur Ruhe kommt, und ich denke, daß ich ohne diesen weißen Kittel und die Wäsche und all das, was sie darunter trägt, zwischen ihren Brüsten eingeschlossen werden könnte, da sie, soviel ich weiß, Männerlos ist und nur ihre Soßen und den knallenden Löffel und den Schneebesen hat, die sie von morgens bis abends abschmeckt, schmatzend, an mehr Salz oder Zucker denkend, und oft habe ich davon geträumt, daß sie am Abend etwas in der Küche vergißt, was ich finden und zu ihr nach Hause bringen kann, und daß sie dann sagt, ihr Bett sei kalt, aber eine Brille trage sie nicht, und gerade Brillen sind ja das, was man zu vergessen pflegt.

Später, am selben Abend: Auch an Klein-Märta habe ich geschlechtlich gedacht, wenn sie morgens mit allem, was zum Wald gehörte, in die Küche kam: mit Pilzen, Preiselbeeren, Waldhimbeeren, Birkenreisig und Sträußen aus wildwachsenden Blumen für die Tische im Speisesaal. Ich habe sie dann mutterseelenallein auf den Bemoosten Böden herumgehen sehen, ja, sehr habe ich mich in meiner Vorstellung mit ihr beschäftigt, da diese Böden, Spalten und Wiesen gute Wolluststellen sind, duftreich und heilig, sowohl morgens wie abends, am liebsten aber vielleicht morgens, wenn keine Mücken da sind, die ich so sehr fürchte, daß auch nur eine einzige Mücke in einem Zimmer mich so lange am Schlafen hindert, bis sie tot ist. Wenn Klein-Märta nur ein einziges Lächeln einfließen läßt, wenn ich für eine Beerdigung oder eine Hochzeit Canapés zubereite, sehe ich – und das sage ich dir, mein Sohn, um vor Deinen Sinnen aufrichtig dazustehen –, wie sie barfuß und ohne Höschen durch die Preiselbeeren geht, öfter als im Pilzwald, da Pilze ja unter schweren Bäumen wachsen, die keine Sonne durchlassen, mit Ausnahme von Champignons, die sich in großen Mengen auf offenen Feldern finden, aber offene Felder sind den Blicken aller ausgesetzt; sie geht also in meiner Vorstellung ohne Höschen umher, und ich habe sie gefragt: »Da für die nächste Woche eine große Feier gebucht worden ist und wir vieles aus dem Wald brauchen, könnte ich dir vielleicht beim Sammeln und Nach-Hause-Tragen helfen, Klein-Märta«, und sie streicht sich mit der Hand über die Stirn und hebt sie dann schräg in die Luft wie gewöhnlich und lacht Das Natürliche Lachen. »Das wäre vielleicht gar nicht so dumm«, und fügt hinzu, damit die anderen, die in der Küche arbeiten, sich nichts Böses denken: »Es ist sehr schwer für meine Arme, wirklich.«

Und ich erinnere mich, daß ich morgens auf meinem Fahrrad ankam, daß wir lange und stumm pflückten und daß ich immer einen halben Schritt hinter ihr war, als sie sich zu den Beeren hinunterbeugte, daß ihre Beine nackt waren und daß nichts darüber war, aber daß mein Schweigen so stark war, daß sie sich umdrehte und sagte: »Du bist so still, Sidner«, und daß ich nichts antworten konnte, weil meine Kehle trocken und die Haut am ganzen Körper so überspannt war, daß ich darin kaum atmen konnte, und daß sie ihre Hand auf meine legte und daß ich (wegen der Wärme) das Hemd ausgezogen hatte und daß ihre Hand wie absichtslos den Arm und über meine Brust hinaufglitt, bis wir eng Umschlungen waren und auf das weiche Moos fielen, und daß sie, die schon ohne Höschen war, meine Hose herunterzog, damit »wir gleich sind«, und daß sie mein Geschlecht in die Hand nahm und daß wir dann auf Dem Heiligen Boden ein Fleisch wurden und daß es ein schöner Tag ohne Wolken war und es keine Mücken oder Wespen, auch keine scharfen Steine und andere Undinge gab und daß dies für sie wie Nichts war, denn es war ein Außerehelicher Beischlaf aus Kleiner Sünde, aber aus Großer Notwendigkeit.

Aber da mein Mund im Hinblick auf diese Dinge ausgedörrt und damit spröde ist wie ein Waschbottich, der in der Sonne steht und überall zerspringt, habe ich daran gedacht, mit Hilfe einer Brille Linderung meiner Not zu erfahren, da eine Brille, wie ich schon betont habe, etwas ist, was man leicht vergißt; und daß ich mir ein paar nicht allzu starke Augengläser beschaffen könnte, da mein Sehvermögen ohne Fehl und Tadel, ja sogar recht stark ist, was eine überflüssige Gabe des Herrn darstellt, da es für mich nur so wenig zu sehen gibt, daß ich sie ruhig mancherorts verlegen könnte, wie etwa auf den Nachttischen Heller Frauenzimmer oder gleichsam auf den Toilettentischen vergessen könnte, wenn ich auf ihr Verlangen hin Glühbirnen auswechsele, was gelegentlich auch vorkommt, und daß im Futteral mein Name, meine genaue Adresse im Hotel liegen könnte sowie ein kleiner Zettel, wie zufällig hineingesteckt, von irgendeiner Frau, die für Liebe danken und mit Erstaunen die Wohnung beschreiben würde, »in der du in dem großen Bett so einsam wohnst« oder ähnliches, überdies darauf hinweisend, und zwar sehr sorgfältig, wo sich der Notausgang befinde, was zugleich gute Möglichkeiten böte, in das Zimmer »hineinzuschlüpfen«, ohne entdeckt zu werden. Aber daß sich das nicht machen läßt, da die Diensthabende Putzfrau Greta Jonsson ist, und sie ist Baptistin und hat saure Augen, die sich als Enttäuschung über alles, was mit ihrem Geschlecht zu tun hat, deuten lassen.

30. September

Die Soßenkönigin äußerte über Klein-Märta, sie sei im Kopf zwar weniger wissend, das gelte aber nicht für ihren Körper. Konnte daraufhin nicht schlafen.

Eine gewaltige Hochzeit mit frisch erblühten Brautjungfern und vielen anderen Frauen am Anfang ihrer Weiblichkeit. Feine Düfte. Hörte nachts in meiner Wohnung, wie jemand »komm« flüsterte. Es war aber niemand im Kleiderschrank und niemand vor der Tür.

Legte mich wieder schlafen. Sah Klein-Märta in weißen Kleidern. Bäume, hoch und still.

Zog Klein-Märta die Heilige Bluse aus, was sie mich tun ließ, da es im Traum geschah und da es allein dort vorkommt, daß ich mich natürlich verhalte. Es war, als hätte sie vier Augen, als kämen Tränen aus meinen Lieben Fingerspitzen, als sie Klein-Märta berührten.

---

2. Oktober 1939

Habe begonnen, ständig zu weinen, wenn ich Weiches berühre, sowie beim Anblick von Türen, Portalen, Steckkontakten, da sie sozusagen allzu deutlich sind. So auch, wenn ich Worte der Soßenkönigin höre oder der anderen Frauenzimmer in der Küche, weil die Wörter selbständig im Raum stehen und etwas von mir wollen, und daß ich nichts antworten kann, so daß ich mich an Orte begeben muß, wo keine Wörter sind, daß überall ein großes Gedränge von Wörtern herrscht, auch Solcher Wörter, die vor langer Zeit gesagt worden sind, und daß sie mir auf eine Art im Weg stehen, daß ich bestimmten Mustern folgen muß, was ich im Geschäft bislang noch habe verbergen können, aber vielleicht nicht im Hotel, da sie mich gefragt haben, vor allem die Soßenkönigin, die ein gewaltiger Hafen ist, wie mir zumute sei, und ihre Augen sind so groß, daß sie mir Schmerz zufügen und daß ich um meinen Verstand fürchte, da es ja so ist, als wäre bald jedes Zimmer voller Wörter, so daß die Tränen wie Regentropfen auf den Fußböden liegenbleiben. Habe niemanden, mit dem ich darüber sprechen kann, da auch Fanny wie niemand ist und nur in dem Kind steckt, *das Du bist*, und daß auch dann, wenn ich Dich gelegentlich berühren darf, alles elektrisch ist und explodieren kann; und daß all das, was in der Natur ist, wie Gewittergrollen zu hören ist, wie heute, wo Herbst ist und eine weiße Rose ihre Blätter verlor, es war ein so großer Schmerz, sie fallen zu sehen. Versuchte sogar zu beten, aber meine Wörter rannten mir davon wie Unbeholfenheiten und Grobheiten. Es ist gut, eine Schwester zu besitzen, die zu einem kommt, und daß man sieht, daß sie schön ist, aber ich gerate wegen meiner Gedanken in große Scham und kann ihr keine Mitteilung davon machen, da sie, meine Schwester, im Alltag aufzugehen scheint und das Sichtbare nicht verachtet. Lag in meinem Bett, als sie erschien: »Wir sind so unruhig, Sidner.« Sagte auch: »Du solltest nicht so viel arbeiten, sondern dir ein paar Tage freinehmen.« Erreichten mich ihre Wörter von weither, weinte trotzdem.

Sah Klein-Märta in weißen Kleidern. Sie öffnete die Bluse und zeigte mir Risse in ihrer Haut, und aus den Rissen drang goldenes Baumharz, von dem ich probierte. War so am ganzen Körper, an den Armen ebenso wie an den Beinen und am Hals, was ich mir zunutze machte, denn ihr Kopf war vollkommen still. Wachte auf, und da alles ein Traum gewesen war, begann ich zu weinen, denn der Geschmack war etwas noch nie Beschriebenes.

Hatte mich folglich entschlossen, bei Klein-Märtas Ankunft zu fragen, ob ich sie in den Wald begleiten dürfte, falls sie eine weiße Bluse trug. Doch der Himmel war bedeckt, und sie hatte eine rote Strickjacke an.

Als ich auf dem Sundsberg herumspazierte, überkam mich der Gedanke, das Universum besitze die gleiche Größe wie der Kleiderschrank, daß es aber *alles* enthält und daß es eng ist in ihm und voll hoher Stapel, so daß ich stillstehen mußte, damit nichts herunterfiel und ein Chaos auslöste. Ich stand mitten auf der Straße. Ein Auto kam, das anhalten mußte, da ich es nicht wagte, mich hinauszubegeben, in die Leere. Wurde scharf angepfiffen, und die Stimme öffnete sich, und außerhalb von ihr befanden sich genau die gleichen Dinge, waren aber nicht wirklich.
Mir kam der Gedanke, daß es wichtig sei.
Daß ich sehe, wie alles ist.
Man darf nicht sprechen, da alle ihre Worte *Ihnen Gehören* und *Pampig* sind.

Habe wahnsinnig von Hochzeiten geträumt, als ich mit den Brautjungfern in einem Zimmer war. Sie hatten die Unschuldskörper und Unschuldsaugen, aber ihre Münder waren alle Das Weibliche Geschlecht, und sie tanzten mit großem Ernst um mich herum, da Geschlechter nicht lächeln können, und ich rief Klein-Märta, die in meiner Vorstellung das Geschlecht auf dem Rechten Fleck hatte, nämlich Meinem Eigenen Gegenüber, und daß sie schließlich mit einem ganz gewöhnlichen Mund von den Bäumen herkam und daß sie nackt war und daß sie die Unschulds-Jungfern beiseite schob und mit mir hinsank, so daß alles richtig wurde und ich feucht aufwachte.

Sah im Traum Wörter wie folgt:

Wie Abraham	Wie Isaak
gehen zu dürfen	gehen zu dürfen
reine Dunkelheit	reines Licht
der Sohn	der Vater

bei der Hand

Sowie, daß ich jetzt weiß, wie die Bedingungen der Dunkelheit aussehen, und daß es Unser Leben ist.

Ging auf der Hauptstraße, als ich in einen Zeigefinger verwandelt wurde, jedoch in der Größe eines Daumens. Erlebte zunächst große Freude, da ich viele unangenehme, in verschiedene Richtungen weisende Glieder losgeworden war, so daß ich jetzt unablässig ein Zeigen sein würde und vorhatte, zum Markt zu gehen, wo ich sichtbar sein sollte. Aber da kamen viele heran, um mich zu besichtigen, und sie hatten alle Pelze und warme Mäntel und wollene Fäustlinge an, so daß mir plötzlich meine Nacktheit bewußt wurde. War sehr kalt in der Luft, und besonders die Augen der Menschen waren kalt. Gab große Aufregung, als alle mit den Fingern auf mich zeigten und *nicht auf das, worauf ich zeigte*. Versuchte wiederholt, mit dem äußersten Glied zu wedeln, damit sie die Richtung verstanden, aber man lachte nur, und sie sahen mich noch eindringlicher an. Wollte deshalb sterben, wußte aber, daß es unmöglich war, da *nichts mehr zeigen konnte*.
Ferner überkam es mich, daß es ein *falsches* Zeigen war, da es dort hinein hätte gerichtet sein müssen, wo der Funke ist, daß es sich aber nicht machen ließ, daß ich mein Inneres nach außen kehrte.

All dies sah ich, da die inneren Organe intakt waren, sah aber auch, daß es bis zum Sichtbaren ein weiter Weg war. Daß ich mit Nacktheit bewachsen war.
Jetzt war es nicht nur Gelächter. Die Worte der Menschen waren häßlich und pampig, und am wütendsten war der Pastor. Versperrte mir den Weg wie eine Wand. Da wurde mir geholfen, wie ein Ball davon abzuprallen, aber schnell ging es nicht. Ihre Stiefel und Schuhe machten längere Schritte, so daß ich mich in einem knarrenden und scharrenden Wald befand und das heftige Gefühl hatte, sie würden mich in den Schmutz trampeln, damit das Zeigen in der Welt aufhört. Entkam in den Garten des Brückenwärters, wo ich aus meiner Nacktheit emporwuchs wie ein Pilz aus der Erde, und daß sie wie eine Schale von mir abfiel und daß ich wieder in meinem Namen und in allen Gliedern und Kleidern steckte, was gut war.

Begegnete dem Reichstagsabgeordneten Persson, und als er mich begrüßte, entfuhr es mir:
»Ich werde ein Haus aus Musik bauen.« Da er glaubte, das sei bildlich gesprochen, schien er sehr begeistert zu sein, schüttelte mir die Hand und war schon verschwunden.

Kam ein Gehirn in die Küche gerollt, als wir uns dort aufhielten, und von der Tür her wurde es ganz kalt unter allen, die sich im Raum befanden, da wir viel geredet und gelacht hatten.
Hatte eine Brille auf und konnte schnauben und hindurchsehen, und weil ich ein Butterbrot auf das Gehirn warf, mußte ich mich schämen, da die Soßenkönigin und Frau Jonsson behaupteten, nichts gesehen zu haben; sie hätten uns den Rücken zugewandt.

War unter den Spülstein verschwunden, wo ich suchte und nur drei Haare fand, die ich vorzeigte. Waren stark elektrisch, wenn man sie herabhängen ließ, eine feine Glut. Die Soßenkönigin sagte, das sei »nichts«, die Mülltüte »gehe an«, aber daß ich so »auf gewisse Weise« herausbekam, daß sie Herrn Holm gehörten, den ich noch nicht kannte, und daß er auf Dem Gleichen Weg zurückkommen werde, wenn ich noch mehr redete.

Bat Klein-Märta, ein Jubilus zu singen, was ohne mein Wissen aus meinem Mund gesprochen wurde, da ich es sozusagen »hinterher« hörte, als in der Küche großes Schweigen herrschte, und daß sie beim Singen kein Höschen brauchte, da dachte ich so intensiv daran, daß sie zusammenkommen müssen, unsere Fleischlichen Leben, und es war, als blickte ich direkt durch die Stoffe in sie hinein, und daß es dort haarig und dunkel und offen war und daß die Soßenkönigin sowie Frau Jonsson förmlich verblichen und daß wir allein in der Küche waren, so daß ich »direkt« zu ihr trat und *Mit Deutlicher Stimme* die *Allerschlimmsten Wörter* sprach, und zwar ohne mein Wissen, und daß sie mich umfaßten und mich auf einen Stuhl zwangen, auf dem ich mich gleichsam wie *Ein Großes Glied* fühlte, das ganz allein auf der Welt war, und daß es ohne Scham war, aber voll Großer Trauer, daß mich niemals jemand mit dem berührt, was sie haben, sondern daß sie statt dessen schreckliche Getränke kochten, sagend, ich solle mich beruhigen, spürte aber nur den Geruch von Klein-Märta, so daß ich mich zu einem Fenster dachte, aus dem ich springen konnte, damit alles vorbei wäre, daß aber Mama und Papa dastanden und saubere Kleider trugen, und da brach ich auf dem Fußboden zusammen, gestern vielleicht.

Marieberg, 3. Januar 1940

Wie es hieß, hätte ich mich an Klein-Märta vergriffen. Erinnere mich an nichts mehr, nur daran, daß mich die Soßenkönigin in den Armen hielt und daß mein Schrei durch die Fenster drang. Da war ein Arzt, eine Autofahrt, und daß ich mich jetzt unter Irren befände, selbst ein Irrer ohne Mama und Papa.

Daß ich schlafen will.

Es hieß auch, eine Menge Butterbrote mit Leberpastete und Gurke sowie Pasteten und Lachs seien beim Ringen mit Teufeln verdorben worden, da sie wollten, daß ich Klein-Märta unter den Rock faßte, daß es aber beim Anlauf blieb, da sie Höschen trug, und daß das nicht meine Schuld war, sondern die des Zustands meiner Seele. Daß ich lange Zeit viel geschlafen und Schocks erhalten habe, die viele Erinnerungen abgeschnitten haben, aber daß ein Pfleger gesagt hat, daß ich jetzt auf dem Weg zu einem Morgen sei, was er so ausdrückte, daß ich munterer sei und einzelne Worte geäußert hätte.

Daran erinnere ich mich nicht.

---

5. Februar 1940

Besuch, alles falsch gemacht!

Es waren Eva-Liisa und Splendid. Hatten Blumen mit, Chrysanthemen, und Splendid sagte: »Es ist vielleicht dumm, Blumen mitzubringen, aber ich dachte mir, die machen alles ein bißchen heller«, und Eva-Liisa sagte: »Also haben wir sie gekauft«, und mir wurde klar, als sich ihre Worte in seinen verhakten, daß sie zusammen Liebe hatten, wollte aber nichts sagen, da die Wörter so schwer waren. Sah jedoch, daß sie mitten in ihrer Weiblichkeit war und daß sie erwachsener war als ich und so schön, und daß aus meinem Mund gesprochen wurde: »Chrysanthemen sind auch Blumen«, was sie nicht verstanden, aber das mußte bis auf

weiteres genügen, und daß das Gespräch dann in die falsche Richtung ging, als Eva-Liisa die Frage stellte, was ich denn damit gemeint habe, aber daß ich dann gleichsam wütend sagte: »Du blühst selber«, obwohl ich damit etwas Gutes meinte.
Sagte noch andere Dummheiten wie »Blumen müssen im Wasser stehen«, damit sie meine Idiotie nicht sahen.
Wollte plötzlich im Garten Laub harken oder Schnee schippen, als ich ihre Gesichter sah, oder in dem glatten und sauberen Kissen stecken, statt ihre Gesichter vor mir zu haben, auf denen sich allzuviel erkennen ließ, worüber man sich empören konnte. Es gab vieles, was ich ihnen hätte sagen können, so daß ich nichts sagte und mich weinend im Kissen versteckte. Spürte, wie mir ihre Hände über den Rücken strichen und daß sich die Hände einander näherten und auseinanderglitten, sich wieder näherten, die Fingerspitzen sich berührten und sich eine Weile aneinander festhielten, und war froh darüber, daß mein Rücken für Liebende so geeignet war, dort die Hände zu lassen, und schlief dann ein.
Als ich aufwachte, kam die Beste Krankenschwester zu mir und sagte: »Was für schöne Blumen du bekommen hast, und was für eine schöne Schwester du hast.« Erwiderte, sie habe eine starke Ausstrahlung, da sie in Liebe sei, daß es mir aber leid tue, Menschen nicht zu ertragen, nicht einmal die, die mir auf der Welt die liebsten seien. Sagte die Beste Krankenschwester: »Das sind die schwierigsten«, und fügte hinzu, »denn sie erinnern an so vieles.« Dann: »Jetzt werde ich deine Laken glattstreichen, damit sie kühl werden.« – »Kühle Laken sind schön«, sagte ich, ohne mich zu schämen, so einfache Dinge zu sagen.

---

15. Februar 1940

Bin heute draußen im Park gewesen, auf vielen Spazierwegen neben anderen umhergegangen, kein Laub an den Bäu-

men, keine Wärme in der Luft, woraus ich ersah, daß eine lange Zeit verstrichen ist. Gesehen, daß wir viele Idioten sind, und Idiot ist griechisch und bedeutet, »besonders« zu sein, so wie ich ein »Besonderer« ohne Verbindung zu jemand anderem bin. Daß es eine Ruhe ist, Idiot zu sein, da niemand erwartet, daß ich ein Helfer und ein wacher Mensch bin. Widerfährt mir ziemlich oft, daß ich kein Idiot bin, sondern ganz klar und sauber im Kopf. Bekomme dann Angst, daß das zu sehen ist und man mich wegschickt. So wie ein Seehund den Kopf aus dem Wasser hebt – habe ich nur auf Bildern gesehen –, befindet sich auch meine Vernunft über der Oberfläche. Schnell wieder untertauchen.
Denn, wenn ich jetzt da draußen wäre und von all dem, was da draußen ist, hinabgezogen würde, würde es ein schwerer Fall werden.
Die Heilsarmee hat für uns im Aufenthaltsraum gesungen. Dort war ein schönes Mädchen, ging aber zusammen mit den anderen. Erweckte Sehnsucht nach Musik. Gibt's hier nicht.

---

7. März 1940

Habe zwei Besuche von Eva-Liisa und Splendid bekommen. Der eine war nicht gut, denn ich mußte auf den Korridor gehen, um die Strahlung ihrer Gesichter zu verwischen, und sprach in ihren Ohren viel Unzusammenhängendes, aber es war so, daß ich nicht mitkam, als sie schnell von Fanny sprachen, die grüßen lasse, und vom Kind, und alles wurde wie zu einem Brei, und Eva-Liisa legte mir ein paar Tränen auf die Hand, die so schwer waren, daß sie auf mich drückten, und sie sprachen von Schiffen, die ich dort drinnen sah, wie ich glaubte, in Freude, als ich sang: »*Rudere*, rudere hinaus aufs offene Meer.«
Nach ihrem Verschwinden, das plötzlich und ohne Abschiedsgruß erfolgte, war die Beste Krankenschwester bei

mir. Sie erzählte Einfache Dinge: Daß sie in einem blauen Skianzug mit vielen Taschen Ski laufe, eine Thermoskanne mit Kaffee und Butterbrote mitnehme, daß es im Wald »so schön nach Kaffee dufte«. Dachte im Schlaf wie im Aufwachen lange daran, als wäre es ein Gemälde. Sie ist in ihrer Art so glatt und beruhigend.

Der gestrige Besuch war so glücklich! Stand am Fenster und sah in den Park hinunter. Seidenschwänze in Mengen, Schmelzwasser. Sie kamen Hand in Hand, ich winkte und sah meine Hand, alle Finger, die Sonne beschien sie, fing an zu weinen, als ich spürte, daß sie zu mir gehörte, und spürte den Körper und meinen Namen und alles, was ich miterlebt hatte, sah es außerhalb von mir und umarmte sie beide lange und hart, als sie im Zimmer waren, sagte, ich hätte mich so nach ihnen gesehnt, was ich nicht gewußt hätte, fragte sie, ob meine Tränen sie verlegen machten, aber das sei durchaus nicht so.
»Ich bin wohl dabei, wieder gesund zu werden«, sagte ich, was den Tatsachen entsprach, und nahm ihrer beider Hände und führte sie so zusammen, daß auch meine Hände dabei waren.
Fragte sie über manches aus Sunne aus. Habe früher nicht *gefragt*. Erfuhr, daß auch Splendids Vater tot ist. Daß sie sich verloben und heiraten wollen, aber erst wenn ich gesund bin und dabeisein kann. Erfuhr auch, daß Du gewachsen bist, Victor.
Wollte einen Spaziergang machen und *sehen*. Die Eiszapfen am Fallrohr waren so lang, daß es gefährlich war, dort zu gehen.
Sie nahmen mich in die Mitte. Wir bewarfen einander mit Schneebällen. Gingen vor das Tor und besuchten ein Café, tranken Kaffee und aßen Semmeln.
War ein so glücklicher Tag!

---

13. März 1940

Die Gebäude sind alle aus rotem Klinker. Es sind viele, sie sind hoch, und es sind Gitter vor den Fenstern, damit wir nicht aus unserem Leben hinausspringen, dem Leben, für das *Sie* verantwortlich sind. Ich glaube aber, daß ziemlich viele von uns leben *wollen*, wenn wir erst mal im Morgenland sind.

Weine oft, aber der Doktor sagt, das sei gut, da »sich dann die Kanäle von neuem öffnen«. Dachte dabei an Flußboote, Reihen von Pappeln an niedrigen Ufern, dachte an Saubere Laken und große Brote, offene Scheunen und Vieh mit dunklen Augen. Erzählte das dem Doktor, der sagte, jetzt seien in mir Bewegungen festzustellen, Wünsche. Fragte, ob ich »unter normalen Umständen« viel gelesen hätte. Sagte, es gebe hier eine Bibliothek. Überkam mich große Angst, da viele Bücher Philosophie und Denken sind, und daß ich nicht denken will, da es in mir herumschwirrt und innen ganz weiß macht. Nahm Reisebeschreibungen, aber auch das war viel, da die Wörter mich immer noch berühren und den Weg zu offenen Wunden suchen.

War Schnee und eine große Milde in der Luft.

---

17. März 1940

Unter all den Stimmen, die in mir sprechen, erkenne ich gelegentlich meine eigene. Jedoch ist sie noch so schwach und so müde und dessen überdrüssig, sich in dem Lärm, den die anderen um mich herum zustande bringen, Gehör zu verschaffen. Ich habe mich an den Schlaf und das Schweigen verkauft. Vielleicht um mich an Fanny und einer noch größeren Mama zu rächen, deren Wiegenlieder verstummt und verblaßt sind. Fanny hat mir zwischen ihren Beinen und Armen ein Nest bereitet, auf der Innenseite ihrer zahlreichen Finger und Zehen. Wie viele Augen ein Liebender haben kann!

Noch einmal die Unverstelltheit seiner Fingerspitzen lernen zu dürfen, ihrer Bewegung an der unendlichen Küste der Frau entlang zu folgen.

---

4. April 1940

Es sind nicht alles Idioten, die Körbe geflochten haben, aber die meisten Idioten haben es getan, und das in solchen Mengen, daß ich mir eine Mauer vorstellen kann, die um ganz Schweden herum verläuft. Jedoch sieht man sie auf dem Markt nur selten, vielleicht exportieren wir sie ins Ausland, das heißt nicht wir, die sie flechten, sondern die, die das Leben in Besitz genommen haben.

Diejenigen, die für dieses Leben Gesetze erlassen.
Diejenigen, die das Leben zu ihrem Revier machen.
Diejenigen, die uns, die wir ohne Verschulden leben, ausnutzen,
Uns, die wir uns in der Welt bewegen und nur das Brot verstehen,
Nur das Wasser, nur die Liebe,
Und unsere Sterblichkeit lebendig halten.
Wir sind Nackte Fragen und haben keine Garderoben.
Die Krankenschwestern duften nach Schnee.

---

15. April 1940

In welchen Mythos werde ich jetzt hineingezogen, fragte ich mich, als ich, aus der Zentrifuge der Dunkelheit hinausgeschleudert, vor den Toren des Krankenhauses stand, wenngleich noch von dessen Nabelschnur gehalten, voller Angst, mich sofort zu weit weg und zu schnell fortzubegeben, Angst davor, wieder sofort ins Leben hineingesogen zu werden, bevor ich die Zeit gefunden hatte, ja oder nein zu sagen. Ich wollte die Zeit haben, mich zu sehen, Victor. Wollte mit Möglichkeiten spielen; als besäßen wir einen freien Willen.

Ich stand dort am Straßenrand, im Schneematsch, erstaunt darüber, daß nach den Schocks noch soviel Ich in der Gedankensuppe geblieben war, spürte, wie sich mein Name um mich schloß.

Im Irrenhaus gewesen zu sein. Was bedeutet das? Wie wird das meine *Farbe* verändern? Werden Kontinente aus Wörtern und Begriffen sich wie Inseln aus meiner Oberfläche herausheben, dort einen Platz einnehmen, als ein Teil meiner Landschaft sichtbar werden? Wird die Tatsache, daß ich ein Irrer gewesen bin, meine *einzige* Erfahrung werden? So daß ich noch mit fünfzig Jahren die gleiche Geschichte erzähle?

Sitze in einem Café und schreibe dies. Entlassen! Bleibt nur noch Zukunft. Nur Erwachsenenleben. Trinke Tee, der Morgen kommt, ich warte auf einen Zug. Sehe noch den Garten um das Krankenhaus herum, in dem ich den ganzen Winter über herumgegangen bin, sehe die Mitmenschen, die in meinem Bewußtsein bald versickern werden, neue Gespräche, neue Sinneseindrücke werden sie verschlammen, so wie Dschungelpflanzen in tropischen Gegenden Tempel überwuchern. Wo bleibt dann das Krankenhaus? Wird es tief in mich hineinsinken oder in die Luft verdunsten? Ich glaube: Es wird so sinken, daß fortan jedes Gespräch auf *dem Bett des Irrenhauses* ruht und Farbe annimmt wie Lackmuspapier. Habe Angst, diesen Punkt zu verlassen, dieses Café, bevor ich Sicherheit habe, weil ich *weiß*. Habe mir zwei Käsebrote bestellt. Es gibt noch andere Züge.

Eine Stunde habe ich jetzt hier gesessen, vielleicht wird es noch mehr, weil ich das Bedürfnis verspüre, diesen Winter in meine Seele hineinzuerinnern, so daß seine Bedeutung,

mag sie groß oder klein sein, mir nahe bleibt. Wenn ich die Augen schließe, sehe ich das schwarze Gartentor, an dem ich vor einer Stunde zögernd stand. Auf der anderen Seite: Anspruchslosigkeit, eine richtige Art Idiotie. Diesseits: Einsamkeit, Forderungen und Entschlüsse für jeden Schritt. Bin ich reif dafür? Das wird sich herausstellen. *Du*, Victor, wirst es eines Tages wissen.
Es gibt so vieles von da drinnen, was ich beschreiben möchte. Daß der Doktor mir gesagt hat, ich solle keine Angst davor haben, im wahren Sinne des Wortes geisteskrank zu werden, daß ich mit Perioden von Überempfindlichkeit zu rechnen habe. Ich habe keine Angst. Ich weiß, was es bedeutet, »wenn die Dunkelheit sich über einem schließt«, wie sie sich jetzt über Europa geschlossen hat. Auch dort in der Dunkelheit gibt es eine Welt. Auch dort kommt es zu Begegnungen und Träumen, von denen einige eine reizende Unterhaltung bedeuten.
Jetzt ist die Morgensonne da. Sie scheint auf die Straße, die zwischen den schwarzen Torpfosten hindurch in den Park hineinführt. Pfützen glitzern, jemand öffnet im Korridor des zweiten Stocks ein Fenster, dort, wo mein Körper schwer und gleichgültig gesessen hat, wo meine Hände gelegen haben, ohne etwas zu wollen. Ja, das Licht ist da, und wie gern würde ich den Rest meines Lebens als ein einziges Beschreiben von *Licht* sehen, so wie ich es einmal vor langer Zeit an einer Wegbiegung erlebte: Es war damals ein Sommerabend, die schrägen Strahlen der Sonne lagen auf den grünen Feldern, und ich war einsam und traurig. Da plötzlich geschah es, daß meinen Körper eine Wärme durchströmte, die überall Gegenwart war. Im Laub, in der Saat. Ich war durchsichtig wie Musik. Ich war ein Adagio. Ich war eine der Noten, ein notwendiger Teil des Musikstücks, das gespielt wurde, und als Gras und Bäume sich neigten, wußte ich, daß jemand mit leichten Fingern über alles Lebende dahinfuhr wie über eine Tastatur. Ich wurde gespielt, Victor.
Weit weg, hinter den Bergen, über dem See und den Hai-

nen, wo Kühe und Pferde weideten, erweckte jemand spielerisch eine wunderbare Komposition zum Leben, und alles, was sichtbar, was nur geahnt oder erträumt wurde, war ein ebenso wichtiger Bestandteil. Das war vor langer Zeit auf der anderen Seite des Irrenhaus-Fegefeuers, aber das, was da geschah, war Bleibend! In langen Zeitabständen ist diese Komposition wieder und wieder gespielt worden, so daß mir zwar nicht immer, aber oft genug bewußt gewesen ist, wie sie klingt. Und ich muß sie tief in mir gehört haben, als ich mich in die Toiletten dort hinten flüchtete und die Papierrollen zerriß und damit um mich warf, und auch, als ich den Pfleger ins Handgelenk biß, als man mich auf das Bett geschnallt hatte, auch dann, als mir der Arzt plötzlich ekelhaft süßen Zigarrenrauch ins Gesicht blies und als ich nicht die Kraft hatte zu protestieren.

Sieht man mir an, daß ich im Irrenhaus gewesen bin? Haben mich die Cafébesucher, die eben gegangen sind, auf diese spezielle Art und Weise gesehen? Können die Kleider, die ich jetzt besitze, mein Eigentliches verbergen? Wie es auch ist: Es macht mir nichts. Ich habe keine Angst. Ich werde hier in Kristinehamn den nächsten Zug nehmen und nach Hause fahren. Die Soßenkönigin hat mir am Telefon Apfelkuchen mit Vanillesoße versprochen, und ich werde ihr erlauben, mich an ihre großen Brüste zu drücken, ohne daß es etwas anderes bedeuten wird als Freude.

(Auf der Bahnfahrt nach Hause:)
Es sind viele, die noch in Kristinehamn sitzen und auf die Parkbäume hinausblicken, und einige werden bis zu ihrem Tod dableiben, denn sie haben nichts, wohin sie zurückkehren könnten, und deshalb wollen sie ihre Seele auch nicht verbessern. Der alte Årjäng mit seinen roten Händen besitzt ein kleines Häuschen, hat aber keine Arbeit mehr, da er es nicht wagt, sich jemandem zu zeigen, da »einem ja anzumerken ist, daß man gezeichnet ist«. Der junge Bursche aus

Sörbyn, der einen umgebracht und daraufhin seine Sprache verloren hat, so daß er nur unbegreifliche Silben sprach. Der gebeugte Ekvall aus Väse, der von Eichhörnchen lebte und als eiserne Ration eine Katze mitnahm, wenn er durch die Wälder zog, weil die Menschen ihm Böses wollten und ihm nicht erlaubten, »von irgendeinem Haus gesehen« zu werden. Der vornehme Bürovorsteher, der so tat, als befände er sich im Hotel, als hätte er ein eigenes Zimmer mit Gemälden und Büchern, der nicht mit den »Biertrinkern« sprach, mir aber erzählte, er plane eine Reise nach London, »sobald sich das Wetter etwas gebessert hat«, denn er habe »den Engländern etwas Wichtiges mitzuteilen, was den Krieg und dessen Abschluß betreffe«.

---

20. Mai 1940

Erdrauch und Blaustern sprießen heute aus der Erde. Scharbockskraut, das gelb leuchtet, und die zarten Brennesseln, aus denen Eva-Liisa früher eine Suppe zubereitete. Ebenso Rhabarberknospen: Wie Periskope aus der Unterwelt tauchen sie auf und sehen sich um, so wie ich mich umsehe und entdecke, daß es die Welt gibt. Daß so viele Dinge dem Gesehenwerden überlassen sind.

Ja, es gibt Dinge, an die man sich erinnern sollte, denn sie sind mit Namen wie »Erdrauch«, »Brennessel« und »Pflasterstein« überzogen. Habe in Sleipners Garten sogar Gras verbrannt. Wir waren alle zusammen und bewachten das Feuer, das zwischen den nackten Apfelbäumen dahinflog, jedoch oberflächlich, so daß nur das Trockene brannte und darunter: Grün. Anschließend wurden wir von Beryl Pingel in den Gartenmöbeln, die hinausgestellt worden waren, zu Semmeln und Kaffee eingeladen. Die Gesichter aller waren Wirklich und besaßen eine Vielzahl von Zügen, die ich noch nie gesehen zu haben glaubte. Da war sowohl Unruhe wegen des Krieges und Schmerz in der Brust wie auch Freude darüber, »daß endlich die Wärme kommt«. Wirklich war auch, daß wir aus derselben Familie stammten. Und doch verwunderte es mich, daß wir so sprechen konnten, wie wir es taten, mit so einfachen Worten, und daß diese Worte auch für mich da waren.

---

27. Mai 1940

Die Gehänge der Haselsträucher leuchteten gelb am Strand. In mir lächelte es, als ich endlich sah, was alle schon immer gesehen hatten. Als wäre ich der letzte auf der ganzen Welt, dem dieses Wissen zuteil wurde, aber es ist wichtig, daß es für mich das erste Mal war. Das Wasser war blau und glitzerte. Es wurde mir dargeboten. Hatte ein Bestimmungsbuch dabei, schlug nach und lernte viele Pflanzen neu kennen, wie etwa Wegerich, Taraxacum vulgare. Meine Augen waren neu. Alles stark.

Frühlingssonne, Schmelzwasser auf allen Straßen. Statt es *hervorzupressen*, lächele ich ein Lächeln. Ich bin ein Jemand und habe ein *Recht*, auf der Welt zu sein. So wie ich mich früher *hinter* dem Sehen befand, wie ein Spion, der mich nie in Ruhe ließ.

Juni 1940

»Ich habe heute den höchsten Berg in dieser Gegend bestiegen, der nicht ohne Grund den Namen Ventosum trägt (das bedeutet Berg des Windes), getrieben von der Begierde zu erfahren, was ein so gewaltig hoher Aussichtspunkt meinen Augen wohl zu bieten habe. Seit mehreren Jahren habe ich diese Reise geplant. Wie du weißt, lebe ich seit meiner Kindheit in dieser Gegend. Das Schicksal hat es so gefügt. Fast ständig habe ich also diesen Berg vor Augen gehabt, der in weitem Umkreis sichtbar ist.«

So schrieb ein gewisser Francesco Petrarca am 26. April 1335 an einen bestimmten Ladenbediensteten, der diesen Brief erst heute erhielt, als er ausgestreckt auf einem Abhang im Wald lag, auf dem überall die blauvioletten Töne der Kichererbse zu sehen waren. Den schmalen Band mit den Briefen des erwähnten Petrarca in der Hand. Sein Fahrrad stand gegen eine Tanne gelehnt, die von Baumharz dampfte, in der Fahrradtasche eine Thermoskanne mit Kaffee sowie Butterbrote, Geschenke der hochedlen Soßenkönigin. Oh, Genuß, im Oberflächlichen zu sein! Draußen! Frei! Um der Aufgabe nachzugehen, »die Dunkelheit aufzulösen«, »das Mittelalter dieses Körpers sowie den Pesttod der Sinne zu beenden«, die seinen Körper lange beherrscht hatten. Die Birken zeigen frisches Grün, ein Trauermantel kommt aus seinem Versteck und zeigt sich dem Ladenbediensteten, wohin er auch blickt. Ja, du bist ein schöner Schmetterling! Alles ist schön hier draußen, denn meine Augen sind neugeboren und unverstellt. Wo habe ich mich mein Leben lang befunden? An welchem Strand bin ich jetzt an Land geklettert? Als wäre ich der erste in der Welt, der sich *umsieht*. Ich bin der Entdecker der Aussichten, ich bin der Ladenbedienstete meiner Sinne!

Ja, Victor, er liegt im Gras und liest von der Begierde des Sehens, den Zärtlichkeiten des Auges und des Ohrs, er spürt, wie seine Glieder an diesem Petrarca-Tag geboren werden. Weiter weg zwischen den Bäumen stehen die Maiglöckchen; ihre Glöckchen sind durch große grüne Blätter verborgen, aber sie läuten zart und still für die allerempfindlichsten unserer Sinne, die wir aufgrund des großen Lärms unseres Selbst und der Welt so oft begraben. Wie selten haben wir Zeit, dem Zarten zu lauschen! Oder, richtiger: Wie selten wird uns diese Fähigkeit gegeben. Daher muß der, dem sie gegeben ist, wenn auch in kurzen Augenblicken, aufmerksam sein, so wie man es in der Liebe ist, und das Selbstverständliche schildern: Daß die Ameisenhaufen die Saison eröffnet haben und daß die Lerche da ist.

Aber sind das Selbstverständlichkeiten? Der Ladenbedienstete weiß aus eigener Erfahrung, daß man in diesem finsteren Arbeitshaus, das Petrarca zufolge das Leben ist, lange leben kann, ohne am Leben zu sein. Die Dinge zeigen dann nur ihre schauerlichen Tiefen. Man ist auf der Innenseite und kann die Außenseite nicht erreichen. Darum müssen wir den Tag einfangen, die Blume, und uns sagen, daß das Eichenblatt, das ich erreiche, wenn ich die Hand ausstrecke, noch nie zuvor gesehen worden ist. Du bist immer der erste und sei Dir dessen bewußt! Zähle die Tage zusammen, an denen Du das Geschreibsel des Mooses auf dem Felsblock gelesen hast (wie »selbstverständlich«, daß diese Schrift hier zu sehen ist), für einen Tag ist Dein Auge erloschen, oder die Beine, die Dich heute hierhergetragen haben, sind in Streik getreten, ein Brand hat die Haut des Steins überzogen, Kälte hat ihn gesprengt. Frage den Ladenbediensteten, er weiß Bescheid!
Mein Freund Petrarca weiß auch: »Und während mein Bruder, in die Höhe strebend, sich nicht scheute, direkt auf die steilen Abhänge des Berges zuzugehen, versuchte ich, auf leichteren Nebenwegen vorzudringen; und als er mich rief und mich auf den Weg aufmerksam machte, den er für den richtigen hielt, gab ich zur Antwort, daß ich der Meinung sei, auf der anderen Seite komme man leichter auf den Gipfel, und daß ich gern einen Umweg mache, wenn dieser nur bequem sei. Während er und die Diener folglich mit Erfolg immer weiter emporstrebten, verschleppte ich die Zeit durch unnützes Herumirren in tieferen Regionen, ohne den bequemeren Weg nach oben zu finden, auf den ich gehofft hatte. Schließlich wurde ich dieser Suche überdrüssig und begann voller Reue erneut, mich am Berg emporzuarbeiten. Ich fand meinen Bruder nach einer längeren Ruhepause im Warten auf mich munter und erfrischt vor; ich selbst war erschöpft und mißgelaunt. Eine Weile blieb ich jetzt mit ihm zusammen, aber es dauerte nicht lange, als ich erneut, meine Verirrungen vergessend, Lust bekam, einen Neben-

weg zu erproben, der mich bald in Talsenken führte, wo ich dann entdeckte, daß ich bei meinen Bemühungen, der anstrengenden Arbeit, ohne Umwege und Wegbiegungen nach oben zu kommen, zu entgehen, mich nur vom Ziel entfernt hatte. Jedoch – die Natur der Dinge ist unveränderlich und richtet sich nicht nach menschlichen Wünschen. Wer sich erhöhen will, muß alle Halbheiten und Ausflüchte verwerfen; man kann nicht gleichzeitig hinauf- und hinuntergehen.«

Daher weiß ich jetzt eines: Mein Entschluß steht fest.
Victor! Du bist noch ein Kind, das sich nicht an mich erinnern wird, falls ich früh verschwinden sollte. Du bist in eine Welt hineingeboren worden, die schon jetzt durch andere Gesetze als die meinigen bestimmt wird.
Sobald der Krieg vorbei ist, muß ich nach Neuseeland, das ist eine Schuld, die *unsere* Familie zu zahlen hat. Und dieses Buch ist mein Gespräch mit Dir. Gestern ging ich mit Dir spazieren, zog den Kinderwagen unter den Linden an der Friedhofsmauer entlang. Wir suchten Erdbeerblüten, und ich zeigte auf die Pferde im Gehege. Ich brachte Dir bei, »Pferd« zu sagen, »Blume«, »Sidner«. Fanny war froh, als wir mit Körnersteinbrech zurückkamen, ließ es nicht zu, daß ich sie liebkoste, sie hat nur Augen für Dich.

VI

Mrs. Judith Winther, nehme ich an?«
Die alte Dame hielt sich am Türgriff fest, ihre Hände waren blaugeädert und voller Leberflecken. Sie blinzelte Sidner über die Brille hinweg an, die ihr ein Stück die Nase heruntergerutscht war, und lächelte nicht. Er hatte sie aus dem Mittagsschlaf gerissen und bereute, nicht länger gewartet zu haben. Nach dreitägigem Telefonieren mit Taihape – es war ein Wochenende gewesen –, nach dreitägigem Herumspazieren in Wellington, wo er überall Tessa zu entdecken meinte, nach drei unruhigen Nächten, als er diese ganze wahnsinnige Reise nach Neuseeland schon bitter bereute, hatte er im Telefonbuch endlich Mrs. Winthers Adresse gefunden, wiederholt in der Tinakori Road angerufen, ohne daß jemand abnahm. Nach einem viel zu frühen Frühstück unten im »Heidelberg Private« bei Herrn und Frau McPartland, die ihm in jeder Hinsicht behilflich gewesen waren, hatte er sich heute im Botanischen Garten herumgetrieben und versucht, das Blumenmeer und das größere Meer tief unter ihm zu genießen, ein Meer, in dem Arons Augen jetzt Perlen waren. Acht Jahre lang hatte er seinen Blick auf diesen Punkt gerichtet, und in der Schlußphase des Krieges hatte er viele Briefe geschrieben, als sein Entschluß zu einem Zwang geworden war, der ihn kaum noch das Naheliegende hatte sehen lassen, der den Alltag an der Grenze und später im Farbengeschäft zu Provisorien gemacht hatte. Das Fehlen an Antworten auf seine Briefe hatte seinen Glauben daran, daß diese Reise die Schuld der Familie sühnen würde, nicht gedämpft. Er war jetzt siebenundzwanzig Jahre alt, und sein Leben mußte sich endlich in einer wirklichen Tat manifestieren. Tessa war das Zwangsmittel seiner Tat, durch sie würde die Vergangenheit endlich zu einem abge-

schlossenen Kapitel werden. Eine lange Reihe von Ereignissen würde hier ihren Abschluß finden, und danach: Freiheit, Kraft, Eigenleben.

»Lieber Victor! Ich schreibe diese Karte auf der anderen Seite der Erdkugel. Noch weiter kann man nicht kommen. Aber ich sage Dir, daß ich in Gedanken schon seit langer Zeit hier bin, auch wenn meine Gedanken jetzt bei Dir sind. Wann ist man sich also am nächsten? Was hat größere Bedeutung, körperliche oder gedankliche Nähe? Ich weiß es nicht, aber ich weiß, wie unendlich weit weg ein anwesender Körper sein kann und wie nahe ein sehr entfernter.« Auf einer Bank des Botanischen Gartens sitzend, neben einem Bougainvillea-Busch, adressierte er diese Karte an einen Punkt genau zwischen Fanny und Victor.

»Nah und fern – das ist oft keine Frage der Distanz, sondern der Verhaltensweise. Zu Gott ist der Weg immer genau gleich weit.« Die Karte zeigte eine dampfend heiße Quelle, und er war fortgefahren: »Wir sind alle aus dem gleichen Stoff gemacht. Wir sind ineinander und umeinander. Die Körper sind Ideen, Vorschläge, Verdichtungen. Unsere Gedanken sind unsere Wirklichkeit, und mein Gedanke ›jetzt‹ zwirbelt sich in Deinen Gedanken ›jetzt‹ hinein, wenn Du dies liest. Mein Gedanke hat meinen Körper ›schon vor langer Zeit‹ ›hierher‹ plaziert. Victor, wohin ich mich von hier aus auch begebe, ich muß mich Dir nähern!«

»Ich komme aus Schweden. Ich bin Arons Sohn Sidner.«
Mrs. Winther ließ den Türgriff los und ging ins Haus.

»Sie hätten nicht kommen sollen.« Sie musterte ihn von Kopf bis Fuß, nickte und zeigte auf einen Stuhl. Sie verschwand in die Küche, und er hörte, wie sie Wasser aufsetzte. Als sie dann endlich mit einem Tablett zurückkam, lag ein Briefbündel neben dem frischen Weizenbrot.

»Die können Sie an sich nehmen«, sagte sie. Es waren Sidners Briefe an Tessa. Mrs. Winther sank auf das Sofa, rückte ihre Brille zurecht.

»Nehmen Sie Milch? Ich bin ein paar Tage bei meiner Schwester gewesen. Ihr Mann ist krank. Die Leber. Das Brot habe ich von dort mitgebracht. Sie könnten mir übrigens helfen, den Blumenkasten auf dem Balkon zu befestigen. Er ist heruntergefallen, als ich weg war. Für mich allein ist er zu schwer. Und wenn ich den Hausmeister anrufe, dauert es ewig.«
»Natürlich.«
»Ich muß den ganzen Balkonkasten neu bepflanzen. Was das in meinem Alter eigentlich soll? Aber irgend etwas Schönes muß man sich ja gönnen. Immerhin verdeckt er die Aussicht auf die Straße ein wenig. Trinken Sie Ihren Tee ruhig erst aus, es hat keine Eile. Wenn man so alt geworden ist wie ich, spielt Zeit keine Rolle mehr. Auch wenn meine Schwester da anderer Meinung ist. Sie zählt die Tage, die ihr Mann noch leben wird, ist davon überzeugt, daß sie gleich nach ihm stirbt. Aber ich habe da meine Zweifel, sie haben Kinder. Erwachsene allerdings. Wie ich sehe, interessiert es Sie kolossal, was ich sage.«
Sidner sah ihr müdes, ironisches Lächeln.
»Das Schlimme ist, Mr. Sidner, daß ich Ihnen rein gar nichts zu erzählen habe. Ich vermute doch wohl richtig, daß Sie nicht meinetwegen hierhergekommen sind? Ja, ja. Wenn Sie wüßten, wie ich Sie verflucht habe. Oder vielmehr Ihren Vater. Mr. Aron!«
»Das kann ich verstehen, Mrs. Winther.«
»Hatten nicht Tessa und er ... Ist ja auch egal. Ich bin nicht verbittert, aber ich habe mich hier in Wellington nie wohlgefühlt. Ich habe kaum einen Menschen kennengelernt. Ich war in Taihape zu Hause. Auf dem Land. Allein schon die Wäsche hier in der Stadt! Wie bequem diese neuen Maschinen auch sein mögen. Nichts wird *sauber*. Zu viele Autos, zuviel Ruß. Obwohl die Leute sagen, daß es in Auckland noch schlimmer ist.«
»Wo hält sie sich auf? Lebt sie noch?«
Mrs. Winther breitete die Arme aus.

»Es wäre vielleicht besser gewesen, wenn ich Ihre Briefe zurückgeschickt oder selbst geschrieben hätte! Doch Sie müssen verstehen, daß ich lange gebraucht habe, um wieder auf die Füße zu kommen. Ich wurde nämlich vertrieben! Das ist das einzige Wort, das es trifft. Meine Nerven waren lange in Unordnung. Wenn ich meine Schwester nicht gehabt hätte. Aber man kann sie nicht in alle Ewigkeit in Anspruch nehmen. Es gibt soviel Gezeter und Gerede von Krankheit. Medikamente hier, Medikamente da, und was Doktor Farrell an jenem und am Tag zuvor gesagt hat. Obwohl ich eigentlich der Meinung bin, daß er nie etwas gesagt hat, hat wohl nur ausgesprochen, was sie gern hören wollte. Meinem Schwager ist nämlich nicht mehr zu helfen. Es ist bald zu Ende. Vielleicht noch ein paar Monate. Noch etwas Tee?«
Ihm blieb nur zu trinken, bis sie alles erzählt hatte, also schob er ihr die Tasse hin.
»Ich bin ja der Meinung, daß er ins Krankenhaus gehört. Aber da ist nicht mit ihr zu reden.«
»Hat Tessa je erfahren, daß Papa tot ist?«
»Davon weiß ich nichts. Ich glaube, ich habe Ihr Telegramm zu meinen Freunden geschickt. Wo sie wohnte. Ja, das habe ich getan. Aber dann kam ja lange kein Brief mehr.«
»Ich war sehr krank. War lange im Krankenhaus. Und dann der Krieg.«
»Ja, genau. Der Krieg zwang einen ja, an anderes zu denken. Obwohl wir auf unserer Insel hier vor ihm verschont geblieben sind; viele sind nach Europa und Australien und Gott weiß wohin aufgebrochen. Der Mann in der Familie, bei der Tessa wohnte, auch. Wurde zum Flieger ausgebildet, stürzte über Deutschland ab, seine Frau und seine Kinder sind irgendwohin gezogen, ich weiß nicht wohin. Und Tessa! Das alles ist ja schon vor so langer Zeit passiert, und immerhin war sie nur eine meiner Kundinnen auf der Post. Ich hatte viele, die zu mir kamen und gingen. Die Kummer hatten oder die mit mir über Belanglosigkeiten sprachen, weil es zu

Hause zu langweilig war. Man hat nicht die Kraft, sich um alle zu kümmern.«

»Und ihr Bruder?«

»Der Krieg. Was weiß ich. Glauben Sie etwa, ich sollte mich auch noch für einen so bösen Menschen interessieren? Er und Tessa sind bestimmt beide tot. Wahrscheinlich hat sie sich das Leben genommen. Ich meine... habe ich nicht geschrieben, daß sie sich total verwandelte. In eine Hexe. Habe ich das nicht geschrieben?«

»Doch.«

»Es war entsetzlich. Sie war doch so schön. So kultiviert.«

Mrs. Winther richtete sich kerzengerade auf.

»Ob es wohl die Religion ist, die Menschen so böse macht?«

»Ich weiß nicht. Religion gibt es in so vielerlei Gestalt.«

»Bei uns nicht. Die Religion verdreht die Leute, macht sie engherzig und geizig. Ich bin froh, daß ich diesen Menschen entronnen bin. Vielleicht ist es in Wellington doch besser, die Stadt ist größer. Reisen Sie ab, so schnell Sie können, junger Mann.«

»Aber ich muß sie sehen. Es gibt eine Schuld, die ich begleichen muß.«

»Gewäsch!« Mrs. Winthers Wangen röteten sich, und ihre Hände begannen zu zittern. »Wäre es nicht Ihr Vater gewesen, wäre es mit irgendeinem anderen passiert. Sie war anfällig für Krankheit und mußte sich schon vorher vor ihrem Bruder beugen. Er war ein Teufel. Also ich glaube, das war die Religion! Sind Sie in Schweden sehr religiös? Es ist ein kaltes Land, nicht wahr?«

Sie fuhr fort: »Wir hatten Angst vor den Japanern. Sie sind zwar nicht bis hierher gekommen, aber wir haben viele Männer ins Feld geschickt. Viele sind draußen auf den Inseln gestorben, auf Fidschi und bei Nausea. Ich kann mir vorstellen, was für ein Soldat er wurde, Tessas Bruder. Vielleicht wurde er ein Held, was immer das bedeuten mag.

Vielleicht hatte er endlich mal Gelegenheit, unbeherrscht um sich zu schlagen. Wahrscheinlich sind das Helden: Menschen, die endlich totschlagen dürfen, wovon sie ihr Leben lang geträumt haben. Viele Höfe standen leer. Tessa muß ihren wohl geerbt haben, ich möchte gern wissen, wer sich später um ihn gekümmert hat.«
»Warum glauben Sie, daß sie tot ist?«
Mrs. Winther faltete die Hände auf dem Schoß und sah Sidner an. Ihre Augen weiteten sich.
»Sonst hätte sie doch zumindest... Mein Name steht doch im Telefonbuch.«

Die grünen Abhänge um das Postamt in Taihape waren mit kurzem Gras bewachsen, Schafe weideten seitlich auf den Hügeln, von einem Hof oben in den Bergen war das Krähen eines Hahns zu hören, auf der Landstraße fuhr ein Traktor vorüber. Es war ein klarer und kühler Tag, der Tau im Garten um die Post herum hatte sich noch nicht aufgelöst.
Die Frau, die im Postamt arbeitete, war jung und lächelte Sidner an, als wären sie Bekannte, aber Sidner konnte ihr Lächeln nicht erwidern. Nervös sah er sich immer wieder um, ganz so, als erwartete er, plötzlich eine Hexe eintreten zu sehen, barfuß und mit wirrem Haar, mit langen gekrümmten Fingernägeln und in ungepflegter Kleidung. Er erwartete, ein Lied zu hören.
»Ich arbeite erst seit ein paar Monaten hier und habe die Leute in der Gegend noch kaum kennengelernt. Aber in unserem Register gibt es niemanden mit diesem Namen. Woher kommen Sie?«
»Aus Schweden.«
»Oh! Finden Sie Neuseeland schön?«
»Ich bin eben erst angekommen.«

»Um einen Besuch zu machen? Das ist eine lange Reise.«
»Die längste, die man unternehmen kann. Wissen Sie, an wen ich mich wenden könnte?«
»Gehen Sie zu Mr. Johnstone hinunter, quer über die Straße. Er hat sein ganzes Leben lang hier gewohnt. Nur im Krieg natürlich nicht. Wie ich gehört habe, sind nur die Frauen hiergeblieben.«
In Mr. Johnstones Garten blühten die Obstbäume, ein Rasenmäher stand verloren neben einem Blumenbeet, der Mann selbst saß auf der Veranda und las Zeitung.
»Bitte entschuldigen Sie, daß ich Sie störe.«
Mr. Johnstone erhob sich halb aus seinem Stuhl, ein Mann in den Siebzigern, scharfgeschnittenes Gesicht, dichte Bartstoppeln, harte Augen.
»Ich suche eine Frau namens Tessa Schneideman, ihr Bruder hieß Robert. Ich komme aus Schweden.«
»Gothenburg«, sagte Mr. Johnstone. »Sie haben im Krieg nicht mitgemacht.«
»Wir sind glücklicherweise noch einmal davongekommen.«
»Aber Sie haben die Deutschen passieren lassen.«
»Dazu waren wir doch gezwungen.«
»Gezwungen!« schnaubte er. »Und wir durften den Prellbock spielen. Ich war in Deutschland dabei. In Gefangenschaft. Bin erst vor einem halben Jahr freigekommen.« Er zeigte auf sein Bein. Es war eine Prothese. »Ein Souvenir aus jenen Tagen. Ich kann Ihnen sagen, daß allein aus dieser Gegend, wo nur fünfhundert Leute wohnen, zwölf dabei waren. Drei haben überlebt, und Robert war einer von denen, die nicht zurückkamen. Ein wilder Schläger. Er hatte die größte Farm hier im Dorf. Haben Sie Tessa gekannt?«
»Ich bin ihr nie begegnet.«
»Verstehe, Sie sind noch jung. Ja, verdammt schade um einen solchen Hof. Wollen Sie was trinken?«
Sidner schüttelte den Kopf.
»Sehr gut. Ich schaffe es kaum noch, in die Küche zu kom-

men. Zweitausend Schafe hatte er, bevor er sich freiwillig meldete. Ja, dieser verfluchte Krieg.«
»Den Hof gibt's also nicht mehr?«
»Was heißt geben. Junge Leute aus Wellington kommen hierher, um Geld zu machen. Verstehen aber wohl kaum was von der Landwirtschaft. Diese Tessa muß viel Geld dafür bekommen haben, was immer sie auch damit anfangen wollte.«
»Ich fürchte, ich verstehe nicht.«
Sidner stand wippend auf der Treppe, aber Johnstone forderte ihn nicht auf näherzutreten.
»Es geht mich ja nichts an, warum Sie nach ihr fragen, aber...«, er tippte sich an die Schläfe, »sie wurde völlig verrückt. Robert hatte es schwer mit ihr. Es muß für ihn die Hölle gewesen sein. Und dann der Krieg. Fand jemanden, der sich um die Tiere kümmerte, aber das war nicht das gleiche. Wenn Tessa gesund gewesen wäre, hätte sie es auch allein geschafft. Damals mußten viele Frauen einspringen, als ihre Männer in den Krieg zogen. Hunderttausend Mann waren wir! Haben auf den Inseln gekämpft, in Europa, um mitzuhelfen.«
»Ich habe einiges gelesen...«
»Gelesen«, schnaubte er wieder und zeigte auf die Zeitung. »Alles Gerede, den reinen Mist schreiben die. Sitzen auf ihren Ärschen und saugen sich was aus den Fingern. Nein, Sie waren nicht dabei.«
»Ich habe zwei Jahre an der norwegischen Grenze gelegen.«
»An der Grenze, ja. Das heißt aber nicht dabeisein. Ich habe gekämpft.« Zeigte wieder auf das Bein, seinen Stolz, seine Identität. »Sie haben die Deutschen...«
»Das können Sie doch *mir* nicht vorwerfen.«
»Nein, nein.« Zeigte aber, daß er schon konnte, wenn er nur wollte.
»Wissen Sie, wo sich Tessa jetzt aufhält?«
»Nein, und es interessiert mich auch nicht. Halbnackt her-

umzulaufen... Wir sind anständige Leute hier in der Gegend. Es hat keinem von uns Spaß gemacht, von hier wegzugehen, um in den Krieg zu ziehen. Aber wir haben es freiwillig getan. Viele von uns. Robert hatte es nicht leicht.«

»Erzählen Sie, was passiert ist.«

»Was heißt erzählen!«

Mr. Johnstone starrte durch die drei Zeiten hindurch, die drei Horizonte, und landete wieder in seiner ewigen Gegenwart. »Auf die Japse konnte man sich nie verlassen, obwohl sie gesagt hatten, sie würden nicht hierherkommen. Aber als sie Nauru bombardierten, begannen wir Unrat zu wittern. Wir waren damals fünf, die mit dem Bus nach Auckland fuhren. Sie sagten, wir seien zu alt, aber wir blieben hart. So kamen wir nach England.«

»Ich meine...«

»Sie waren nicht dabei und werden das nie verstehen. Nur wer einmal von den Deutschen – oder den Japsen, was das betrifft – abgeschossen worden ist, weiß, was Leben heißt, nicht wahr?«

»Ja, aber...«

Es war, als hätte Sidners Eingeständnis Mr. Johnstone aufgemuntert. Er beugte sich vor. »Hören Sie mal, ein Einbrecher sind Sie doch nicht, was, obwohl Sie aus Schweden kommen«, er lachte verlegen, als hätte er einen Scherz gemacht, »gehen Sie da durch die Tür, im Schrank links, da steht eine Flasche Whisky. Bringen Sie zwei Gläser mit.«

»Ich trinke nicht.«

»Und ob Sie trinken. Alle Männer trinken. Wohnen Sie irgendwo?«

»Ich habe mir oben bei der Bushaltestelle ein Zimmer gemietet.«

»Mrs. Finney. Elendes Miststück. Aber das geht wohl nur uns etwas an, die wir hier wohnen. So. holen Sie jetzt den Whisky... Gieß ein! Für dich selbst auch. Aha, also nicht.

Nein, ihr Schweden wollt nie dabeisein, wenn es wirklich drauf ankommt. Wie in Rotterdam. Das war im Herbst dreiundvierzig...«

Erst als sich die Dunkelheit auf Mr. Johnstones Zigarettenglut legte, lockerte er seinen festen Griff um Sidners Aufmerksamkeit.

»Ich bekomme für mein Bein eine Pension. Komme gut zurecht, aber das interessiert Sie wohl nicht?«

»O doch«, sagte Sidner.

»Das tut es nicht. Sie interessieren sich nur für Tessa. Und ich will Ihnen mal was sagen. Sie hat nie hierhergepaßt. Hielt sich für was Besonderes. Las Bücher. Gedichte!« spie er weit in den Garten.

»Aber Robert hat ihren ganzen Mist aus dem Haus geworfen, nachdem sie... Skål, Schwede. Und die Schafe. Glauben Sie etwa, sie hätte sich um die gekümmert? Diese Finger hatten wohl noch nie richtig gearbeitet. Spielte das feine Fräulein. Aber verdammt gut sah sie aus, jedenfalls vorher.«

»Vor was?«

»Saß unten an der Straße und sang, rannte hier oben wie so eine verdammte Maori herum und hörte Stimmen. Pfui Spinne!«

Leerte das Glas in die Dunkelheit der Kehle und wiederholte: »Pfui Spinne! Ein Glück, daß man sie wegbrachte, da brauchte man sich das Elend nicht mehr mitanzusehen. Da war so ein altes Weib auf der Post, das sie in die Berge raufbrachte, und was danach passiert ist, weiß ich nicht. Nur daß der Hof verkauft wurde, nachdem Robert gefallen war. Irgendein Makler aus Wellington kam eines Tages mit diesen jungen Angebern her. Boswell war es, wenn ich mich recht erinnere. Boswell und Söhne.«

Drei Tage später stieß Sidner in einem Wohnviertel Wellingtons eine Kirchentür auf und war damit endlich den heftigen Wind los. Ein paar Menschen standen in Gruppen zusammen und hörten dem Pfarrer zu, der von der Kanzel zu ihnen sprach.
»Und Herodes beschloß, alle Kinder unter zwei Jahren schätzen zu lassen. Da brach auch Joseph mit seinem vertrauten Weibe Maria, die schwanger war, auf zur Stadt Davids, die da heißt Bethlehem.«
»Nein, nein, nein«, rief einer der Männer, die unter ihm zusammenstanden.
Der Pfarrer klappte das Buch zusammen, ging die Treppe hinunter und betrachtete die Kanzel mit den Händen in den Hosentaschen, es folgte eine kurze Unterhaltung, zu leise für Sidner, dann wurde die Kanzel mit vereinten Kräften etwas weiter vorgeschoben. Wieder stand der Pfarrer dort oben.
»Und als der Weihnachtstag da war, waren sie daselbst, mit ihnen viele Menschen, denn sie hatten keinen Raum in der Herberge, nur in einem Stall.«
»Nein, so geht das nicht«, sagte ein Mann mit einer erloschenen Pfeife in der Schnauze, der sich den Kopf kratzte. »Wir müssen es weiter hier versuchen.«
Sidner nahm in einer Bank Platz, und die Kanzel wurde noch näher herangeschoben, so daß er fast direkt unter ihr saß. Der Pfarrer begann von neuem.
»Und im Morgenland waren drei weise Männer, die sahen einen Stern am Himmel und beschlossen, ihm zu folgen, es waren Balthasar, Simon und Josaphat, und sie waren Könige aus dem Morgenland, und ein Engel hatte ihnen gesagt...«
»Das klingt schon etwas besser, obwohl...«
Die Kanzel glitt noch etwas näher an Sidner heran.
»Und sie traten in den Stall zu Maria und Joseph und hatten kostbare Geschenke mitgebracht, Myrrhe, Weihrauch und Gold, und Maria freute sich von Herzen.«

»Gut. Jedenfalls, wenn du so laut sprichst. Versuch's mal mit einer anderen Tonlage.«
»Lasset uns beten«, sagte der Pfarrer. »Vater unser, der Du bist im Himmel, geheiligt werde Dein Name, Dein Reich komme, ist das auch zu hören? Dein Wille geschehe, wie im Himmel, also auch auf Erden.« Dann beugte er sich über das Geländer.
»Du hörst mich auch gut?«
»Jaa«, sagte Sidner.
»Auch wenn ich bete? Der Herr segne und behüte Dich, lasse sein Angesicht leuchten, okay?« Er hob das Gesicht zur Gemeinde.
»Also dann sagen wir hier, *boys*! Amen.«
Der Mann mit der Pfeife fischte ein Stück Kreide aus der Tasche und zog einen Strich um den Kanzelsockel.
»Obwohl die Kanzel das Fenster verdeckt? Das gibt Gegenlicht.«
»Man kann nicht alles haben«, sagte der Pfarrer, holte einen Kamm hervor und strich sich das Haar nach hinten über die Ohren. Er kletterte wieder nach unten, stolperte aber über eine Farbdose. Sie kippte um und spritzte seine schwarze Hose voll. »Teuf... Verzeihung.« Er sah sich im Kirchenschiff um, zog sich schnell die Hose aus.
»Terpentin? Gibt's hier ein paar Lumpen?«
Er setzte sich neben Sidner und begann, an den Flecken herumzureiben.
»Du findest nicht, daß es zuviel Nachhall gibt?«
»Alles war ausgezeichnet zu hören.«
»Der Nachhall ist irritierend. Man muß so langsam sprechen, und das Echo ist wie... ja, es hört sich ganz einfach falsch an. Ich habe dich noch nie gesehen, du gehörst nicht zu meinen Schäfchen, was?«
»Ich habe beim Hausmeister im Pfarramt erfahren, daß Sie hier sind, ich brauche in einer bestimmten Angelegenheit Ihre Hilfe.«
»Natürlich, gern, wenn ich erst mal den Fleck heraus habe.

Sollte in diesem Kostüm nicht arbeiten. Sie glauben also, es wird gut? Wir renovieren nämlich die Kirche gerade. Eine neue Orgel haben wir auch. Schöner Klang, sagen Leute, die was davon verstehen.«
»Darf ich sie mal ausprobieren?«
»Aha, wahrhaftig! Ja, bitteschön. Hier sollen sich alle wohlfühlen.«

»Ehre sei Gott in der Höhe
und Frieden auf Erden
und den Menschen ein Wohlgefallen.«

Sidner erfüllte die Kirche mit seiner Stimme, die voll und tragend war. Wie lange war es her, daß er sie benutzt hatte! Und wie sie trug! Aus reiner Inspiration machte er mit »Allein Gott in der Höh sei Ehr« weiter. Der Pfarrer stand breitbeinig, Hose und Terpentinlappen in der Hand, neben ihm, nahm die Sachen dann aber unter den Arm und klatschte Beifall, als Sidner nach einem langen und mächtigen Postludium-Fragment von Bach den Strom abstellte.
»Das war aber gar nicht schlecht. In was für einer Sprache haben Sie gesungen?«
»Schwedisch.«
»Aha. Habe ich mir gedacht. So einen Mann wie Sie könnten wir hier gebrauchen. Da käme etwas Dampf ins Spiel. Bei der Tante, die wir haben, hört sich das alles etwas anders an. Nichts Böses über sie, aber sie ist eben nicht kompetent. Unser alter Organist ist im Krieg dahingegangen.«
Er hielt Sidner die Hose hin.
»Ganz neu. Das hat man nun von seiner Eitelkeit. Ich heiße übrigens Eliot, Stephen Eliot. Kurz vor Weihnachten werden wir dieses Haus des Herrn einweihen. Finden Sie, daß Terpentin *gut* riecht?«
»Das ist Balsa-Terpentin, das hat einen guten Duft. Ich habe, seit ich erwachsen bin, mein ganzes Leben mit Farben und solchem Zeug zugebracht.«

»Sie sind also kein entlaufener Organist?«
»Ich habe Vertretungen übernommen.«
»Aha! Und Sie brauchen meine Hilfe.«
»Es geht um eine ganz praktische Frage. Hat nichts mit der Seele zu tun.«
»Das glauben Sie nur. Kann man sich in dieser Hose zeigen? Ja, das kann man«, beantwortete er seine Frage selbst, zog sich wieder an und deutete durch die Tür ins Freie.

Pastor Stephen Eliot blätterte eine Weile in den Kirchenbüchern.
»Der Makler hatte recht. Da haben wir sie. Tessa ist vor sechs Jahren hergezogen. Hat vor etwa einem Jahr einen gewissen Charles Blake geheiratet.«
»Das ist nicht möglich«, sagte Sidner.
»So steht es hier. Sehen Sie selbst. Charles Blake und Tessa Schneideman. Wohnen in der Glenbervie Street. Ist das eine schlechte Auskunft, die ich Ihnen da gebe? Lieben Sie sie?«
»Ich habe sie noch nie gesehen«, sagte Sidner.
»Möchten Sie einen Tee oder ein Glas Wasser?«
»Es ist eine so lange und unangenehme Geschichte«, sagte Sidner. »Es war eigentlich mein Vater, der sie kannte, sie haben miteinander korrespondiert – vor dem Krieg. Sie und er hatten gemeinsame Pläne, aber er starb, und sie wurde, soviel ich weiß, mit der Enttäuschung über die ausgebliebene Begegnung nicht fertig. Sie wurde verrückt.«
Er fuhr fort: »Ich dachte, ich könnte mich irgendwie nützlich machen.« Und damit strich er sich den Heiligenschein vom Kopf, riß das Haar, die Haut ab. Wie kalt es war, nur Skelett zu sein.
Ein Kind stand an der Tür und blinzelte ihn an. Er verbarg den Kopf in den Händen, um es nicht zu erschrecken.
»Mama fragt, ob du auch heute abend wegbleibst?«
»Werde ich wohl müssen. Komm her und drück mich.«
»Du bist immerzu weg.«

»Morgen bleib ich zu Hause, das verspreche ich. Sei so lieb und hol mir schnell ein Glas Wasser.«
Sidner schämte sich, und während das Kind fort war, um das Wasser zu holen, zog er sich eilig wieder Haut, Haar und eine Art Lächeln über, dessen er sich im Grunde unsicher war, er wußte nicht, ob es sein eigenes war. Nichts stimmte, alles hatte sich gedehnt, die Finger paßten nicht mehr in den Handschuh aus Haut.
»Haben Sie viele Kinder?«
»Drei.«
»Ich habe eins«, sagte Sidner. »Acht Jahre alt.«
»Das ist ein empfindliches Alter«, sagte Stephen Eliot. »Sie sind so voller Neugier, sie *glauben* ans Leben, sie glauben an uns Erwachsene.«
Er trat ans Fenster und sah hinaus, drehte sich dann heftig zu Sidner um.
»Wie verdammt kurz das Alter des Vertrauens ist. Viele schaffen es nicht einmal, die ersten Monate ihres Lebens darin zu verbringen. Trotzdem ist es der wichtigste Zeitraum, der, in dem die Grundsteine zu dem Haus gelegt werden, das später ihr Leben wird. Kinder sind wie Eier, die bebend am äußersten Rand einer Treppenstufe liegen. Warum gehen wir mit ihnen so wenig behutsam um? Warum geben wir ihnen so selten Zeit, *Glauben* zu finden? Solange es ihnen noch möglich ist. Bevor der Rummel losbricht und den Blick trübt. Sehr gut, Paul«, unterbrach er sich, »gib ihm das Glas. Er kommt aus Schweden. Weißt du, wo das liegt?«
»Auf der anderen Seite der Erdkugel.«
Sidner trank. Es kühlte, füllte alle Winkel des verdorrten Hautsacks aus, machte ihn dem Skelett gegenüber folgsamer.
»Ich habe einen Sohn, der genauso alt ist wie du.«
»Wie heißt er?«
»Victor.«
»Und wie heißt sein Hund?«

»Er hat keinen. Wie heißt denn deiner?«
»Winston. Es ist ein Pudel.«
»Ich sollte ihm vielleicht einen schenken, dann könnten sie sich quer durch die Erde anbellen.«
Sidner blickte in den Papierkorb. Alte Zeitungen, Briefumschläge, ein paar Apfelgehäuse. Zwei Fliegen auf den Apfelgehäusen. Auf dem Tisch eine Schale mit Äpfeln, die Tischplatte blank und sauber. Er befand sich auf der anderen Seite der Erdkugel und sah, daß auch hier ein Tisch auf seinen Beinen stand, ohne in den Weltraum zu fallen.
»Was soll ich jetzt machen, wo Sie meine Reise zu einem totalen Fiasko gemacht haben? Die ganzen letzten Jahre habe ich auf falsche Hoffnungen gesetzt, nämlich darauf, daß sie verrückt sein würde. Ist das nicht grausam?«
»Das Leben ist nicht so statisch. Im übrigen braucht sie nicht bei Verstand zu sein, bloß weil sie geheiratet hat. Oder bist du hergekommen, um sie zu heiraten? Der Grund dafür, daß ich Pastor geworden bin, ist vielleicht der gleiche: Man will helfen, und dann brauchen die Leute gar keine Hilfe. Man steht da und findet keine neue Aufgabe. Doch, den Krieg. Der Krieg ist für zweifelnde Priester eine ausgezeichnete Sache. Man konnte Witwen trösten, Hoffnungen am Leben erhalten, während weit weg die Schlacht um Europa tobte. Heute abend zeige ich Lichtbilder von Kreta. Keine Soldaten auf den Fotos, nur Ruinen und Ginster und Volksleben. Unterhalter, Zeitvertreiber.«
»Sie hat mich ›im Stich gelassen‹, weil sie normal geworden ist. Als wäre meine Gesundheit davon abhängig, daß sie krank ist. Oh, es ist, als hätte sie mich um das Einzige betrogen, zu dem ich hätte taugen können: Mich an ihre Seite zu stellen und sie ins Licht hinaufzuführen. Aber wohin soll man einen Menschen führen, der schon da ist.«
»Diesem Glauben hast du also nachgehangen?«
»Dem und nichts anderem. Unter den Gesunden kann ich nichts ausrichten. *Sie* sind es, die sich um *mich* kümmern. Was soll ich nun anfangen?«

»Das hast du dich sicher auch früher schon mal gefragt. Ohne auf Antwort zu warten! Natürlich mußt du zu ihr gehen und sie besuchen.«
»Man kann doch nicht einfach unangemeldet irgendwo auftauchen und den Leuten in ihr Leben poltern.«
»Das kommt darauf an, was man verlangt. Du verlangst, daß dein Begehren eine Antwort erhält. Du fürchtest, daß sie ein Teil von dir ist, so wie du ein Teil von ihr bist. Und du hoffst, daß es so sein wird. Das ist es, was ich glaube«, sagte Stephen Eliot und erhob sich vom Schreibtisch. Er trat ans Fenster und blickte aufs Meer hinaus.
»Ihr Leute, die ihr glauben könnt, ihr habt es gut.«
»Ach was«, sagte Stephen Eliot. »Religion ist nicht das, was die Leute glauben.«

»Dahinten ist sie!«
Der Krankenhauspark war voller Rollstühle. Er hatte sich inzwischen an sie gewöhnt, sie begegneten ihm auf seinen Spaziergängen, er sah sie in schattigen Gärten, in ganzen Trauben auf dem Bürgersteig. Der große Krieg war vorbei, aber hier ging er in Alpträumen und Schmerzen weiter. Für viele dieser Invaliden würde er nie zu Ende gehen. Die Geschichte jedes einzelnen ist immer die größte. Es war Morgen, und man rollte sie aus dem weißen Gebäude ins Freie, unter schattige Bäume, um alles auszulüften. Es gab duftende Blumenbeete, einen Teich und ein paar Enten.
»Das ist die, die da hinten kniet!«
Auf halbem Weg zu ihr hielt er inne. Jetzt würde seine Reise zu Ende gehen, acht Jahre Warten würden vorüber sein. Nicht weit von ihr stand eine leere Bank. Er setzte sich hin und machte den Versuch, seine Zunge vom Gaumen zu lösen. Nach dem Gespräch mit ihr würde er gezwungen sein, ein neues Ziel im Leben zu finden. Eine neue Reise, einen

neuen Punkt. Er hatte die meisten Entschlüsse verschoben, Stephen Eliot aber versprochen, zu bleiben und in der Kirche zu spielen. Das würde ihm Zeit geben, Zeit, herumzureisen, Zeit zum Nachdenken.
Sie kniete neben einem der Rollstühle und fütterte einen Patienten. Er konnte ihr Gesicht nicht sehen. Nur den langen, nackten Arm, der sich von Zeit zu Zeit zum Mund des Mannes streckte, der eine Bandage um den Kopf trug – einen Turban, der die Erinnerung an eine Katastrophe verbarg?
»Also, Mr. Bly. Stellen Sie sich nicht so an. Machen Sie den Mund auf. Sie dürfen nicht schon wieder das Essen verweigern. Ein bißchen Wasser.«
»Sie haben es immer so eilig.«
»Es gibt noch mehr Patienten, die Hilfe brauchen.«
Ihr Knie, das Profil. Sie drehte den Kopf in seine Richtung. Er scheute, als fürchtete er, sie könnte ihn wiedererkennen. Er meinte, seine Blicke durchstießen ihre Haut.
Es ist nicht recht, sich einem anderen Menschen so aufzudrängen. Er würde in die Pension zurückgehen und das Schmuckstück in einen Briefumschlag legen. Ein paar kurze Worte, ein paar Worte über die Schuld, die er in all den Jahren empfunden hatte. Er konnte vielleicht mit seiner Adresse unterzeichnen. Falls sie wollte...
Er war ihr so nahe. Und er erschauerte. Die Hand vorstrekken und ihre Schulter berühren. Endlich eine Erdkugel aus Luftschlössern überbrücken. Schuld. Sein Verbrechen sühnen. War es im Grunde nicht eine Art Erpressung, die er da vorhatte? Hier komme ich mit dem Liebesschmuck. Er erinnerte sich noch daran, wie er das Schmuckstück zum ersten Mal in der Hand gehalten hatte.
»Jetzt ist nichts mehr von mir da, alles gehört Dir.«
Neben der Kommode, im Zimmer. Die Stearinkerzen und das sich in der Wärme drehende diamantene Boot. Der Sand, der Ast, die Gabel.
Diese Unanständigkeit! Sie so in all ihren Details zu be-

trachten. Aber mit wessen Augen sah er sie? Mit Arons? Mit seinen eigenen? Und was bedeutet das, eigene Augen? Sah er sie nur als Objekt seines Bedürfnisses oder seiner Träume? Sah er sie mit erotischen Augen, mit den Augen eines Kindes oder denen eines Rächers?
Seine Fingerspitzen erschauerten.
»Mr. Bly. Jetzt machen Sie schon! Noch ein paar Löffel. Sie sollen sich beeilen.«
Plötzlich wandte sie sich ihm zu. Sie lächelte nicht. Sie bohrte den Blick in seinen, einen Augenblick lang, als wäre sie sich seines Starrens bewußt geworden.
Wärmewellen erbebten um sie, ihre Umrisse lösten sich auf. Bald würde sie zu brennen beginnen. All die Wörter, die er mitgebracht hatte, schwollen ihm im Mund an und kamen ihm nicht über die Lippen. »Darf ich um etwas Wasser bitten?« Sie reichte ihm ein Glas. Der Ehering wurde durch das Wasser vergrößert. Ihre Fingernägel waren lang und gepflegt, an den Ellbogen etwas Flaum. Das Wasser löschte das Feuer. »Danke.« Er stand auf und entfernte sich schnell.

In jener Nacht schwamm ein Fisch um Sidners Kopf herum. Er machte ein paar schnelle Schläge mit der Schwanzflosse und wirbelte die Dunkelheit auf. Sie schnappte mit dem Mund nach seinen Augen und Ohren. Sidner lag mit halboffenem Mund auf dem Rücken, und der Fisch strich still und nachdenklich über die Zahnspitzen. Das Maul zwischen Zunge und Gaumen gebohrt, begab er sich in Ruhestellung, stand auf der sanften Dünung seines Atems still, zappelte plötzlich und verschwand in den Schlund, strich an den Arterienwänden entlang, machte einen Schlag im Herzen. Sidner erwachte.
Viele der Patienten und Besucher trugen ihre Alltagskleider. Dort, wo er saß, erregte er keinerlei Aufmerksamkeit. Oft teilte er die Bank mit anderen. Ein Mann legte seine Krücken neben ihn und erzählte, er sei in Indien stationiert

gewesen. In Bombay. »Ich war für den Proviant verantwortlich. Es war eine entsetzliche Verschwendung. Einmal kam eine ganze Schiffsladung Schinken an. Der Schinken wurde abgeladen, aber niemand war da, ihn abzuholen. Wir stellten Wachen auf, damit er nicht gestohlen wurde. Wir telefonierten. Die Telefone funktionierten nicht. Die Hitze war unerträglich, der Schinken verfaulte. Magere Elendsgestalten kamen und baten, sich etwas nehmen zu dürfen. Wir drohten, sie zu erschießen. Es war ein fürchterlicher Anblick, aber was sollten wir machen. Dann kamen die Fliegen. Die Ratten. Am Ende waren wir gezwungen, alles ins Meer zu kippen.«

Zwischen den Bäumen war Schwester Tessa zu erkennen, die einen Rollstuhl schob. Sie ging schnell und erhobenen Hauptes. Und was besagte das? Möglicherweise, daß sie eine tüchtige Krankenschwester war, die ihre Pflichten erfüllte, im Grunde aber eigentlich gar nichts. Sie legte dem Patienten ein Kissen hinter den Kopf, hielt seine Hand, vielleicht fühlte sie ihm den Puls. Die Hitze umflimmerte sie. Die Krücken fielen von der Parkbank. Ein Buch. *Schuld und Sühne.* »Hast du es gelesen?« Sidner nickte. Auch Schwester Tessa nickte da hinten, zog den Rollstuhl unter einen Baum, dann nickte sie wieder und verschwand im Gebäude. Schatten und Sonnenschein. »Mir blieb es erspart, jemanden töten zu müssen«, sagte der Banknachbar. »Diejenigen, denen es nicht so ging, sagen immer, beim Ersten sei es am schlimmsten. Und wie war's bei dir?« – »Mir ist es auch erspart geblieben.« – »Was hast du gemacht?« – »Ich war Koch. Sie waren der Meinung, daß ich zu nichts anderem taugte. Ich sei im Kopf nicht ganz richtig. War im Irrenhaus, aber das war eine gute Zeit.« – »Weil du den Gedanken nicht aushalten konntest...« – »Nein, das war schon vor dem Krieg. Und ich komme aus Schweden, wir waren doch nie beteiligt. Falls du entschuldigst.« – »Aber natürlich, gern ... ich weiß, daß es viele gibt, die auf euch Schweden wütend sind.«

Tessa erschien jetzt mit einem Tablett voller Medikamente. Sie ging von Patient zu Patient und gab Tabletten aus, näherte sich ihnen, sah Sidner an, schüttelte den Kopf, gab seinem Nachbarn ein paar Pillen. Sie beugte sich vor. Ihr Kittel war hochgeschlossen. »Für Sie habe ich leider nichts, Sie gehören nicht zu meiner Abteilung.«
»Ich verliebe mich in jede Krankenschwester«, sagte der Banknachbar. »Wenn sie einem nahekommen. Ja, vielleicht nicht in Schwester Tessa. Aber in alle anderen.« – »Was ist denn mit ihr nicht in Ordnung?« – »Nun, ich weiß nicht recht. Aber... Nein, ich weiß es nicht. Sie ist übrigens mit irgendeinem von uns Krüppeln verheiratet.«
Nachmittags wurde Tee serviert. Ein Wagen mit großen Thermoskannen wurde ins Freie gerollt, und wer genug Kraft hatte, half den Stillsitzenden. Auch die Krankenschwestern tranken Tee. Sie versammelten sich in Gruppen auf der Treppe, wo sie einen Überblick über den gesamten Park hatten. Gelegentlich zeigte sich ein Arzt. Wie ein Schwarm schreiender Möwen bewegten sie sich über die Stufen... Nur Tessa...? Nein, er sollte sich nichts einbilden. Auch sie lachte, ein schnell vorbeihuschender Anflug auf ihrem Gesicht. Sidner, ebenfalls mit einer Tasse Tee – wie jemand, der auf den Patientenstatus hinarbeitete –, sollte sich nicht nur einbilden, daß sie... daß es einen Spalt gab, durch den er eindringen konnte.
Gegen fünf hatte Tessa Dienstschluß. Er folgte ihr mit einigem Abstand. Jetzt, da sie in Zivil war, ging sie langsamer, die Handtasche baumelte ihr am Arm. Oft blieb sie stehen und starrte in eins der Schaufenster, die noch arm an Angeboten waren, strich sich mit einer schnellen Bewegung übers Haar. Es hatte den Anschein, als habe sie in einem Fotogeschäft etwas zu erledigen, durch das Fenster sah er, wie sie ein paar Filmrollen in ihre Tasche steckte. Diese Bilder wollte er sehen. Um *etwas* zu sehen, was ihren Augen gehörte. Hatte sie viele Freunde und Bekannte? Er sah nie, daß sie jemanden grüßte. Machte sie diese Tatsache *mög-*

lich? Die Wohnung lag im zweiten Stock eines Mietshauses. Man konnte das Meer auch von der Straße aus sehen. Einmal stand er im Treppenhaus, da kam eine Nachbarin auf ihn zu und sagte, Mrs. Blake arbeite den ganzen Tag im Krankenhaus. Er hätte sich nicht die Mühe machen müssen...

Mit Lebensmitteln beladen, verschwindet sie in ihrer Türe: Welche Bilder begegnen ihr dort?

Auf der Rückseite des Hauses hilft sie ihrem Mann in den Garten: Er geht an Krücken. Sie trägt eine Kamera und ein Stativ, stellt es vor ihm auf. Sie streicht ihm übers Haar, verschwindet ins Haus. Der Mann richtet die Kamera auf die Wolken, die vom Meer hereintreiben, sich schwer über Wellington wälzen. Die Wolken verändern ihr Aussehen und ihre Form. Sie lösen sich auf, ballen sich zusammen, ihre Unbeständigkeit nimmt nie ein Ende. Vögel ziehen an der Kamera vorbei, der Mann zieht sich ein schwarzes Tuch über den Kopf, wird eins mit dem Apparat, Vormittag wird Nachmittag, der Wind läßt das schwarze Tuch flattern. Eine Frau schüttelt auf einem Balkon einen Teppich aus, der Briefträger erscheint, überquert den Rasen auf dem Weg zum nächsten Grundstück, begrüßt das schwarze Tuch mit einem »Hallo«; das schwarze Tuch antwortet nicht. Vielleicht gibt es ein Bild, das zeigt, ob man Geduld hat. Ein Karren mit Fisch hält an, Frauen kommen aus den Häusern, man hebt die glänzenden Fische in die Höhe, legt sie in Körbe. Unterhaltungen, laute Stimmen, leise, einige der Fische zappeln noch, der Wind nimmt zu: Das ist auf dem Bild nicht zu sehen. Die Tage vergehen, Tessa Blake kommt heraus und hebt das schwarze Tuch, ein Streit...? Ein überredendes Zwiegespräch? Etwas über das Mittagessen oder das Bild?

Die Tage vergehen. Der Wind nimmt an Stärke zu, das Meer wälzt sich herein, jetzt gehen hohe Wellen, es ist grau, der Regen ist mit von der Partie. Sidner steht an der Hausecke. Tessa Blake kommt heraus, stützt ihren Mann, er setzt sich zurecht, sie streicht ihm über den Kopf, die Tage vergehen, das schwarze Tuch vereint Mann und Kamera.

Im Schatten der neuen Unwissenheit um Tessa – er konnte sie mit seinen Phantasien nicht mehr erfassen – spürte Sidner eine beunruhigende Erleichterung: Es gab Zeit. Denn wie sehr fürchtete er doch das Vakuum nach der Begegnung mit Tessa Schneideman-Blake. Was würde dann sein? Natürlich, erwachsen, frei. Die Welt ist nach allen Seiten offen.

Er erinnerte sich an zu Hause, an die Eisflächen, auf denen »die anderen« Schlittschuh liefen. Vorwärts, rückwärts, ein Bein in die Höhe, ganz so, als wäre man ein Eiskunstläufer; die Mädchen ahmten Sonia Henie nach. Begegnungen, Gelächter, das wie körniger Schnee dahintrieb. Für den Traum von Solveig hatte er Klavierspielen gelernt. Für den Traum von Fanny war er Vater geworden. Für den Traum von Tessa hatte er Englisch gelernt und war auf die andere Seite der Erdkugel gefahren. Aber hinter diesen Träumen? Hatte er jemals »zu eigenen Bedingungen« gelebt? Nein. Aber jetzt hatte er eine Frist. Er schlief nachts besser, und die Blitze aus geöffneten Selbstmordfenstern schienen wie von weiter her zu kommen, waren leiser. Er war nicht bereit zu sterben. Diese Reise war eine Beschwörung gegen den Tod. Dazu gedacht, die Möglichkeiten des »gegebenen« Lebens zu beenden. Und danach: Die Posthumität. Der Fall seines Lebens war noch nicht abgeschlossen, der Auftrag noch nicht vollbracht. Denn zwischen dem Tod und ihm stand für eine Zeitlang immer noch sie: Hier war Lee! Es galt, sie nicht aus dem Weg zu räumen.

»Wer?« fragte Stephen Eliot und nahm eine Glühbirne aus dem Mund. Sie saßen hoch oben im Kirchturm, jeder auf einem Balken, und waren mit der Beleuchtung beschäftigt. Draußen wehte ein stürmischer Wind, und der Turm schwankte. Stephens Talar, der über den Balken herabhing, ließ ihn wie eine Krähe aussehen. Sidner hielt die Kabelrolle

und reichte immer wieder Kabel nach. Die Stablampe, die ein paar Stockwerke tiefer hing, schwankte hin und her und ließ ihren Lichtkegel durch das Turminnere schweifen. »Ah«, sagte Stephen. »Deine *princesse lointaine*?«
»Ich kann kein Französisch. Hast du den Schraubenzieher?«
Stephen beugte sich herüber und reichte ihn Sidner: »Kennst du dieses Lied?

When the days are long in May
Fair to me are the songs of birds afar.
And when I am parted from her
I remember me of a love afar
And I go with a mind gloomy and so bowed down
That no song or white torn flower
Pleases me more than the winter's cold
Never more will I take joy of love
Unless it be of this love afar,
For a nobler and Fairer I know not of
In any place either near or far.«

»Das ist aber schön«, rief Sidner aus.
»Es ist widerlich«, sagte Stephen. »Es war ein Prinz von Blaia, Jaufre Rudel, der das seiner *princesse lointaine* vorsang, der Dame, die immer nein sagt. Ich verabscheue diese Art von Anbetung, das ist der Tod. Bildest du dir ein, daß du eine lebende Frau meinst, wenn du von dieser Tessa Blake sprichst? Du hast Angst vor ihren Falten, ihren Neurosen... Soll sie immerzu ein Mensch auf der anderen Seite sein? Auf der anderen Seite des Lebens? Gib mir noch etwas Kabel! Dein Ziel liegt immer auf der anderen Seite, nicht da, wo du bist! Je weiter weg, um so stärkere Begierde, und alles, was naheliegt, kann man verleugnen. Das Entfernte! Wenn ich da unten predige... da unten«, wiederholte er und schlug mit dem Finger gleichsam in die Tiefe des Turminneren, »könnte ich mich jedesmal übergeben, wenn ich

mir diese Symbole für Entferntheit ausleihe. Mach Musik daraus! Ja, das tue ich und höre, wie ich auch die übrigen Menschen angesichts dieser Anbeter des Entfernten, des Religiösen, in einen Irrtum verwandle. Das ist traurig. Denn was hat das zur Folge? Nun, wir *haben* keinen Nächsten. Alle Lebewesen werden mit dem Beginn ihrer Existenz zu unvollkommenen Repräsentanten der Schöpfung. Die Verherrlichung solcher Ideen, einer solchen Liebe, führt doch nur zu Verleugnung und Askese und Flucht. Gib mir den Schraubenzieher zurück! Dabei ist die Liebe eine positive Handlung: Sie bedeutet, daß man einem anderen Belebtheit verleiht, daß man den im Granit Versteinerten befreit, so daß man plötzlich dessen Fußsohlen tanzen sehen kann, auch wenn sie von einem wegtanzen. Aber wie viele Menschen wagen es schon, so zu leben. Wie viele Liebende siehst du? Man kann sie erkennen, denn ihre Augen leuchten!«
Sich ein Herz zu fassen.
Sich schließlich vielleicht von ihr zu lösen. Es zu wagen, daß die »anderen« von einem unabhängig sind. Den Mut haben zu verlieren, um etwas anderes zu gewinnen: das eigene Leben. Wieder unternahm er die Wanderung zum Krankenhaus. Er trank seinen Tee mit den Patienten. Schwester Tessa eilte von Gruppe zu Gruppe. Jetzt mußte er über eine Schwelle treten, die Handlung begehen, die ihn am Ende einsam machen würde. Sich aus dem Gestrüpp der Abhängigkeiten befreien. Er saß auf einer Bank unter den Bäumen. Er sah »ein letztes Mal davor« in die Bäume. Tessa Schneideman näherte sich ihm, und Sidner sagte:
»Schwester Tessa, wollen Sie sich ein Weilchen zu mir setzen?«
Ihre Knie und seine Hand.
»Sie kennen meinen Namen?«
»Ja, Tessa Schneideman.«
»Sie sind mir gefolgt!«
»Aber nicht in böser Absicht. Ich würde gern mit Ihnen sprechen.«

Ihr Knie bewegte sich noch mehr auf seine Hand zu. Er sah sich um, und es gab keine Rettung, weder in den Bäumen noch in den Wolken.
»Ich wohne im ›Heidelberg Private‹, ich bin kein Patient.«
»Ich habe mich schon gefragt...«
»Ich habe etwas für Sie. Oder, richtiger gesagt, Ihnen etwas zurückzugeben.«
Sidner zog das Schmuckstück aus der Tasche und hielt es ihr hin.
»Ich heiße Sidner Nordensson und komme aus Schweden. Ich bin Arons Sohn. Einmal...«
Ihre Augen weiteten sich plötzlich.
»Nein«, sagte sie. »Nein, das sind Sie nicht.« Sie erhob sich und lief weg, mischte sich unter die Krankenschwestern auf der Treppe und verschwand.

Zwischen Neuseeland und Schweden liegen viele tausend Kilometer, und dennoch ist diese Strecke nichts gegen den Abstand zwischen Tessa Blake und Tessa Schneideman. Eines Tages, als er am Tisch saß und arbeitete, klopfte sie an seine Tür. Sidner hatte sich wirklich bemüht, sie zu vergessen. Stephen Eliot hatte seinen Teil dazu beigetragen, indem er ihn mehr und mehr mit Arbeiten eindeckte. Die Kirche sollte zum Musikzentrum Wellingtons werden; da war Geld für Noten zu beschaffen, Musiker waren zu verpflichten, man annoncierte, um Chormitglieder zu finden. Gemeinsam unternahmen sie Fahrten ins Land, besuchten den Maori-Distrikt, angelten Bachforellen, botanisierten in der Sidner völlig unbekannten Flora. Aber aus den Wolken über ihnen blickten Tessas Augen.
Ihr Körper fand sich im Schatten der Vögel, die über die Berghänge glitten.
»Es gibt Frauen, die uns vor allem im Hause ansprechen, und

andere, die sich im Freien besser ausnehmen«, schreibt Goethe über Friederike. »Ihr Wesen und ihre Gestalt traten nie so bezaubernd hervor, wie wenn sie sich auf einem hohen Pfad bewegte; die Anmut ihrer Haltung schien mit der blumengeschmückten Erde zu wetteifern, die unzerstörbare Fröhlichkeit ihres Gesichts mit dem blauen Himmel.« Tessa Schneideman war eine Frau der Lüfte gewesen, Tessa Blake war es nicht. Sie wirkte sogar lächerlich, wie sie da vor ihm stand und die Handtasche zwischen den Händen drehte, in ein strenges blaues Kostüm gekleidet und mit einem kleinen Hut, der schief auf dem wohlfrisierten Haar saß. Als Krankenschwester funktionierte sie in einem Strom fortlaufender Aktivitäten, als heimkehrende, müde Ehefrau ebenfalls: Die Gesten des Berufs begaben sich auf dem Nachhauseweg zur Ruhe, wurden durch andere ersetzt, je mehr sie sich der Wohnung näherte, und er wußte nicht, ob sie wie Friederike »diesen erfrischenden Äther« nach Hause mitbrachte, ob sie es dort »verstand, Irrtümer aufzuklären und die Eindrücke unangenehmer kleiner Zufälligkeiten auszulöschen«.
Jedenfalls glaubte er es nicht. Eines Tages, als er ihr gefolgt war, hatte er sie innehalten sehen, an einer Straßenecke, etwa auf halbem Weg zwischen Krankenhaus und Wohnung. Sie hatte ihren schnellen Gang unterbrochen, blieb an einem Zaun stehen und knipste von einer Hecke mit roten Blüten einige Blätter ab. Sie streckte die Hand aus, betrachtete irgend etwas in den Nerven des Blattes, ließ es fallen. Mit dem Blick folgte sie dem fallenden Blatt, bis es sich auf dem Bürgersteig zurechtgelegt hatte. Und mehr war nicht. Als sie weiterging, während sie in die Schwerkraft der Wohnung hineingesogen wurde, wurden ihre Schritte immer lebloser, waren wie gelähmt.
Das konnte alles mögliche bedeuten. Sidner hatte den starken Wunsch verspürt, dieses Blatt aufzuheben, sie einzuholen und zu sagen: »Tessa Schneideman, erzähl mir, was du in dem Blatt gesehen hast«, und sich genau in dieser Spalte zwischen zwei Wirklichkeiten auf sie zu stürzen, in der sie

sich so offenkundig nackt gezeigt hatte. Genau, wie er oft davon geträumt hatte, Fanny zu überrumpeln. Zwischen der Hand und der beabsichtigten Geste. Zwischen den Lippen und dem Wort.

Die Tessa, die jetzt vor ihm stand, war eine dritte Tessa: Sie hatte aus fremden Partikeln eine fremde Identität zusammengefügt, und die stand ihr schlecht. Sie stand *ihm* schlecht, denn vielleicht war sie im Grunde ja wirklich so. Er mochte die Erscheinung nicht, und sie selbst schien sich auch nicht darin wohlzufühlen: Ihre Blicke irrten im Zimmer umher, und die Knöchel über den Riemen der Handtasche wurden weiß. Sie gab sich Mühe, unnahbar und kalt zu sein, ihre Stimme besaß nicht die professionelle Tragfähigkeit der Krankenschwester, aber auch nicht (wie er sich einbildete) Tessa Blakes Müdigkeit.

»Sie haben ein nettes Zimmer.«

»Ich bin sehr zufrieden.«

»Es ist hoffentlich nicht zu teuer.« Sie lächelte verlegen und trat ans Fenster, wandte ihm den Rücken zu. Sidner schob die Papiere zur Seite.

»Darf ich Ihnen etwas Tee anbieten?«

»Nein, danke, ich glaube nicht.«

»Aber Sie sind sich nicht sicher?«

»Ziemlich sicher.«

Er stand auf und trat zu ihr, stand gleich hinter ihrem Rücken.

»Tessa Schneideman...«

»Ich bin hergekommen, um Sie zu bitten, sich nicht in mein Leben einzumischen. Wer Sie auch sind. Eine Tessa Schneideman gibt es nicht mehr.« Das Schweigen war lang. Das abgewandte Gesicht vor ihm war still. Das Meer, das gegen den Strand anbrandete, war es nicht. Ein Vogel schwankte im Wind. Sidners Hände wollten auf ihre Schultern, deshalb trat er zur Seite und setzte sich aufs Bett. Irgendwo im Haus war Mrs. McPartland dabei, staubzusaugen. Aus der Küche hörte man das Geklapper von Teetassen.

»Das war alles ... was ich ... zu sagen hatte.«
Dann faßte sie sich wieder, wandte sich ihm zu, verknotete die Stimme, so daß sie schrill wurde und wie ein Vogel im Sturm über das Zimmer hinsegelte.
»Und ich hoffe, Sie respektieren das.«
Als sie auf die Tür zuging, stand Sidner auf.
»Tessa Blake, Sie sind der Schock meines Lebens. Daß Menschen sich so verwandeln können. Ich habe Ihre Briefe viele Male gelesen.«
»Welche Briefe?«
»Stellen Sie sich nicht dumm. Ich habe mich nicht in Ihr Leben einmischen wollen, ich wollte Ihnen nur zurückgeben, was Ihnen einmal gehört hat. Vor langer Zeit.«
»Ich will nichts von Ihnen haben.«
Sie suchte die Tür, wie man einen Rettungsring sucht. Aber ihre Augen kehrten zu ihm zurück.
»Wie haben Sie mich übrigens gefunden?«
»Judith Winther würde sich sicher freuen, wenn Sie etwas von sich hören ließen. Sie wohnt nicht weit von hier.«
Tessa Blake versuchte zu lächeln:
»Und wer ist das?«
Sidner hatte noch nie jemanden geschlagen. Jetzt schoß ihm die Reaktion vom Rückenmark bis in die Hand, die auf ihre Wange zufuhr. Sie taumelte, hob dann langsam den Blick zu ihm, drehte sich zum Bett, legte sich darauf und barg das Gesicht in dem scharlachroten Überwurf. Seine Hand brannte. Er stand noch immer da und starrte auf seinen Arm, als ihm bewußt wurde, daß sie weinte. Er setzte sich neben sie.
»Verzeihen Sie mir«, sagte er.
»Wer ist Judith Winther? Werden Sie nicht wütend! *Wer* ist sie?«
»*Weißt* du das nicht, Tessa Schneideman?«
»Ich kann mich an nichts erinnern.«
»Aber du weißt, wer ich bin?«
»Du bist ... ja, du bist Arons ... Sohn. Ich habe Briefe ge-

schrieben ... Du warst traurig, du saßest in einer Küche ... Schnee, es lag viel Schnee. Ich bin so müde, laß mich nicht allein ... Judith Winther ... sie hat in Taihape auf der Post gearbeitet ... Ist sie das?«
»Sie ist jetzt sehr alt.«
»Weiß sie ...?«
»Sie weiß nicht, wo du bist oder daß es dich noch gibt ...«
»Ich bin so müde ... so müde.«
Ihre Stimme erstarb, und er dachte zunächst, sie mache ihm etwas vor. Aber als er lange nichts als ihre gleichmäßigen Atemzüge vernahm, holte er eine Wolldecke und deckte sie damit zu. Im Sessel am Fenster ließ er die Stunden verstreichen. Genau dieser Schlaf war auch schon einmal über ihn hereingebrochen, als die Wirklichkeit ihn in ein allzu kleines Zimmer gesperrt hatte. Er hatte ihn während einer unbestimmten Zeit im Irrenhaus in sich wie in einer Puppe verwahrt. Die Barmherzigkeit in Form von Nebel und Flucht. Die zunehmend bedrohlichen Gestalten und Gedanken, die ihn von allen Seiten umringt hatten, lösten sich in ihm auf wie Tabletten in einem Glas Wasser. Eine unbestimmte Arbeit hatte damals tief in ihm ihren Anfang genommen. Der Frühling danach war zu einer wundersamen Zeit geworden: Es war, als wäre er an einem Strand an Land gekrochen. Als stünde er noch da, vor Dunkelheit triefend. Aber mit klarer Sicht. In reiner Luft. Und die Stimmen waren weit weg. Wie ein Orchester, das auf der anderen Seite eines großen Wassers probte.
Tessa richtete sich mit einem Ruck auf.
»Charles! Charles, wo bist du? Warum bin ich hier?«
Verzweifelt blickte sie sich im Zimmer um, stand auf und taumelte zum Spiegel.
»Wozu wollen Sie mich verleiten?«
»Tessa!«
»Ich muß nach Hause zu Charles. O nein, er ist im Krankenhaus ...«
»Tessa! Mrs. Winther wohnt in der Tinakori Road.«

Warum mußte er jetzt ausgerechnet das sagen!
»Ich meine, sie...«
»Und was soll ich ihr sagen? Worüber sollen wir sprechen? Vielleicht alte Erinnerungen auffrischen? Ist es das, was Sie wollen? Ist das der Grund?«
»Mrs. Winther mußte deinetwegen von Taihape wegziehen, Tessa. Wenn du traurig bist...«
Tessa nahm ihre Handtasche, zupfte ihre Kostümjacke zurecht und schrie: »Sie würde mich jedenfalls nicht mögen. So wie ich jetzt bin. Das muß doch auch dir klar sein.«
Sie schien ihr Spiegelbild mit ihrem Blick zertrümmern zu wollen und flüchtete durch die Tür.
Und auf ihrer Flucht zog sie eine ganze Reihe von Tagen mit sich. Sidner saß in einem luftleeren Raum, ohne sich rühren zu können. Daß Tessa wirklich verschwunden war, wurde ihm erst klar, als sie wieder vor ihm stand. Ein anderer Mensch, eine andere Stimme.

Ich habe nicht nach Hause gefunden. Ich hasse dich, Sidner. Ich lief durch die Straßen und kam in die Gegend, in der ich wohne, und konnte mich plötzlich nicht mehr an die Hausnummer erinnern. Daran, wie die Straße heißt. Es ist wahr. Ich blieb stehen, ganz still, mitten im Auge eines Sturms. Um mich herum war alles blank, es gab nichts, woran ich mich erinnern konnte, nichts. Es dauerte nur einen Augenblick, aber es genügte, um mich sehen zu lassen! Ich hasse dich dafür, daß du hergekommen bist. Als ich dann die Tür zu *jenem* Haus aufmachte und im Flur stand, in einer Art *dreamtime*, einem totalen *black-out*, gab es *nichts*, von dem ich wußte, daß es mir gehörte. Keinen Fingerabdruck, kein Buch, das nach mir roch. Ich versuchte, mich an Gespräche, an Gesichter zu erinnern. Nichts, Sidner. So viele Jahre und nicht eine Erinnerung! Das Schlafzimmer war aufgeräumt wie in einem Möbelkatalog. In der Küche lagen die Deckel auf den Herdplatten, kein Stück Brot auf der Anrichte, nicht eine übelriechende Mülltüte. Schließlich drehte ich mich um und ging wieder nach draußen. Als ich an den Strand kam, wurde es windig. Mein Hut wehte davon. Die Schuhe scheuerten an meinen Füßen, und ich schleuderte sie ins Wasser hinaus. Ich weiß noch, daß ich plötzlich die Handtasche spürte, daß ich sie aufmachte und Lippenstift und Schlüssel anstarrte, eine Nagelschere, ich weiß nicht, was sonst, aber es waren Dinge, die mir nichts sagten. Das Wasser war sicher glücklich, das alles zu bekommen. Zwei Tage bin ich am Strand entlanggegangen. Ich schlief und wachte auf, in einem absoluten Vakuum, ich begegnete einer Maori-Familie, die am Strand wohnte, sie wuschen, ein Kind saß auf dem Rücken der Mutter, die auf einem Waschbrett Kleider schrubbte, das Kind schaukelte, rauf und runter, rauf und runter, und mir war, als sähe ich zum ersten Mal seit langer Zeit einen Menschen mit natürlichen Bewegungen, einen Menschen, der etwas mit seinem Körper anfängt, und ich blieb dort sitzen, bis sie kamen und mit mir sprachen. Sie gaben mir Brot, breiteten eine Wolldecke über mich. Über mich? Ich wußte nicht, wer ich war. Der Name Blake zog aus der einen Richtung wie ein Drache an mir. Schneideman aus der anderen, aber nicht sichtbar, nicht zunächst ... doch dann erschienen vom Meer her Bilder, es wehte starker Wind, er schlug mir ins Gesicht, Sidner, mir ist so kalt, darf ich mich auf dein Bett legen, ich kann nicht zu Charles gehen, nicht jetzt, er macht sich bestimmt Sorgen. Daß er es mit mir ausgehalten hat! Manchmal habe ich solche Angst gehabt, er würde es nicht schaffen. Ich habe ja gehört, wie ich mich anhöre, wie schlecht ich ihn punktiere. Er ist so tapfer. »Liebe, davon kann man nie genug bekommen«, sagt er. Mit einem ganz unverstellten Lachen. Übrigens nein, es war doch sehr verlogen, dieses Lachen. Wieviel Liebe habe ich ihm eigentlich gegeben? Ich fahre ja jedesmal erschreckt zusammen, wenn er mich berührt. Alle Muskeln erstarren, ich liege still, bis es vorbei ist. Er tut mir nicht weh, er tut mir überhaupt nichts, aber ich habe ihn nie gebeten zu kommen, habe ihn nie *gewollt*, nie, weder seine Hände noch seine Umarmungen haben wollen, gib mir eine Decke, Sidner, meine Hände sind auf seiner Brust erloschen, ich habe ihm nicht erlaubt, mich zwischen den Beinen zu berühren, ihm meinen Körper Punkt für Punkt verboten, was habe ich ihm Gutes getan? Meine Sprache ist verstummt, ja, das war schon bevor ich ihn kennenlernte, meine Adjektive sind erloschen, meine Ausrufe, es schrumpft so. Ist es schon spät?«

»Es ist Mitternacht.«

»Und ich habe dich geweckt. Leg dich neben mich, ich kann dich da nicht sitzen lassen... Ich bin dir wohl schuldig, daß ich mich ausziehe.«

»Du bist mir gar nichts schuldig.«

»Es ist nicht sicher, daß ich nackt bin, nicht mal unter den Kleidern. Gib mir um Gottes willen eine Chance, Sidner.«

»Wem soll ich eine Chance geben?«

»Meiner ganzen Person. Der bis auf den Grund gefrorenen Mrs. Blake und der verschwundenen Tessa Schneideman. Es ist nicht sicher, daß es gelingt, vielleicht kann ich nicht lieben, gib mir eine Chance.«

»Ich werde neben dir liegen. Aber ich kann nicht...«

»Wegen Charles?«

»Jetzt nicht mehr.«

»Wenn *wir* liebten, würde ich vielleicht trotzdem *mit ihm* schlafen. Ich habe ja noch nie einen anderen Mann gekannt. Er stört mich nicht, er ist gut. Bin ich abscheulich? Wasch mir das Abscheuliche ab.«

Er saß auf der Bettkante. Ihn fror.

»War dein Haar... damals nicht dunkel...«

»Doch. Ist das für deine Phantasie wichtig?« Sie zog ihn zu sich herunter.

»Nein«, sagte er, »ist es nicht.«

Als hätte sich das Tor des Zorns weit geöffnet, als sähe er, daß er jetzt da war und daß es jetzt geschehen würde: Bilder der Rache kamen über ihn. Jetzt, du, Aron, begehe ich die Sünde aller Sünden.
Ich lösche dich aus, dann bist du nicht mehr vorhanden.
»Ich habe furchtbare Angst, Sidner.«
»Ich auch«, murmelte er. »Es ist so vieles im Weg. Mein Vater hätte bis hierher kommen sollen. Er hätte dir das Schmuckstück um den Hals legen sollen.«
»Was ist geschehen, Sidner? Nur eins ist sicher: Ich erinnere mich an nichts. Er war auf dem Weg hierher?«
»Jaa. Er sprang irgendwo auf der Überfahrt über Bord, das ist alles, was *ich* weiß. Vielleicht hatte er Angst, sich dir zu nähern.«
»Judith Winther hat von mir geschrieben? Hat sie das? Wo wohnt sie jetzt? Ist sie verbittert, weil ich nie etwas von mir hab hören lassen?«
»Ich glaube schon, jedenfalls hat sie ihren Posten verloren, weil sie dir geholfen hat. Man hat sie verfolgt, dein Bruder und andere ... als du verrückt wurdest.«
»Leg die Arme um mich.«
»Du und ich, vom selben Menschen verlassen.«
»Ich bekam solche Angst, als du hier auftauchtest und sagtest, daß du aus Schweden kommst. Ich habe deinen Namen wiedererkannt, wußte aber nicht, was das bedeutete, ich hatte alles verdrängt, alles. Hatte in all diesen Jahren ungeheure Angst davor, daß mich all das einmal wieder einholen würde.«
»Weißt du noch, was in dem Brief stand, mit dem du Aron das Schmuckstück geschickt hast?«
»Ja, ich glaube schon, aber alles ist so vage, es befindet sich auf der anderen Seite des Alptraums, der meine Vergangenheit ist. Ich habe mir damals geschworen, niemals wieder daran zu denken. Das ist mir auch gelungen, aber auf Kosten ...«
»Hast du nicht mal Arons Briefe gelesen?«

Sie erbebte, antwortete nicht, aber jetzt, als er sich an die Dunkelheit gewöhnt hatte, sah er ihre Augen glitzern, und sie schmiegte sich enger in seine Arme.

Als Aron nicht gekommen war. Als sie in ihrem neuen Kleid zurück zu Robert gegangen war, da war ein Dröhnen in ihrem Kopf gewesen. Der Regen durchnäßte sie. Triefend stand sie im Zimmer und holte alle Briefe hervor, seine Bücher. Las Robert laut vor:

»My heart aches, and a drowsy numbness pains
My sense, as though of hemlock I had drunk
Or emptied some dull opiate to the drains
One minute past, and Lethe-wards had sank:
'tis not through envy of thy happy lost
But being too happy in thine happiness...«

Ob es derselbe Tag gewesen war oder nicht, wußte sie nicht mehr. Aber geregnet hatte es. Und Robert hatte die Briefe genommen, die Bücher – er war betrunken – und sie auf den Hof geworfen: »Hier hast du deinen ganzen verdammten Mist.« In Strömen hatte es geregnet, er trat Briefe und Bücher mit den Stiefeln in den Schlamm, Keats, Shelley. Sie sah die gepreßten Rosen zwischen den Blättern, und die Stiefel sahen sie auch und traten auf ihnen herum, trampelten auf die weichen Zeilen, und da durchbrach so etwas wie ein Lichtstrahl das Chaos: das Lachen. Erst weit weg wie ein scheuer Finger des Winters, wenn er die Zipfel der Dunkelheit hebt, eine rosafarbene Dämmerung entblößt, und das Lachen entweicht, gerät in den Wind, den Regen, segelt durch das Wetter, betastet sie, findet Zugang und geht in die Adern, ins Herz, in den Hals, und sie liegt, die Hände um die Bücher, auf der Erde, ihre Finger unten in der Erde, und dort ergreift das Lachen ganz und gar von ihr Besitz, und Roberts Stiefel begegnen ihrem Gesicht, ihrer Brust, ihrem Bauch. Sie entwindet sich nicht, sondern wälzt sich in dem weichwarmen Schlamm, ißt ihn, schmiert sich ein, versucht aufzustehen, aber Robert tritt sie zurück, sie fliegt gegen den Boden, sie verliert ihren Hut, jedenfalls eine Kopfbedekkung, daran erinnert sie sich, das Haar kriecht wurmgleich in den Schlamm. Sie hört nichts, sieht nichts anderes als das, was der Körper weit weg von ihr tut, sie ist so tief in sich selbst, daß sie seine gekeuchten Wörter nicht versteht, sie sind viel zu groß, erstrecken sich über die Felder, hinauf zu den großen, groben Wörtern der Berge, die nicht in sie hineinreichen, sondern ihre Außenseite passieren. Es wäre ein Jahr nötig, um auch nur eine einzige Silbe zu verstehen, denkt sie, während Robert ihr das Höschen herunterreißt, die Briefe nimmt und sie ihr zwischen die Beine steckt. Sie wird ohnmächtig, sie erwacht.

Daß.

Sie steht auf. Auf dem Hof ist niemand, das Haus ist dunkel, und der Himmel ist gegangen und hat die Dunkelheit verlassen, sie geht auf die Schafe zu, hier ein Glöckchen, dort ein anderes, stolpert über die Kaninchenlöcher, bleibt liegen, es ist nicht kalt

DU

In den Schaffellen gibt es Wärme für ihre Finger Blut legt die Wange an ein Schaf nach dem anderen kriecht zwischen sie drückt Wange und Brust hoch und fühlt das Blut strömen es gibt Flecken auf jedem von ihnen das weiß sie spürt sie

Du VERFLUCHTE

und die Rotgefleckten flüchten zu den Hügeln hin aber als die Dämmerung kommt sieht sie das Blut es gibt Blut das für alle reichen würde es kommt aus dem Mund aus dem Arm aus der Brust fällt mit den Armen um ein Mutterschaf hier hast du meine rote Rose sagt sie

HURE

bleibt liegen

LETTER FUCKING

bis zum Morgen und einer Kirchenglocke unten im Tal die

sie nicht berührt dort wurden mal die Eltern begraben. Mrs. Winthers Postbüro kann sie sehen der Schmerz zwischen den Beinen dreht sich öffnet sich alle Briefe dort verknüllt im Monatsblut zieht die Fetzen heraus niemand kommt
FOTZE
einmal war er Kind an ihrer Seite auf einer Beerdigung hielten sie sich an den Händen die dann im Sägewerk gekappt wurden und in all den Jahren dieses wachende Schweigen schräge Blicke von unten als sie am Herd steht und sich nach den Büchern sehnt sich nach den Sonnenröcken der Gleichaltrigen unten an der Straße sehnt die kriechenden Abendstunden die Tür die immer abschloß der Schlüssel in der Scherbe und der Spiegel in dem sie immer mehr sah
VERGEBLICH
hinaus und kein Gott den man mit jemandem teilen könnte die Kirchenlieder die sie hinter der Scheune ausprobierte nachdem die Kirchenglocken geläutet hatten und Hände die Bücher hielten denkt sie hinter der Scheune beim Saukraut arme Leute Blumen wenn er wütend ist und sie schlagen will und niemand zu dem sie sich flüchten könnte und kriecht weiter im Regen mit gespreizten Beinen denn der Schmerz sucht sich den Weg zu einem Brunnen aber es gibt keinen und erwacht dann bei Mrs. Winther in dem geblümten Bett auf der Arzt aber daß sie es nicht sein lassen konnte zu lachen.

»Als ich hörte, daß Robert tot war, wagte ich, wieder gesund zu werden. Ich weiß noch, daß ich zu einem Bach hinter dem Haus ging, in dem ich damals wohnte, ich glaube, es war bei Freunden von Mrs. Winther, ich wusch mich, kämmte mir das Haar, schnitt mir die Fingernägel. Es war ein merkwürdiges Gefühl. Als jemand kam, beschmutzte ich mich wieder: Ich hatte Angst, Verantwortung übernehmen zu müssen, aber ich hatte begonnen zu *sehen* und eine Art Vernichtungsstrategie zu entwickeln. Eines Tages machte ich mich auf den Weg, nahm mir ein Hotelzimmer,

kaufte mir Kleider, ging zum Friseur, ließ mir das Haar färben, kaufte Schminke, zum ersten Mal in meinem Leben. Saß vor einem Spiegel und *übermalte* Tessa Schneideman. Es war eine mühselige Arbeit, es gab so viele Möglichkeiten auszuprobieren. Die Form der Augenbrauen, die Lippen, die Hautfarbe. Die Gesten der Hand. Ich saß in Restaurants und beobachtete andere Frauen, wie sie auf hohen Absätzen wippten, ihre Handgelenke drehten, es war erschreckend zu sehen, wie affektiert die meisten waren, wie manieriert. Welche Tricks es gibt, um sich zu verbergen! Welche Hysterie über Risse in der Maske, wie man sie abdichtet, überspachtelt, damit keine Dunkelheit entweicht.
In den Krankenhäusern war damals das Personal knapp. So wurde ich Schwester Tessa. Und ich lernte Charles Blake kennen. Er lag auf dem Rücken in seinem Bett, das Bein an einem Gestell aufgehängt, ich fühlte ihm den Puls, er leuchtete vor Dankbarkeit, war vollkommen ungefährlich. Umständlich erzählte er von Europa, von unschuldigen Taten, die ihn mit Schuldgefühlen erfüllten: Daß er einmal aus einem verlassenen Haus ein Papiermesser mit Perlmuttintarsien gestohlen habe, daß er auf einem Bauernhof ein paar Hühner getötet habe, weil er und seine Kameraden Hunger hatten. Er erzählte von Heidelandschaften und Kiefernwäldern, vom Zynismus seiner Mitsoldaten, die roher waren als er, von den Briefen an seine Mutter. ›Schlafen Sie jetzt, Herr Blake‹, sagte ich. ›Machen Sie sich keine Sorgen mehr, der Krieg ist so.‹ – ›Aber wie konnte *ich* vom Rausch des Stehlens gepackt werden, ich, Schwester Tessa? Obwohl es nur ein paar Mal passiert ist.‹ – ›Herr Blake, Ihre Situation war sicher sehr schwierig, denken Sie nicht mehr daran.‹ – ›Sie sind so verständnisvoll, Schwester. Ich muß Ihnen noch was erzählen, Schwester. Ich habe heute nacht von Ihnen geträumt.‹ – ›Ich hoffe, es war ein angenehmer Traum, Herr Blake.‹ – ›Nennen Sie mich Charles. Könnten Sie sich vorstellen, mich zu heiraten, Schwester? Sie brauchen jetzt nicht zu antworten.‹

So, wie er da lag, konnte er mich nicht treten, ich betete zu Gott, sein Bein möge nie mehr in Ordnung kommen. Er berührte nie etwas unterhalb von Schwester Tessas Oberfläche.
›Ich bin vielleicht nicht der aufregendste Mann der Welt, Schwester. Aber ich bin ehrlich und biete Ihnen Geborgenheit.‹
Ich dachte: Wenn er mich anrührt, kann ich ihn töten. Das war meine Sicherheit. Für den Rest des Lebens ein Objekt zu haben, das ich töten könnte. Es ist wahr, Sidner. Also habe ich ja gesagt. Und wachte morgens auf, die Arme fest um den Körper verschlungen, die Beine angezogen: zusammengekniffen. Diese Last, jeden Morgen mit diesen unfreiwillig abwehrenden Armbewegungen aufwachen zu müssen, um seine zärtlichen Hände wegzuschieben, zog mich zusammen wie eine Zitrone.
Ich war so wütend darüber, daß Robert starb, bevor ich Zeit gefunden hatte, ihn zu töten. In der Nähe von Charles entdeckte ich oft eine Geste, die in mir blieb, eine Geste, gegen die sich Charles wehren mußte, auch wenn sie gegen Robert gerichtet war. Der Ärmste! Meine Giftigkeiten, wenn er sich nähert! Wie ich das Zimmer enterotisiere, das Bett, die Landschaft, wenn er mich anrühren will. ›Die Hände waschen, Charles!‹ sage ich. ›Ich habe so schreckliche Kopfschmerzen‹, sage ich. Dann erlischt sein Feuer.«
In der Dünung ihrer beiden Namen, zwischen Glaube und Gleichgültigkeit, Lächeln und Verbitterung, Vergangenheit und Gegenwart, Hitze und Kälte, langem Schweigen und vielen Worten, zwischen Wachen und Schlafen preßte sie sich an ihn, Kind und Frau, ließ sie ihre Hände seine Brust berühren, aber ohne Leidenschaft, ohne Gegenwart, als hielte er seinen Arm um ihre Gedanken, knisternd, berstend wie das Eis weit draußen am Meereshorizont in der kalten nordischen Nacht, das Haupt schimmernder Kristalle unter seiner Hand in einem Zimmer auf einer Insel, so weit weg, daß jeder Schritt von hier, in welcher Richtung auch

immer, ihn nach Hause führen würde. Man kommt aber nie heim, wenn man nicht fort gewesen ist. Wenn man an diesem »anderen Ort« nicht ein Lächeln gefunden hat, eine Erfahrung, die einen verändert, und noch hatte er nichts gefunden, was sein ewiges Warten auf die Gegenwart der Welt erlösen konnte. So lagen sie dort, jeder vor der Tür des anderen, lauschten dem zunehmenden Wind, der die Fenster erzittern ließ, der Sterne vor den Scheiben zum Keuchen brachte, sie klopften vorsichtig bei der Trauer des anderen an, aber die Wände waren noch zu stark, um Wörter hörbar werden zu lassen, Signale werden ausgesandt, damit sie sich einander öffnen können.
Hinterher stand er auf und holte das diamantene Boot, legte es ihr um den Hals.
»Jetzt beginnt das Schwierige«, sagte sie.

VII

Die Hauptstraße war die Straße der Sonne.
Sie verlief so, daß sie manchmal morgens ein einziges Spiegelbild des Lichts war. Der Ball der Sonne paßte exakt zwischen die niedrigen Holzhäuser mit ihren Schaufenstern, die voll waren von glänzenden Äpfeln, von Uhren und Damenunterwäsche. Die Sonne brachte die Schaufensterpuppen bei Kahn dazu, schnell noch ein Lächeln zu zeigen, bevor die Leute vor ihre Türen traten, um zu blinzeln und den neuen Tag zu begrüßen. Die Hauptstraße begann im Osten am Marktplatz und endete hinten im Westen an der Kreuzung mit der Långgatan. Und auch Straßen wie die Långgatan mußte es geben, Straßen mit tiefen Schatten, und auch hier mußten Menschen wohnen, aber sie sehnten sich nach dem Licht der Hauptstraße, um sich zu wärmen, um Wörter zu sich in die Schatten zu holen. Die Pflastersteine glänzten in blauem Dunst und waren in diesen ersten Minuten der Morgendämmerung von einem Farbton aus Violett und Grün überzogen. Es gab Bäume, üppig grüne Gärten und schwere Baumkronen, die sich weit über die weißen Zäune streckten.
Es war die Straße der Pfauen. Zu Hunderten pickten sie Samen, die auf Milchwagenrädern vom Land gekommen waren, auf dem Weg zur Mühle von Ladeflächen mit prall gefüllten Kornsäcken heruntergeschüttelt worden waren, sie spazierten wie Kirchenälteste still umher, räumten den Bürgersteig vor der Bank, vor dem Schloß und bei Werners Farbenladen mit zuckenden Hälsen auf.
Wie hätte es sonst so sauber sein können? Wie sollte man sonst diese liebliche Farbe aus Türkis und Ultramarin verstehen, aus Jade und Lapislazuli, die während der Morgenstunden alles beherrschte, bis Clas Löfberg seinen Laden

öffnete und die grünweißgestreiften Markisen herunterklappte, und aus den Kellerfenstern der Neuen Konditorei Düfte von frischem Brot und Mandelhörnchen strömten.
Die Pfauen waren »eben« dagewesen. Hatten sich nur gerade so weit der Sichtbarkeit entzogen, wie nötig war, um die nicht zu stören, die nichts sehen wollten. Sie waren da, und manchmal konnte ich fühlen, wie sie ihre Schwanzfedern aufrichteten und damit meine Beine berührten, wenn ich mit den Schulbüchern unter dem Arm den Åmbergsbacken zur Schule hochtrabte und die Abkürzung durch den Garten des Staatsanwalts nahm, um zu sehen, nur um seine goldgelben Pflaumen anzusehen, die eine sättigende Süße ausstrahlten.
Ich wußte, daß die Hauptstraße die Straße der Reichen war, aber nicht weil sie Geld hatten, sondern weil ihnen die Sonne gehörte. Die Ladenbesitzer hatten sich zusammengetan, die Straße für die Sonnenstrahlen gebaut, und sie ehrten die heiligen Strahlen dadurch, daß sie Tür an Tür mit den Händen auf dem Rücken dastanden und die Straße entlangnickten, so daß sich der Morgengruß vom Kurzwarenladen am Markt bis zur Galerie am Korsvägen fortpflanzte. Und das bleibt ewig wahr.
Die Pfauen sind immer »gerade eben« hiergewesen.
Was stört es mich, daß sie sich als Tauben, als Spatzen verkleideten, mich haben sie nie getäuscht. Und auf den Balkons mit ihren anmutigen schmiedeeisernen Geländern und Bögen, die wie Tropfen unter wildem Wein und rankender Clematis hingen, saßen weißhaarige kleine Damen und winkten und ließen Billets, Briefe und Süßigkeiten, in Taschentücher aus feinster Seide gewickelt, auf den Bürgersteig hinabfallen. Was stört es mich, daß sich dieses *Manna* für mich in einem einzigen Brief konzentrierte, als ich eines Morgens mit Mama auf der Straße dahinpromenierte. Ich wußte damals nicht, wie einsam sie durch meine Geburt geworden war, ich wußte nicht, daß dieser Brief, der eine Einladung enthielt, das erste Anzeichen dafür war, daß sie

wieder von ihren früheren Freundinnen akzeptiert wurde, wußte auch nicht, daß es aber für sie schon zu spät war oder daß es den richtigen Zeitpunkt vielleicht nie gegeben hatte. Doch ich weiß noch, wie sie zum Balkon hinaufblickte und ein großes Lächeln zeigte, das mit dem Licht auf der Straße zusammenfiel, erinnere mich, wie sie die Hand hob und ihre langen Finger in die Luft streckte.
»Danke, es wäre wirklich sehr nett gewesen, aber leider haben wir keine Zeit.« Anschließend gingen wir nach Hause und tranken im roten Salon Tee.

Mama und ich lebten in einem Himmel aus Tee. Wir hatten beide einen Sessel aus rotem Samt, gehäkelte Decken und einen immer frischen Strauß mit Blumen aus Halldins Garten unten am Fluß. Es waren Chrysanthemen, Rosen und Freesien. Am liebsten mochte ich den milden Duft der Freesien, Mama forderte mich immer auf, an ihnen zu riechen, wenn sie ihre Stiele beschnitt und sie dann ins Wasser stellte. Ihre Hände glätteten das Tischtuch aus Damast auf der Tischplatte aus Birnenwurzel. Sie »lud mich ein«, mich hinzusetzen. Wir »gossen« nie unsere Tassen »voll«, wir »schenkten« ein, wir betrachteten die glänzenden Silberlöffel, rührten sacht den Tee um, die Tassen hatten ein Muster aus blauen Ranken in Blütenform. Wir hielten unsere Nasen über die Dämpfe und lächelten einander zu, und das war das einzige, was geschah, denn wir waren Wartende. Die Ereignislosigkeit war ein Privileg, und Mama glaubte, sie werde sich bezahlt machen: Eines Tages werde ein goldenes Ei im Briefkasten liegen, mochte es auch als Ansichtskarte von Sidner mit exotischen Briefmarken darauf und mit dem Bild eines rauchenden Vulkans oder steiler Felsen verkleidet sein, die zum Meer hin senkrecht abfielen. Jedenfalls bildete ich mir ein, daß sie dachte wie ich. Sacht rührte sie mit dem Teelöffel und ließ dann und wann einen Kommentar über den Kaffee hören, den »die anderen« tranken. »Es ist schon ein Glück, mein Junge, daß man nicht auf eine solche Plörre

versessen ist.« Ich liebte das Wort »versessen«, es erhob uns beide über das schlürfende, schmatzende, geschirrklappernde gemeine Volk der Stadt, mit dem ich eigentlich nie in Berührung kam. Nur gelegentlich ließ sie mich Beryl Pingel besuchen oder Sleipner, vereinzelt gelang es mir, bis in die Hotelküche vorzudringen, um die Soßenkönigin zu besuchen und mir ein Stück Kuchen oder ein Butterbrot zu erbetteln, aber ich merkte, daß Mama das nicht gefiel,und ich war ein gehorsames Kind, ganz und gar eingehüllt von ihrer Fürsorge und dem, was sie sagte. Das Wort »versessen« hob uns aus der Menge, und sie blinzelte mir zu, ich solle ihr Vertrauter sein in der Sicht der Welt um uns herum.
Wenn wir Tee tranken, befanden wir uns in einem besonderen Raum außerhalb der Zeit, an einem heiligen Ort, und wenn es gelegentlich vorkam, daß irgendein Kunde, irgendein vage bekannter Mensch sich auf einen dritten Stuhl setzen durfte, zogen wir zwei uns in einen noch innerlicheren Raum zurück, in dem wir unsere geheimen Codeworte gebrauchten. »Vielleicht sollten wir heute etwas Ceylon servieren, Victor? Glaubst du nicht, daß er zu diesem Wetter passen würde?« Oder: »Heute kannst du uns vielleicht etwas von dem Geräucherten servieren, Victor.« Wenn wir dann wieder allein waren, zuckte sie die Achseln und lachte: »Eigentlich heißt es doch, Perlen vor die Säue zu werfen, wenn man denen so was anbietet. Oder was meinst du?« Es gibt so viel, was ich mit diesen Teestunden verbinde: ihre Puffärmel, die an den Schultern wie kleine Wolken wogten, ihren hohen schlanken Hals, weiß und klar. Stille und das Warten auf die Post am offenen Fenster zur Straße hin.
Es wäre zu profan gewesen zu sagen, wir hätten den Tee »getrunken«. Wir »zelebrierten« ihn. Es war eine mythisch wiederholte, einem strikten Ritual folgende Handlung, die geeignet war, uns in einen Zustand der Teilhaftigkeit mit etwas zu versetzen, was nicht sichtbar gegenwärtig war, was sie aber scheinbar leichtfertig beschwor: das Leben selbst.
Die Untertasse in der einen Hand, die Tasse selbst mit der

anderen an die Lippen führend, die vor Schönheit erbebten, immer noch, pflegte Mama den Blick zum Fenster zu heben, ich sage »zum«, denn ich zweifle oft daran, daß sie das Fenster sah, das, was sich in ihm zeigte, den Wildrosenstrauch, die Ahornbäume auf der anderen Straßenseite; sie begnügte sich damit, die Idee eines Fensters zu sehen.
»Was für ein wunderbares Wetter heute. Es ist wie geschaffen für einen Spaziergang am See.«
Ich lernte allmählich abzuwarten, meine Lust, mein Ja zurückzuhalten, denn sie fuhr immer fort: »Wenn ich bloß nicht soviel zu tun hätte.«
Dann, nachdem ich also gelernt hatte, sie nicht zu unterbrechen, fühlte sie sich erleichtert und konnte sich ihren Träumen überlassen, ihnen zwischen die Weidensträucher folgen, die über das Wasser hingen, konnte die Füße auf den imaginären Wiesenabhang setzen, auf dem im Frühling der Körnersteinbrech mit seinen weißen Blüten stand, es kam vor, daß sie mit den Händen über die Birkenstämme am Seehäuschen strich und ein wirklich schönes Bild des Sonnenuntergangs malte, beschrieb, wie wir dort beisammenstanden und global waren.
»Wenn du in dieser Richtung viel weiter fährst, kommst du nach Neuseeland (was ich nie getan hätte). Genau auf der anderen Seite der Erde. Stell dir vor, wir würden hinfahren und...« Sie lächelte, bevor sie dieses ihr schönstes Wort in Besitz nahm: »... und ihn überraschen!«
Damit war das Glaubensbekenntnis der Teestunde ausgesprochen, der Gipfel war erreicht. »Überraschen«, das bedeutete, aus der grauen Wirklichkeit auszubrechen, die Zusammenhänge aufzugeben, neu zu sein. Wie ängstlich war sie eigentlich? Ich weiß es nicht, durchschaute sie damals nicht, weiß nur, wie wir uns gegenseitig eine Weile Herzklopfen bereiteten und übermächtige Leidenschaftlichkeit, indem wir die Aussicht betrachteten, die ein solches Wort ermöglicht hatte: Zu unseren Füßen breitete sich die Welt aus wie ein Fächer aus Versprechungen, das Meer kräuselte

sich, es glitzerte und spielte vor lauter Delphinen und fliegenden Fischen, und irgendwo zwischen tropischen Pflanzen erstarrte jemand unter unserem Anblick, jemand, der jetzt alles losließ, was er in Händen hatte, und auf uns zurannte, um uns zu umarmen.
Und doch waren wir nicht einmal aus dem Haus gegangen. Wir hatten keinen einzigen Schritt gemacht, und die Tasse senkte sich auf die Untertasse und die Untertasse auf den Tisch, und der Tisch hatte Beine, und darunter war der Fußboden. Ich armer, sündiger Mensch.
»Er würde sich wohl nicht freuen. Nun, über dich schon, aber was hätte ich da zu suchen?«
»Sag so etwas nicht, Mama!«
»Doch«, sagte sie, »man muß realistisch sein und darf sich nicht so wegträumen.«
Aber ich, der ich in die Traumwelt hinausgelockt worden war, ohne mich dagegen wehren zu können, war mit dem Blick in diesem imaginären Meer steckengeblieben, das sie aus Tee und Stille erschaffen hatte. Ich trank den letzten Schluck und schloß die Augen. Aber die Wellen glitzerten nicht mehr so deutlich wie eben noch. Ein kalter Windhauch fuhr mitten durch mein Blickfeld, durch die tropische Vegetation bewegte sich eine Schlange.
Ich war wohl zu jung, um zu begreifen, daß es für sie ein schwerer Rückzug war, ein mühsamer Weg auf Stoffe, Knöpfe und Ösen zu.
»Aber du kannst es dir leisten, es eines Tages zu tun. Du wirst da draußen stehen und ... Fandest du den Tee gut?«
»Ja, Mama.«
»Hol mal das Lexikon, und laß uns die Bilder ansehen.« Das hatten wir schon oft getan, und so wie man einem Musikstück wieder und wieder lauscht, konnten wir das Mysterium jedesmal neu erleben, indem wir den Abschnitt über Neuseeland aufschlugen: Die Fotografien hörten nie auf zu leuchten, die blanken Buchseiten waren wie die Innenseiten ihrer Arme.

»Da hast du die gewaltigen Berge der Südinsel. Sie sind über dreitausend Meter hoch, von ewigem Schnee bedeckt. Du mußt dich warm anziehen, obwohl es so weit südlich ist, denn dort, auf der anderen Seite des Äquators, ist der Süden das gleiche wie bei uns der Norden.«
Es war schwierig, eine solche Äußerung richtig zu verstehen.
»Ist das da, wo Sidner wohnt?«
»Nein, er ist auf der Nordinsel. Hier vielleicht.«
Ihre Finger berührten meine, als sie das blanke, glatte Papier streichelte.
»Du wirst sehen, wie viele Schafe es dort gibt.«
Die Kleinkinderzeit war vorüber, ein Mäh-Mäh reichte als Antwort nicht mehr aus, so daß ich sagen wollte: »Aber wirst du sie nicht auch sehen, Mama? Wirst du dich nicht auch warm anziehen müssen?«
Doch ich begriff, daß ich dort unten allein würde zurechtkommen müssen, wenn ich erwachsen war, und vielleicht war *das* die tiefere Botschaft dieser heiligen Festtagsstunden.
Was andere Ereignislosigkeit nennen, das ist für mich etwas, das wie der Brokat ihres Kleides schimmert, wenn sie die Beine übereinanderschlägt, wenn sie die Hand an die Wange legt und wenn ein Ring in der Nähe ihrer Schläfe glitzert. Wenn sie mich dann bittet, das Tablett hinauszubringen, und mir klar wird, daß wir diesen Raum verlassen werden, macht mir das nichts aus: Noch sitzt jeder von uns auf seinem Samtstuhl. Es dampft aus den Tassen, während die Monate zu Jahren werden.

»Wann kommt Sidner wieder?« fragte ich eines Tages, als wir auf der Hauptstraße spazierengingen. Ich sagte Sidner, denn damals wußte ich nicht, daß er mein Vater war. Das

Wort Vater hatte keine Bedeutung für mich. Ich war noch dabei, mich aus ihrer Bluse zu befreien, und hatte eben erst die Welt entdeckt, doch die bestand nach wie vor zu einem großen Teil aus der durchsichtigen Kühle ihrer Blusen, bestand aus schimmernden Perlmuttknöpfen und der Bernsteinkette, die auch blitzte, wenn ich auf ihrem Schoß saß und sie mit ihr spielte. Mama bestand aus Düften verschiedener Parfums, die sie mich riechen ließ, indem sie ihre Ohrläppchen zu mir hinabsenkte. Ich war ein Teil von ihr. Es wäre unpassend gewesen, etwas so Merkwürdiges wie einen »Vater« einzuführen. Sie war mein Morgen und mein Abend. Sie war die wache Seite der Träume und die Traumseite der Wachheit, sie hielt meine Hand in ihrer, und wenn ich aufblickte, machte ihr Hals eine Drehung zu den Schaufensterpuppen des Modegeschäfts hinüber, und ich sah eine verächtliche steile Falte zwischen ihren Augenbrauen, als sie die gespreizten Finger der Puppen sowie die für ihren Geschmack billigen Kleider musterte, eine Verächtlichkeit, die ich später als ihren Schutz gegen das Absinken verstehen lernen würde. Sie war *erhöht* durch die Verachtung des Billigen und Kleinstädtischen und sah nicht ihre eigene Gefangenschaft darin, hatte nicht die Fähigkeit, sich aus eigener Kraft zu befreien. Und schon wandte sie sich wieder mir zu.

»Du kleiner Telemach!«

Natürlich war sie sich nicht bewußt, was sie mir zumutete, als sie mich mit dieser mythischen Form umgab. So wie man eine Pfefferkuchenform in den Teig drückt, trennte sie mich von der Straße, den Häusern und dem Naheliegenden.

»Warum sagst du so etwas, Mama?«

»Oh«, erwiderte sie, und ihre Mundwinkel spielten nervös wie kleine Wellen draußen auf dem Meer. Sie ließ sich Zeit damit, eine Haarlocke zurückzustreichen, die ihr in die Stirn gefallen war, grüßte mit einem gemessenen Kopfnikken einen Passanten, blieb kurz vor einem neuen Schaufenster stehen, um sich darin zu spiegeln. Es war die Galerie. Dann machten wir kehrt, der Rock wirbelte. Es entstand Raum um das Schweigen mit diesem »Oh!«, mit dem Seidenpapier um das Geschenk, das Papier mit den Schnüren. Oder war es nur so, daß sie zu antworten vergaß und allein auf ihren Träumen davonsegelte? Vermutlich war es so. Eine einfache Frage hatte sich in zwei verwandelt, in zehn, in eine unendliche Reihe von Fragen, die nie ein Ende haben würde und in deren Labyrinth ich immer noch umherwandere. Ein Windhauch in den Linden, eine Ahnung von einer Welt außerhalb ihrer selbst. Ich drückte ihre Hand fester, um ihr zu helfen, sich nicht zu vergessen.

»Das ist eine lange Geschichte«, erwiderte sie. »Jetzt gehen wir und kaufen uns ein Stück Kuchen. Du darfst dir aussuchen, was du willst.«

Ich glaube nicht, daß sie mir an jenem Tag antwortete, vielleicht auch nicht in jener Woche: Es kam immer etwas anderes dazwischen.

Details, die sie vor sich hielt.

Zeit bedeutet für einen Erwachsenen nicht das gleiche wie für ein Kind. Ein merkwürdiger Name hatte sich in meiner Seele einen Platz herausgemeißelt. Das Stück Prinzeßtorte stand grün und mit Puderzucker überzogen auf dem Tisch, die Teetasse dampfte, und ich fragte wohl, warum Sidner so lange brauche.

»Oh«, erwiderte sie wieder. Diese ganze Kindheit war mit ihrem abwehrenden »Oh!« erfüllt. Es war, als wäre es ihr an einer Art Kreuzweg entfahren, an dem sie sich nicht entschließen konnte, welche Richtung sie einschlagen sollte. Vielleicht wußte sie wirklich nicht, was sie antworten sollte. Ich bin mir nicht sicher, wie groß ihre Kenntnisse der gefahrvollen Fahrten und Irrfahrten des Odysseus waren, auch wenn ich sie immer wieder bat, das Buch zu lesen. Vielleicht flatterten einzelne Namen an ihr vorüber. Nausikaa, die Insel der Phäaken, Scylla und Charybdis, der Zyklop. Sollte sie sich tatsächlich irgendwann früher einmal die Zeit genommen haben, dieses oder auch nur irgendein anderes Buch zu lesen, und zwar gründlich und für sich selbst? Immerhin hätte sie sich wohl gern an fremden Orten aufgehalten, wie etwa in der griechischen Inselwelt, so wie sie in ihren Träumen früher in einer Art schwärmerischer Teilnahme mit Sven Hedin durch das Pamir geritten war, je ferner, um so besser. Sie ernährte sich von dem Fernen, dem Unkontrollierbaren, holte sich die Kraft zum Weiterleben durch den Glauben, am Entlegenen teilzuhaben, und dadurch, daß sie einzelne blitzende Fragmente einer bewundernden Umwelt gnädig zum Geschenk machte, mochte diese auch nur aus einem Kind bestehen. Geduld besaß sie nicht. Sie hatte Angst davor, andere als vage Antworten zu geben, weil sie eine starke Intuition besaß, wenn es darum ging, Wahrheiten zu berühren, die für sie gefährlich waren. Jetzt wich sie aus:

»Er ist mit ziemlicher Sicherheit schon auf dem Weg nach Hause.«

»Aber *warum* dauert es so lange?«

»Odysseus brauchte zehn Jahre.«

Damit war sie wieder über die Schwelle ihrer Träumereien gestolpert und wünschte, es wäre ungesagt geblieben.

Ich habe keine Geschichte. Ich bin gezwungen, sie aus Fragmenten zu erschaffen, aus Bildern starker Erinnerungen, aber ich brauche Ganzheit. Vielleicht *hatte* sie das Buch gelesen. Vielleicht bringe ich auch meine eigenen späteren Leseerinnerungen durcheinander. Eines ist jedoch gewiß: Sie liebte Sidner-Odysseus, solange er fort war und sich in ihren Träumen heimwärtskämpfte, und das so stark, daß sie vorübergehend zum Medium wurde und mir mit geschlossenen Augen erzählte, was er auf »den Meeren« so trieb. Ich weiß nicht, ob es »echte« Vorstellungen waren, wenn sie hinter die Vorhänge ihrer Augen trat und mit der Stimme einer im Dunkeln tastenden Schauspielerin nach geeigneten

Kulissen suchte. Bald befand sich Sidner-Odysseus in wilden Bergen auf einsamen Schaffarmen, bald führte sie mich an einen von Palmen gesäumten Strand, wo sie ihn mir zeigte, wie er, nicht um unsere Gegenwart wissend, Feuer machte und ein Wildschwein oder einen Hirsch briet. Immer befand er sich in irgendeiner großen Gefahr. In einer Höhle wohnte ein Riese mit einem Auge, der Zyklop. Er hatte Sidner eingesperrt, um ihn aufzufressen. Aber er – Sidner? Odysseus? – ersann eine List und rammte dem Riesen einen Baumstamm ins Auge und befreite damit auch viele andere. Es gab Hexen, Frauen, die von einer Seite sehr gut aussahen, die aber beispielsweise ohne Rücken waren oder einen Schwanz hatten. Alle waren sie hinter ihm her, sangen schöne Lieder und legten ihm die Arme um den Hals. Ich saß atemlos da, wenn sie erzählte, und glaubte sogar, als sie das Buch schließlich eines Tages mit nach Hause brachte, daß Odysseus Sidners Abenteuer gestohlen hatte, kam aber dann auf den Gedanken, daß *es so also ist* zu reisen. Wer immer sich in die Ferne begibt, muß bereit sein, mit Riesen, ihn umschlingenden Frauen und verführerischem Gesang fertig zu werden, und diese Theorie ist eigentlich durch nichts widerlegt worden.

Mit der Zeit bekam ich es satt, sie ständig ihre Geschichten mit einem ausweichenden »Oh, ich weiß nicht, wie es weiterging« beenden zu hören und zu sehen, wie sie sich über die Schläfen strich, als hätte sie Kopfschmerzen. Ich wollte die Wahrheit kennenlernen, wollte wissen, was sich hinter den wenigen Worten auf den Ansichtskarten oder in den Briefen verbarg, die sie erhielt und von denen sie mir nur Krümel wie ein »Sidner läßt grüßen« oder »Sidner ist angeln gewesen und hat einen riesengroßen Fisch an Land gezogen« überließ. Ich mußte erfahren, wer ich, Telemach, war.

Was für ein Gutenachtmärchen! Sie saß in ihrem Morgenrock auf meiner Bettkante und las mir vor, erst zögernd, als wolle sie mir bedeuten, was da stehe, sei langweilig, unbegreiflich und mit viel zu vielen schwierigen Wörtern ausgedrückt, aber da ich keine Anzeichen von Erschöpfung zeigte, las sie weiter und weiter.

»Aber mich kränkt in der Seele des weisheitsvollen Odysseus
Jammergeschick, der so lange den Seinigen ferne sich abhärmt,
Auf der umflutheten Insel, in einsamer Mitte des Meeres.
Rauh ist die Insel von Wald, und der Göttinnen eine bewohnt sie.«

Ihre Augen füllten sich mit Tränen, und wir hielten uns bei den Händen, während sich die strahlenäugige Göttin Athene leicht wie ein Windhauch über Meer und die unendliche Erde hinweg uns näherte.

»Stand nun in Ithakas Reich am hohen Thor des Odysseus,
Dort an der Schwelle des Hofs, und trug die eherne Lanze,
Gleich an Gestalt dem Gaste, der Taphier Könige Menthes.
Jetzo fand sie die Freier, die Üppigen, die vor des Hauses
Doppelter Pfort' ihr Herz mit Steineschieben erfreuten,
Hin auf Häute der Rinder gestreckt, die sie selber geschlachtet.
Herold' eileten auch und rasch aufwartende Diener;
Einige mischten des Weins in mächtigen Krügen mit Wasser;
Andre, nachdem sie die Tische mit aufgelockerten Schwämmen

Säuberten, stellten sie vor und zerlegeten
Fülle des Fleisches.
Aber zuerst sah jene der edle Telemachos
annahn.
Denn er saß bei den Freiern, das Herz voll
großer Betrübniß,
Denkend des Vaters Bild, des Herrlichen, ob
er doch endlich
Käme, den Schwarm der Freier umher zu
zerstreun in der Wohnung,
Selbst dann nähme die Ehr' und die eigene
Habe beherrschte.
Also gesinnt in der Freier Versammlung,
schaut' er die Göttin;
Stracks dann eilt' er zur Pforte, denn
unanständig erschien es,
Daß ein Gast an der Thür erst harrete;
nahe gestellt nun,
Faßt' er die rechte Hand und empfing
die eherne Lanze;
Und er begann zu Jener und sprach die
geflügelten Worte:
›Freude Dir, Gast; sei herzlich willkommen
uns! Aber nachdem Du
Dich am Mahle gelabt, verkündige, was
Du begehrest.‹«

Mit welcher Botschaft sie erschien, die strahlenäugige Göttin! Sidner lebte. Er war auf dem Weg zu uns, und sie sagte, ich sähe ihm sehr ähnlich, und durch Telemachos, den verständigen Jüngling, erwiderte ich:

»Gern will ich's, o Gast, Dir verkündigen,
ganz nach der Wahrheit.
Meine Mutter, die sagt's, er sei mein Vater;
doch selber

Weiß ich's nicht; denn von selbst weiß
Niemand, wer ihn gezeuget.
Wär' ich doch viel lieber ein Sohn des
beglückteren Mannes,
Dem bei eigener Habe gemach annahte
das Alter!
Doch der dem traurigsten Loos aufwuchs
vor den Sterblichen allen,
Ist, wie man sagt, mein Vater; dieweil Du
solches mich fragest.«

Mein Zimmer hatte Tapeten mit einem brandgelben Muster: Und nachdem Mama sich entfernt hatte, ohne die Tür ganz zu schließen, so daß ein Lichtstrahl auf den Fußboden fiel und ich hören konnte, wie sie sich im Salon auf einen Stuhl setzte (was sie dort tat, wenn ich zu Bett gegangen war, habe ich nie erfahren, und wenn ich mal aufstand, weil ich aus den Hosen mußte, und sie sah, saß sie ganz still da, ohne zu lesen, ohne zu stricken), verwandelte sich die Tapete in eine Karte mit Inseln, Kanälen und Meeren. Sidner kämpfte da draußen, und vielleicht war er mein Vater. Mama hatte genickt, aber als wäre es ohne Bedeutung, und wenn er es war, war er ein Geschenk, etwas, worauf ich warten konnte, bis die Stürme sich gelegt hatten. Und wenn er mein Vater war, dann war Mama meine Mutter, und wenn Sidner Odysseus war, war Fanny Penelope, und ich... »... ging zur Ruhe, das Herz voll reger Gedanken.«

»Wo sind alle deine Freier, Mama?«
Ich saß auf meinem Stuhl am Teetisch, ein Kristall aus Neugier in der stillen Dämmerung, in der man durch das offene Fenster hören konnte, wie ein Nachbar seinen Kiesweg mit langen, gleichmäßigen Zügen harkte, bevor der Sonntag

eingeläutet wurde. Mama zog die Gardine zurecht, staubte das Fensterbrett ab, schüttelte das Staubtuch aus, stellte den Freesienstrauß um, diese milddufenden Blumen, die nur unter Schweigen, Erinnerung und Erwartung auf sich aufmerksam machen, stellte sie auf den Flügel und blieb stehen, um mich anzusehen.
»Oh! Wie kannst du so etwas glauben.«
Ich begriff nicht, wie sie das sagen konnte. Eine wahre Penelope setzt zahlreiche Freier voraus, die Hausflur und Salons mit Lärm erfüllen, hier war es ruhig und leer. Sie hatte mich in eine Welt geführt, in der alles seinen Platz hatte, sichtbar und wohlgeordnet, und die ihr Ende darin finden konnte, daß Sidner zurückkehrte. Ich war Telemach, ich war Teil dieser Welt und würde ihm beim Endkampf beistehen. Aber dazu mußte es erst noch kommen. Jetzt zerstörte sie das feine Gewebe aus Gedanken, das sie um mich herum gesponnen hatte, da sie ihre Gedanken aus der Erwachsenenwelt falscher Anständigkeit und unbegreiflich verbotener Laster nahm, zu der ich noch keinen Zugang hatte. Sie eilte in ihrem Korridor aus Empfindsamkeit zu mir hin und umarmte mich.
»Wie kannst du so etwas von mir glauben!«
Wann sieht man einen Menschen zum ersten Mal? Wann löst er sich von den Vorstellungen, die man von ihm hat, und wird zu einer selbständigen Person?
Ich hatte etwas völlig anderes erwartet: daß das Muster auch weiterhin stimmen würde. Sie Treue und Warten, ich Erwachsenenproben ablegend. Welche Freude hätte nicht herrschen dürfen, wenn sie gesagt hätte: »Oh, sie stehlen sich nachts hierher. Hast du sie nicht bemerkt?«
Ich starrte den Flügel an. Seit Sidners Abreise hatte niemand auch nur einen Ton auf ihm gespielt, nur Mamas Staubtuch war dann und wann von Dunkel zu Hell, von Hell zu Dunkel geglitten.
»Dann lügst du, Mama.«
Wir betrachteten einander aus zwei getrennten Ländern,

von sich gegenüberliegenden Bergpässen, und Brückenpfeiler lösten sich, Wachtposten und geschulterte Gewehre. Zum ersten Mal verstanden wir die Sprache des anderen nicht. In diesem Moment hatten wir nichts gemeinsam. Sie sprach aus ihrem Land.
»Wie kannst du so etwas sagen?«
Und ich aus meinem, den Tränen nahe.
»Du *mußt* Freier haben, Mama. Wie Penelope.«
»Oh, meinst du wirklich?«
Aber es war zum Teil schon zu spät.

Ich hatte nur sehr dunkle Vorstellungen davon, was ein Freier eigentlich war, aber als ich jetzt im Begriff stand, Selbständigkeit zu erfahren, außerhalb ihres Willens und ihrer Reichweite, war mir klar, daß ein Freier jemand sein mußte, der Klavier spielen konnte, um sich mit Sidner schlagen und von ihm besiegt werden zu können. Onkel Källberg, der Uhren aufzog und Klaviere stimmte, wurde mein erstes Opfer. Er war ein sehr alter Mann mit einem weißen Schnurrbart und einer Brille, die ihm ständig auf die Nasenspitze herunterrutschte. Als ich ihm eines Tages nach der Schule begegnete und er mich wie gewöhnlich bat, Mama zu grüßen, sagte ich, sie würde gern ihren Flügel stimmen lassen.
»Ach so, bist du der Junge, der zu spielen begonnen hat?«
»Das werde ich«, erwiderte ich. »Paßt es am nächsten Sonnabend? Der Flügel muß gestimmt sein, wenn Sidner von seiner Reise zurückkommt.«
Onkel Källberg kratzte sich an der Nase.
»Kann ich mir denken. Wann ist der große Tag?«
»Das steht noch nicht fest«, sagte ich, als hätte ich in dieser Frage mitzuentscheiden.
Als er kam, saß ich auf einem Stuhl neben der Tür. Mama hatte ich gesagt, Onkel Källberg habe gefragt, ob er nicht mal hereinschauen und den Flügel stimmen dürfe, und Mama hatte eine fragende Miene gemacht, aber nicht wider-

sprochen. Mit einem Lächeln auf meinem Henkersgesicht zeigte ich so auf die schweigenden Tasten, daß er gleichzeitig die Teetassen und den Kuchenteller sah. Wir waren allein im Salon. Fanny war dabei, den Laden zu schließen, und ich sah seine Hände im geöffneten Flügel wühlen. Sie waren alt und runzlig. Im großen Endkampf würde er ein leichtes Opfer sein, ob es nun ums Bogenschießen oder ums Klavierspielen ging. Als dann Mama und er am Teetisch saßen, wartete ich voller Eifer darauf, daß er sich etwas einfallen ließ, das ihn zum Freier qualifizierte, daß er ihr etwa die Hand aufs Knie legte oder ihr etwas ins Ohr flüsterte, kurz gesagt etwas, was mir nicht gefallen, was mich ausschließen würde, aber nichts geschah. Källberg sprach von den kranken Beinen seiner Frau, und Mama bedauerte sie. Er aß von unserem Kuchen, den ich selbst serviert hatte, aber er aß nicht einmal gierig. Die Begegnung war ein Fiasko, doch ich dachte nicht daran aufzugeben.

»Könnten wir nicht ein Fest geben, Mama?«

»Njaa, wie kommt du denn darauf?«

»Wir haben es ... so schön hier«, sagte ich, statt einzugestehen, daß das Schweigen mich nicht mehr befriedigte.

»Aber ich kenne doch niemanden.«

Das mochte stimmen, doch ich appellierte an die mythische Vergangenheit, als Sidner am Flügel gesessen hatte.

»Du kannst ›Janssons Versuchung‹ machen und diese kleinen Fleischklößchen. Wie früher. Und dann kommen ein paar Leute, die Klavier spielen können, Kantor Jancke zum Beispiel.«

»Ja, er hat eine gewisse Bildung.«

»Und die Hagegårds.«

»Vielleicht. Die haben Kinder, dann hast du auch jemanden. Zum Spielen.«

Ich schnaubte. Ich spielte doch nicht. In der Schule hielt ich mich meist abseits von den anderen und begriff nie, was für einen Spaß es machen sollte, hinter einem Ball herzulaufen oder auf einem Bein herumzuhüpfen. Statt dessen las ich unter der Schulbank heimlich Bücher und trug sie im Mantel versteckt mit mir herum, las auch in den Pausen. Die Welt der Bücher war viel phantastischer als die wirkliche. Fannys Gift wirkte schon.

»Du mußt das rote Kleid anziehen, und wir brauchen Tischkarten. Du mußt in der Mitte sitzen, damit alle sehen, wie schön du bist.«

»Wer soll denn noch kommen?«

»Das werde ich mir noch überlegen.«

Ich schlich auf den Straßen herum und warf meine »verständigen« Blicke durch die Schaufenster sämtlicher Läden, um geeignete Opfer zu finden. Die Stadt sah mit einem Mal ganz anders aus, die Menschen erhielten neue Funktionen, andere Gesichter. Sie wurden taxiert, beschlagnahmt, erhöht, verschoben. Ich wurde kühn und einfallsreich, als es galt, den Kandidaten auf den Leib zu rücken. Öffnete die Tür zu Clas Löfbergs Laden. Als er endlich Zeit für mich hatte, fragte ich, ob er Mama gesehen habe. Auch Kalle Österberg erhielt Besuch von mir und durfte mich auf die Toilette hinter dem Laden lassen. Der gewaltige Onkel Kahn mit seiner Adlernase, seinen buschigen Augenbrauen und dem welligen Haar konnte mir keine Fahrradpumpe leihen. Und dann war da noch der Friseurmeister Jönsson aus Schonen. Ihm haftete so etwas wie »gutes Essen« an, und das kam mir gerade zupaß. Er war rund wie eine Kugel, hatte Fettwülste im Nacken und unter dem Kinn, seine Hände waren kurz und schlaff. Er wiegte sich in seinem Friseursalon hin und her, stand da mit seinem weißen Kittel und sprach Schonen-Dialekt. Überdies hatte er den einzigen Schnurrbart seiner Art in ganz Sunne, richtig ausländisch, kurz, scharf geschnitten und vielleicht gefärbt, denn er leuchtete in einem seltsamen Rot. Oh, ich konnte ihn richtig vor mir sehen, wie er an unserem Tisch saß und schmatzte und unseren Wein genoß und unsere Sülze in Aspik, und unsere Rache würde furchtbar werden. Eigentlich bedauerte ich ihn und sein bitteres Schicksal, denn es war immer ein Fest, zu ihm zu gehen und sich die Haare schneiden zu lassen: Es roch gut aus seinen blauen und grünen Flaschen, er hatte Unmengen von Wochenzeitschriften, und stets hoffte ich, es würden viele Leute da sein, damit ich warten mußte und genügend Zeit fand, die Comics zu lesen und mir die süßen Düfte aus Flaschen und Tuben in die Lungen zu ziehen. Wir waren noch nicht ganz bis zum Ende der Odyssee vorgedrungen, und ich war mir also nicht ganz sicher, ob er wirklich sterben mußte, vielleicht würde eine kleine Schnittwunde und ein furchtbarer Blick ja ausreichen. Mama sah erstaunt aus, als ich ihn ihr als möglichen Gast präsentierte, warum gerade der? Wir pflegen keinen Umgang, und seine Frau ist sehr krank. Daß Jönsson eine Frau hatte, daran hatte ich nicht gedacht, aber ich sah in Ehefrauen kein direktes Hindernis. Ich konnte die furchtbare Wahrheit, die hinter meinem Plan steckte, nicht enthüllen, sondern sagte nur, ich fände sein Lachen so lustig. So wie die Götter des Olymp verschiedene Lebenseinstellungen repräsentieren und verschiedene Temperamente, wollte ich, daß auch unsere Gäste so verschieden wie möglich sein würden. Da gab es noch einen Lehrer, der nicht weit von uns wohnte, über den Mama gesagt hatte, er sei »schauerlich einsam«. Er hieß Bergman und hatte von dem Tag an, an dem Mama ihren Ausspruch tat, ein völlig anderes Aussehen. Er war ein hochgewachsener und magerer Mann, trug stets gut gebügelte Anzüge und schwarz glänzende Handschuhe, die er auf dem Rücken hielt. Bei Begegnungen mit Menschen zog er höflich den Hut, ohne zu lächeln. Er war Mathematik- und Physiklehrer an der Realschule, und den schon früher über ihn vereinzelt gefallenen Sätzen zufolge war mir klar, daß er ebenso wie alle anderen einsamen Menschen ohne Kinder gefährlich war. Bevor Mama seine »schauerliche Einsamkeit« erwähnt hatte, war er mir als ein Teilchen des Puzzles des Erwachsenenlebens erschienen, das sicher irgendwo hineinpaßte, und jetzt konnte ich nicht anders, jetzt mußte ich ihm folgen und ihn näher in Augenschein nehmen. Und siehe da! Ich sah diese »schauerliche Einsamkeit« in seinem ganzen Gesicht. Ich las sie ihm von den ernsten Augen ab, von den Stirnfalten, den fallenden Winkeln der vergrämten Lippen. Ich sah die Einsamkeit in seinen Handschuhen, dem Hut, den scharfen Bügelfalten seiner Hosenbeine. Es war überwältigend. Schon von weitem spürte ich, wie sich mir die »schauerliche Einsamkeit« näherte, ein kalter Wind an einem warmen Sommertag. Als er einmal in seiner Wohnung über den Schwestern Cederblad verschwunden war und hinter vorgezogenen Gardinen die beiden Kerzen angezündet hatte, wurden alle gelben Kerzen in der Stadt zu »Kerzen der Einsamkeit«. Seine Hauptmahlzeiten nahm er im Hotel ein, und der Speisesaal, der zuvor unter dem Kristalleuchter gestrahlt hatte und in dem die Farbensymphonie auf dem Smörgåsbord der Soßenkönigin meine allerempfindlichsten Saiten angeschlagen hatte, wurde jetzt zu einer Heimstatt für die Einsamen. Mit »schauerlicher Einsamkeit« wurde er von dem großen Teig abgetrennt und zu einem Abgesonderten, so wie sich der Mensch von den Menschen löst, wenn man ihn kennenlernt.

Mir wird klar, wie ich mich durch Mamas Zutun Klassenbewußt entwickelte: Ich warf nicht einmal einen verstohlenen Blick auf Leute, die außerhalb der Mittelstandswelt lebten, von der ich noch nicht wußte, daß wir ihr angehörten. Die künftigen Gäste durften keine Arbeitskleidung tragen oder faltige Gesichter haben, sie durften keinen Dialekt sprechen, denn sie mußten mit Mama Konversation machen können. Ich rümpfte zwar nicht die Nase über diese »anderen«, aber die Begegnungen mit ihnen erfolgten immer unter bestimmten Bedingungen, waren rein funktioneller Natur. Außerhalb dieser Funktionen gab es sie nicht. Im Pachthof Milch zu holen war eine Freude, es duftete nach Heu und zitzenwarmer Milch, Ketten rasselten und das Muhen der Kühe und das Gackern der Hühner war ein sündhaft schönes Erlebnis, ebenso wie eine Unterhaltung mit Jansson, oder wenn man ihn seine Seemannslieder singen hörte, Lieder von den Meeren, nach denen er sich so sehnte. Ja, ich fühlte mich dort wohl. Aber die Menschen, die ich da traf, konnten nicht aus dieser Welt abgezogen werden. Es war undenkbar, sie mit unserem Verhalten, unseren Düften, unseren Wörtern in Verlegenheit zu bringen. Ich weiß auch nicht, mit welchen Augen sie mich betrachteten, wenn ich mit meiner leeren Milchflasche ankam, in meiner übertrieben adretten Kleidung, immer ängstlich, mich schmutzig zu machen, weiß nicht, was sie von meinem Respekt vor Tieren hielten oder ob meine altklugen Worte wie Zuckerpillen in den Kuhmist fielen. Die Kinder dort verstummten immer, wenn ich hereinkam, sie flüchteten und gaben über mich sicher nicht einmal Kommentare ab: Sie schwiegen mich tot, weil ich von anderer Art war.

Aber sonst glaubte ich freie Auswahl zu haben: Ich bildete mir ein, daß, wenn man das Wort »ausgesucht« so aussprechen konnte, wie Mama es tat, daß man dann zusammengehörte. Andere Grenzen gab es nicht. Doch ich irrte mich. Als ich scheinbar absichtslos einige Vorschläge in die Debatte warf, bekam ich plötzlich zu hören, daß es auch nach oben eine Grenze gebe. Mit den wirklich Reichen oder den anscheinend Reichen wollte sie nichts zu tun haben. »So feine Leute«, sagte sie und wandte sich ab. »Denen haben wir doch nichts zu bieten.« Und plötzlich schrumpfte meine Welt zu einer schmalen Spalte. An Bankdirektor Valentin war offenbar falsch, daß er oft in Stockholm und in der Oper gewesen war und daß seine Frau Lebensmittel in Karlstad einkaufte. Ein anderer hatte eine Flugreise nach Italien unternommen und liebte neuerdings »Lasagne«. Doch die schrumpfende Welt enttäuschte mich nicht, denn Enttäuschungen sind die Folge von Betrug, und derlei Dingen war ich noch nicht ausgesetzt gewesen. Ich fühlte Erstaunen, mein Körper stahl sich näher an mich heran. Loslösung. Anderssein.

Mama, zu einer wahren Penelope erhöht, stand am Spül-

stein, und ich erbot mich, die Gläser abzutrocknen, die zu Instrumenten des Kampfes werden sollten, nicht gegen etwas oder jemanden, sondern des Kampfes für Sidner.
»Hast du diese Idee zu einem Fest noch immer nicht aufgegeben?«
»Nein, Mama.«
Ich wollte blitzende Waffen sehen, härtere Bewegungen, als Gegengewicht gegen all das Weibliche, das mich umgab, aber das wagte ich nicht zu sagen, da ich ihre Verletzlichkeit und Einsamkeit *gesehen* hatte, es hätte bedeutet, sie für minderwertig zu erklären.
»Können wir nicht wenigstens bis Ostern warten?«
»Hauptsache, es kommt überhaupt zustande.«
Würde Sidner dann in der Türöffnung stehen?

»Doch den Odysseus setzte Telemachos,
Listen erdenkend,
Im festgründigen Männergemach an die
steinige Schwelle,
Wo er den schlechteren Stuhl ihm gestellt
und die kleinliche Tafel.
Vor ihn legt' er ein Theil des Eingeweides
und goß ihm
Wein in den goldenen Becher und sprach
anredend die Worte:
›Hier nun sitze geruhig und trinke Wein
mit den Männern!
Schmähungen werd' ich selber von Dir
abwenden und Angriff
Aller Freier umher; denn, traun, kein
öffentlich Haus
Dieses ja, nein, des Odysseus, und mir erwarb es der Vater!‹«

Es kostete sie viel, das Wagnis einzugehen. Ihre Ängstlichkeit war größer, als ich gedacht hatte. Sie hatte eine so schöne Art, sich zu geben, und ihr Lächeln war so wundersam verträumt und verlockend, daß es Freier hätte anziehen müssen wie ein Flugloch Bienen. Nichts durfte ihr zu nahe kommen, irgendwann mußte ihr jemand sehr weh getan haben.

Aber das Fest fand statt, es gab sogar drei und vier Feste. Keiner meiner Gäste – denn es wurden meine, sie selbst hatte keine vorzuschlagen – kam ihr zu nahe. Ich saß auf einem Stuhl an der Tür in der eitlen Hoffnung, meine Träume seien stark genug gewesen, Sidner nach Hause zu lokken. Das war für mich wichtig geworden, wenn auch vielleicht nur wegen ein paar Worten. Die Erinnerung an die frühen Spaziergänge mit ihm verblaßte immer stärker, je mehr Zeit verging. Im Krieg war er lange Zeit nicht dagewesen, aber an eines erinnere ich mich: Wir gingen an der Friedhofsmauer entlang. Es war Sommer, und die Linden blühten. Es wehte ein leichter Wind, ich sagte: »Darf ich in Lee hinter dir gehen, Sidner?« Auf der Straße kommt eine Karawane aus Lastwagen. Militärwagen in gelber Farbe. Es sitzen Soldaten auf den Ladeflächen, die winken. »So bin ich manchmal auch angezogen«, sagt Sidner. »Weil Krieg ist. Und wenn Krieg ist, sind alle Grenzen geschlossen. Dann kann man nicht ins Ausland reisen. Im Krieg wird nichts so, wie man es sich gedacht hat.« Und plötzlich sagt er in meiner Erinnerung: »Architektur ist gefrorene Musik.« Sidner hat ein Buch auf dem Schoß. »Das hat ein gewisser Goethe gesagt.« Und dann lachen wir alle beide. Dann sagt Sidner: »Unser Gespräch ist auch gefrorene Musik. Unsere Phantasien sind gefrorene Musik. Aber das wissen nur du und ich.« – »Weiß Mama es auch nicht?« – »Ich glaube nicht. Es ist unser Geheimnis.« Und ich hatte weitergesponnen: »Stell dir vor, alles, was man sagt, wird zu Buchstaben, die im Mund Platz nehmen. Wie Eis am Stiel. Und man redet sie aus dem Mund, so daß es überall ganz voll davon wird.« Und Sidner sagt: »Man muß ja aufpassen, daß man mit seinen Wörtern nicht alles dreckig macht.« Dann verschwindet Sidner aus meiner Erinnerung, aber, was er gesagt hatte, blieb mir im Kopf. Wie waren Gedanken, wenn sie herauskamen? Und das, was man sagte, ganz leise? Und die fluchenden Soldaten. Und dann würde all das auftauen und zu Musik werden! Ich ging davon aus, daß alles, was man dachte und sagte, schön sein mußte. Oft ging ich allein ins Freie und *komponierte*, ich lehnte mich gegen die Friedhofsmauer und sagte schöne Dinge, ich sagte »Fanny« und »Sidner«, ich sagte »Wilde Erdbeeren« und »Eva-Liisa«. Es sollte sich genauso schön anhören wie Sidners Klavierspiel. Doch da war noch etwas anderes, was Sidner gesagt hatte: »Es kann sehr lange dauern, bevor das, was man sagt, auftaut. Manchmal wird es erst zu Musik, wenn man erwachsen ist.« – »Wie kommt das?« – »Weil das eigene Innere gefroren ist. Obwohl man es selbst nicht weiß. Aber eines Tages, wenn man richtig traurig ist oder richtigen Hunger auf etwas hat und ganz allein ist, dann kann man spüren, wie Wörter, die man früher mal gesagt hat, plötzlich zu Musik werden.« Wahrscheinlich sah ich traurig aus, denn er fügte hinzu: »Bei manchen geht es sehr schnell. Es kommt darauf an, immer darauf zu warten, daß es geschieht. Man muß daran *glauben*.« So saß ich da und glaubte mit ganzer Kraft und träumte von einer Musik, die sich nie einstellte. Und das hatte mit Sidner zu tun. Es hatte am Ende damit zu tun, daß er nicht kam.

Es gibt nicht viel, was mir von diesem Fest in Erinnerung geblieben ist. Ich weiß noch, daß es Fanny gelang, alle Aufmerksamkeit von sich abzuwenden, indem sie Jancke bat, sich an den Flügel zu setzen und zu spielen, was überhaupt nicht lustig war. Ich erinnere mich, daß Fanny mich zwang, meine Zeichnungen zu holen.

Daß sie mir übers Haar strichen und sagten, was für ein tüchtiger Junge ich sei.

Aus Versehen hatte ich angefangen zu zeichnen.
Eines Tages bin ich unterwegs, um oben beim Pachthof die Milch zu holen. Die Dämmerung ist durch den Kampf zwischen schwindendem Licht und kommender Dunkelheit ganz aufgewühlt, Strahlen, die in den Kronen der Ahornbäume die Oberhand zu behalten suchen, schräge, golden dunkle Strahlen fallen zwischen die Bäume. Die Straße ist nach dem Regen aufgeweicht, meine Schuhe sind dünn, ich muß an der Koppel vorbei, wo der Stier steht. Die Kette liegt in Kringeln im Gras, ich weiß nicht, wie lang sie ist, und seine Augen verraten nichts. Dann nimmt er Anlauf und nähert sich. Mit einemmal bin ich ganz allein auf der Welt, die Gesichter, die ich in den Scheunenfenstern gesehen hatte, sind verschwunden, irgendwo werden die Laken von der Leine genommen, und das Himmelsrund steht dunkel und dicht auf allen Seiten der Koppel. Ich laufe, falle aber hin und bleibe liegen, und der gewaltige Körper des Stiers rennt an mir vorbei. Ich will, daß alles schnell vorüber ist, und liege still und warte, sehe aber bald, daß der Stier am Rand der Koppel steht, er wirft sich hin und her und versucht, sich loszureißen, und ich sehe, daß seine Hörner im Himmelsrund steckengeblieben sind, er hat sich tief hineingebohrt und kann sich nicht freimachen. Im Himmel knackt und schreit es, die Götter zürnen, so daß durch große Spalten Speichel auf die Erde hinabtropft, es herrscht ein gewaltiger Lärm dort oben, bald wird alles in Stücke zerbrechen, auf die Erde fallen und sie zertrümmern. Ich kann noch denken: Wie schnell schafft man ein Gebet? Dann komme ich aber wieder auf die Beine und renne durch die Scheunentür, und da stehen sie, Bergström und Jansson, und sehen durch die Fenster, betrachten den Himmel und die Erde und den Stier, der die Beine in die Erde stemmt und endlich loskommt. Im Himmel ist ein großes Loch, und dieses Loch strömt Dunkelheit auf den Stier herunter.
»Was für ein teuflisches Unwetter«, sagt Bergström, und ich bin ihm dankbar, daß er so tut, als hätte er das Ganze nicht mit angesehen.

Mama versteht überhaupt nichts, als ich erzähle, sondern sagt: »Zeichne es mir auf, dann kann ich es mir ansehen.«
Mit den Farbkreiden fertige ich eine Zeichnung des Stiers und des Lochs und der herabstürzenden Dunkelheit. Ziehe kräftige gelbe Striche, um die Risse im Himmel zu markieren, die Dunkelheit mache ich violett, braun den Stier, mich selbst zeichne ich nackt als Glühlampe im Gras. Mama sitzt lange still da und hält die Zeichnung in der Hand, blickt schließlich auf und sagt: »Du bist ein Künstler, Victor.«
Sofort hat ihr Leben eine Richtung bekommen. Fortan legt sie eine andere Art Aktivität an den Tag. Zunächst geht sie in die Kunsthandlung, bestellt ein Passepartout für meine Zeichnung und hängt sie im Salon an die Wand, richtet einen Strahler darauf. Ich bin selbst sehr zufrieden und merke erst lange Zeit später, wie ich mich in ihrer Bewunderung habe fangen lassen. Immer wenn ich aus der Schule komme, liegen Papier und Kreiden auf dem Teetisch, sie lächelt und fragt, was ich den Tag über erlebt habe, und ich erzähle unschuldig von den Pflaumen beim Staatsanwalt, und sie fragt:
»Wie groß waren sie? Welche Farbe? Zeichne sie, dann kann ich es sehen.«
Ich zeichne. Ich färbe sie ein. Doch sie ist diejenige, die geschickt ist.
»Stell dir vor, ich habe vergessen, wie er aussieht, dieser Staatsanwalt. Ist es ein kleiner dicker Mann?«
Aber das ist er ja ganz und gar nicht. Ich zeichne ihn hochgewachsen und schmal, mit einer Brille und dickem Haar. Er steht hinter dem Baum und behält mich im Auge, damit ich keine von seinen Pflaumen stehle. Er steht in herbstrotem Licht und hält eine in der ausgestreckten Hand. Die Pflaume strahlt, ich zeichne sie mit jeder neuen Zeichnung immer größer, denn bald ist Winter, und in der Erinnerung wachsen alle Früchte. Ich zeichne die Tauben auf der Hauptstraße: eine dichte Masse aus blaugrauvioletten Hügeln, durchtränkt von Morgensonne, zeichne Mama und mich,

wie wir spazierengehen. Mamas Röcke stehen wie Segel in Grün oder Blau um das Kind herum, hüllen es ein wie in Wellen, manchmal lugt mein Gesicht aus den Stoffen hervor, so daß man nur die Augen sieht. Ja, ich zeichne Stoffe in Mengen, da es sie in Mengen gibt, wenn sie mich bittet, ihr Gesicht und ihren Körper zu zeichnen, wie sie dort am Nähtisch sitzt und ein Kleid aus Samt oder Seide säumt. Die Wellenbewegungen des Stoffes wogen und leben, es ist so lustig und lustvoll, dem Spiel der komplizierten Linien zu folgen. Wir bewundern einander ungeheuerlich, wir sind ein Spiegelbild und eine Wirklichkeit.

»Wie tüchtig du zeichnest, Victor.«

»Wie schön du dort sitzt, Mama.«

Ich illustriere die Abenteuer des Odysseus auf den Meeren, und weil ich außer in Büchern kein Meer gesehen habe, nehme ich die Stoffe zu Hilfe, hole einen Ballen aus dem Geschäft und entrolle ihn auf dem Fußboden, darunter Bücher oder Schachteln, damit der Stoff den Wellen ähnelt, und wenn der Stoff rot ist, wird auch das Meer rot. Hohe Wellen, ein kleines Boot: Sidners schwarzer Bart, seine Brille. Odysseus begegnet Nausikaa. Hundert Bälle in der Luft, wovon die Sonne nur einer ist. Steine am Strand. Wirkliche Steine, die ich mir auf den Wegen und Straßen zusammensuche, bis ich in meinem Zimmer eine große Sammlung zusammengetragen habe. Der Zyklop, als ihm der Baumstamm durchs Auge gerammt wird. Telemach und Pallas Athene. Mama ist mit von der Partie und arrangiert meine Stilleben und meine Kulissen. Das erfüllt ihre einsamen Tage, sie hat meine Zukunft im Visier.

Und sie hat es eilig.

Eines Tages macht sie mir einen Malerkittel zum Geschenk, den sie selbst genäht hat: Einen weißen langen Kittel, der mich wie einen zwergwüchsigen Arzt aussehen läßt.

»So einen trägt Prinz Eugen, wenn er malt.«

Ich bekomme eine Staffelei, Ölfarben, ich bekomme einen Fernlehrgang bei Hermods geschenkt, bei dem man damit beginnt, Tannenzapfen und Boote von vorn zu zeichnen. Es macht mir Spaß, kleine Ruderboote mit Wasserringen um den Bug zu zeichnen. Vögel, die aus ihren Nestern aufflattern, tauchende Vögel. Mama achtet sorgfältig darauf, daß die Briefe mit meinen Versuchen auch tatsächlich eingeschickt werden, um mit verblüfften Ausrufen des Lehrers zurückzukommen. Sicher hat sie ihm geschrieben und von mir erzählt, denn sie überarbeitet alles.

»Wenn du an der Akademie anfängst, ziehen wir nach Stockholm.«

»Nach der Akademie werden wir wohl nach Frankreich fahren, an die Riviera. Van Gogh hat dort gemalt. Cézanne.«

Bücher kommen ins Haus. Kostbarkeiten, in denen wir beim Tee gemeinsam blättern. Es ist wichtig, daß man keine Eselsohren in die Bücher macht, daß die Hände gewaschen sind. Mama bringt sich selbst eine ganze Menge bei, liest über Künstler und erzählt haarsträubende Geschichten von deren Armut und Leiden, bevor sich der große Ruhm einstellte. Sie kauft eine Kamera und fotografiert mich, wie ich in meinem Malerkittel vor der Staffelei sitze. Ich sehe wirklich lächerlich aus, ein Monstrum der Verfeinerung und der hochmütigen Bildung, aber ich war ein Kind und hatte keine Ahnung, zu was für einem Gefangenen ich in ihrer Vorstellungswelt zu werden drohte. Ja, es gibt ein furchtbares Foto von mir, der Kopf ein bißchen schräggestellt und ein Pinsel in Augenhöhe, mit dem ich Maß nehme vor einem Bild mit Segeln und einem Meer, das ich nie mit eigenen Augen gesehen, sondern irgendeinem der Impressionisten gestohlen haben muß.

Ich protestierte nie gegen etwas, was zu Hause geschah, aber als sie begann, auch andere Menschen in die Malerei hineinzuziehen, und ich hörte, wie sie vor den Kunden im Laden prahlte, wie sie die schweren Vorhänge beiseite schob und sie bat, in den Salon zu kommen, um mich zu bewundern, begann weit draußen in meinem Bewußtsein eine keimende Irritation zu kitzeln. Sie besaß kein eigentliches

Wissen um die Kunst, es waren ihre Träume vom Ruhm, die sie dazu trieben, mich allzu schnell über die Grenzen meiner Möglichkeiten hinauszutreiben, so daß ich am Ende wie ein erschossenes Elchkalb hinter dem Schlitten ihrer Vorstellungen hergeschleift wurde.

»Hier haben wir meinen kleinen Impressionisten«, rief sie hingerissen aus und bat irgendeine kleine Frau, die in den Laden gekommen war, um Unterhosen zu kaufen, sich auf einen Stuhl zu setzen und der großen Kunst zu begegnen.

Aber Sunne war für solche Aussprüche zu klein und zu eng, sie begannen wie Feuerkugeln hinter mir herzurollen, wenn ich in der Schule oder auf dem Nachhauseweg war.

»Du hast so einen Kittel, hab ich gehört, wie ein Doktor!«

»Wann fährst du denn nach Frankreich und wirst berühmt? Du und deine scheißvornehme Alte!«

Es tat entsetzlich weh, einer solchen Sprache zu begegnen. Ich lief weg und weinte und sah, *»wie meine Mutter schiß«*. Ich hatte nichts, womit ich mich wehren konnte, solche Waffen hatte sie mir nie in die Hand gegeben. Darum eilte ich nach Hause und vergrub mich in ihrer Schönheit.

»La France a quatre grands fleuves. La Garonne, la Loire, la Seine et le Rhône. Sprich mir nach, Victor! *Les murs sont blancs. La maison est grande. Le ciel est bleu.«*

»Les murs son grands. Le ciel est bleu.«

Nur noch ein Kapitel, bis ich die Tür zu dieser Kindheitswelt verschließe, falls nun die Kindheit die Zeit ist, in der man die meisten der Farben auf der Palette sammelt, mit der man durch sein späteres Leben geht. Es war August, und die Obstbäume brannten vom Duft reifer Äpfel, Herbstphlox und schwere Johannisbeerbüsche standen in voller Pracht. Während der Nacht hatte Regen die Straßen saubergewaschen, und als ich mich aus dem Fenster lehnte, sah ich die

Beine eines Mannes, der gerade dabei war, das Schild über Fannys Laden abzumontieren: Wir wollten nach Stockholm ziehen, da ich dort »der Kunst näher« war.
Abschied nehmen heißt Bilanz ziehen, Bilanz ziehen heißt so etwas wie Abschied nehmen. Ich war jetzt fünfzehn Jahre alt und im Umkreis von drei Kilometern für meine lichtgesättigten exotischen Landschaften berühmt, die auf einer Ausstellung im Haus des Volkes gezeigt worden waren, aber ich hatte eine Zahnklammer und einen linkischen Körper, der mich daran hinderte, selbstzufrieden über diese Tatsache zu lächeln. Während des Sommers waren wir in Frankreich gewesen, und Marc Chagalls Worte loderten noch in mir. Ich stand in meinem lächerlichen Prinz-Eugen-Kittel vor der Staffelei und malte die Aussicht aus dem Fenster. Das solle mein »Abschiedsgemälde« werden, hatte Fanny gesagt, und ich gehorchte mit einer Grimasse. Segel im Gegenlicht, Gestalten unter Laub, Pferde auf Koppeln! Welches Licht und welche Schatten! Welche Mechanik und welche Falschheit! Aber ich hatte dem, was mit mir geschah, immer noch nichts entgegenzusetzen. Um mich herum standen Umzugskisten. Meine furchtbaren Bilder – Fanny hatte darauf bestanden, sie mit Goldrahmen zu versehen und mit Wandlämpchen zu beleuchten – waren bereits verpackt, lagen unter Ballen von Samtstoffen, unter Überzügen und Tischdecken. Gelbe Flecken an den Wänden, wo die Bilder gehangen hatten. Die Löcher der Haken klafften wie Wunden. Ich hatte niemanden, von dem ich mich verabschieden konnte, war immer von meinen Schulkameraden abgeschnitten gewesen, von ihren Spielen, nur mit größtem Widerwillen hatte Mama mich einen Monat auf dem Friedhof arbeiten lassen, damit ich etwas eigenes Geld verdienen konnte. Sie hatte natürlich Angst davor, daß mich die Sprache der Welt anstecken könnte, und fast wäre es auch so gekommen. Es war eine ungeheure Befreiung, zwischen den Gräbern herumzulaufen und aufzuräumen und zu harken, den Unterhaltungen in der Mittagspause zu lauschen,

doch stets folgte die Strafe dafür, wenn ich nach Hause kam und sie – als verletze es sie, daß ich das Geld nicht ganz einfach von ihr nahm – mich in die Badewanne zwang, um den »Geruch« abzuwaschen, ich weiß nicht wonach, um mich dann in einem weißen Hemd, frischgebügelten Hosen und einem Schlips, der wie eine Schlinge um den Hals zugezogen war, in der Wohnung herumspazieren zu sehen. Sie selbst lief jetzt viel durch die Stadt und nahm Abschied und machte sich scheißvornehm, erzählte wohl ihre Geschichten von unserem Sommer in Frankreich, von meiner Zukunft als Künstler und von den Erfolgen, die hinter der nächsten Wegbiegung warteten. All dies sehe ich jetzt, hinterher: Die Welt hatte eben erst begonnen, an mir herumzupicken, und es ist nicht sicher, ob ich mich von ihr hätte beeinflussen lassen, wenn es nicht gerade damals, an diesem Punkt meines Lebens, an der Tür geklopft hätte.

Ich *glaube*, daß ich wußte, wer er war. Ein hochgewachsener und kräftiger Mann mit einem schwarzen, gestutzten Bart. Er trug eine Brille und sah müde aus. Er stand eine Weile auf der Schwelle, ohne etwas zu sagen. Dann lächelte er, kam näher und legte die Arme um mich: »Victor, mein Sohn!«, aber ich hatte nicht mal den Pinsel aus der Hand legen können und zog ihm unabsichtlich einen langen blauen Strich über seinen hellen Anzug. Und so kam es, daß mein erstes Wort an ihn »Verzeihung!« war.

In meinem Bewußtsein gibt es einen Fluß. Als ich seinen Verlauf zum ersten Mal betrachtete, wurde mir bewußt, daß ich ihn schon einmal gesehen hatte. Er strömt ein paar hundert Meter von dem Baum entfernt, unter dem ich ruhe, aus dem Dschungel hervor, teilt sich und umschließt eine flache Insel mit trockenem Elefantengras, das sich von Zeit zu Zeit unter dem Heranstürmen der Nashörner beugt: Dann schnieft und murmelt es dort drinnen, und die Elefanten, die im Morgenlicht direkt hinter mir stehen, heben ihre Rüssel und wittern und wenden sich wieder ihrem Frühstück zu. Der Fluß strömt an Ufern aus neapelgelbem Sand

vorüber, man spürt die starke Strömung an den Beinen, Königsfischer flattern über das Wasser, blitzen auf und tauchen. Ein großer Himmel, an dem die Berggipfel des Himalajas von der Erde losgelöst hängen wie auf einem Gemälde von Magritte. Hinter mir blühen die Senffelder, dann und wann passiert ein weißer Ochse mit knirschendem Karren auf dem Weg nach Norden meinen Baum, und von dort drüben, dem anderen Ufer, läßt die Natur ihr Vogelkonzert hören: die Schreie der Pfauen, das Schnattern der Goldenten, das Trompeten von Reihern, Störchen und Kranichen. Manchmal der Schatten eines Krokodils, manchmal Laute von Blättern, die aus dem Baum fallen. Aber das ist es nicht, vielmehr daß *»sich der Fluß genau hier verbreitert«*. Genau hier wird sein Verlauf ruhiger, von hier aus kann man mit dem Boot bis zum weit entfernten Meer fahren.
Und ich streiche meinem Vater einen blauen Strich über den Rücken und sage: »Verzeihung!«, und genau hier verbreitert sich der Fluß und sein Lauf wird ruhiger, und ich bin nicht mehr nur fünfzehn, ich bin fünfzehn Jahre plus seine vierunddreißig, meine Geschichte erweitert sich nach vorn und nach hinten, aber es wird dauern, bis ich weiß, was ich erlebt habe. Sidner sieht sich um: Die Stühle, auf denen die Freier hätten sitzen sollen, sind leer, Penelope ist gealtert und wagt es nicht, begehrt zu sein.
»So siehst du also aus, Victor! Daß du mir nicht einmal eine Karte geschickt hast, um die ich dich so oft gebeten habe. Bist du mir böse, weil ich verschwunden bin?«
»Ich verstehe nicht. Ich habe nie einen Brief bekommen«, sage ich.

Fanny hatte Sidner vielleicht als Nacht und Abwesenheit geliebt. Aber es war zuviel für sie, ihn nahe bei sich zu haben. Als sie an jenem Nachmittag über die Schwelle trat und ihn entdeckte, wurde sie ohnmächtig, und es dauerte lange, bis sie aufzuwachen wagte. Ich hielt mich auf Sidners Rat hin abseits: Ich verstand, daß der Verrat, den sie an mir begangen hatte, sich nur schwer erklären lassen würde, die beiden mußten die Angelegenheit unter sich regeln. Ich ging hinaus, trieb mich am Ufer herum, verwirrt und erfrischend schwach. Plötzlich hatte ich einen Vater, und mit meinem Vater eine ganze Geschichte.

»Hast du viel Umgang mit Sleipner und Victoria gehabt? Mit Torin?«

Ich schüttelte den Kopf. Sie waren in Fannys Augen nicht »fein« genug und hatten bald aufgegeben, mich einzuladen. Ich nickte ihnen zu, wenn ich sie sah, das war alles. Vor Torin solle ich mich in acht nehmen, hatte sie gesagt. »Und Eva-Liisa?« – »Meine Tante?« – »Hast du sie mal besucht?« – »Nein.« – »Mit ihnen telefoniert?« – »Nein.« – »Spielst du Klavier?«

»Hier bei uns ist es seit deiner Abreise immer still gewesen, Papa.«

Ich war ein Vogel gewesen, der in einem Käfig lebte, auf einer mit Samt bezogenen Stange. Als ich gegen Abend nach Hause kam, ging ich sofort zur Staffelei und riß die Leinwand herunter. Schnitt sie vor ihren Augen in Stücke. Sie saß auf einer Umzugskiste, Sidner auf einer anderen. Es war das erste Mal, daß ich »nacktes Leben« sah: Das zu gut geschnittene Gesicht hatte seinen Glanz verloren, ihre Schminke war zerlaufen, und sie sah mich mit großen verzweifelten Augen an. Sie hatte die Kontrolle verloren und weinte sich ins Alter. Es ging so schnell, daß ich das Gefühl hatte, als geschähe es jetzt hier vor meinen Augen, von einem Moment auf den anderen. Ich streichelte sie wie gewohnt, aber es war ein anderer Mensch, den ich da berührte, nicht meine »ausgesuchte« Mutter. Es würde ihr nie mehr gelingen, sich dieses Gesicht wieder anzuschminken.

Während der ersten Tage war ich schüchtern und hatte Angst vor Sidner, aber es gab so viel zu besprechen. Er würde drei Monate in Schweden bleiben, um Eva-Liisa und Splendid zu besuchen, die in Arvika wohnten. Und an irgendeinem Tag, sagte er, wolle er Preiselbeeren pflücken.

Wir hängten uns Eimer an die Fahrräder, stopften eine Tasche mit Butterbroten und der Thermoskanne voll und machten uns auf den Weg nach Stöpafors.
Er sei jetzt verheiratet. Er sei Kantor einer Kirche in Wellington. Er sei nicht reich, weil seine Frau sehr nervenkrank gewesen sei, aber mittlerweile habe sie sich so weit erholt, daß er die Reise habe wagen können. Sie hätten keine Kinder. Darum, sagte er, wäre es schön, wenn ich Lust hätte, sie mal zu besuchen und bei ihnen zu wohnen.
Er radelte auf Kieswegen neben mir her. Das Mythengewebe war abgeblättert, er war zum Menschen geworden. Aber das machte mir nichts aus, ich selbst war ja vom Vogel, der nur seinen Käfig kannte, zum Menschen erhöht worden. Er wolle mir das Klavierspielen beibringen, sagte er. Etwas von dem weitergeben, was er sei.
Wir füllten die Eimer und schlenderten immer tiefer in den Wald.
»Ich habe dir so viele Briefe geschrieben«, sagte er. »Sie liegen vielleicht in einer ihrer Schubladen. Und ein Tagebuch habe ich geschrieben. Als eine Art Erklärung.«

Alle diese Arien, aus der Geradlinigkeit des unerbittlichen Geschehens vertrieben, das mich verengen und auf das unsichtbare Wurzelsystem meiner Vorstellungen hatte Einfluß nehmen wollen! Ich war in ein Netz von Bildern hineingeboren, dem ich treu bleiben mußte. Die Straßen Sunnes: Membranen gegen die Dunkelheit. Ein Klangkörper, der meine Sprache in Bewegung setzte. Aber woher stammt dieser Trieb, jeden Millimeter, jede Sekunde meiner Entstehung zu verdichten, die ja schon lange vor meiner eigenen Geburt begann? Warum bin ich so vom Mysterium der Anfänge besessen? Davon besessen, die scheinbar gleichgültigen Augenblicke zu kartografieren, die unten in der Vergangenheit schnurren und sich wie Katzentiere plötzlich vorstürzen, um ihre Krallen in diesen Tag zu schlagen, warum? Ich habe keine Angst vor dem Tod, denn das Leben

sorgt für den Tod, so wie der Tod einmal mein Leben erschaffen hat.
Unsere Geschichte holt uns ein, und mich holte sie an diesem Tag im Wald ein, als ich zu meinem großen Erstaunen entdeckte, daß es mich schon lange vor meiner eigentlichen Geburt gegeben hatte, auch wenn ich nicht selbst anwesend war und nichts gegen das unternahm, was um mich herum geschah, nicht zuhörte und nicht zu einem der vielen Töne wurde. Doch, ich war schon geboren und hatte es nur nicht gemerkt. Das Leben hatte nicht nur in den fünfzehn Jahren stattgefunden, die meine eigenen waren, sondern schon Jahre zuvor, bei Solveigs Tod an der Wegbiegung, in einem anderen Sommer, in einem anderen Raum. Dort wurde ich geboren. Dort hatte meine Reise begonnen. Die Kraft, die der Tod erschaffen hatte, hatte mich hierher, bis in den Wald geschleudert. Ich hatte erwartet, daß das Leben irgendwo anders zu finden wäre. Daß es darum ging, es zu suchen, und zwar gemäß den Gewohnheiten meiner Familie. Jetzt, so lange Zeit später, packt mich oft ein Schwindelgefühl, wie zufällig die Schritte waren, die mich in die richtige Richtung führten, die mich *vorwärts* führten. Aber es ist die gleiche Art Schwindelgefühl, das mich in jeder sternklaren Nacht befällt, wenn ich in der Dunkelheit ins Freie trete und nach oben blicke und spüre, wie die Erde sich in ihrem ungeheuren Universum bewegt, und ich weiß, daß ich mich noch einige Zeit an sie festklammern und die Musik erklingen lassen muß, die uns Hoffnung gibt.

Und zwischen den Bäumen offenbarte sich eine Art Erklärung.
Ich weiß, daß man achtlos an vielen Zeichen vorbeigeht, ich kenne die Sünden der Unaufmerksamkeit, die Schlingen der Gleichgültigkeit. Aber hier fand sich das Unvermeidliche, als strahlte plötzlich Musik aus einer hilflosen Geste Sidners, als hörten wir plötzlich eine laute und kräftige Stimme sagen:

»And there were in the same country
shepherds abiding in the fields, keeping
watch over their flock by night. And, lo,
the angel of the Lord came upon them,
and the glory of the Lord shone about them:
and they were sore afraid.«

Der Wald füllte sich mit Instrumenten, die Bäume wirbelten und verwandelten sich in Geigen, Bratschen und Fagotte, und ein Choral stieg empor:

»Break through, oh lovely light of morn
and let the heavens dawn!
You shepherd folk, be not afeared,
because the angel tells you:
that this weak babe
shall be our comfort and joy,
thereto subdue the devil
and bring peace at last.«

Die Musik wob ein Netz um mich, wurde zu Wänden und Decken in einem mächtigen Bau, in dessen Gerüsten ich herumkletterte. Eine unfertige Kathedrale, die immer höher hinaufstrebte. Und durch die Gitter der Baugerüste sah ich Kiefern, einen Waldteich. Ich hörte die Vögel in der Ferne und neben mir, ganz still stand Sidner da und lächelte über die beiden unbeholfenen alten Lebewesen vor uns am Ufer des Teichs: Links und rechts von einem Reisegrammophon saßen, beide nackt und mit rosa Haut, Torin und die Herrliche Birgitta. Unter einem Kaffeekessel rauchte ein kleines Feuer. Die Herrliche Birgitta malte Aquarelle. Sie beugte sich vor und tauchte ihren Pinsel in ein Wasserglas, zog ein paar Striche und lehnte den schräggestellten Kopf nach hinten. Die Ergebnisse ihrer Tätigkeit waren überall an den Kiefernstämmen zu sehen, kleine, einfache Bilder vom Teich, vom rosahäutigen Torin, der in einem Buch las,

dessen Titel ich nicht erkennen konnte. Ihr Goldzahn leuchtete, und schon wollte ich die wenigen Schritte zu den beiden zurücklegen: Hier war er also.
Hierhin hatte er sich abgesetzt. Sich in ein grünes Zelt zurückgezogen, das in einem Hain verborgen war. Holzschuhe vor dem Zelt, Kleider auf einer Wäscheleine! Wasserläufer tanzten über dem Teich, der still dalag, ein Fisch sprang, und die Musik fuhr fort zu wachsen. Als ich mich von dem Felsblock, hinter dem ich stand, auf sie zubewegen wollte, zog Sidner mich am Ärmel. Er legte einen Finger auf die Lippen und gab mir ein Zeichen, wir sollten uns zurückziehen.
Ja, er zog mich in die Stille des Waldes hinein.
»Victor. Erzähle niemals Torin oder sonst jemandem, was du gesehen hast. Sie brauchen diesen Raum der Liebe für sich selbst. Begnüge dich damit, daß du es weißt. Daß du und ich es wissen. Begnüge dich damit, daß du es gesehen hast, ein einziges Mal. Wisse, daß derlei auf Erden geschehen kann.«

Die Erzählerbibliothek

Henry Miller
Der Engel ist mein Wasserzeichen
Sämtlicher Erzählungen
Deutsch von Kurt Wagenseil und Herbert Zand
352 Seiten. Gebunden

Robert Musil
Frühe Prosa aus dem Nachlaß zu Lebzeiten
384 Seiten. Gebunden

Vladimir Nabokov
Der schwere Racuh
Gesammelte Erzählungen
Herausgegeben und mit einem Nachwort von Dieter E. Zimmer
Deutsch von Wassili Berger, René Drommert, Renate Gerhardt u.a.
352 Seiten. Gebunden

Jean-Paul Sartre
Die Kindheit eines Chefs
Gesammelte Erzählungen
Deutsch von Uli Aumüller
256 Seiten. Gebunden

John Updike
Werben um die eigene Frau
Gesammelte Erzählungen
Deutsch von Maria Carlsson, Susanna Rademacher und Hermann Stiehl
320 Seiten. Gebunden

C 2329/2 a

Sprich, Erinnerung, sprich

Ida Ehre
Gott hat einen größeren Kopf mein Kind . . . (12160)

Heinz Erhardt
Unvergeßlicher Heinz Erhardt
Heiteres und Besinnliches (4245)

Vera Figner
Nacht über Rußland
Lebenserinnerungen einer russischen Revolutionärin (5974)

George Grosz
Ein kleines Ja und ein großes Nein (1759)

Virginia Haggard
Sieben Jahre der Fülle
Leben mit Chagall (12364)

Axel Madsen
Jean-Paul Sartre und Simone de Beauvoir (4921)

Berhard Minetti
Erinnerungen eines Schauspielers (5950)

Edith Piaf
Mein Leben (859)

Jean-Paul Sartre
Sartre über Sartre (4040)

Irving Stone
Vincent van Gogh (1099)

Literatur für Kopf Hörer

Armin Müller-Stahl liest
Vladimir Nabokov
Der Zauberer
Deutsch von Dieter E. Zimmer
2 Tonbandcassetten im Schuber
(66005)

Walter Schmidinger liest
Italo Svevo
Zeno Cosini
Das Raucherkapitel
1 Tonbandcassette im Schuber
(66007)

Uwe Friedrichsen liest
Kurt Tucholsky
Schloß Gripsholm
3 Tonbandcassetten im Schuber
(66006)

Christian Brückner liest
John Updike
Der verwaiste Swimmingpool
Der verwaiste Swimmingpool,
Wie man Amerika gleichzeitig liebt und verläßt
Deutsch von Uwe Friesel und Monika Michieli.
1 Tonbandcassette im Schuber
(66004)

Christian Brückner liest
Jean-Paul Sartre
Die Kindheit eines Chefs
Deutsch von Uli Aumüller
3 Tonbandcassetten im Schuber
(66014)

Produziert von Bernd Liebner

Eine Auswahl

Rowohlt Cassetten

C 2321/3 a